No Brilho da Escuridão

Por mais obscuro que algo seja, toda escuridão tem o seu brilho

Pedro Henrique Bressianini

Porto de Idéias Editora

São Paulo, 2012

No Brilho da Escuridão

Pedro Henrique Bressianini

Coordenação Editorial: Silvana Pereira de Oliveira

Projeto Gráfico e Capa: Otávio Oliveira Silva

Dados Internacionais de Catalogação na Publicação (CIP)
(Câmara Brasileira do Livro, SP, Brasil)

Bressianini, Pedro Henrique
No brilho da escuridão / Pedro Henrique
Bressianini. -- São Paulo : Porto de Idéias,
2012.

ISBN 978-85-8061-038-3

1. Ficção brasileira I. Título.

12-15191 CDD-869.93

Índices para catálogo sistemático:
1. Ficção : Literatura brasileira 869.93

EDITORA PORTO DE IDÉIAS LTDA.
Rua Perdões, 101 - Aclimação
São Paulo - SP - 01529.030
Fone (11) 3884-3814
portodeideias.com.br

Dedico esse livro a minha estrelinha que está no céu, Dulce Nunes, uma grande avó, mãe e pessoa. Sua bondade e generosidade fizeram de mim a pessoa que sou hoje, e ainda guiam nossos corações e vidas, sendo que sua presença ainda pode ser sentida toda vez que uma brisa toca meu rosto.

"Aquele que habita o esconderijo do Altíssimo,
à sombra do Onipotente descansará."

Salmo 91:1

Meus agradecimentos

Em primeiro lugar, agradeço a Deus, pois se tenho algum talento, com certeza foi ele quem me agraciou. Sei que Ele me deu luz enquanto escrevia este livro, e eu espero que dê também a todos aqueles que um dia vierem a lê-lo, para que possam sentir o que eu senti enquanto o escrevia.

Agora, agradeço também a minha amiga Ellen, que por uma mera coincidência tem o mesmo nome da minha protagonista. Uma vez eu lhe disse que você havia me ajudado, e você não compreendeu o motivo. Hoje, se você estiver lendo este livro, vai saber que foi depois de te conhecer que comecei a escrevê-lo. Muitas vezes tinha medo de seguir adiante, mas nesse momento me lembrava que uma vez você me disse que a confiança está sempre dentro de nós, às vezes até escondida, mas sempre está lá.

Aos meus pais, Pedro e Renata, por terem me ensinado desde pequeno o que realmente devemos cultivar dentro de nós, e por terem tornado tudo isso possível, deixo muito mais do que um obrigado. Deixo um lembrete do quanto admiro vocês. E a meus irmãos, Rodrigo, Giovanni e Filipe, e aos meus primos, principalmente a Mariana, André, Gilberto, Bryan e Ryan, agradeço por todos os bons momentos que passamos juntos, inclusive pela infância que tivemos. Aos meus tios, Rogério, Andrea, Ana Paula, Cláudio e Zilda, que são como segundos pais para mim, e minhas avós, Dulce e Maria, que estão no céu, iluminando o meu caminho, ressalto o quão importante são em minha vida.

Falando em importância, não posso me esquecer de citar pessoas que provaram que amizade é algo muito maior do que o seu significado: Gabriela, Vitor, Flávia, Lara, Priscilla, Helga, Bruno, Tammy, Daniele, Talita, Helena, Patrícia, Marilei, Norma, Wilson e Leonardo – de quem surgiu a brilhante ideia da minha capa –, e dentre outros com quem compartilhei bons instantes e que me encorajaram nessa difícil tarefa de escrever um livro.

Professores são pessoas que, como educadores, são responsáveis por boa parte do que nos tornamos, sempre nos ensinando muito mais que lições acadêmicas, e, por isso mesmo, lembrados com carinho por nós. Agradeço em especial aos professores Caio, Salete, Thelma, Esmeralda e Leila, assim como à diretora Maria Angélica, que contribuíram para que chegasse aonde cheguei.

Agradeço a todos da Igreja Presbiteriana Independente do Moinho Velho, que sempre demonstraram carinho e interesse pela minha obra, em especial Simone, Ivone e Valmir, que têm me dado muito apoio com o livro, e também ao grupo de jovens do qual faço parte. Foi muito importante a convivência com cada um de vocês para esta realização.

À Editora Porto de Idéias deixo um agradecimento pelo excelente trabalho que vem fazendo, e por transformarem, com muita determinação, o meu sonho em realidade. Deixo um agradecimento especial a Silvana, que deu e dá o melhor de si para a realização deste livro.

Enfim, agradeço a todas as pessoas que fizeram parte da minha história. Todos aqueles que me deram força a cada não que recebi, a cada dificuldade que enfrentei, e que, junto comigo, vislumbraram e curtiram cada conquista.

Nós fazemos nossa própria história, mas se não houver pessoas para fazerem parte dela, não há história, mas apenas uma autobiografia. E cada um de vocês foi essencial para a realização do meu sonho.

SUMÁRIO

Prólogo

Brasil, a terra do carnaval, do futebol e das mulheres peladas. Essa é a estranha visão de um estrangeiro perante o meu país, que embora realmente pareça se delimitar a isso, na verdade vai muito além. Se um dia vier para cá para curtir suas férias e conhecer pontos turísticos, recomendo o Rio de Janeiro. São Paulo, o meu querido estado, também é um lugar maravilhoso, mas principalmente é o lugar dos negócios.

Sei que na visão de vocês, devo estar parecendo um desses patriotas maluco pela sua terra, mas só achava interessante começar a minha história por onde ela começou. Pra ser mais específico, ela se inicia em um cantinho oblíquo da cidade de São Paulo, conhecido por Moinho Velho. Como o próprio nome já diz, boa parte dos moradores já são da terceira idade, o que torna a vida naquele bairro monótona e pacata. Monótona e pacata igual à minha. Entretanto, no desenrolar da minha adolescência conheci uma linda garota de cabelos loiros. Loiras nunca me atraíram muito, mas tinha algo naquela garota que a tornava especial, principalmente se levasse em consideração o seu jeito meigo de ser.

Agora que já disse onde minha história começa, vou contar também onde ela termina. Ou se preferirem, aonde ela permanece. Nesse exato instante estou sentado no banco de um aeroporto aguardando o voo que me levará para negociar com um grupo americano de Nova York. Empolgante não? Não me perguntem por qual motivo estou contando essa história para vocês, se é para passar uma lição de moral, superar a J.K. Rowling no número de vendas ou para que vocês simplesmente possam curtir esse livro. Muitas coisas não têm explicação, principalmente quando são envolvidas por uma coisa pegajosa e sentimental chamada amor.

Quando alguém fala de amor, normalmente só pensamos em um casal de namorados, mas na verdade o que mais gosto nesse sentimento é que ele não tem limites e nem fronteiras. Eu desfrutei de vários tipos de amor: de amigos, da família, da minha ex-namorada e assim por diante. Mas o meu principal foco é o amor entre família.

Tocando nesse assunto, a principal coisa que vem à nossa cabeça são pessoas reunidas em torno de uma mesa, felizes e com muito amor para dar e vender. Mas por trás de toda família feliz, existem conflitos escondidos porque nenhuma é perfeita. A perfeição é oculta para nós, contudo podemos nos tornar bem próximos disso, entendendo o que realmente guia uma família. Se o sangue ainda for mais importante que o amor, então podem ter certeza de que não são felizes. Se um exame de DNA valer mais que os momentos que a vida proporciona, pode ter certeza de que ainda permanece na mesma. Mas quando o amor finalmente for superior, pode ser que tenha a chance de ser feliz. E eu, aliás, minha história é a prova concreta disso.

Nossos pais nos ensinam muitas coisas: a dizer as primeiras palavras, a dar os primeiros passos na infância, a andar de bicicleta, a fazer lição de casa ou até mesmo os ensinamentos que vêm mais adiante com a vida. Só que o principal objetivo de ser pai é criar o filho para o mundo. E nesse ponto eu tive muita sorte, porque meu pai pode até não ter exatamente me criado desde o começo, mas me ensinou como enfrentar o mundo. E justamente agora que deixei a escola para enfrentar o mundo, resolvi fazer isso com o mesmo pulso firme que ele lidava com seus negócios.

Ora, onde estão meus modos? Prazer, meu nome é José, só que graças a Deus todos preferem me chamar de Júnior. Nasci em 1º de abril de 1993, o que me torna um ariano legítimo. Não sei quanto a vocês, mas eu acredito

em astrologia para definir sua personalidade e desacredito nela para definir o futuro – porque se coubesse aos humanos prever o futuro, todos já estariam milionários de tanto ganhar na loteria e loucos por saberem o dia que morreriam. O fato de meu ascendente estar em peixes faz com que meu individualismo ariano se torne menor diante da gentileza pisciana, e sendo assim, ternura e explosão se mesclam em mim. O site do qual peguei todas essas informações me descreveu como o começo e o fim, pelo fato de meu signo e meu ascendente representarem respectivamente o primeiro e o último elemento do mapa astral, fazendo com que tudo pareça familiar para mim. Acho que por acreditar nisso me torno um pouco supersticioso.

A história que me preparo para contar não é uma qualquer, e sim a mais improvável que se tornou a minha realidade. Às vezes, acho que o destino interfere em minha vida todos os dias, e insistentemente ele quer me ensinar algo. Jamais tive ideia do que ele quer me mostrar, e acho que não terei. Tenho certas dúvidas de que ele realmente exista, mais de uma coisa tenho certeza: se ele existe, é inevitável.

Sei que provavelmente não devem estar tendo a menor compreensão do que estou falando, e talvez mesmo depois de lerem o que se segue, continuem sem compreender. Não peço que tentem entender minhas atitudes, porque erro como qualquer ser humano de carne e osso. É que, às vezes, as coisas passam a acontecer tão rapidamente que você acaba perdendo o controle da situação. E foi assim que eu me senti quando perdi seguidamente as coisas mais importantes que tinha, e é assim que permaneço me sentindo nesse aeroporto. Quando você perde aquilo que guia sua vida, um vazio enche o espaço que isso ocupava dentro do seu coração e faz com que se sinta totalmente só. Mas é sempre nesse momento que sito uma frase que um grande poeta pichou uma vez, que dizia que os ventos que tiram algo que amamos também nos trazem algo para amar, e é por isso não devemos chorar por aquilo que nos foi tomado, e sim aprender a amar aquilo que nos foi dado, pois tudo que é realmente nosso nunca se vai para sempre. É assim que a vida funciona, porque o que é realmente nosso sempre vai estar com a gente, não importando quanto tempo se passe.

Quem me dera que pensasse assim antes de muitos acontecimentos, pois assim os teria evitado. Infelizmente aquilo que aconteceu não é algo que eu possa mudar, e muito menos algo que possa esquecer. Existem pessoas que se tornam muito importantes para nós, e quando as perdemos sem deixá-las com palavras amorosas, tudo o que resta é o remorso.

Não sei se o fato de estar relembrando o passado fez com que eu visse parado no balcão de atendimento alguém muito parecido com uma pessoa que amei muito. Aos poucos fui me aproximando desse alguém e me preparando para tocá-la, e a cada passo que dava tudo parecia voltar com tamanha nitidez na minha memória. Os momentos passados se tornam ainda mais poderosos, as coisas que aconteceram ainda parecem valer e meu coração pulsa no meu peito como antigamente. Finalmente crio coragem para chamá-la, quando ela se vira, nossos olhares se cruzam, parecendo nos remeter ao passado.

Vou deixar de dar uma de Benjamin Button e começar a minha história do começo. Pense bem antes de prosseguir lendo essa história, porque crepúsculo está na moda e pode ser mais aconselhável, pois não te deixa com uma crise existencial. Agora, se quer seguir adiante, admiro sua coragem. Talvez você até consiga entender o que com palavras tento expressar. Ou talvez, como eu presumo, não consiga. Tudo depende apenas de você.

I

O início das aulas

Fevereiro, o começo verdadeiro de um ano. Pessoas começavam a se preparar para o trabalho e outras para a escola. Janeiro podia até ser o mês em que comemoramos o início do ano, entretanto a rotina realmente só começa em fevereiro.

Era segunda-feira, o primeiro dia de fevereiro e consecutivamente o meu primeiro dia na nova escola. Para piorar, ainda era o meu primeiro ano do ensino médio, época muito delicada para se trocar de colégio, deixando os antigos amigos do ensino fundamental e conhecendo novos. Quando penso que as coisas não podem piorar, me lembro do fato de estar atrasado, porque o despertador tocou às seis horas, só que para variar não acordei de imediato. Resolvi optar por aquele acordo daqui a pouco que, somado com a vontade de deixar a cama, sempre acaba com todo mundo pela manhã. Aliás, eu nunca acordava com facilidade. Por causa disso tive que ser ágil enquanto me preparava para aula. Caso contrário ficaria sem um bom lugar na sala ou, na pior das hipóteses, não me deixariam entrar e no dia seguinte sentaria por engano no lugar do valentão do colégio. E isso seria terrível.

A maioria das pessoas se pergunta por que alguém estuda onze anos em um mesmo colégio e nos últimos três anos resolve mudar. Para ser sincero nunca quis sair do meu antigo colégio, mas as coisas haviam ficado um pouco apertadas e meus pais já não podiam pagar. Percebi isso quando os boletos da escola passaram a se acumular na geladeira, e então tive que poupar meus pais de passarem a vergonha corriqueira de dizerem que eu teria que sair do colégio, saí por livre e espontânea vontade.

Ainda com meus pijamas, corri até o guarda-roupa para achar algo que se adequasse ao devido momento. Sempre detestei uniformes e aquela escola tinha como norma que cada aluno devia estar devidamente uniformizado, embora achasse isso uma bobagem. Mas em um colégio assim, isso deve ser o que há de melhor, porque aposto que até fila devem fazer. Por sorte os meus uniformes ainda não haviam chegado. Infelizmente já tinham sido encomendados, porém a data de entrega prevista era só para abril. Então coloquei uma calça jeans discreta e uma blusa branca com uma estampa de dragão chinês.

Na cozinha, meu pai se sentava perto da janela e lia uma daquelas manchetes arrasadoras de jornal enquanto tomava seu café da manhã. Tínhamos o mesmo nome, mas personalidades completamente opostas. Ele sempre foi uma pessoa discreta e individualista, que mantinha os sentimentos o mais distante possível e dava muita importância ao trabalho. Ele simplesmente dava a vida pelo seu trabalho e mantinha uma ética profissional diante dos outros advogados. A propósito, ele era um advogado relativamente bom, porém sem reconhecimento. Com a inteligência que tinha podia ser até um juiz, mas nunca ligou para isso. Sempre disse que os verdadeiros valores de um homem não devem ser vistos por quem ele é, e sim por como ele é. Meu irmão mais velho, Bernardo, admirava tanto nosso pai que resolveu seguir os mesmos passos dele. Sempre foi muito inteligente, e por essa razão estava fazendo direito na USP. Tenho certeza absoluta de que vai se tornar um advogado sensacional.

Minha mãe, Marina, para variar fazendo o que mais amava: cozinhando. Ela cuidava das tarefas de casa e ainda era uma das doceiras mais requisitadas de São Paulo. Na sua infância, nunca havia descoberto o seu dom. Ela não se identificava com exatas, nem com humanas e muito menos com biológicas, e talvez esse seja o motivo de ela ter repetido três vezes a primeira série. Meu pai sempre disse que minha mãe só passava de ano porque minha avó dava salgadinhos para os professores, e ela sempre ficava irada quando ele dizia isso, falando que ia processá-lo por calúnia e difamação. Foi por ela nunca ter descoberto quem realmente era, que fez um curso de Cake Design e hoje faz os mais perfeitos bolos e doces de São Paulo.

A diferença de idade que existe entre os dois é imensa, meu pai tem praticamente o dobro da idade da minha mãe. A maneira como se conheceram foi meio irônica, porque a melhor amiga da minha mãe havia se separado do marido, que se recusou a entregar o cachorro deles porque estava ressentido por ela ter terminado com ele. Então elas foram até um advogado – que não podia ser muito caro – para reaver o cachorro. Eles se conheceram, se casaram e enfim ficaram juntos. Não felizes para sempre, porque logo veio meu irmão e junto uma turbulência no casamento. Fui definitivamente o responsável pelo fim dessa turbulência, porque com a minha chegada o amor que talvez algum dia tivesse existido voltou.

Ao perceber minha presença na cozinha e minha expressão de "estou atrasado", mamãe já começou:

— Não vai comer filho?

— Mãe, estou atrasado. — Expliquei apressadamente. — Tchau para vocês.

Ambos me responderam de maneiras diferentes. Mesmo eu estando indo para o primeiro ano do colegial, minha mãe agiu daquele jeito que todas as mães agem: dizendo cuidado, não converse com estranhos e que não me esqueça de olhar pros dois lados da rua. Será que era mesmo necessária toda essa demonstração de preocupação para um garoto de quase quinze anos? Não preciso nem comentar. E meu pai apenas assentiu em resposta.

Minha casa era um sobrado localizado na Rua Belgrado, número 382. A frente da casa era coberta por uma calçada de ladrilho que se estendia pela rua inteira. A rua era uma descida, o que acabava sendo uma vantagem em caso de enchente. Morei naquele bairro durante quase toda a minha vida, e embora detestasse a monotonia daquele lugar, já estava acostumado.

Quando dobrei a esquina, vi o ônibus que levava até o terminal Sacomã passar direto pelo ponto. Esse ônibus sagrado passava, normalmente de meia em meia hora. Praguejei contra tudo e todos, amaldiçoei minha vida e sai correndo até o terminal. Se desse tempo de chegar até a escola, chegaria todo suado por sair correndo.

Ao chegar ao terminal a primeira coisa que fiz foi beber água. Depois desci para o ponto, e por sorte não esperei nem cinco minutos e o ônibus que precisava chegou. O terminal era sempre uma confusão, porque os ônibus que estavam com seus pontos ocupados por outro ônibus iam parar em outro ponto. Você nunca sabia onde pegar seu ônibus e muito menos quando ele chegaria. Os fiscais que ficavam lá não serviam absolutamente para nada, portanto se estivessem ou se não estivessem não faria a menor diferença.

Quando subi no ônibus pensei seriamente em descer, mas antes disso ele começou a andar. E sem falar que eu não ia dar de mão beijada ao governo o dinheiro da passagem. Agora o jeito era chegar lá e ver se conseguia entrar, mesmo que fosse na segunda aula.

Ao descer do ponto e me deparar com a escola, fiquei maravilhado com sua construção antiga e detalhada. Era admirável a beleza da fachada daquela escola. Provavelmente aquele colégio deveria ter passado por diversos períodos da história do Brasil. Pelo que soube, o lugar era tão antigo que até alma penada rondava por lá.

Ao me lembrar de que estava atrasado e que não tinha tempo para ficar admirando a beleza da escola, voltei a correr. Uma moça que provavelmente deveria ser porteira estava prestes a fechar o portão quando me viu correndo. Mantinha um sorriso sincero em seu rosto, que dava até para perceber que desejava "boas-vindas" aos alunos.

— Obrigado. — Agradeci ao entrar.

— Hoje tudo bem, mas veja se não chega atrasado novamente. — Alertou ela.

— Eu prometo.

Era realmente admirável a beleza daquele colégio tanto por fora quanto por dentro. O salão de entrada era sustentado por diversos pilares, e em cada um havia uma samambaia. Havia também um painel de tijolos que destacava alguma cena histórica que não descobri qual era e muito menos o que era, mas a arte estava lá para ser contemplada.

Nos pilares haviam várias listas com nomes dos alunos por série. Procurei pelos primeiros anos e logo me deparei com meu nome. Havia entrado na melhor sala, de acordo com o que alguns alunos haviam comentado comigo no dia que vim encomendar o uniforme. Disseram eles que a primeira sala era onde colocavam os alunos que vinham dos melhores colégios. O número da sala era 17 - meu número da sorte - e ficava no segundo corredor do bloco A. Localizei a entrada para esse bloco de imediato e segui em sua direção. Subi uma rampa e localizei uma placa que apontava primeiro andar. Subindo mais uma rampa cheguei no segundo andar e fui indo por ele.

Algumas salas estavam de porta aberta e dava para ver o professor lecionando a sua matéria. Vi uma senhora que provavelmente dava aula sobre gramática. Já em outra classe tinha uma mulher com um cabelo tigelinha e com um microfone preso ao peito que falava da importância da química para nossas vidas. Logo encontrei uma sala, com o número 17 na porta. Respirei fundo e dei duas batidas na porta. A mulher de cabelos vermelhos olhou para o seu relógio e depois para mim. Observou profundamente meu rosto e finalmente abriu a porta.

— Tem sorte que simpatizei com você — Disse ela.

Agradeci pela sua "imensa bondade" em deixar um aluno atrasado entrar e me dirigi ao único lugar vago, no fundo da sala. No canto oposto ao meu haviam duas góticas esquisitonas que faziam o corpo de qualquer um se arrepiar inteirinho. Na minha frente tinha um garoto também muito estranho que parecia o Bob Marley. Até um violão tinha próximo da sua carteira. Parecia ser alguém desleixado, do tipo "não me importo com a vida, apenas com a música".

Ele deu uma olhada para uma das malucas do fundo e lançou-lhe um beijo, o que me fez quase vomitar.

— Meu nome é Esmeralda, sou professora de literatura. A literatura tem um papel fundamental no nosso cotidiano. — Começou a dizer a mulher de cabelos vermelhos. — Ela cria imaginação, abre novos horizontes e é o principal meio de luta que a sociedade encontrou ao longo do tempo. Po meio dela diversos poetas se destacaram e fizeram com que suas obras e seus respectivos períodos ganhassem força e poder.

— Como é seu método de ensino, Diamante? — Perguntou o Bob Marley da sala, interrompendo a aula e causando risos de todos os cantos pelo trocadilho sem graça.

No mesmo tempo que uma risada estrondosa saiu da boca das góticas se destacando entre as demais, o rosto da professora foi invadido por uma expressão de raiva, que em pouco tempo se transformou num largo sorriso que cobriu todo o seu rosto.

— Meu método de ensino é o seguinte: quando um aluno interrompe minha aula para falar uma BOBAGEM — Ela alterou a voz na última palavra — Peço gentilmente um relatório sobre o que estava falando. O que acham de fazerem um relatório que fale da importância da literatura nas nossas vidas até sexta-feira?

Agora a sala havia sido invadida por um ar de insatisfação vindo de todos. Um cara bastante alto questionou o do cabelão, perguntando se ele estava satisfeito por ter ferrado toda a sala com esse relatório. Esse na certa devia ser o dono do pedaço.

O resto da aula se passou no mais absoluto silêncio, porque ninguém queria entregar dois relatórios até o final de semana. Depois da aula de literatura, entrou na sala a professora do microfone, que muitas vezes se esquecia de que tinha um microfone preso nos peitos e berrava. Ela realmente era professora de química, e com certeza devia ser uma das mais terríveis. Por uma mera infelicidade do destino, a aula dela foi dupla.

Depois do sinal da terceira aula fomos para o intervalo. O refeitório era bem grande, tinha mesas coloridas com quatro cadeiras em cada uma e com certeza não combinava com o resto da escola. A cantina estava com uma fila imensa; aliás, eu sempre detestei filas, mas estava com tanta fome que tive que encarar a da cantina por um hambúrguer. Detestava queijo e mais ainda seus derivados. Meus lanches eram sempre sem queijo e sem qualquer tipo dessas coisas cremosas como maionese.

— Por favor, gostaria de um hambúrguer simples e uma coca-cola.

— Na mão — Respondeu a moça, me entregando o lanche e o refrigerante.

Como não tinha mais lugares vagos no refeitório, fui comer no salão de entrada. Fiquei observando novamente o painel porque amava ver os detalhes que formavam uma obra de arte e queria identificar o que era aquilo. Estava tão entretido com o painel, que nem havia reparado numa garota que provavelmente tentava fazer uma releitura dele em sua caderneta. Ela tinha cabelos loiros meio escurecidos, um corpo com traços perfeitos e, com certeza, era a garota mais linda que eu já havia visto. Tão linda que até os anjos ficavam com inveja. Mas naquele momento senti algo mais forte que a beleza, que parecia se manifestar por dentro. Era até difícil descrever tudo isso apenas com palavras.

Naquele momento meu corpo foi ficando tão leve que me senti no paraíso. Jurava que podia ouvir até a banda The Carpents cantando "Close To You". Meu celular vibrava e então percebi de onde vinha à música. Tirei-o do bolso e parei a música, só que ela veio andando de costas, procurando um bom ângulo para tirar uma foto do painel com seu celular – provavelmente para depois fazer uma comparação entre as duas imagens – quando esbarrou em mim e tudo aconteceu naquele momento. No mesmo instante que nossos celulares voavam para longe, caímos juntos. O refrigerante que estava tomando virou praticamente inteiro na minha camiseta. Ela caiu sobre mim e nossos olhares então se encontraram. Sabe aquele momento que você olha para ela, ela olha para você e os dois parecem ter a certeza de que foram feitos um para o outro? Eu não sei.

— Não sabe olhar por onde anda? — Reclamei.

— Desculpe, não vi que tinha mais alguém ai — Ela falava com um desespero tão grande que até sentiria pena dela se não tivesse sujado toda a minha camisa no primeiro dia de aula.

— E por acaso suas desculpas vão deixar a minha camisa limpa?

— Ótimo, eu errei e já te pedi desculpas. Agora está na sua vez de aprender a ter modos, deixar de ser um ignorante e aceitar as minhas sinceras desculpas.

Nos encaramos novamente, um olhando firme nos olhos do outro. Ela realmente esperava que aceitasse as suas desculpas e isso era bem visível. Mas em hipótese alguma, eu sequer pensava em aceitá-las, mesmo se fosse por uma garota linda como ela. Simplesmente peguei meu celular do chão, dei as costas e fui embora.

Sentia uma raiva sem tamanho dentro de mim, só que não sei se a origem de toda essa raiva era pela camisa suja ou porque aquela garota pareceu ficar magoada. Por pior o erro que ela tenha cometido, não tinha o direito de ficar nervoso com ela. Ao menos não daquele jeito. Encontrei uma mesa vazia, me sentei, e depois coloquei aos mãos sobre o rosto para tentar me acalmar.

— Sua camisa está suja. — Disse o garoto parecido com o Bob Marley ao sentar na minha mesa. Ele comia um salgadinho como um porco.

— Grande observação! — Exclamei.

— O que é que você tem a ver se a blusa dele tá limpa ou suja? — Perguntou uma voz atrás de nós. Era uma garota que, ao invés de falar, mantinha uma musicalidade nas suas palavras que fazia com que cada uma parecesse uma nota. — Eu me chamo Iara. — Cantou ela e logo em seguida se sentou na minha mesa.

— Acho que é aqui que as pessoas mais legais se sentam. — Falou uma menina sorridente, também já se sentando na mesa.

— Tirando esse mocorongo do Rafael, o resto pode ser considerado legal, Deby. Mas eu sou mais que legal. – Pelo visto Iara não se achava nem um pouco. Realmente esperava que ela estivesse apenas brincando.

E mais pessoas começaram a se juntar a nós. Tudo o que queria era paz depois da briga com aquela garota e eles roubaram a minha tranquilidade. O sinal tocou e não pensei duas vezes antes de me livrar daqueles malucos. Subi correndo para sala e retornei a minha carteira, deslizando a minha cabeça sobre ela. Logo a sala foi invadida pelas conversas que ecoavam pelo corredor e eu fiquei ainda mais mexido ao ver que a garota com quem havia brigado era da minha sala. Nesse momento a tranquilidade me mandou lembranças.

O resto do dia passou calmamente. Tive duas aulas de português, com uma senhora chamada Thelma. Ela parecia ser simplesmente incrível e também uma ótima pessoa. Naquela aula, falou um pouco sobre a importância da linguagem no nosso dia a dia, as relações que se mantêm entre um emissor e um receptor e sobre como se formou a língua Portuguesa. Aproveitei alguns segundos e olhei para a garota do refrigerante, que estava entretida com a aula.

A última aula foi com um professor absolutamente maluco, que disse ser cientista e que avaliava cada aluno por meio de projetos. Ele lecionaria biologia para nós. Desde o momento que o vi, senti que devia ser mais um professor louco que só foi aceito no Visconde.

Como estava a fim de gastar todas as energias que havia adquirido durante o dia e exteriorizar a raiva, voltei andando após a aula. Enquanto caminhava, o Rafael me alcançou e veio me acompanhando enchendo o saco de uma maneira até agradável. O assunto favorito dele era sobre o fim do mundo.

— Você acredita na previsão dos Maias de que o mundo vai acabar em 2012? — Perguntou ele.

— Não.

— Por que não? — Continuou perguntando.

— Por não acreditar em profecias sobre o futuro. Se fôssemos capazes de prever o futuro, todos já teriam ganhado na loteria e estariam ricos.

— Mas eles fizeram várias profecias que se tornaram verdadeiras. Como a profecia de que as geleiras derreteriam.

— Existe uma grande diferença entre prever algo imprevisível e algo que não é segredo para ninguém.

Depois dessa minha resposta ele ficou calado o resto do caminho. Pelo visto o havia deixado de péssimo humor. Quando cheguei em casa, minha mãe quis saber tudo sobre o primeiro dia de aula. Antes disso quis saber porque eu demorei tanto. Expliquei que queria relaxar um pouco, então vim a pé.

— Se você queria relaxar é porque alguma coisa aconteceu. O que o incomodou hoje? — Odiava essa maneira que minha mãe tinha de descobrir as coisas. É claro que não contaria para ela sobre o episódio da garota, porque se contasse, isso seria motivo de chacota para minha família inteira para o resto do ano. Podia até imaginar eles falando: "Júnior está apaixonado".

— Não aconteceu nada de extraordinário.

Tinha uma imensa certeza de que cantariam a música "Entre tapas e beijos" e ririam de mim por um bom tempo. Haviam momentos que realmente tinha a família perfeita, porque eles me davam apoio quando precisava e se importavam comigo. Mas em outros eu achava que possuía uma corja no lugar de uma família.

Minha mãe tinha duas entregas de bolo para fazer. A primeira delas era

lá na Saúde, e a segunda em Santo Amaro. Isso significava uma tarde inteira sozinho, sem ter que me preocupar em deixar escapar alguma coisa que desse um bom motivo de fofoca para minha mãe ou algo que a fizesse rir durante um bom tempo.

Se eu tivesse uma namorada, esse seria o momento ideal para chamá-la para vir em casa e passar uma tarde inteira sozinhos. Mas como não tinha uma, o jeito era ficar o dia todo na cama, assistindo TV e tomando sorvete. Coloquei na Globo, onde passava o filme "O Paizão" na sessão da tarde. Esse era um dos meus filmes favoritos, porque além de em muitos momentos me fazer rir, adorava ver como aquele solteirão passava a se tornar literalmente um paizão. O jeito que ele cuidava daquele menino era totalmente desleixado, mas no fundo ele amava aquele garoto. E isso ficava bem visível no final do filme, quando tiravam o garoto dele. Em todas as vezes que assistia a esse filme, sempre terminava chorando.

Embora gostasse muito desse filme, não conseguia me concentrar. O encontro com aquela garota, de uma estranha maneira, tinha mexido muito comigo. Não sei porque ela não saia da minha cabeça. Será que eu fui muito rude? Será que ela realmente merecia ter ouvido tudo aquilo? Talvez estivesse, e com razão, muito arrependido. Amanhã pediria desculpas para ela. Mas e se ela não aceitasse minhas desculpas? Claro que mesmo que não aceite minhas desculpas, ao menos terei pedido. Minha contribuição para um mundo melhor seria dada, e poderia voltar a ficar em paz com meu consciente. Se tem algo bom nos arianos é a perseverança que eles têm quando decidem fazer alguma coisa. E vai ser essa perseverança que vai fazer com que eu peça desculpas para ela.

O filme acabou e fui até a varanda ver um pouco a rua. Debrucei sobre a grade e fitei a lua por um instante. Quantas pessoas no mundo estariam fazendo o mesmo que eu? Gostava de ver a lua, porque ela me dava a esperança de que um dia encontraria alguém que fizesse de mim uma pessoa completa. Só que por mais que desejasse ter alguém para me entender, parecia que o destino conspirava contra isso. Certas vezes preferia pensar que ele nunca havia me dado ninguém para amar porque guardava alguém especial para mim.

Minha onda de pensamentos foi interrompida pelo celular que tocava insistentemente do meu quarto. Corri para atender e, para variar, o havia perdido. Olhei entre os lençóis bagunçados e nada. Na cômoda também não estava e muito menos em cima da televisão. Então pisei em algo retangular e vi que era meu celular.

— Alô?

— Quem é? — Perguntou, com um certo tom de preocupação, uma pessoa que mantinha uma voz doce e suave. Tive a impressão de conhecer essa voz de algum lugar, só não sabia de onde.

— Com quem quer falar?

— Por engano peguei esse celular que não é o meu. Aposto que este celular é o seu celular e no qual você está falando nesse exato instante é o meu.

Olhei devagar para o celular, e percebi que era o mesmo modelo do meu, só que não era o meu. Além disso, por uma grande coincidência, tanto o meu celular quanto esse tinham o mesmo toque. Me senti a pessoa mais idiota do mundo: como poderia ter pego, por um mero engano, um celular que não era meu?

— Eu realmente peço desculpas por toda essa confusão. — Falei — E acho que provavelmente devemos ter trocado os celulares no Visconde de Itaúna, mas infelizmente não posso te devolver esse celular hoje.

— Sim, eu já deduzi que devemos ter trocado os celulares lá na escola. Só que eu realmente preciso do meu celular e não posso esperar até amanhã. — Ela parecia aflita. — Então eu lhe peço, por favor, vamos destrocar os celulares?

Não estava motivado o bastante para sair de casa depois de tudo que havia acontecido, mas resolvi abrir mão das minhas frescuras e ajudá-la. Afinal, ela só estava sem ele por minha culpa.

— Onde você quer se encontrar? — Perguntei.

— A primeira praça da Anchieta fica perto da minha casa. Fica perto para você também?

— Fica perfeito. Estarei lá em dez minutos.

Cheguei na praça antes do previsto, pois em menos de cinco minutos já estava lá. A garota do celular, no entanto, ainda não havia chegado. Tentei descobrir alguma coisa fuçando seu celular, mas para tudo tinha senha. Só consegui descobrir que ela se chamava Ellen. Não sei o por quê, mas simpatizei com esse nome.

Sentei em um dos balanços da praça e fiquei observando uma criança que brincava com sua mãe. Naquele momento, senti uma súbita saudade da minha infância. Lembrei de quando eu e minha mãe tomávamos sorvete juntos sentados nesse mesmo lugar. Quando a tarde era boa, minutos pareciam

segundos. Mas cada segundo valia muito a pena, porque logo se transformavam apenas em lembranças. Valeu a pena ficarmos sentados naquela praça observando os carros passarem e vendo quem notaria primeiro uma Brasília amarela passando. Também valeu quando rolávamos juntos na grama, brincando como se nada mais existisse. Nunca vou me esquecer dessas pequenas coisas, das emoções que me traziam e das sensações que me faziam sentir.

Costumo dizer que o tempo tem dois poderes: criar e destruir. Ele pode fazer com que algo pare de existir e consecutivamente com que algo passe a existir. Aquela criança me trouxe de volta várias recordações, as quais conforme os anos se passaram, eu me esqueci. Senti um vento suave tocando meu rosto e tive a impressão de que ele queria me dizer alguma coisa que não podia ouvir, mas apenas sentir. Que bobagem essa ideia do vento falar comigo.

— Suponho que você seja o tal garoto. — Falou alguém por trás de mim.

Essa voz me parecia familiar. Seu tom suave tocava em uma parte que se escondia dentro de mim, que nem eu mesmo conhecia. Virei para ver quem ela era e dei de cara com a garota do incidente da escola. Como não pensei nisso antes? É óbvio que quando esbarramos um no outro trocamos de celular.

— Você? — Dissemos juntos.

— É claro que essa bendita troca devia ser obra sua. — Disse ela, provavelmente tentando me alfinetar.

— Escuta, eu sei que não agi muito bem com você e que deve me achar um idiota, mas, enfim, lhe devo desculpas pelo meu comportamento. — Foi duro dizer isso, mas consegui.

— Por que resolveu pedir desculpas? — Perguntou ela.

— Você não se sente satisfeita em apenas ouvir desculpas? O que mais você quer? Que me ajoelhe e peça perdão?

— Como eu imaginava. Você não quer pedir realmente desculpas, porque tudo o que deseja é ficar com a consciência limpa.

Sei que é teoricamente impossível, mas quando ela disse isso a gravidade pareceu cair sobre a minha cabeça. E por mais que odiasse o que ela falou, essa era a verdade. Sei também que devia insistir que aceitasse minhas desculpas e mostrar que elas eram sinceras. Só que ao invés disso, mais uma vez, me tornei um fracassado dando as costas para tudo e indo embora.

Acidente de trânsito

Durante o resto da semana conheci mais o ambiente escolar, assim como os alunos e os professores. No entanto, a pessoa que eu mais tinha vontade de conhecer não queria nem sequer atravessar o meu caminho. Observando de longe, descobri que além de ela ser uma garota meiga, era muito inteligente e sensata.

Sexta-feira era um dia bastante exaustivo para mim, porque além de estudar trabalhava no buffet à noite. Embora não gostasse muito, precisava do dinheiro. O gerente de lá se chamava Ricardo e era um pé no saco, porque adorava ferrar as pessoas.

Depois da aula voltei para casa e não vi nenhum sinal de vida. Isso mostrava que nem minha mãe ou meu pai deviam ter chegado, ou talvez que tivessem chegado, mas saído. Era estranha a sensação que ficava quando não tinha ninguém. Subi ao meu quarto e deitei um pouco na cama, só que acabei cochilando.

Acordei por volta das seis horas, tomando até um susto com o passar das horas. Comecei a correr pelo quarto e procurar a roupa que minha mãe havia passado. Coloquei minha calça jeans e uma camisa qualquer, pois somente quando estivesse lá me dariam o uniforme. Estava tão atrasado que não daria tempo de ir de ônibus. Se chegasse atrasado seria advertido pela segunda vez. A primeira foi quando – assim como Ellen fez comigo – derrubei refrigerante em um convidado. Ele armou um escândalo sem tamanho e fez com que o gerente me advertisse. Agora se não corresse, receberia a minha segunda.

Sei que provavelmente meus pais me matariam quando voltassem, só que não me restava outra escolha além de pegar o carro. Em casa tínhamos três carros: um corsa prateado da minha mãe, um Mercedes do meu pai e um Pálio que era de meu irmão. Quando ele fez dezoito anos e tirou a sua carta de motorista, deram para ele um Pálio de presente pela carteira e pelo aniversário. Como não quis levar o carro para o interior, ele ficou na garagem criando teias de aranha. É claro que quando fizesse dezoito anos, meus pais ao invés de me comprarem um carro novo como fizeram com o meu irmão, me dariam o antigo. Ou seja, se batesse ou fizesse qualquer outra coisa estaria estragando algo que seria meu.

Sei que muitos devem estar se perguntando: "Será que ele já tirou sua

carta de motorista?". Isso é impossível, porque no Brasil só é permitido tirar sua habilitação após alcançar a maioridade. E como tenho apenas quatorze anos, ainda não pude tirá-la. Só que nas férias que fui passar na casa da minha tia em São Carlos, meu tio me ensinou a dirigir. Como no interior as ruas são calmas e paradas, pude treinar e aprender a dirigir muito bem um carro. Pude até ajudar no mercadinho que eles têm, entregando algumas mercadorias.

Mas, é muito diferente dirigir nas ruas da Capital. Aqui tudo tem muito movimento, pessoas apressadas cortam no trânsito o tempo todo e sempre tem alguns na contramão. Para evitar esses problemas, fui dirigindo pausadamente e com muito cuidado. Subi a rua ao lado da minha, entrei pelo lado esquerdo da Rodovia Anchieta, atravessei o túnel e passei por debaixo da passarela. Depois contornei um dos lados do terminal Sacomã e fui seguindo pela rua Lino Coutinho até chegar no buffet.

No momento que cheguei olhei para o relógio e vi que estava atrasado. Sai do carro, acionei o alarme e entrei correndo. Fui até a cozinha onde o pessoal sempre se reunia e entrei interrompendo a reunião. Todos ficaram me olhando, em especial Ricardo, o gerente. Ele praticamente me assassinava com seu olhar.

— Atrasado novamente. — Disse ele.

— Compromisso de última hora. — Falei, tentando me defender.

— Você vai ter bastante tempo para seus compromissos depois que nunca mais for chamado para trabalhar num buffet. Aqui está sua segunda advertência.

— Foram apenas alguns minutos... — Argumentei.

— Já está decidido. E agora vai se arrumar antes que a festa comece.

Ricardo nunca ajudava ninguém. Muito pelo contrário, quanto mais ele pudesse ferrar os outros, melhor. E são sempre essas pessoas egoístas que se dão bem por ferrar os outros. Ao menos foi assim com ele, porque ronda uma lenda que antigamente Ricardo não passava de um garçom que se deu bem por entregar um funcionário que havia comido uma coxinha antes da hora. Como aquela empresa do buffet era muito rígida, colocaram o coitado no olho da rua e promoveram Ricardo. Nem deram uma segunda chance para aquele coitado com uma advertência.

Agora eu já estava advertido pela segunda vez. Mesmo pegando o carro do meu irmão não consegui chegar a tempo, o jeito era ficar atento para não receber a terceira advertência. Conforme Ricardo disse, peguei meu uniforme, uma bandeja e comecei a servir os convidados que chegavam. Garçom aqui, garçom ali, garçom me traz um refrigerante, os papéis acabaram, e assim por diante. Esse povo era de dar pena.

Ao longo da noite a festa foi enchendo e eu ficando cansado. Nessa semana haviam começado as minhas aulas e depois ainda tive que trabalhar. Devia era ter faltado na escola, porque assim diminuiria meu cansaço, contudo quem não vai à luta não vence.

— Garçom, por favor, me traz um refrigerante. — Disse alguém com uma voz que ecoava lá do fundo.

Fui procurando essa pessoa entre os convidados, até que senti alguém tocar nas minhas costas. Virei e dei de frente com a Ellen. Mais uma vez o destino a colocava no meu caminho. Todos olhavam para nós, sei lá por qual motivo.

— Com licença, com licença. — Pediu educadamente Ricardo para os convidados, tentando abrir caminho.

— Meu Deus, ele derramou refrigerante em uma convidada. — Falou uma mulher qualquer.

Foi só então que percebi porque todos nos olhavam. Havia esbarrado a bandeja na Ellen e derrubado refrigerante. Sua blusa branca estava manchada e seu rosto angelical tinha uma expressão bem severa.

— Acho que agora estamos quites. — Falei.

Ela respirou fundo como se estivesse tentando se acalmar. Por fim, perguntou:

— Essa é sua estranha maneira de dizer olá?

— Essa é a nossa estranha maneira de dizer olá. — Respondi.

— Bom, conforme você perguntou, ainda não estamos quites. Só estaremos depois que eu enfiar essa torta bem no meio da sua cara.

Ela se dirigiu até a mesa, pegou uma torta de morango e enfiou na minha cara. Com o intuito de me vingar, peguei outra torta e a arremessei na sua direção, só que ela acabou desviando. Por sorte ao acaso, acertei em cheio o gerente e logo todos estavam arremessando tortas um na direção do outro. Convidados se escondiam debaixo da mesa, se protegiam com pratos e outros saiam correndo da festa. Alguns convidados se divertiam atirando tortas - inclusive eu e Ellen –, e quem mais se divertia eram os funcionários, que sempre miravam no gerente.

— Acho que nunca me diverti tanto. — Falei.

— Eu também penso a mesma coisa. — Concordou ela.

Naquele momento nos encaramos e vi o quanto ela estava diferente. Já não parecia ser aquela garota que recusou minhas desculpas e muito menos aquela que ficou nervosa após o refrigerante. Senti, de um estranho modo, atraído por ela. Me aproximei dela e fui me curvando até que nossos lábios se tocaram. Ela parecia lutar contra esse beijo, mas acabou se entregando.

Após o beijo, eu me sentia no paraíso, porque não existia sensação melhor. Quanto a Ellen, o beijo parecia não ter sido a melhor coisa do mundo. Tive sérias dúvidas se tinha beijado bem ou mal, no entanto, minhas dúvidas foram esclarecidas por ela logo em seguida.

— Isso jamais deveria ter acontecido.

— Por quê? — Perguntei.

— Porque eu já amo alguém.

No instante que disse isso, a gravidade parecia cair sobre mim. Não sei o que estava sentindo, mas sentia alguma coisa e isso já era o bastante para lutar por ela.

— Quem? — Foi tudo o que consegui dizer.

— Isso não é da sua conta. — Falou ela, enquanto me dava às costas e ia embora.

Fiquei parado, tentando aceitar as coisas até que me deu um estalo e fui atrás dela. Quando cheguei na rua, ela já estava partindo em um táxi. Tudo o que fez foi dizer um desculpe com cara de cachorro molhado enquanto ia embora.

O que será que realmente sentia por ela? Qual era minha verdadeira intenção: o desejo de conquistar uma garota difícil ou a chance de encontrar um verdadeiro amor? O fato de ela ter me dado um fora fez com que me sentisse indiferente. Era como se faltasse algo em mim.

Decepcionado, voltei para a festa. Parecia estar tudo acabado, assim como eu. Uma mulher gritava horrores com o gerente.

— Vocês não são nem um pouco profissionais. Essa foi a última vez que minha filhinha fez uma festa nesse muquifo.

— Espere um pouco senhora. — Disse o gerente, tentando acalmá-la. — Vamos punir os responsáveis por tudo isso e sua filha terá a melhor festa de sua vida.

— Eu já tive a melhor festa da minha vida. — Disse inocentemente uma garotinha de aproximadamente 9 anos que estava toda suja de chocolate. — Nunca me diverti tanto.

— Está vendo? — Perguntou o gerente para a mulher. — A garota se divertiu. Ela é uma gracinha.

Ricardo, sempre puxa-saco e desprezível, fazia de tudo para não sujar o nome do buffet, e muito mais para que o abacaxi não sobrasse para ele.

— Vamos embora dessa espelunca, filha.

— Mamãe, posso fazer meu próximo aniversário aqui também? — Perguntou a menina enquanto era levada pela mãe para fora, que nem se deu ao trabalho de responder sua pergunta.

— José, venha até a minha sala. — Gritou o gerente após ter me visto.

E assim foi. Apesar de saber o que ele diria, o acompanhei até sua sala e esperei que começasse a falar.

— Lastimável o acontecimento de hoje. — Começou dizendo. — Não sei se você conhecia aquela garota ou não, e pra ser sincero nem gostaria de saber. A única coisa que quero agora é te demitir e ficar seguro de que nenhum buffet nunca mais vai te contratar.

— Quer saber de uma coisa? É uma ótima ideia eu ser demitido, porque não quero trabalhar nunca mais aqui. E aproveitando, engula esse uniforme do buffet que você veste com tanto orgulho.

Retirei o uniforme e joguei na cara dele. E acho que desde que comecei a trabalhar ali, essa foi a segunda melhor coisa que fiz, perdendo apenas para o beijo na Ellen.

A noite parece cair sobre mim enquanto dirijo cansado para casa. Primeiro o fora da Ellen, e depois a demissão. Não podia entender por que ela não me queria, muito menos porque amava outra pessoa ao invés de mim. Então amanhã iria atrás dela e pediria explicações. Exigiria que me falasse o que ele tinha que eu não tinha, e por qual motivo ela achava que ele podia amá-la mais do que eu. Demorei um tempo para perceber que já estava falando como se ela me devesse alguma coisa.

A rua estava deserta e calma. Não havia uma alma viva nesse bairro depois das onze da noite, e se encontrar com alguma depois desse horário, coisa boa não deve ser. Ao virar a esquina, percebi uma estranha aglomeração de pessoas. Fui chegando mais perto e já dava até para ouvir sirenes de carros da polícia.

— Não tive culpa — berrava um homem desconhecido que discutia com um policial.

— Se você não tivesse culpa não estaria bêbado e muito menos teria atropelado alguém — Rebateu o policial.

— Assassino! Canalha! — A multidão estava revoltada. Parecia que todos lutavam por justiça, só não sabia em relação a quê.

No começo temia que o policial pedisse minha carta. Mas ele estava tão ocupado com esse outro caso que passei a temer o que encontraria no meio de todos. Desci do carro e fui abrindo caminho entre a multidão com receio do que encontraria ali no meio. Comecei a perceber que todos me lançavam um olhar de pena quando passava. Ao passar por todos, entendi o que tanto temia: meu pai estava caído, ensanguentado.

— Pai. — Gritei, enquanto corria para perto dele. Minha mãe estava sentada na calçada, segurando sua mão e soluçando de tristeza.

— Eu sinto muito pela nossa perda. — Foi tudo o que minha mãe conseguiu dizer antes que as lágrimas tomassem conta dela. Chorava inconsolavelmente, e ao mesmo tempo senti que meus olhos também começaram a se encher de lágrimas.

— Também sinto. — Disse calmamente.

— Senhora, precisamos levar o corpo. — O homem que veio recolher o corpo mantinha um tom compreensível. Ele devia estar acostumado com situações assim.

— Vamos mãe, temos que deixá-los levar o corpo.

Minha mãe passou carinhosamente sua mão no rosto do meu pai e logo em seguida demos espaço para que pudessem retirar o corpo. Passei meu braço por cima dos seus ombros e a trouxe para perto de mim. Ela continuava a chorar muito, e ao mesmo tempo lágrimas também transbordavam nos meus olhos e escorriam pelo meu rosto. O destino não era justo por ter tirado meu pai de nós de uma maneira tão injusta, sem nem nos dar a chance de se despedir. Se aquele homem não estivesse dirigindo bêbado, talvez nada disso tivesse acontecido.

Minha mãe e eu entramos em casa. Ela se sentou no sofá e levou as mãos ao rosto, enquanto eu encostei a cabeça na parede tentando controlar a raiva que pulsava dentro de mim. Ivone, nossa vizinha, entrou em casa logo em seguida já dizendo seus pêsames de uma maneira gentil.

— Querida, sinto muito pela sua perda. Vou preparar um chá de camomila para que possa se acalmar.

— Obrigado por tudo minha amiga, mas minha cabeça está um pouco atordoada. Prefiro me deitar um pouco. — Disse minha mãe.

— Eu levo o seu chá na cama. — Falou mais uma vez gentilmente Ivone.

Ivone e minha mãe eram amigas desde a infância. Elas eram aquele tipo de amigas que, quando jovens, uma ajudava a outra a fugir com o rapaz que gostava para o baile. Cresceram juntas em São Carlos - cidade do interior de onde minha mãe veio - e sempre trocaram segredos confidenciais, leram uma o diário da outra e assim por diante. Só que Ivone quis estudar para ser alguém na vida, e naquela época isso não era uma chance dada numa cidade pacata de interior. Então ela veio para São Paulo, a cidade dos negócios, e seguiu uma carreira destinada à medicina. Com isso, as duas acabaram se distanciando um pouco, até que os bolos apareceram na vida de mamãe e ela veio também para São Paulo tentar lucrar com os negócios. Foi exatamente quando ela veio para a capital do estado que conheceu meu pai, por quem se apaixonou de imediato e logo engravidou. Porém, essa criança não nasceu, o que me fez perder um irmão mais velho. Ele morreu no parto. A única coisa que já havia sido confirmada era que essa criança seria um menino.

Alguns minutos depois Ivone veio com o chá, o que infelizmente não acalmou minha mãe. Exausta de tanto sofrer, ela foi novamente tentar descansar um pouco. Por perceber toda sua angústia, decidi que eu mesmo resolveria tudo com relação ao enterro. Por mais que quisesse livrá-la disso, sabia que encomendar o caixão e agendar o funeral não seriam coisas fáceis de fazer, ainda mais quando era uma das pessoas que você mais amava que seria enterrada. Mas o que realmente temia não era isso, e sim ter que comunicar tudo ao meu irmão, que sempre foi mais apegado a nosso pai. Tinha certeza absoluta que essa não seria uma tarefa fácil, mas era necessária. Fui até o telefone, e antes de tirá-lo da base respirei bem fundo. Um sentimento de angústia parecia me devorar por dentro, só que criei coragem e por fim comecei a discar os números. Provavelmente todos na república deviam estar dormindo, porque tinham adquirido o hábito de dormir cedo para acordar cedo. E sem falar que no interior ninguém acorda depois do meio dia. O telefone ficava chamando e ninguém atendia, então desliguei e liguei novamente. Nessa segunda chamada, no quinto toque alguém atendeu e logo reconheci que era a voz de uma garota.

— Alô? — Esbravejou ela.

Não consegui falar absolutamente nada, e ela continuava persistindo do outro lado da linha. Sua voz estava impaciente.

— Quem é?

— Bernardo... Por favor, me chame o Bernardo. — Minha voz soluçava.

— Escuta garoto, você tem ideia de que horas são?

— Por favor. É urgente. — Disse, junto com o som das minhas lágrimas.

— Um momento. — Disse ela, saindo da linha para logo em seguida chamar meu irmão.

Aguardei um momento na linha e tive tempo suficiente para me preparar para o que ia dizer. Logo pude ouvir a voz do meu irmão do outro lado da linha:

— Júnior, é você? — Ele mantinha um tom preocupado. — Aconteceu alguma coisa?

— Aconteceu. Nosso pai... — Não conseguia terminar o que ia dizer, porque as palavras pareciam entalar na minha garganta e dela não queriam sair.

— O que aconteceu com o nosso pai? — Agora ele já gritava.

— Nosso pai morreu.

Essas palavras desentalaram da minha garganta com tanta intensidade, que tive a certeza de que magoaram profundamente meu irmão. Mas se não fosse assim, como seria? É preferível dizer tudo de uma vez do que ficar enrolando, e também é bem melhor dizer a verdade, por mais que ela doa, do que a mentira que corroí por dentro. A ligação logo foi interrompida por ele ter destroçado o telefone. Pude ouvir o som dele sendo destruído do outro lado da linha. O pior de tudo é que ele estava tão magoado, e por estar bem distante nem ao menos poderíamos consolá-lo.

Sabendo que estava sofrendo – e sabendo que não tive outra escolha – fui resolver os detalhes do funeral pela manhã, ainda muito ressentido. Pesquisei sobre uma agência de funeral em conta, embora todas fossem um roubo. É tão estranho imaginar que quem monta um negócio desses precisa que pessoas morram para que obtenha lucro. E pessoas que perdem entes queridos precisam deles para enterrá-los. Meu irmão chegou um pouco mais tarde, com uma cara de quem não dormia a semanas e com os olhos vermelhos de tanto chorar. Parentes chegavam, davam seus sinceros pêsames, mostrando seu luto e sua dor. Assim como nós, todos ficavam indignados de saber a forma brutal com que ele morreu: vítima de um acidente doloroso causado por um motorista bêbado.

O velório começou por volta das 13 horas do dia seguinte e estava com um tom desagradável como sempre, porque a pior coisa do mundo era ver entes queridos chorando por um mesmo motivo. Sobre o caixão se mantinha uma faixa que dizia: "Com grande pesar, hoje nos despedimos de um pai e amigo de toda uma vida, vítima de uma grande injustiça de nosso cotidiano".

Como sempre, a dor parecia ser eterna e inconsolável, ainda mais para quem vivia com ele. Minha mãe chorava no ombro do meu irmão, que também derramava lágrimas incondicionais. Eu estava apenas acompanhando tudo, muitas vezes também acabava por chorar, mas sem a intensidade dos dois. Gostava muito de meu pai, porém sempre tive a impressão de que não me considerava um filho. Era diferente o modo como via a mim e ao meu irmão. Não pensem que não estava abalado com isso, porque estava. E muito. Só que sempre fui o mais forte, talvez por ser um pouco seco em determinadas situações. Me sentia mal por não sofrer tanto como eles. Mas afinal, alguém precisava receber os votos de pêsames das pessoas. Quando os recebia, apenas agradecia. Meu irmão enchia seus olhos de lágrimas e agradecia também. Já minha mãe começava a chorar mais ainda. Primos que nunca soube que meu pai teve e que nunca havia visto vieram para cerimônia, tios de diferentes graus compareceram e os parentes mais próximos também. A família do meu pai nunca concordou com o casamento dele com uma mulher com a metade de sua idade, ainda mais porque para que os dois pudessem ficar juntos ele precisava acabar com o casamento de anos.

No meio de todas essas pessoas foi de onde ela veio. Ellen vinha na minha direção, toda vestida de preto e aparentemente com muita pena.

— Eu sinto muito. — Disse quando chegou perto de mim.

— Obrigado. — Agradeci. — Mas como você soube?

— Saiu no jornal. — Informou ela. — A gente sempre vê coisas parecidas e nunca sequer imaginamos que isso pode acontecer conosco.

Eu a abracei, me entregando a dor que estava sentindo, e tudo pareceu como mágica: desapareceu.

— Olha, nada do que aconteceu ontem deve interferir na nossa futura amizade. — Se apressou em completar ela.

— Fico feliz de saber que já nos considera como futuros amigos. — Falei, enquanto lhe soltava do abraço.

Ela deu um sorriso e então nos abraçamos novamente. Qualquer dor que existia em mim, em um simples segundo parecia ter desaparecido. Nossas mãos se tocaram, nossos dedos se entrelaçaram e nossos olhares, por fim, se encontraram. Meu rosto se aproximava do seu e meus lábios estavam quase roçando nos seus. De repente todo o clima que havia surgido acabou sendo cortado por ela mesma, que tentando se desviar disse:

— Ainda não dei meus pêsames a sua família.

— Claro. — Respondi, desapontado. — Vou te levar até minha mãe e meu irmão para dar isso pessoalmente.

E assim fiz. Levei-a até minha mãe e meu irmão, e todos os convidados olhavam desconfiados para nós dois. Podia até deduzir o que a maioria deles pensava: "O pai dele morreu e ele fica andando de mãozinha dada com a namoradinha no velório". Nunca fui do tipo que ligava para o que pessoas que eu não gostava pensavam ou deixavam de pensar, então apresentei a Ellen para minha mãe e meu irmão da mesma maneira que apresentaria.

— Família, essa é minha amiga Ellen. Ela gostaria de dar seus pêsames para vocês.

— Eu sinto muito por tudo que aconteceu. — Falou minha amiga, com aquele jeito meigo que apenas ela tinha.

— Obrigada querida. — Agradeceu minha mãe ao mesmo tempo que a envolvia em um cativante abraço, e nesse momento vi o início de uma amizade, que era uma pena ter se iniciado num momento tão triste.

Em seguida o padre chegou, carregando uma bíblia. Estava pronto para velar o corpo e prosseguir com o velório.

— Hoje nos despedimos de José Conceição do Amaral, que foi em vida não apenas um bom pai e um bom marido, mas também um grande homem. Se formou em Direito nunca pensando em dinheiro, e sim em fazer justiça nesse mundo tão injusto. Por isso devemos acreditar que ele está em um lugar mais feliz onde a justiça reina eternamente para aqueles que acreditam no Senhor.

E o discurso se estendeu por mais alguns minutos, sempre girando em torno de justiça, coisa que meu pai sempre cativou e que não obteve no seu último momento. Quando as palavras do padre chegaram ao fim, chegou a hora da despedida. Foram quase quinze anos com meu pai, que me ensinou a dar os primeiros passos, que me ajudou a dizer as primeiras palavras e a me tornar quem sou hoje. O pastor pediu que as pessoas que mais viveram com ele ungissem seu corpo. Minha mãe foi a primeira, e ao fazer isso se atirou sobre o corpo dele e demonstrou sua mais profunda dor. Meu irmão foi logo em seguida, e por fim foi minha vez. Depois disso o caixão se fechou e foi a última vez que o vi. Foi só então que percebi tinha acabado, como tudo aquilo que, na vida, simplesmente acaba.

Festa de aniversário

Foram dois meses de muito sofrimento após a morte do meu pai. Tanto o restante do mês de fevereiro como o mês inteiro de março passaram se arrastando lentamente, infligindo em toda a nossa dor. Foram tempos muito difíceis tanto para minha mãe como para mim mesmo, e tenho certeza que também foram até para o meu irmão, que mesmo distante teve que conviver com tudo isso.

Tantas coisas haviam acontecido nesses meses que até havia passado despercebido que dia era hoje. Era meu aniversário e não havia planejado absolutamente nada. Acho que nem minha mãe se lembraria.

Me arrumei normalmente para ir à aula, como em qualquer outro dia. Ao descer até a sala para tomar o café da manhã, me deparei com a minha mãe que já me aguardava na mesa.

— Feliz aniversário, meu amor. — Falou ela, enquanto se levantava e me dava um abraço.

— Obrigado, mãe. — Agradeci. — Pensei que você tivesse se esquecido.

— Eu me esquecer do aniversário do meu filho? — Falou indignada. — Nunca.

Eu a fiquei observando por alguns segundos, imaginando a sorte que eu tinha de ter uma mãe como ela, que mesmo sofrendo com a morte do marido ainda conseguia se lembrar do aniversário do filho.

— Quinze anos atrás eu estava no hospital dando à luz a um garoto que veio num momento muito difícil. — Falou emocionada. — E quando vi aqueles lindos olhos verdes, todos os meus medos se foram. Tive a certeza de que tudo voltaria a dar certo.

— Uma pena que meu pai não está aqui conosco. — Comentei, mas logo em seguida pensei que talvez tivesse sido melhor não ter feito esse comentário.

Uma tristeza pareceu resplandecer no seu olhar e eu senti como se essa tristeza se transportasse para mim. Mas ela não parecia estar triste por causa da morte do meu pai, era como se algo que eu tivesse falado a tivesse feito relembrar alguma coisa.

— Bom, acho melhor tomarmos o café antes que você se atrase novamente para aula. — Disse minha mãe. Na hora soube que ela queria desviar minha atenção do assunto, porque sabia reconhecer quando ela tentava fazer isso.

Tomei normalmente o meu café e fui pra aula. Na escola estavam todos atrapalhados - mais do que o normal - e não entendi o porque. Vi a Ellen em um canto e corri na sua direção.

— O que está acontecendo? — Perguntei para Ellen, enquanto a cumprimentava.

Antes que ela pudesse me responder, a Iara surgiu e resolveu me dar uma resposta no seu lugar.

— Hoje é o dia dos testes do teatro. — Cantarolou ela.

— Merda. — Reclamei. — Havia até me esquecido do ensaio do teatro.

— Eu também não estou preparada. — Respondeu Ellen.

— E muito menos eu. — Completou Iara.

— Iara, você não precisa estar preparada. — Tranquilizei-a. — Você já fala cantando.

Os portões históricos do Visconde De Itaúna foram desta vez atravessados pelo Rafael, que já carregava seu violão na mão.

— O que acha de fazermos um dueto, Iara? — Indagou ele.

— Ótima ideia. — Respondeu ela enquanto se despedia de nós e seguia o Rafael para ensaiarem.

— Bom, acho que vamos ter que fazer isso juntos. — Disse para Ellen.

— Também acho. — Confirmou ela. — O que você sabe fazer?

— Interpretar. — Respondi.

— Então vamos passar uma cena juntos. — Praticamente exigiu ela. — Tem alguma ideia?

— Tenho. — Resolvi fazer uma brincadeira com ela. — O que acha de Romeu e Julieta?

Ela me encarou seriamente e não pareceu achar graça no que eu havia falado, mas quando ia dizer que era uma brincadeira, ela se apressou e disse:

— Fechado, mas teremos que fazer uma adaptação.

O teatro estava lotado. Acho que não eram todas, mas boa parte das pessoas estavam lá. Algumas delas reviam suas cenas, outras aqueciam as vozes e tinha até gente dançando em ritmo quente. Pelo visto seria complicado competir com toda essa gente. E pela cara da Ellen, acho que também estava pensando nisso.

Antes que pudéssemos repassar nossa cena, a porta do teatro se escancarou e nela entrou a diretora e mais um casal. Ela veio andando em passos largos e rápidos, e eles a seguiram na mesma velocidade. Pararam assim que se aproximaram do palco, e então o casal se sentou em uma mesa que dava de frente para o palco e a diretora foi até lá em cima.

— Saudações, alunos. — Começou a dizer a diretora. — Estamos aqui para dar início à peça de teatro que é apresentada todos os anos no final de setembro, durante o encontro de gerações. Gostaria de convidar que suba aqui no palco Lucas, o produtor e diretor da nossa peça e também sua assistente Julieta.

A maioria das pessoas começaram a aplaudi-los, enquanto subiam para o palco e a diretora descia. Logo, o diretor e produtor da peça posicionou o microfone e começou a tagarelar.

— Alunos, hoje daremos início aos testes para selecionar os nossos artistas. — Começou a explicar ele. — Essa seleção é composta por quatro fases, e hoje, na primeira delas, eu quero saber o nome de vocês, a série e porque querem fazer parte dessa equipe.

Ele organizou todos os alunos que gostariam de participar da peça e em seguida todos foram dizendo seus nomes, a série e porque queriam fazer parte do teatro. E enquanto eles falavam, tanto o diretor como sua assistente pareciam avaliá-los e fazer anotações. Muitas pessoas davam respostas bizarras como eu nasci pra isso, estava no meu destino fazer parte e coisas do tipo. Agora outras falavam coisas mais exatas, como foi o caso da Ellen, que disse que gostaria de conhecer mais sobre esse universo da arte. Na minha vez, fiquei muito nervoso por ter que falar na presença de todas aquelas pessoas, só que pensei que no dia seria muito pior. Respirei fundo e comecei a pensar numa boa resposta pra ele.

— Bom, meu nome é José, estou no primeiro ano e o que me fez vir até aqui... — Falei tentando enrolá-lo enquanto pensava em algo. — Foi a minha curiosidade. — Completei, causando gargalhadas nas pessoas.

— A sua curiosidade? — Devolveu ele. — Se você é uma pessoa que se deixa levar pela curiosidade, tem que ser muito cuidadoso para não explorar o território errado.

Senti que havia o decepcionado com a minha resposta depois do que ele disse, mas logo ele completou o que havia dito:

— Entretanto, a curiosidade te guia por novos caminhos e não existe maneira melhor de conhecer algo do que por ela.

E a pergunta passou para a pessoa seguinte. Depois da minha vez pude ficar mais tranquilo e voltar para sala. A próxima etapa seria amanhã, e eles não avisaram qual seria. Quando entrei na sala achando que ninguém havia se lembrado do meu aniversário, tive uma surpresa. Todos ficaram em pé e começaram a cantar parabéns, me fazendo morrer de vergonha. Iara, Rafael e Débora se destacavam entre os demais, porque a voz da Iara era a mais forte entre todas, Rafael acompanhava o ritmo no violão e Débora dava pulos de alegria. Em seguida Ellen veio entrando na sala carregando um bolo com a vela de quinze anos.

— Faça um pedido. — Disse ela.

Naquele momento surgiu um pedido, mas não sei se foi na cabeça ou no coração. Deixei ele bem nítido na minha mente e assoprei as velas, sentindo que logo o que eu desejei se concretizaria.

— Discurso, discurso. — Começou a pedir a sala.

Como não havia imaginado que eles me aprontariam uma dessas, nem havia bolado nenhum discurso. No entanto, quando vi aquele sorriso no rosto da Ellen, senti como se as palavras saíssem do coração e se formassem na minha cabeça.

— É tão difícil explicar o que eu estou sentindo apenas com palavras ou adjetivos, porque vai muito além disso. — Respirei fundo tentando encontrar alguma inspiração e continuei. — Acho que tudo se resume a felicidade, porque nunca imaginei que meus amigos que conheço a dois meses fariam algo do tipo. Enfim, tudo que posso fazer é agradecer por encontrar pessoas tão especiais como vocês.

As pessoas me aplaudiram novamente, e então cada um voltou ao lugar para dar continuidade a aula que generosamente a professora Esmeralda deixou que usassem. Ficou combinado que só cortaríamos o bolo durante o intervalo.

Na hora do intervalo, descemos até o pátio. Ellen me chamou em um canto e perguntou:

— O que você desejou?

— Não posso dizer. — Respondi educadamente. — Se não o desejo não vai se realizar.

— Deixa de ser supersticioso e me conta. — Pediu ela.

— Sem chance.

Ela me olhou com uma cara de brava e depois retirou um pequeno embrulho do bolso, me entregando logo em seguida.

— Isso é pra você.

— Obrigado, minha amiga.

Desembrulhei a pequena embalagem e de dentro dela retirei um porta-retratos com uma foto sua.

— É para que você nunca se esqueça de mim. — Falou ela.

— Mesmo sem esse porta-retratos, jamais me esqueceria de você. Tanto que eu tenho guardado uma coisa para te entregar.

Abri a minha mochila e retirei um pacote menor de dentro dela. Havia comprado isso já fazia um tempo e estava aguardando o momento certo para entregá-lo para ela. Ela pegou o pacote e respondeu:

— Mas nem é meu aniversário.

— Eu sei disso, mas mesmo assim quero te dar.

Ela abriu a embalagem e retirou de dentro dela um pequeno coração que se dividia em dois pedaços. Olhou emocionada para aquilo e vi que era o momento de dar uma explicação.

— Ele se divide em dois. — Foi tudo que eu disse.

— É meio perceptível isso. — Retrucou ela.

— Sim, não era bem isso que eu queria dizer. Na verdade, tudo que eu quero te falar é que uma das metades fica pra você, e a outra você entrega pra alguém que ama muito.

— Júnior, você não tem ideia de como eu gostaria de te dar a metade desse coração, mas não posso. Não posso te fazer criar uma expectativa e não te dar nada em troca.

— Tudo bem. — Afirmei. — Não tenho o direito de exigir nada de você.

— Desculpe. — Disse ela por fim.

Embora tivesse afirmado que estava tudo bem, eu menti. Parecia tudo normal por fora, mas por dentro meu coração estava em pedaços. Eu amava aquela garota e tudo que eu mais queria era ganhar aquela metade do coração, só que não podia exigir isso. Não tinha esse direito, porque amar é uma escolha.

Em casa, minha mãe me esperava com um bolo básico pelos meus quinze anos. Ele tinha duas camadas, cerejas em torno de cada uma delas e quinze velinhas espalhadas em cima dele. Minha mãe me esperava diante dele, pronta para comemorar junto comigo.

— Mãe, não precisava ter se incomodado com isso.

— Não só precisava como devia. Não é todo dia que nosso filho completa quinze anos. — Disse ela em resposta. — Sei que vocês garotos não ligam para essa idade como nós, e sei que com a morte do seu pai passamos por coisas muito difíceis, mas agora é o momento de esquecermos tudo isso e seguirmos adiante.

No fundo, ela tinha toda a razão. Embora o amássemos muito, ele já não estava entre nós e muito menos gostaria que ficássemos nos remoendo por ter nos deixado. O que realmente importa é que pudemos viver vários anos com ele e que sua morte não rompeu nossos laços.

Meu aniversário de quinze anos não foi o que eu realmente esperava, porque gostaria de reunir vários amigos, colocar uma música alta e curtir o momento. Mas afinal, acho que qualquer pessoa sonha com isso, e são poucas que conseguem fazer valer suas expectativas. Enfim, o que realmente importa é que eu pude comemorar essa data tão importante ao lado da minha mãe, que mesmo sofrendo muito ainda com todos esses últimos acontecimentos, fez o possível e o impossível pra que pudesse me lembrar desse dia.

No dia seguinte, na medida em que as pessoas chegavam à escola, alguns se direcionavam para sala de aula e outros para o teatro. Seria a segunda etapa dos testes, e a maioria dos futuros atores estavam nervosos, pois ninguém sabia o que seria. Cada pessoa tinha uma teoria que tinha ouvido da tia da vizinha da mãe do amigo do colega que estudou lá e fez parte do corpo do teatro.

Quando Lucas e sua assistente chegaram lá, todos entraram em pânico, mas na maior paciência – pois já deviam estar acostumados com isso – eles acalmaram a todos.

— Pessoal, em primeiro lugar mantenham a calma, pois se ficarem nervosos podem fazer besteira e estragar a sua oportunidade. — Falou ele na tentativa de acalmar a todos, embora as pessoas só tenham ficado ainda mais nervosas.

— Hoje, será o teste de voz de vocês. — Começou a explicar a assistente enquanto ficava em pé. — Vou chamando vocês no palco e vão cantar uma música qualquer até ela acabar ou dizermos chega.

E assim foi. Conforme eles iam chamando os alunos, todos subiam nervosos, certas vezes até tremendo, e começavam a cantar uma música que gostavam, contudo eles sempre ouviam um pouco e mandavam parar, supostamente por falta de tempo. Iara se deu muito bem nessa prova, porque sua voz era divina e seduzia quem ouvisse, e tive a confirmação disso quando vi o olhar do diretor e sua assistente. Ellen também se saiu muito bem, porque cantou a música "Total Eclipse Of The Heart" de Bonnie Tyler, e no momento do refrão pareceu sintonizar seu olhar bem na minha direção. Quando eles me chamaram, subi tremendo no palco e me posicionei no microfone. Antes que pudesse fazer qualquer coisa, o diretor me perguntou:

— O que você vai cantar, garoto?

— Perfect. — Respondi.

— A música do Simple Plan? — Tornou a perguntar ele para mim.

— Exato.

No instante que me preparei para cantar, a porta do teatro se escancarou e a diretora entrou por ela, parando na minha direção e me desviando aquele seu olhar que sempre parecia fuzilar as pessoas. Entretanto, quando comecei a cantar, seu olhar pareceu abrir uma brecha e se encantar como os demais. Todos me olhavam, e não tive a certeza se estava cantando bem ou mal, mas quando a música que me deixaram cantar até o final acabou, todos pareciam emocionados, inclusive o diretor e sua assistente.

— Muito bom. — Foi tudo o que ele comentou, o que me deixou meio inseguro.

Voltei para o meu lugar e todos me parabenizaram. Até a Iara, que era com certeza quem cantava melhor, me parabenizou. Mas fiquei em dúvida se até o momento havia deixado o diretor da peça satisfeito.

No dia seguinte, no teatro, foi a vez de colocar uma cena que envolvesse uma ou mais pessoas em prática. Foi o momento então de eu me apresentar ao lado da Ellen a cena que havíamos treinado a alguns dias atrás. O Lucas perguntou se alguém gostaria de começar, e apontei eu e a Ellen, que por sua vez me olhou contrariada. Queria logo me livrar dessa etapa, então subimos até o palco e nos preparamos para iniciar a cena conforme o combinado.

— Romeu. — Começou falando ela, enquanto tirava uma folha de papel do bolso. — Encontrei esse bilhete dentro da sua jaqueta, e é da sua amante.

— Amante? Não sei do que você está falando, Julieta.

— É claro que sabe. — Completou ela. — Como você pode fazer isso comigo jurando me amar?

— Olha, eu realmente te amo muito... — Contornei a situação e ela pareceu cair direitinho. — É que a vizinha da frente é mais bonita.

— O quê? — Esbravejou ela espantada. — Você diz na minha cara que a vizinha da frente é mais bonita?

— Se preferir, eu também posso dizer pelas costas.

— Me faça um favor, e nunca mais olhe na minha cara. — Disse ela por fim, enquanto me dava as costas.

Como resultado dei as costas para ela também, e depois de alguns segundos nos viramos novamente um para o outro.

— Desculpe por tudo, meu docinho de abóbora. — Falei. — Você é muito melhor que a vizinha da frente.

— Está perdoado, Romeu. Mais nada vai nos separar.

Deixamos-nos envolver mais do que devíamos pela cena, e no final acabamos nos beijando. O beijo, ao contrário do resto da cena, não foi falso. Muito pelo contrário, foi verdadeiro vindo das duas partes.

— O típico Romeu e Julieta do século XXI. — Falou aos risos o diretor enquanto todos nos aplaudiam, também aos risos.

— Muito obrigado aos dois. — Falou a assistente, que também se chamava Julieta, detalhe que havíamos esquecidos.

Fiquei em dúvida se ela realmente havia agradecido ou se só estava sendo irônica, que foi o que pareceu. Torci que ela tivesse entendido que não teve nada a ver com ela. Como não quisemos ver as outras cenas, retornamos para sala ficando na expectativa. Depois de alguns minutos Iara apareceu na sala nos chamando para o teatro. Tanto eu quanto a Ellen fomos com receio, mas na verdade era apenas a última etapa. Foi um bom sinal eles terem se lembrado de nós, no entanto já havia ensaiado os passos que todos dançariam e todos já dançavam no palco.

— Vão para o palco e entrem no ritmo como os outros. — Lucas disse, enquanto uma menina pisava em falso e caía no palco. — Ou pelo menos tentem.

Conforme ele havia pedido, subimos até o palco e fomos acompanhando o ritmo dos outros. Em uma questão de segundos, Ellen parecia já estar lá há tempo e eu estava ainda mais ou menos, dando aquelas tropeçadas básicas. Eles observaram todos dançando, fizeram algumas anotações e depois nos dispensaram, pedindo para voltarmos amanhã para conferir o resultado.

E assim fizemos, pois no dia seguinte todos estavam no salão. Alguns estavam calmos, outros desesperados, mas ninguém parecia normal depois que eles chegaram. Eles citaram alguns nomes, e falaram que quem eles não chamaram estava fora e era para tentar no ano que vem. O restante estava aceito – inclusive eu e a Ellen – e começaríamos a ensaiar na próxima semana.

42 *Genética*

Fazer parte do teatro naquela escola era uma grande coisa para a sua popularidade. Porém, estar lá exige muito de você, porque os ensaios são feitos durante a aula e depois temos que pegar todo o conteúdo com outra pessoa. Três faltas no teatro era o limite para você fazer parte, e eu faltei logo nos dois primeiros dias por não saber que tinha ensaio.

Junto com o teatro veio também a primeira avaliação do semestre. Através dela pude perceber o quanto as coisas mudaram do ensino fundamental para o médio em nível de dificuldade. Algumas provas ainda permaneciam fáceis, como a de história – que era uma matéria que parecia só revisar conteúdos anteriores – e geografia, que era só analisar mapas e situações dos países, ou seja, bastava usar as palavras miséria e pobreza e já era. Outras estavam babacas, como filosofia, sociologia e espanhol. Agora, algumas, pelo amor de Deus, eram muito difíceis. Português, mesmo sendo o idioma que falo, estava com um conteúdo muito complicado. Matemática ficou pior do que já era, e geometria então nem preciso comentar. Física, química e biologia foram as que mais ferraram a turma, porque ninguém sequer sabia o que era um campo elétrico. E por incrível que pareça, na prova de biologia foi uma chuva de zeros. Agora o que estava amando mais a cada dia era literatura, e junto a professora Esmeralda.

— Acorda, José. — Gritou Vitor, o cara maluco que lecionava biologia para nós, bem no meu ouvido.

Graças às fortes pancadas que ele deu na minha mesa, não consegui mais dormir. Fui obrigado a assistir sua aula, em que falava sobre genética.

— Meu caro aluno dorminhoco... — Porcaria, ele se dirigia a mim — Quem sabe não quer ser a cobaia dessa aula?

Era uma vergonha para qualquer um ser sua cobaia, porque ao invés de ratos ele usava alunos. Um dia ainda descobriria em algum desses comitês de ética um artigo que proíba isso, entretanto, enquanto não descobria, o jeito era substituir o papel do rato. O que seria a experiência da vez? Não queria ir, porém não tinha escolha. Um não me ferraria no final do semestre.

— Ok, professor. — E então me dirigi até sua mesa.

— Sente-se, por favor. — Ele me indicou o banquinho ao seu lado. — Como podem ver pessoal, realizaremos uma experiência. E já temos até uma cobaia para essa aula, isso não é emocionante? — Ao esfregar as mãos, todos se encolheram em suas carteiras, como presas diante de um predador feroz.

— Afinal, professor, qual será a experiência de hoje? — Perguntei impacientemente.

— Hoje vou tirar um pouco de sangue do dedo da minha cobaia, analisá-lo e ver qual é o seu tipo sanguíneo. Espero que você não tenha medo ou traumas de agulhas.

— Saiba que não tenho. Sou corajoso e forte o bastante para levar uma espetada no dedo.

— Assim espero. — Disse ele, suspirando e logo em seguida passando um algodão com álcool no meu dedo e o espetando com alguma coisa. Meu grito agudo arrancou risos da sala, inclusive da minha amada Ellen, que foi até lá ficar ao meu lado.

— Respire, respire. — Dizia ela, na maior calma, enquanto segurava minha mão. — Você foi uma ótima cobaia nessa aula.

— Não preciso respirar. Só de olhar para sua linda face, todos os meus medos se vão. — Falei bem baixinho no seu ouvido.

Vi seu rosto ficar constrangido ao mesmo tempo que todos nos aplaudiam. Nossos olhares se encontraram em um certo instante, meus lábios se aproximavam dos seus, que dessa vez não pareciam fugir. Ia acontecer novamente, mal podia esperar para...

— Seu tipo sanguíneo é B. — Berrava o professor, com um certo entusiasmo por ter conseguido realizar essa experiência com sucesso.

Era inacreditável que ele tivesse conseguido acabar com o meu momento. Eu ia beijá-la e por causa dessa maldita experiência não consegui.

— Vamos dar continuidade a nossa experiência. — Ele foi até a lousa e fez um quadro com seis espaços que parecia um jogo da velha, sendo que no primeiro quadradinho ele dividiu pela metade e colocou o símbolo do homem e da mulher. — Qual é o tipo sanguíneo dos seus pais?

— O da minha mãe é O, e o do meu pai era A.

O professor parou de escrever naquele exato momento e olhou na minha direção com uma expressão chocada. Ellen também se virou na minha direção, mantendo a mesma expressão. Será que era algo da matéria que eu não entendia?

— Qual é o problema? — Perguntei.

—Júnior, se os tipos sanguíneos dos seus pais forem esses... — Ela não conseguia terminar essa frase.

— Eles não podem ser seus pais. — Completou o professor, constrangido.

Um choque invadiu minha alma a ponto de me paralisar. Não podia ser verdade. Devia ter acontecido algum erro, porque em hipótese alguma eu não podia ser filho dos meus pais. Será que até hoje havia vivido uma mentira? Em uma vida que de fato não era a minha? Precisava chegar em casa o quanto antes e tirar tudo isso a limpo.

Após acabar a aula, faltei no teatro e fui correndo para casa. Depois de tudo que me disseram, não me importei se era minha terceira falta ou se sairia do teatro. A única coisa que queria saber era a verdade sobre mim. Em casa não havia sinal algum de vida. Procurei pela minha mãe na cozinha e não a encontrei. A única coisa que encontrei foi um bilhete que dizia:

Querido filho,

Tive uma entrega de bolo para fazer lá em Diadema. Voltarei à noite. Seu almoço está no micro-ondas, é só aquecer.

Beijos, Mamãe.

Então minha mãe não estava, ou seja, essa era a oportunidade perfeita para procurar alguma coisa sobre meu passado. Corri até seu quarto, abri seu armário e peguei uma caixa imensa onde guardava algumas lembranças. Ela pesava um pouco, no entanto não foi difícil carregá-la até meu quarto. Coloquei-a na minha cama e respirei fundo antes de abri-la. Sabia o que estava fazendo e o quanto isso era errado. Mas afinal, o que significa o certo ou o errado quando você corre o risco de ter vivido a vida inteira em uma mentira? Nessa altura do campeonato, nada mais importava.

Lá dentro havia diversos objetos. Dentre eles, um brinco que foi o primeiro que ela ganhou. Também tinha uma pequena medalhinha de uma Santa, provavelmente da época em que ainda era católica. O que mais me chamava a atenção eram alguns diários antigos. Se você tivesse algum segredo macabro para esconder colocaria no seu diário? Penso que não, mas não custa nada dar uma olhada. Escolhi o diário de 1992, o ano que minha mãe provavelmente estaria grávida de mim. Comecei a ler algumas páginas, e não encontrava nada de importante. Pelo visto o casamento dos meus pais não ia nada bem, com certeza devia estar por um fio. Passei os meses de janeiro e fevereiro sem nada de útil. Em março as coisas permaneceram na mesma situação, e mudaram menos ainda de abril até junho. Entretanto, fiquei bastante curioso com algo que li em julho, justamente o mês em que minha mãe engravidaria de mim.

02 de julho de 1992.

Querido diário,

Minha vida está tão fria quanto este inverno, e sinto como se minha alma tivesse se congelado depois dos últimos acontecimentos. Estou escrevendo mais uma vez em você para tentar amenizar toda a dor que estou sentindo. Meu marido, a quem tanto amei, viajou com outra mulher para o Chile. Uma cachorra.

Sei que esse provavelmente vai ser o fim do nosso casamento, e sei também que devia estar dando graças a Deus por isso, mas infelizmente não estou, porque eu o amo. Só que tem acontecido coisas que fazem com que todo esse amor vire ódio. Não dá mais para aguentar tudo isso, é sofrimento e vergonha demais para uma mulher. Com o coração machucado, resolvi seguir meu caminho. Vou embora para a casa da minha irmã em São Carlos, justamente de onde eu vim. Não existe consolo melhor do que voltar para o lugar de onde viemos.

Boa noite, Marina.

Cada uma dessas palavras me afetou de uma maneira tão terrível por estar vendo o sofrimento da minha mãe, que tive sérias dúvidas se devia seguir adiante. Mas a vontade de saber a verdade era bem superior a todas essas outras coisas.

E então era lá que encontraria pelas respostas do que procurava. Em São Carlos, de onde minha mãe veio. Ficaria hospedado na casa da minha tia, onde minha mãe ficou anos atrás. Sei que não vai ser fácil, mas vou arrancar o máximo de informações dela e descobrir toda a verdade. Só que antes precisava contar tudo isso para Ellen, que com certeza devia estar preocupada pela maneira como saí da escola. Mandei uma mensagem no seu celular pedindo que me encontrasse no Frans Café em meia hora.

O café tinha mesinhas espalhadas na sua região interna e externa, e algumas cadeiras em torno do balcão para clientes desacompanhados. Aquelas cadeiras eram as principais companheiras para os corações desolados. Localizei Ellen em uma das mesinhas, na qual tinha um café, mas ao invés de tomá-lo, apenas o mexia sem ânimo com uma colher. Era incrível como até mesmo comigo sabendo antes do café, ela conseguia chegar primeiro. Ao me ver chegando, surgiu um sorriso no seu rosto que até então parecia desanimado.

— Está desanimada, Ellen?

— Um pouco. Acho que é por causa desse calor.

— Claro, esse clima tira o ânimo de qualquer um.

Ficou me encarando por um momento, provavelmente esperando que lhe falasse o motivo do nosso encontro.

— Suponho que você esteja querendo saber o motivo pelo qual te chamei aqui esta tarde.

— É tão visível assim?

— Você não faz ideia do quanto.

Podia ver a curiosidade aumentando a cada segundo em seus olhos. Ela já havia chegado ao ponto de bater as unhas na mesa de nervosismo. Retirei o diário da minha mochila, abri na página marcada e entreguei para ela. Começou a ler o que estava escrito e quando acabou pousou o diário sobre a mesa e perguntou incrédula:

— Você leu o diário da sua mãe?

— Era a única coisa que daria respostas às minhas perguntas. — Justifiquei.

Mesmo contrariada, ela aceitou minha justificativa. Provavelmente por saber o que estava sentindo por todos esses acontecimentos repentinos.

— Talvez alguma coisa tenha acontecido, mas não podemos ter certeza. Quando você saiu correndo da aula deixando todos assustados, eu esperei e falei com o professor Vitor. E adivinhe só? Os instrumentos que ele aplicou estavam vencidos, portanto pode ser que nada tenha acontecido.

— Mas então você também concorda que algo pode ter acontecido?

— Nós, mulheres, conhecemos umas às outras, e pelo que li acho que o que aconteceu foi uma traição.

— Uma traição? — Indaguei. — Acho muito pouco provável.

— Pouco provável, mas não impossível. Nós vimos como ela estava ressentida com o seu pai. — Após tocar na palavra pai, parou e pensou um pouco se esse era o termo adequado, e logo voltou a falar. — Ele também a estava traindo, como pudemos ver no diário, então por que ela também não teria esse direito?

Parei e refleti um pouco. Eu seria fruto de uma traição? Isso seria muito pior do que ser adotado, porque se descobrisse que fui adotado, ao menos ainda poderia ter surgido por amor e não da traição.

— Ei, não fique assim. — Tentou me consolar Ellen, após ver como estava sentido. — Talvez isso seja apenas uma suposição. Nós descobriremos a verdade o quanto antes, mas se ela for desoladora, não fique triste. Por mim. — E colocou sua mão sobre a minha.

— Por você. — Concordei. — E por falar nisso, eu tenho que ir para São Carlos nesse fim de semana. É lá que terei as respostas que procuro.

— E como fica o teatro? — Argumentou ela. — Afinal, temos ensaio nesse final de semana.

— Isso já não é um problema, já que tenho três faltas.

— Mas nós ainda podemos conversar com eles e ver se te deixam continuar. — Tentou argumentar novamente. — Não desista ainda daquilo que você tanto lutou.

— Desculpe Ellen, mas agora existem coisas mais importantes.

Ela respirou bem fundo - provavelmente tentando manter a calma - e em seguida começou a dizer:

— Pois bem, então eu vou com você.

— Desculpe Ellen, mas não vou deixar você abrir mão do teatro que tanto quis.

— Como você mesmo disse, existem coisas mais importantes agora.

Mesmo emocionado por ver que ela considerava minha vida superior aos seus desejos, lutei contra isso. Não podia deixar que ela abrisse mão de tudo por mim.

— Legal, você vai viajar com um garoto. O que vão dizer seus pais?

— Nada se eu for dormir um final de semana na casa da Bruna.

Nós dois rimos ao mesmo tempo. Essa era a maior loucura de toda a minha vida, mas o que significa fazer uma loucura nesse rumo que minha vida tomava? Deixei Ellen na rua da sua casa e fui para minha casa. Tinha malas para arrumar, e obviamente tinha que descansar, porque fora um dia muito arrasador. Marquei com ela logo pelo manhã na rodoviária. Tomaríamos um ônibus e chegaríamos em São Carlos antes do meio-dia. Se minha mãe estiver escondendo algum segredo, na certa nos descobriríamos.

São Carlos

Esperava ansioso pela Ellen na rodoviária. Será que ela realmente conseguiria enganar seus pais dizendo que passaria um fim de semana na casa da Bruna? E se eles tivessem descoberto que na verdade ela viajaria com um garoto ao invés de ir para lá? Isso estava sendo um tormento na minha cabeça, porque tudo o que queria era vê-la vindo na minha direção no meio daquela multidão. Acho que não vou conseguir investigar nada sem ela para me dar força e coragem.

Fui até a bilheteria comprar as passagens. Depois fui andando impacientemente no meio de todas aquelas pessoas sentadas com suas malas, provavelmente esperando pela hora do seu ônibus, até que avistei ao longe o meu anjo. Ela vinha carregando uma mochila rosa nas costas e tinha um largo sorriso no rosto.

—Você conseguiu enganar seus pais? — Perguntei ao mesmo tempo em que a abracei.

— Digamos que tive que torturar a Bruna para que confirmasse a história.

Nós dois rimos muito, e em seguida lhe entreguei as passagens. Ela olhou maravilhada para elas e comentou:

— Ótimo, nosso ônibus deve chegar daqui a pouco pelo horário indicado na passagem. Vamos indo.

Eu ia lhe dizer que pontualidade não é uma virtude dos motoristas, só que antes que pudesse dizer qualquer coisa, ela já saiu me arrastando pela rodoviária. Descemos uma escada e depois uma rampa que indicava a garagem, e conseguimos chegar num lugar com imensas portas de vidro que davam na garagem. Encontramos nossa fila - que não estava grande até o momento - e esperamos. Deu o horário indicado na passagem, e nada do ônibus. Cansada de tanto esperar, Ellen virou para mim e perguntou:

— Já não deu o horário da passagem?

— Dar, já deu. Agora o ônibus chegar é outra coisa.

— Que falta de eficiência — Resmungou.

Quinze minutos depois do horário indicado na passagem chegou o ônibus. Ellen já estava farta de esperar, e eu também já estava um pouco. O motorista desceu do ônibus e começou a conferir os documentos junto com as passagens. Para os menores de idade, ele pedia também a autorização.

— Merda, ele está pedindo as autorizações. O que faremos agora, Júnior?

Enfiei a mão no meu bolso, e logo em seguida tirei uma autorização. Entreguei para ela e a alertei:

— Como você pode ver essa autorização é falsa. Eu falsifiquei ontem à noite, imaginando que fosse ser necessária. Mostre e seja convincente.

— Ok.

A cada passo que ela se aproximava do motorista, parecia que ficava mais nervosa. Eu passei sem nenhum problema, mas quando chegou sua vez, ela entregou o documento e depois a autorização falsa, e ele olhou desconfiado para a autorização, pois com certeza percebeu que ela era falsa, não sei se foi pela sua expressão ou pela autenticidade do documento. E conforme já havia presumido, ele deixou Ellen passar. Sabia que ele perceberia que ela era falsa e que, por causa do país onde eu vivo, iria ignorar esse fato. Partimos meia hora depois do horário graças ao café do motorista.

Eram três horas de viagem, ou seja, três horas para saber tudo sobre Ellen. Ela estava olhando pela janela do ônibus, observando as paisagens da passagem da cidade para o interior. Não parava de pensar no que podia ter acontecido anos atrás com os meus pais e se eles realmente eram meus pais. Então resolvi tentar puxar um assunto para me distrair.

— Ellen, você até hoje não me falou sobre a sua família.

— Minha família não tem nada de muito especial. É uma família normal da cidade de São Paulo. — Respondeu ela.

— O que seus pais fazem? — Indaguei.

— Vamos ao interrogatório — Ela estava sempre satirizando, com o seu jeitinho doce, tudo o que dizia. Não podia falar um A que já estava rindo.

— Eu acho que alguém me deve uma resposta.

— Ok. Meu pai é médico e minha mãe delegada.

— E depois você tem a coragem de me dizer que seus pais são duas pessoas normais? Eles têm profissões maravilhosas, seu pai salva e sua mãe protege vidas.

— Tem toda a razão. Os dois têm profissões maravilhosas, fazem coisas maravilhosas, entretanto lhes falta uma coisa essencial: tempo para família. — Quando falou isso, seus olhos se encheram de lágrimas.

— Eu sinto muito. Não devia ter tocado nesse assunto. — Tentei me explicar, mas agora já era tarde demais.

— Não se culpe. Só estou assim porque meus pais nunca tiveram tempo para a nossa família, apenas para o trabalho. Sabe o que é você sonhar com uma aventura, uma loucura e ter sempre uma vida certinha?

— Eu sei bem como é isso.

— Não respire, não saia na rua, não se mova. — Continuou ela.

Juro que estava quase chorando com ela. De que adianta uma pessoa viver, se não está aproveitando sua vida? Se não está vivendo cada momento como deveria? Abracei-a e dividi sua tristeza comigo.

— Júnior, sabe o que me consola?

— Além do meu abraço? — Consegui arrancar um riso forçado dela.

— Além do seu abraço, o que me consola é que tudo que não vivi estou vivendo com você. A loucura que nunca cometi estou cometendo agora, com você. E eu sinto que o sentimento que tenho com você está mudando, porque a melhor maneira de construir o amor é com o tempo.

— E eu vou saber esperar o tempo que for necessário para você ser minha.

Enxuguei seus olhos e dei um beijo carinhoso no seu rosto. Ela passou sua mão no meu rosto com um toque carinhoso que só ela tinha, e então me derreti completamente.

— Obrigado por tudo.

— Eu é que te agradeço por estar ajudando uma pessoa perdida a encontrar seu rumo.

O ônibus chegou no seu destino um pouco depois do que imaginava, porque teve uma parada pelo caminho. Nem levantamos na parada, porque estávamos muito cansados e ficar conversando era mais agradável. Da janela do ônibus avistei meu tio que aguardava na rodoviária com sua caminhonete, que por sinal era mais velha que eu. Lembrava que aquela caminhonete era velha, só que não tinha ideia de que estava acabada. Seu vermelho estava desgastado até ficar rosa, uma de suas lanternas estava quebrada e riscos enormes cobriam a porta. Enquanto íamos descendo na rodoviária, fiquei imaginando com receio o que minha companheira de viagem diria daquela caminhonete, mas logo minha dúvida foi respondida pelo seu comportamento.

— Que gracinha! — Ellen falava como se tivesse encontrado um animal que achasse fofo.

— A gracinha sou eu ou a caminhonete? — Meu tio não perdia uma chance sequer para fazer uma de suas piadinhas.

Depois desse comentário sem graça, Ellen ficou tão constrangida que seu rosto chegou a ficar vermelho como uma pimenta. Vendo a reação dela, tive que defendê-la do meu tio antes que ela me largasse sozinho.

— Você não perde uma, não é mesmo tio?

— Ora, a culpa não é minha de você ter uma amiga tão bonita. Como se chama, querida?

— Meu nome é Ellen.

— O meu é Flomergildo, só que, por favor, me chame de Gildo.

— Ou se preferir, chame de Flor. — Concluí. — É o seu apelido carinhoso.

Se tinha uma coisa que meu tio odiava era justamente o seu nome e o apelido que todos te chamavam. Flor era coisa de menina e ele sempre ficava com raiva quando alguém o chamava disso.

— É um prazer conhecê-la, Ellen. — Ele estendeu uma mão para ela tentando cortar o assunto.

— O prazer é meu, Flor. — Falou ela, dando a oportunidade para nós dois rirmos. Porém meu tio não ficou envergonhado, só um pouco constrangido.

Mas ele nunca ligava por muito tempo. Ele tinha uma barriga enorme - provavelmente de tanto tomar cerveja, sua bebida favorita - e além disso, usava aqueles óculos que aumentam a cara. Tinha sempre uma expressão alegre e nunca perdia uma oportunidade de fazer alguma piada sobre alguém, o que embora desse muitas vezes raiva, ajudava a descontrair o ambiente quando a família estava em guerra.

— Acho que sua tia deve estar querendo muito ver você. Já não se veem a tanto tempo que até perdi as contas. — Disse meu tio, com um olhar um pouco reprovador.

— Eu estou com tanta saudade dela que você não tem nem ideia. Queria ter vindo antes, só que infelizmente não pude.

— Então o que estão esperando? Subam na Puck e vamos embora. A dama vai na frente e você na parte aberta sobrinho.

— Quem é Puck? — Sussurrou Ellen.

— A caminhonete. — Sussurrei para que meu tio não pudesse ouvir.

— Imagina! — Disse Ellen, com um tom de indignação — Pode ir na frente com o seu tio, Júnior, que eu vou atrás sem nenhum problema.

— Vamos os dois atrás então.

E assim foi. Meu tio foi dirigindo pelas magníficas paisagens do campo, com vacas comendo capim e cavalos correndo. O ar era bem diferente do que estávamos acostumados na cidade, porque no interior tudo parecia ser mais puro, inclusive as pessoas. Uma brisa suave tocava meu rosto com uma sensação muito leve. Ellen olhava tudo ao seu redor, fascinada, e assim como eu, admirava todas as paisagens. Passamos pela fábrica da Faber Castell e depois pela avenida principal da cidade. Ela havia mudado bastante desde que estive lá pela última vez. Agora tinha coqueiros na divisão da avenida e mais fábricas. A rua da minha tia era paralela a essa avenida. Era sem saída e terminava num morro no qual passei praticamente a infância inteira brincando. Embora diferente, reconheci a casa de imediato. Agora ela não era mais térrea, e sim um sobrado. Ao invés de ter paredes brancas com manchas amareladas por causa do tempo, a casa agora estava rosa. Brega - e bem a cara da minha tia. A casinha rosa de portas e janelas brancas se destacava entre as demais, porque no interior a maior parte das casas são de madeira. O que Ellen pensaria de uma casa rosa? Se bem que depois de ela ter achado uma caminhonete rosa chamada Puck uma gracinha, acho que pensaria algo bom de uma casa rosa.

— É aqui que sua tia mora? — Perguntou.

— Infelizmente sim. — Cochichei para que meu tio não ouvisse.

— Infelizmente? Isso é maravilhoso.

— Que legal, você acha uma caminhonete rosa uma gracinha e uma casa rosa maravilhosa?

— Isso porque ela não é tão crítica como você. — Falou meu tio, já se intrometendo na conversa. — Tanto ele quanto o pai eram assim, perfeccionistas.

Meu pai. Para ele nunca podia ter uma linha fora do lugar. Gostava de tudo bem certo, cada coisa nos seus conformes. Será que eu estava sendo justo correndo atrás de uma verdade que talvez nem existisse?

— Júnior, eu sinto muito. Não devia ter dito isso, ainda mais depois do que você e sua mãe passaram. — Disse meu tio, arrependido.

— Tudo bem tio. Não precisa se desculpar por isso.

Embora não devesse desculpá-lo, acabei desculpando. Vi que realmente estava sentido pelo que disse. Descemos da caminhonete e logo avistei minha tia vindo em nossa direção ainda de avental.

— Juninho, sobrinho lindo da titia. — Falou ela, na medida que se aproximava.

Ela apertou minhas bochechas e deu um beijo no meu rosto. Logo em seguida passei a mão no meu rosto e vi que ficou a marca do batom.

— Seu rosto ficou marcado, querido. — Que grande observação minha tia fez. — E quem é essa linda moça que está com você?

— Essa é a Ellen, titia.

— Bem-vinda meu anjinho.

Minha amiga lhe estendeu uma mão, só que minha tia partiu para um abraço. Bem exagerado, diga-se de passagem. Ela sempre foi assim. Extrovertida em excesso, gostava de coisas fofinhas e o mundo para ela era cor de rosa com bolinhas coloridas.

— Que acham de entrarmos? — Falei, na esperança de salvar minha amiga daquele momento.

— Acho uma ótima ideia. — Concordou minha tia. — Afinal, sua amiga

ainda tem que experimentar meus bolinhos de bacalhau com brócolis.

A casa também havia sido reformada por dentro. Os cômodos agora possuíam novas entradas e novos objetos. Mas uma coisa era semelhante entre a parte exterior e interior da casa: tudo era rosa.

Ellen e eu fomos obrigados a comer os terríveis bolinhos de bacalhau com brócolis, só que apenas ela os comeu de verdade. Eu aproveitei que o cachorro passava pela cozinha e entendi isso como um recado do destino que dizia: "Não coma isso, dê para o cachorro". E então aquele pobre animal teve que se sacrificar por uma boa causa, comendo o bolinho no meu lugar.

Depois desse triste incidente, começamos a jogar Burro com meus tios, como antigamente. A melhor parte era ver meu tio perdendo e bebendo água até ficar roxo e não aguentar mais. Eu sempre tive uma habilidade com cartas, portanto sempre vencia. E aliás, também conseguia roubar no jogo com o velho truque das cartas na manga sem que ninguém soubesse. Literalmente sempre tinha uma carta na manga.

De noite, após o jogo, minha tia sugeriu que levasse a Ellen para conhecer a cidade. Ela me emprestou a chave da Puck para que pudéssemos sair e fomos dar uma volta. A princípio fomos andando sem rumo na esperança de que decidíssemos o que fazer, até que resolvemos jantar em algum lugar, já que aquele bolinho não havia contado como refeição. Sabia que o lugar exato para levá-la era em um restaurante italiano que ficava lá no centro da cidade, porque além de ter um dos melhores cardápios da cidade, ainda tinha um bom clima romântico. Afinal, mesmo querendo saber toda a verdade sobre mim, ainda queria conquistá-la.

No restaurante, fiz tudo conforme os costumes. Abri a porta para a garota e lhe estendi a mão para que descesse do carro. Fiz isso um pouco distante do restaurante, porque jamais iria parar aquele troço da caminhonete dos meus tios bem na porta.

— Estou curiosa para saber aonde estamos indo. — Disse Ellen, enquanto caminhávamos.

— Você vai saber daqui a pouco. — Respondi, querendo fazer suspense.

Ela morria de curiosidade para saber aonde iríamos, podia ver bem no fundo dos seus olhos. Quando chegamos perto do restaurante fiz que ela parasse e fechasse seus olhos. Coloquei minha mão sobre seus olhos para me certificar de que não estava vendo nada e fui guiando-a na escuridão. Aquele lugar estava da mesma maneira que da última vez que estive lá, sempre com aquele mesmo clima romântico e aquele cheiro de comida deliciosa. Ainda mantendo os olhos da Ellen fechados, fomos até o lugar próximo da fonte.

— Agora pode abrir. — Falei.

— Eu estou... estou sem palavras. — Falou emocionada.

— Sabia que gostaria desse lugar. Foi aqui que meu pai e minha mãe oficializaram o noivado deles. E é aqui que eu gostaria de refazer um grande pedido.

— Só não vale se aproveitar do lugar, hein? — Disse-me, logo em seguida rindo.

Respirei fundo na medida que me preparava para fazer novamente esse pedido, imaginando as diversas possibilidades que ela poderia ter como resposta. Mas então criei coragem e falei:

— O que eu vou te pedir não é uma coisa qualquer. É algo que vai mudar o destino de um jovem, trazendo de volta para ele muitas coisas que ao longo da jornada da vida ele perdeu. — Podia ver em seus olhos o quanto ela estava emocionada, e então todo medo que eu tinha desapareceu. — Ellen, eu descobri que você é a minha razão, você é o que faz meu coração pulsar em meu peito, você é tudo com que sonhei durante toda a minha vida. E quando eu estou com você, nada mais parece existir. É como se fosse por você que estivesse esperando durante todos esses anos. E agora descobri que fomos feitos...

— Um para o outro. — Emendou ela.

Nossas mãos se tocaram e nossos dedos se entrelaçaram. Cada um olhava fixamente nos olhos do outro, e nada mais parecia existir. Passei a mão pela sua nuca e trouxe seus lábios até os meus. E foi nesse instante que finalmente dei meu primeiro beijo de verdadeiro amor. Quando o beijo chegou ao fim, tudo que consegui dizer foi:

— Eu amo você.

Ela por sua vez me olhou de uma maneira tão estranha, com uma expressão tão severa que temi o que fosse dizer. Mas de repente seu rosto se tornou doce e sensível como nosso beijo, e então ela finalmente respondeu para que todos pudessem ouvir:

— Eu também amo você.

Fiquei tão feliz que a beijei mais uma vez, depois outra e mais outra, e beijando-a seguidamente. Todos ao nosso redor olhavam para nós e depois de tudo nos aplaudiram.

Nada nesse momento podia me fazer mais feliz. Eu finalmente tinha ao meu lado a pessoa com que sonhei durante toda uma vida. Tinha aquela que me acolheria com sua ternura quando eu estivesse triste, aquela que transformaria minhas lágrimas em lindos sorrisos e minha realidade em um sonho. Eu a amava, ela me amava. O que mais alguém poderia desejar?

Depois de um jantar maravilhoso – na certa o melhor da minha vida – e que até tinha uma música linda tocando, que ficou sendo a nossa música, voltamos para a casa da minha tia. Entramos sem fazer barulho porque todos pareciam já estar dormindo. Povo do interior é assim, dorme cedo e acorda cedo. Guiei minha namorada até o quarto de hóspedes, e me despedi lhe dando um beijo. E depois disso, mesmo contra a minha vontade, fui para o sofá da sala tentar dormir depois de tudo que passei. Por mais que quisesse descansar da viagem, simplesmente não conseguia pois minha cabeça estava voltada para Ellen. Fiquei me recordando do nosso beijo, da minha alegria depois de ela dizer sim e pelo modo como agora estávamos envolvidos. Escutei um barulho na cozinha e fiquei imaginando se era a minha princesa que já estava com saudades. Fui até lá e encontrei minha tia bebendo um copo de água.

— Te acordei, querido? — Perguntou ela.

— Não, tia. Eu já estava acordado.

— Não consigo dormir por causa desse calor e do seu tio que não para de roncar. — Desabafou.

— É. O tio roncando é realmente terrível, consegue ser pior até que esse calor.

— Aliás, como foi o seu jantar com a Ellen? — Indagou ela puxando assunto.

— Ótimo. Eu a pedi em namoro e ela finalmente aceitou o meu pedido.

— Não acredito. — Disse, incrédula. — Estou muito feliz por vocês. Ela é uma garota maravilhosa.

— Ela é a melhor pessoa que conheci até hoje. E foi em ter alguém como ela que eu sonhei a minha vida inteira.

— Vocês dois juntos lembram eu e sua mãe quando éramos adolescentes e vivíamos por aí com nossos namorados. — Refletiu ela.

— Minha mãe namorava muito? — Aproveitei essa pequena abertura feita pela minha tia para perguntar.

— Não, ela nunca foi de namorar muito. Eu namorava bem mais do que ela.

— E ela não teve um namoro sério antes de casar com o meu pai?

— Por que esse interesse repentino no passado da sua mãe? — Questionou ela.

— Por nada, tia. — Respondi, tentando eliminar suas dúvidas sem deixar suspeitas. — É só que nós nunca conversamos sobre isso, e eu sinto uma imensa curiosidade em saber mais sobre a minha mãe.

Minha tia refletiu sobre o que eu havia falado e pareceu ficar convencida. Fez um sinal para que eu a acompanhasse e foi subindo as escadas em direção aos quartos, mas ao invés de entrar em algum deles, subiu mais um lance de escadas em direção ao sótão. Pegou uma chave que estava pendurada num gancho ao lado da porta e a usou para abri-la. Lá dentro estava tudo empoeirado e velho, e tinha apenas uma janela que dava pra rua. Minha tia abriu a janela para que saísse um pouco daquele cheiro de "coisas guardadas", e logo depois abriu um velho baú. Começou a tirar algumas coisas de dentro dele, colocando-as de lado, até que encontrou um álbum.

— Sei que você deve estar se perguntando porque eu te trouxe aqui pra mostrar esse velho álbum. — Disse ela, na medida que o abria. — Mas saiba que aqui está todo o passado da sua mãe.

— Foi ela que montou esse álbum? — Perguntei.

— Não. O álbum foi montado pelo primeiro namorado dela.

— E como ele se chamava?

— Não sei, não me lembro. Aliás, não devemos falar nisso. — Respondeu minha tia, tentando dar um fim no assunto.

— Eu posso ficar com o álbum? — Pedi.

— Claro Júnior. Sua mãe que não vai gostar muito de saber que te dei isso.

— Então ela não precisa saber. Afinal, o que os olhos não veem...

— O coração não sente. — Completou.

— Boa noite, tia.

— Boa noite, querido.

Dei-lhe um beijo de boa noite no rosto e fui para o sofá. Queria muito que a Ellen estivesse comigo quando abrisse o álbum, mas infelizmente ela já tinha ido dormir e não ia acordá-la. Será que nesse álbum eu encontraria as respostas para o que procurava? Será que foi meu verdadeiro pai que deu aquele álbum para minha mãe? Mal podia esperar para descobrir isso, então mesmo atônito para saber sobre tudo, abri o álbum. Na primeira página havia uma pequena mensagem para minha mãe, que dizia: "Dedico esse álbum para o meu amor, para um dia se você estiver sozinha, possa recordar-se de todos os momentos felizes que passamos juntos. Com carinho, de seu amado Leandro". Então ele se chamava Leandro. Uma das minhas perguntas já estava respondida, mas será que ele realmente é meu pai? Não entendo como podia ser filho dele, pois isso era praticamente impossível. Minha mãe já era casada com o meu pai e isso seria uma traição. Embora tivesse dúvidas sobre quem me deu a vida, meu coração dizia para encontrar esse Leandro. Só que como faria isso com milhões de Leandro? Com certeza minha namorada me ajudaria, mas nem com toda a ajuda eu acho que conseguiria.

Vasculhei o resto do álbum e vi várias fotos dele com a minha mãe. De um certo modo, ele era bem semelhante a mim. Os mesmos olhos, o mesmo formato do nariz, um formato de rosto também bem parecido e assim por diante. Também vi fotos deles com provavelmente seus amigos, mas isso não tinha tanta importância. Agora, a única coisa a fazer era dormir e aguardar o dia amanhecer, e com a ajuda da Ellen, conseguiria descobrir tudo.

Fui acordado logo cedo pelos meus tios, que precisavam de mim para ajudar nas tarefas. Tirar leite da vaca, recolher os ovos da galinha, alimentar os porcos. Simplificando, cuidar de todos os bichos. Depois que consegui acabar, entrei em casa e encontrei minha namorada na mesa tomando o café. Me juntei a ela e logo depois meus tios se juntaram a nós. Conversa vai, conversa vem.

Após o café da manhã, contei toda a história para Ellen. Por sua expressão, pude ver que havia tido uma ideia brilhante.

— Vamos até a escola onde ela estudou. — Disse ela.

— Já vai ser difícil liberarem a ficha de um aluno para nós dois, e vai ser um milagre se isso acontecer em pleno domingo.

— Amor da minha vida, amanhã é segunda e temos aula. Portanto, é hoje ou nunca que vamos descobrir quem é esse Leandro.

— Ok. Você está certa, vamos até a escola onde a minha mãe estudou.

Graças a uma foto em que eles usavam uniforme, descobrimos qual era o nome da escola onde eles estudavam. Pesquisamos e descobrimos que ficava perto da casa da minha tia, e fomos até lá. Rodamos um pouco até localizar a escola, que aparentemente estava vazia.

— Satisfeita agora? — Perguntei. — Não tem ninguém aqui, e só perdemos tempo vindo.

— É, você tem razão, não tem ninguém aqui. — Ela deu um suspiro bem fundo e continuou dizendo. — Melhor assim, porque podemos invadir a escola sem que ninguém perceba.

— Ficou maluca? — Falei, não acreditando que tivesse passado uma ideia tão louca pela cabeça dela. — Invadir uma escola? E se nos pegam?

— Então é melhor que não nos peguem. Agora me ajuda a pular esse portão.

O portão não era alto e tinha grades para se apoiar na hora de subir. Eu a ajudei dando um impulso, e logo em seguida pulei também. Achava essa ideia uma loucura, só que não podia fazer nada quando ela colocava algo na cabeça. Fomos andando pelos corredores da escola — que estavam escuros por sinal — e seguindo as placas que indicavam a Secretaria. Fazíamos tudo em silêncio, pois se tivesse alguém lá, não nos notaria. Quando encontramos a Secretaria, vimos que a porta estava fechada.

— Tá vendo Ellen? Eu disse que não teria o que fazer.

— E quem disse que não temos o que fazer? — Retrucou ela. — Eu tenho um plano B.

Ela tirou um grampo do cabelo e começou a tentar abrir a fechadura com ele. Depois de um tempo tentando, percebeu que seu plano B era frustrado.

— Não entendo. — Comentou. — Isso sempre dá certo nos filmes.

— Bem-vinda à realidade. — Disse ironicamente.

— Acho melhor vocês tentarem usar a chave. — Falou uma voz que veio pelas nossas costas.

Nós dois olhamos para trás, nos deparando com um senhor baixo com provavelmente mais de sessenta anos, que tinha cabelos grisalhos e braços bem finos.

— Vocês vão ter sorte por eu dar a oportunidade de saírem daqui antes que eu chame a polícia. — Emendou ele.

— Nós pedimos desculpas pela invasão da escola. — Disse Ellen, com aquele jeito doce e persuasivo. — Mas é que nós precisamos de uma informação que deve estar aí dentro.

— Eu dou a oportunidade de vocês saírem daqui e você ainda tenta argumentar? — Ele ainda mantinha uma passividade na voz.

Pude ver toda a frustração nos olhos da minha querida por seu plano ter dado errado, então criei coragem e me intrometi na conversa perguntando:

— Você tem filhos?

— Tenho dois. — Respondeu.

— E o que aconteceria se eles não soubessem que você era pai deles? Eu passo por isso agora, e não sei nem mais quem eu sou. E se você não me deixar entrar aí, nunca saberei quem me deu a vida.

Aquele senhor pareceu ficar bastante comovido, porque no instante seguinte ele colocou a chave na fechadura e abriu a porta. Alertou para que deixássemos tudo no lugar e, em todo caso, ele não viu e nem sabia de nada.

Começamos a vasculhar gavetas com arquivos antigos, procurar fichas de alunos e não encontramos nada. Enquanto eu procurava nos armários, Ellen procurava no computador.

— Júnior, corre aqui. — Disse como se tivesse encontrado alguma coisa no computador.

— O que foi? — Perguntei.

— Nesse sistema podemos ter acesso a todas as turmas de formandos. Basta você saber em que ano sua mãe se formou.

— Ela se formou em 1988.

Ellen jogou isso no sistema e pela sua expressão seu plano havia dado certo. Ela respirou fundo e falou:

— Encontrei a turma da sua mãe. E aqui está, o namorado da sua mãe se chama Leandro Artrave. Ele era o único da sala e tem um sobrenome bem diferente, ou seja, vamos encontrá-lo com mais facilidade.

Em momento algum acreditei que esse plano fosse dar certo, pois tudo isso parecia uma loucura. Se não fosse pela Ellen, nada disso teria dado certo e não teria chegado em lugar nenhum. Agradeci muito por tudo que ela fez e disse que se um dia ela precisa-se de mim, em qualquer circunstância, eu iria a ajudar. Voltamos para a casa dos meus tios e eles nos levaram à rodoviária. Era momento de se despedir, pois o ônibus iria embora logo e voltaríamos para casa, agora tendo ideia de quem era meu verdadeiro pai. Agradecemos por tudo que fizeram por nós e voltamos rumo a nossa cidade.

Encontro

Chegamos em São Paulo ao anoitecer. Antes de voltar para casa, deixei minha namorada na sua casa, e antes de me despedir com um beijo, agradeci por tudo que havia feito por mim. Esse havia sido o melhor final de semana da minha vida e eu estava muito feliz por agora ter uma pessoa como a Ellen ao meu lado.

Quando cheguei em casa, minha mãe estava assistindo televisão enquanto me esperava.

— Como foi a viagem, filho? — Sussurrou ela no meu ouvido enquanto me abraçava.

— Maravilhosa. Eu aproveitei muito esse fim de semana. — Respondi.

— É, seus tios falaram como você aproveitou. Você também levou uma garota para lá?

— Sim, a Ellen foi comigo. Lembra-se daquela garota que foi no enterro do papai?

— Ah, sim a Ellen. — Falou minha mãe, enquanto recapitulava aquele momento de tristeza. — E os pais dela sabem que foi com você?

Pensei em mentir para minha mãe, mas ela sabia quando estava mentindo e quando dizia a verdade. Pela minha expressão ela já havia entendido a resposta.

— Você mentiu para eles? — Emendou ela.

— Não mãe, isso não é mentir.

— Se não é mentir, então isso é o que?

— Tudo bem. Nós mentimos, enganamos os pais dela, mas tivemos bons motivos para fazer isso. — Argumentei.

— Nenhum motivo é bom o bastante para te fazer mentir. — Respondeu-me.

— Será mesmo? — Retruquei, lembrando de todo esse escarcéu que estava passando por todas as mentiras que minha mãe havia criado.

Por um instante ela pareceu ver que não foi apenas da boca pra fora que falei aquilo, mas que tinha alguma coisa a mais. Eu estava magoado e ela agora também estava. Só que nada eu podia fazer com relação a isso.

— Mãe, hoje foi um dia bem exaustivo pra mim e amanhã tem escola. Eu vou tomar um banho e depois dormir.

Ela respirou fundo e disse:

— Ok, filho. Boa noite.

— Boi noite, mãe.

Fui pro meu quarto, tomei um banho e depois fui dormir. Ou melhor dizendo, tentar dormir. Não conseguia parar de pensar em duas coisas: em saber a verdadeira identidade do meu pai, e na Ellen, com quem tinha vontade de passar cada segundo da minha vida. Do nada veio uma ideia absurda de como encontrar meu suposto pai, então fui até o meu computador, entrei no Google e lancei em pesquisar o nome Leandro Artrave. Vieram vários resultados, mas o que chamou minha atenção foi o segundo. Era um artigo que destacava as dez melhores empresas multinacionais do país, e dentre elas havia uma especializada em cosméticos chamada Artrave, que justamente o presidente se chamava Leandro Artrave. Lancei desta vez no Google apenas "empresa Artrave" e obtive um site oficial. Anotei o endereço da sede principal da empresa, onde devia ficar a parte administrativa e decidi ir no dia seguinte. Na aula, contaria tudo isso para Ellen e a convenceria a ir comigo.

No dia seguinte, estava ansioso para encontrar Ellen na escola e contar minha nova descoberta. Aguardei um pouco no portão da escola e logo a avistei vindo de longe. Não parecia estar com uma cara muito boa e nem parecia estar muito feliz. Tinha expressões rígidas, e quando chegou perto de mim percebi que realmente não estava de bem com a vida.

— O que aconteceu com você, meu anjo? — Perguntei, assustado com a sua expressão após um final de semana maravilhoso.

— Meus pais descobriram que não passei o final de semana na casa da Bruna e me colocaram de castigo. — Disse-me ela, desapontada.

— Ellen, eu sinto muito. É tudo culpa minha. — Assumi.

— Não, eu quis ir com você. A escolha foi minha, portanto a única culpada nessa história fui eu.

Embora ela quisesse assumir a culpa para que não me sentisse culpado, tanto ela quanto eu sabíamos que a maior parcela de culpa nessa história era minha. Foi por minha culpa que ela viajou para São Carlos e, além do mais, foi por minha culpa que ela mentiu para os pais. E agora era por minha culpa que estava de castigo.

Graças a isso, decidi não contar, por enquanto, para ela tudo que havia descoberto sobre meu pai. Se soubesse que eu iria até lá depois da aula, com certeza iria querer ir também. E assim ia acabar aumentando seu castigo.

— Está tudo bem? — Perguntou ela, vendo que eu estava pensativo.

— Sim, está tudo bem amor. — Respondi.

— Ah, você descobriu mais alguma coisa sobre o seu pai?

— Nada. — Menti.

Ela não ficou convencida, mas não tive outra escolha. Afinal, era pro seu próprio bem.

A aula passou bem lentamente, porque estava muito ansioso para finalmente encontrá-lo. Ficava imaginando como ele era, do que ele gostava ou o que fazia. Se ele tinha uma mania ou até mesmo um vício. O que eu mais imaginava era se nós dois éramos parecidos. Quando a aula por fim acabou, Ellen voltou para casa por estar de castigo e eu fui para a Avenida Paulista. Não sabia se seria recebido ou não, mas tentaria o máximo que pudesse.

Entre muitas pessoas, fui caminhando pela Paulista. Imensos e luxuosos prédios ficavam ali, mas não avistei o prédio principal da Artrave. Peguei o papel no qual havia anotado o endereço e o entreguei para uma moça que estava parada no ponto de ônibus, perguntando se ela o conhecia. Ela por sua vez fitou o papel e logo em seguida disse que não o conhecia. Me deu um estalo e perguntei se por acaso conhecia o prédio principal da Artrave, e para minha alegria afirmou que sim e me indicou onde ficava.

Fui até lá e consegui encontrar o prédio. Ele era imenso, todo marrom e havia uma imensa placa que indicava seu nome. Fiz uma entrada discreta, se bem que não havia muitas pessoas naquele lugar. Fui até uma das recepcionista e comecei a puxar conversa com ela.

— Boa tarde. — Falei, tentando ser o mais natural possível.

— Boa tarde. O que deseja? — Respondeu ela, de maneira bem objetiva.

— Eu gostaria de falar com Leandro Artrave.

— Você tem hora marcada? — Questionou-me.

— Não tenho, mais eu garanto que é um assunto do interesse dele. — Disse, como última esperança para que ela me deixasse subir.

— Sinto muito, mais não tenho ordens para te deixar subir. — Disse por fim, até um pouco sentida, mas sem alternativa.

Eu devia ter imaginado que não poderia chegar lá e sem nenhum motivo ir pedindo para falar com o presidente da empresa. Ele era uma pessoa ocupada e não saía por aí ouvindo o que qualquer um tinha pra dizer.

Após saber que não falaria com ele, deixei o prédio principal e fui seguindo desnorteado o meu caminho. Embora soubesse que era impossível conseguir encontrar meu pai, eu queria acreditar que de alguma maneira ainda iríamos nos encontrar. Meu coração pulsava aceleradamente no meu peito e lágrimas escorriam dos meus olhos. Nada mais parecia fazer sentido, e então vi que depois de tudo que eu e minha Ellen tínhamos feito para descobrir quem era meu pai, desde fugir para São Carlos até invadir a escola onde minha mãe estudou, tinha sido em vão, porque agora eu estava do mesmo jeito que comecei. Triste, magoado com a vida e ainda por cima confuso. Olhei para o céu e pedi que se existisse alguma força maior que nos envolvesse, ela trouxesse a verdade até mim.

— Cuidado, garoto! — Gritou alguém do outro lado da rua.

Olhei para ver o que estava acontecendo, quando numa fração de segundos fui atingido por um carro e invadido por um súbita dor, que logo não permitiu que visse mais nada.

Acordei zonzo em um estranho ambiente, até perceber que eu estava em um hospital. Provavelmente não era um hospital público, o que deixava tudo ainda mais estranho. Não entendia porque um estranho me colocaria em um hospital particular ao invés de me deixar largado em um hospital público. Forcei a minha memória para lembrar se tinha sido atropelado por uma Limusine quando um homem muito bem vestido entrou no quarto e me fitou por alguns instantes. Tive a impressão de que já conhecia aquele homem, pois seu rosto parecia tão familiar.

— Como você está se sentindo? — Perguntou ele, de um modo ríspido, mas como se já fosse um amigo íntimo.

— Eu estou bem. — Respondi, com um pouco de receio por não saber quem era ele. — O que aconteceu comigo?

— Você não se lembra? — Indagou. — Você foi atropelado. Você não estava olhando ao atravessar a rua e então meu motorista te atropelou.

Reparei no meu corpo e boa parte dele estava enfaixada. Tinha curativos na cabeça, nos braços e em todo lugar que se pode imaginar. Respirei fundo e apenas perguntei:

— Foi muito feia a batida?

— Você não tem ideia do quanto.

— Olha, eu realmente lhe devo desculpas. — Falei, tentando melhorar um pouco a minha situação. — Você fez demais por mim me colocando nesse hospital particular, sendo que nem teve culpa. Foi por minha culpa que eu fui atropelado.

— Eu sei disso. — Falou ele. — Você estava bastante desnorteado na rua. A propósito, o que você queria falar comigo?

— Como assim, falar com você? — Agora eu já não entendia mais nada.

— Sim, falar comigo. Uma das recepcionistas falou que você foi até a Artrave atrás de mim e não deixaram que você subisse. E então, que coincidência, meu motorista te atropelou.

Estava em estado de choque. Não podia acreditar, só podia estar sonhando. Eu fiquei todo esse tempo correndo atrás da verdade para que em segundos ela viesse sozinha até mim. Essas forças maiores realmente eram eficientes.

— Prazer, garoto. Eu me chamo Leandro Artrave. — Emendou ele.

— Júnior. — Foi a única coisa que consegui dizer. E ainda gaguejei.

— Você se chama Júnior? — Indagou ele.

— Não. Meu nome na verdade é José, mas todos me chamam de Júnior, porque odeio meu nome. — Expliquei.

— Eu gosto de José, mas se você prefere Júnior...

Sorri para ele, mas estava mais feliz por dentro porque eu finalmente havia conseguido encontrar meu pai. Ou talvez não. Ainda não era certeza se era ele ou não, era a única pessoa que sabia que minha mãe havia se relacionado com ele.

— Mas afinal, eu fiquei curioso. — Falou, pensativo. — O que você queria falar comigo?

Esse era o grande momento da minha vida. Eu diria para ele que, na verdade, era seu filho e tudo estaria resolvido. Ele me aceitaria como seu filho e, respectivamente, eu o aceitaria como pai. Só que se as coisas fossem fáceis desse jeito, todos os meus problemas estariam resolvidos. E justamente na hora de dizer para ele que eu era seu filho, as palavras engasgaram na minha garganta e não consegui dizer absolutamente nada. Tinha que falar tudo para ele, mas não sabia o que pensaria sobre isso. E se não acreditasse? Precisava inventar alguma coisa agora até ter a certeza de que confiaria em mim para contar a verdade.

— Eu queria te pedir um emprego. — Disse a primeira coisa que veio na minha cabeça.

— Um emprego? — Perguntou-me em um tom curioso.

— Sim, perdi meu emprego faz pouco tempo e gostaria de saber se você não precisava de um assistente.

— Acho que no momento não preciso de um assistente. Talvez se você vier me procurar mais no fim do ano... — Ele provavelmente estava tentando me enrolar. Conhecia muito bem isso de mim mesmo.

— Olha, eu vou ser bem sincero. Seu motorista me atropelou, eu estou internado num hospital com um braço quebrado por sua culpa e ainda se nega a me dar um emprego? Por favor, me dê um emprego, afinal você quase me matou.

— Mas eu nem tenho culpa... — Tentou argumentar ele.

— Sem mais discussões. Não aceito um não como resposta. — Disse, por fim.

— Ok. Você mostrou que tem iniciativa me pedindo um emprego e persistência quando insistiu nesse assunto. E isso é tudo que um funcionário meu precisa. — Concluiu.

— Então você quer dizer que eu... — Comecei a dizer, mas não consegui terminar minha frase.

— Está contratado. — Completou ele.

Essa era a oportunidade que eu precisava. Trabalhando ao seu lado, eu poderia conhece-lo melhor. E, quando estivesse pronto para dizer a verdade, seria o momento dele saber que era seu filho.

Ele se despediu de mim no hospital, e disse que assim que eu estivesse bom já poderia começar na sua empresa. Seria seu assistente e estaria sempre por dentro de sua vida. Saberia como ele era, o que fazia ou gostava de fazer e o conheceria por completo.

Naquele mesmo dia recebi também a visita da minha mãe, que por mais que naquele momento estivesse magoado pelas suas mentiras, não conseguia sentir ódio ou raiva dela. Ela estranhou a maneira fria com que estava agindo e perguntou:

— Você realmente tem certeza de que está bem?

— Sim, mãe. — Tranquilizei-a.

— Não parece que você está bem. Parece estar tão estranho, tão diferente...

— É tudo impressão sua, mãe. — Disse mais uma vez, tentando novamente tranquilizá-la.

— Até agora você não me disse o que foi fazer lá na Paulista para que aquele imbecil conseguisse te atropelar. — Disse-me ela.

— A única coisa me fez ir até lá foi uma pesquisa que eu tenho que fazer para o trabalho de empreendedorismo. — Menti. — Tinha que pesquisar uns balanços em uma determinada empresa.

Por mais maluca que fosse essa mentira, minha mãe pareceu cair nela feito um patinho. Não podia permitir que soubesse, em hipótese alguma, que na verdade estava investigando seu passado.

— E, aliás, ele não é um imbecil. A culpa do acidente foi minha e ele já está fazendo demais me pagando esse quarto caro. — Emendei.

— Ele não está fazendo mais do que a obrigação. — Retrucou. — Devíamos mesmo era processá-lo, para que da próxima vez aprendesse a ter cuidado quando alguém atravessa a rua.

— Mãe, já disse que a culpa foi minha. — Repeti.

— Não me importa de quem seja a culpa, se é dele ou se é sua. Você por acaso sabe o medo que eu passei quando me ligaram de um hospital dizendo que meu filho havia sofrido um acidente? Seu pai morreu num acidente e eu não gostaria de perder o outro homem da minha vida em um acidente.

Por um momento achei que fosse aguentar ouvir todo esse sermão sem dizer absolutamente nada, mas quando senti que meus limites haviam sido ultrapassados, simplesmente gritei:

— Será mesmo que meu pai morreu em um acidente?

— O que você quer dizer? — Perguntou-me. — Que seu pai está vivo? Nós o vimos sendo enterrado naquela tarde, todos sabemos que ele está morto. Não tente criar fantasias com relação a isso.

— Não me referia a ele. Me referia a Leandro Artrave.

O choque por tocar nesse nome foi tão grande, que minha mãe ficou paralisada. Tentei evitar ao máximo que isso acontecesse, mas não consegui. Sua respiração ficou acelerada na medida que seus batimentos também aumentavam. No meio de todo o seu pânico, tentou manter a calma e falou:

— Não sei do que você está falando. Agora se me permiti, tenho que ir, pois ainda tenho muitas coisas para fazer.

Ela se levantou, deu um beijo na minha testa e depois saiu apressadamente do quarto. Tanto eu quanto ela não havíamos percebido a presença da

Ellen, que estava na porta observando tudo. As duas se cumprimentaram e Ellen entrou no quarto logo após a saída da minha mãe.

— Olá minha querida. Você era quem eu mais queria ver nesse momento.

— Júnior, vou ser bem sincera com você... — Disse-me ela, de uma maneira tão seca que pareceu que estava brava comigo.

— Claro, meu amor. — Assenti.

— Por que você não me contou sobre seu pai? Por que você não confiou em mim?

— Calma, Ellen. Sente-se aqui na minha cama, que eu te explicarei tudo. — Falei, enquanto indicava a cama para ela.

Ela veio até a minha cama e se sentou. Coloquei minha mão sobre a sua e a segurei firme para mostrar que podia confiar em mim.

— Você estava de castigo, e eu sabia que se lhe falasse sobre tudo isso, você iria piorar a sua situação com os seus pais. — Confessei.

— Então não me disse nada por causa do meu castigo? E você realmente acha que eu ia me importar com o castigo, depois de tudo o que eu fiz? — Ela respirou fundo e continuou dizendo. — Viajei com você para São Carlos sem que meus pais soubessem, invadi uma escola e desrespeitei várias coisas. E tudo isso por você.

— Eu sei de tudo o que fez por mim, mas eu também pensei em você quando não lhe contei nada. — Tentei argumentar.

— Sabe, eu realmente pensei que não existia você ou eu, mas apenas nós. Só que agora eu vejo que estava errada. — Depois de dizer isso, ela apenas se levantou, deu as costas e foi embora.

Não dava para acreditar que havia brigado com a minha mãe e com a minha namorada seguidamente. Mal podia esperar para sair daquele hospital e poder consertar tudo de errado que havia feito. Sabia que não seria fácil, porque havia magoado as duas mulheres da minha vida em questão de segundos. Só que, vendo por um outro lado, finalmente havia conhecido meu pai. Eu não tinha a menor dúvida em relação a isso, e não precisava de um exame de DNA ou uma prova concreta para acreditar naquilo que meu coração dizia. E ele dizia claramente que Leandro Artrave era meu pai.

Assistente

Depois de dois dias enfiado naquele hospital, finalmente recebi alta e pude voltar para casa. Mesmo depois da nossa briga, minha mãe continuou a voltar no hospital para me visitar. Só que a Ellen realmente devia ter ficado furiosa depois da última vez que nos encontramos, pois não voltou. Assim que estivesse totalmente recuperado, trataria de resolver as coisas.

Minha mãe foi me buscar no hospital à tarde. Pude voltar para casa sem nenhum ferimento muito grave, apenas com alguns arranhões e um joelho enfaixado. Pelo menos o atropelamento não havia deixado muitas lesões de herança para mim.

Assim que cheguei, não pensei duas vezes antes de ligar para o meu pai. Primeiro uma recepcionista atendeu, depois a ligação foi transferida para sua secretária e após isso, tive que convencê-la a transferir a ligação para ele. Ela me deixou aguardando um momento e então pude ouvir a voz do meu pai do outro lado da linha.

— Olá José. — Falou ele. — Já está melhor?

— Já melhorei sim, Leandro. Agora só me resta saber quando vou poder começar na empresa.

— Vejo que está ansioso para começar aqui. — Observou. — Mas lembre-se que você não trabalha para minha empresa, você trabalha para mim.

— Claro, sou seu assistente pessoal. — Confirmei.

— Amanhã eu tenho um jantar de negócios lá no restaurante Oscar Freire, e acho que seria interessante meu assistente estar lá fazendo algumas anotações sobre a negociação.

— Amanhã à noite, está perfeito para começar. Onde eu posso te encontrar? — Perguntei.

— Encontre-me na minha casa. Meu motorista vai nos levar até lá.

Ele passou o endereço de onde morava, um bairro bem chique por sinal. Anotei tudo certinho — inclusive como fazia para chegar lá — e depois me despedi. Sorte a minha que tinha uma roupa social no armário para ocasiões como essas.

Um tempo depois de falar com o meu pai, resolvi tentar falar com a Ellen. Liguei na casa dela e ninguém atendeu. Esperei até a ligação parar na caixa eletrônica e resolvi então ir até lá. Minha mãe estava descansando um pouco, então deixei apenas um bilhete dizendo que tinha ido à casa da Ellen, caso ela acordasse.

Já havia anoitecido e a rua estava um pouco deserta. Andei apressadamente até a sua rua na esperança de encontrar a sua casa, porque tinha uma vaga lembrança de como ela era apenas pelo dia que voltamos de São Carlos e a deixei em sua casa. Encontrei uma mulher parada na porta da casa, fumando, e perguntei se ela sabia onde morava a Ellen. Ela disse que não conhecia, então perguntei onde morava um médico. Ela apontou a casa da frente e disse que achava que morava um médico lá. Reparei bem na casa e tive quase certeza que era.

Fui até a porta e toquei a campainha. Ninguém veio atender, então toquei novamente. Depois de alguns minutos de espera, me afastei um pouco da casa e olhei para cima tentando ver se havia alguma luz. Realmente estava tudo escuro, mas percebi que alguém me observava de um dos quartos quando vi a cortina se mexer. Só podia ser a Ellen, que não queria falar comigo. Se ela não queria falar comigo por bem, então entraria contra a sua vontade e falaria. Procurei uma maneira de pular um muro e o melhor jeito que encontrei foi escalando uma árvore cujo galho invadia a casa.

Meu amor por ela era tão grande, que mesmo com o corpo todo arranhado por causa do acidente, eu fiz um esforço e consegui escalar a árvore. Logo em seguida pulei no jardim da casa e fui entrando pelos fundos. A entrada dos fundos dava na cozinha, que era idêntica àquelas cozinhas que a gente via em programas de culinária.

Subi uma escada que ficava ao lado da saída da cozinha e cheguei ao segundo andar onde ficavam os quartos. Calculei qual era o quarto que dava nos fundos da casa e abri devagar a porta dele. Quando entrei, fui surpreendido por uma velhinha que começou a me dar um monte de pancadas na cabeça com um guarda-chuva.

— Seu ladrão, como ousa invadir a minha casa. — Falou, enquanto continuava a me atacar.

— Minha senhora, eu não vim aqui roubar você. — Tentei explicar. — Pensei que esta fosse a casa da minha namorada.

Ela parou e pensou por um momento, só que logo em seguida voltou a me espancar com o guarda-chuva.

— A única pessoa que mora aqui sou eu, e não sou a sua namorada. — Disse ela — Mas se você quiser, eu posso ser a sua namorada.

Senti um calafrio percorrer todo o meu corpo. Deus que me perdoe, mas aquela senhora devia ser mais velha que Matusalém. Respirei fundo e respondi:

— Adoraria ser seu namorado, só que já sou comprometido. Agora se me permite, vou sair por onde entrei.

— Não precisa sair, pode ficar quanto tempo você quiser. — Gritou ela, enquanto corria atrás de mim escada abaixo.

Sai correndo até chegar na sala, e quando abri a porta, dei de cara com a Ellen e um casal logo atrás dela. Entreolhamos-nos, e tive a certeza de que eram seus pais. A mãe tinha uma expressão séria, era morena e bem bonita. O pai também era moreno, só que aparentava ser um pouco mais velho que a esposa e usava óculos. A velha apareceu por trás de mim e já começou dizendo:

— Esse rapaz entrou aqui atrás da namorada dele.

— Que por acaso sou eu vovó. — Respondeu Ellen.

— Você namora com esse rapaz, filha? — Perguntou à moça.

— Sim, mãe. Você veio falar comigo, Júnior?

— Vim sim, Ellen. Você me acompanha lá fora?

— Claro.

Seus pais ficaram me olhando estranho, inclusive a sua avó, enquanto íamos lá para fora. Nos sentamos na calçada da rua e ficamos observando a lua. Pra variar, a lua cheia estava linda lá no céu, como o grande amor da minha vida que também a admirava ao meu lado.

— A lua está linda hoje. — Comentou ela.

— É, hoje ela está realmente linda. — Concordei.

— Júnior, o que você veio fazer aqui?

— Eu vim até aqui apenas para pedir desculpas pelo nosso último encontro. — Respondi. — Eu não tinha o direito de não ter te contado sobre o meu pai depois de tudo que você havia feito por mim.

Ela ficou me analisando por um tempo – provavelmente observando se eu realmente estava sendo em minhas desculpas – e depois me deu um sorriso como aqueles de comerciais de pasta de dente.

— Eu sabia que você ia se arrepender e pedir desculpas. E da mesma maneira que você se arrependeu, eu vou te perdoar agora.

— E eu sabia que se eu lhe pedisse desculpas, você me perdoaria sem pensar duas vezes, porque na verdade você estava louca para fazermos as pazes. — Falei, dando o troco pelo que havia falado.

Após fazermos as pazes, nos beijamos. Não demos apenas um toque de lábios como namorados que observavam ao luar, e sim um verdadeiro beijo, pois envolvia amor. Amor que fez com que perdoássemos os nossos erros e seguíssemos adiante.

Finalmente havia feito as pazes com a minha garota e então pude voltar tranquilo para casa. Antes de dormir, decidi recuperar um antigo hábito e agradecer a Deus por tudo que ele havia me feito. Por ter colocado uma garota tão especial como a Ellen no meu caminho, por ter feito com que encontrasse o meu pai e também por fazer com que a minha realidade se tornasse um sonho. Aproveitei para fazer também um pequeno pedido: que amanhã ele me ajudasse no meu primeiro dia como assistente pessoal do meu pai. Depois disso consegui descansar e me preparar para mais um dia de vida.

Mais um dia começou e eu assumi minha antiga rotina. Fui para a escola e consegui sobreviver novamente a ela. Curti alguns momentos com meus amigos, que sempre transformavam a aula mais chata num paraíso. Rafael sempre me divertia com seu jeito sarcástico e com as suas piadas de péssimo gosto, e Débora era um anjo que caiu do céu na minha vida. Mas bastava ouvir a doce voz da Iara ou então ser domado pelo jeito carinhoso da Ellen, que tudo se tornava perfeito.

Quando voltei para casa, descansei um pouco à tarde e dei uma revisada em algumas matérias da escola antes do tão esperado jantar. Porém, mal consegui estudar, pois o meu pensamento estava longe. Conforme a tarde foi dando espaço para noite, fui me arrumar. Me vesti e estava já saindo de casa, quando minha mãe veio conversar comigo.

— Você tem certeza de que vai voltar a trabalhar no Buffet? — Perguntou ela, fazendo com que lembrasse da mentira que eu havia contado.

— Sim, mãe. — Respondi, mantendo a mentira. — Foi um milagre eles me aceitarem de volta, então não quis perder essa oportunidade.

— Boa sorte, então. — Desejou.

Dei-lhe um beijo e fui para o trabalho. Por mais que odiasse mentiras, comecei a usá-las. Não podia dizer para minha mãe que iria trabalhar com o meu pai, porque na certa daria um jeito de me impedir. Para que isso não acontecesse, lhe disse que o Buffet havia me aceitado de volta - embora isso fosse impossível - e que havia aceitado voltar, o que também seria impossível.

Antes de ir para casa do meu pai, me lembrei que tinha que comprar alguma coisa para fazer anotações. Por sorte achei uma papelaria que estava quase fechando e então entrei rapidamente para escolher uma caderneta. Só que infelizmente não pude fazer nenhuma escolha, pois a única que ele tinha era uma do ursinho Puff.

E lá fui eu com a caderneta do ursinho Puff pegar um ônibus para chegar até a casa do meu pai. O caminho entre o Moinho Velho e a Saúde era meio longo, só que como havia saído com antecedência consegui chegar antes do previsto. Ao olhar para a casa dele, percebi que imensa era diminutivo para ela. Toquei o interfone da casa e um homem atendeu:

— O que deseja? — Me perguntou ele.

— Leandro Artrave está à minha espera. — Respondi.

— Como é seu nome, garoto?

— Meu nome é José e sou o novo assistente. — Falei.

Logo os portões foram abertos e tive passagem para dentro da casa. Uma legião de seguranças imensos e fortes ficaram observando a minha entrada e se comunicando pelos seus rádios uns com os outros. Não sei qual era a necessidade de todo aquele alvoroço, porque eles pareciam até soldados defendendo um país.

Continuei caminhando pelo jardim e quando pisei na grama para tentar cortar caminho até a casa, uma voz vinda de um alto-falante disse:

— Não pise na grama.

Aliás, o dono daquela voz não disse isso, ele berrou isso. E me assustei mais com o seu grito do que com o fato de pisar na grama. Só depois percebi uma placa em que estava escrito: "É proibido pisar na grama".

Prossegui então o caminho pelo chão sólido até que cheguei na casa - ou melhor dizendo, na mansão. A porta estava aberta, então fui logo entrando no hall da casa. Um pequeno homem estava parado na entrada pra dar as boas-vindas às visitas. Eu o fitei por um momento pensando quem pagaria uma pessoa para ficar parada o dia inteiro na porta de sua casa. Ou meu pai tinha muitas visitas por dia ou então era louco mesmo.

Logo depois do hall havia uma sala de visitas de onde não passei para não ficar inconveniente. Fiquei observando e lá não tinha nenhum porta-retratos ou coisa parecida. E era bem evidente que na verdade, esses porta-retratos eram substituídos pelos vários diplomas distribuídos nas paredes. Imaginei o que faria alguém trocar uma família por diplomas, e o quanto uma pessoa assim devia ser infeliz. Uma pessoa como meu pai.

Um outro empregado, que provavelmente devia ser o mordomo, veio na minha direção. Ele se aproximou de mim e disse:

— Prazer, senhor. Eu sou Alfred, o mordomo dessa casa.

— Oi, Alfred. Eu me chamo José e sou o novo assistente do Leandro. Mas por favor, me chame de Júnior. — Me apressei em dizer.

— Tudo bem. Mas é Sr. Leandro, Júnior. — Corrigiu-me.

— Não, claro, onde estão meus modos. — Concordei. — Quanto tempo você trabalha para o Sr. Leandro?

— Tempo o bastante para conhecê-lo.

— Ele não tem família? — Perguntei, sendo corroído pela curiosidade.

— Não, Júnior. O Sr. Leandro é muito ligado ao trabalho, e nunca se casou ou teve filhos. Mas não devemos falar da sua vida íntima.

— Tem razão.

Por mais que fosse triste um sujeito trocar família por trabalho, fiquei feliz por ele nunca ter se casado ou ter tido filhos. Assim não teria que dividir seu amor com mais ninguém.

— Vejo que você já conheceu meu mordomo, Júnior. — Falou Leandro, enquanto chegava na sala e abotoava seu paletó.

— Boa noite, senhor Leandro. — Foi o que consegui dizer. — Alfred estava me dando as boas-vindas.

— E já terminei de cumprir essa missão. — Falou, enquanto sorria para nós dois. — Agora se me permitem, vou me recolher. Boa noite e bom jantar para vocês dois.

— Boa noite, Alfred. — Falamos simultaneamente.

— Acho que já podemos ir. — Disse-me Leandro.

— Podemos sim, pai.

Ele me encarou firmemente, e só depois percebi a grande besteira que havia falado. Logo ele me indagou:

— Do que foi que você me chamou?

— Desculpe, senhor Leandro. — Me apressei em dizer para consertar a besteira. — É que você me lembra muito o meu pai.

— Então eu tenho um homônimo solto por aí?

— Tinha. Ele faleceu esse ano. — Assumi, lembrando o quanto estava sendo injusto com a memória do meu pai ao resgatar essa história do passado.

— Sinto muito. — Disse ele. — Mas agora temos um jantar de negócios para ir e não queremos fechar um péssimo negócio por causa da nossa vida pessoal.

Ele piscou para mim e logo depois saímos da casa. Eu fui apenas seguindo enquanto ele mostrava o caminho. Ele foi andando até que parou ao chegar no seu carro – ou melhor dizendo – na sua Limusine.

Joaquim, o motorista que havia me atropelado, foi quem nos levou até o restaurante, mas antes disso ele me pediu várias desculpas pelo atropelamento. E eu o desculpei, porque foi graças a isso que conheci meu pai. Só que Joaquim não se contentou com isso, porque parecia que ainda me devia alguma coisa. Então foi da mansão até o restaurante se martirizando pelo que havia feito.

Leandro, por sua vez, aproveitou o trajeto para me passar algumas dicas sobre como negociar, pois embora fosse apenas fazer anotações, ele queria que conhecesse bem como funcionava essa "ferramenta".

— O primeiro passo para fazer um bom negócio é você ser um bom ouvinte. — Falou ele, dando sua primeira dica.

Eu peguei a minha cadernetinha do Ursinho Puff e anotei a primeira dica que ele me passou. Ao ver a caderneta do Ursinho Puff, ele olhou com uma cara de "não entendi nada" e continuou passando as dicas, as quais anotei todas. Planeje, mire alto, seja paciente, vise a satisfação, cuidado na primeira oferta e, acima de tudo, seja ético – foram as benditas e inúteis dicas. E ele disse que também tinha que ser empático, mas não me perguntem o que ele quis dizer com isso, pois nunca ouvi coisa parecida.

Chegando ao restaurante, que por sinal era muito chique, meu pai foi cumprimentado por um senhor careca, de olhos claros e muito bem vestido que provavelmente devia ser o gerente do local. Pelo que percebi, os dois já deviam se conhecer de outras ocasiões.

— Este garoto é seu filho? — Perguntou aquele homem.

— Não, Ivan. Ele é meu mais novo assistente — Respondeu Leandro.

— É um prazer conhecê-lo, senhor? — Falou ele, enquanto esperava que eu disse-se meu nome.

— José. Mas por favor, me chame de Júnior.

— Você não tem ideia de como é bom ver um jovem como você tão educado. — Desabafou.

— Isso dá uma grande motivação para todos nós. — Falou meu pai, concordando com Ivan.

— Pode ter certeza que você vai ter um futuro brilhante na Artrave. —
Emendou Ivan.

Agradeci pelos elogios e fomos logo em seguida para mesa. O cara com quem meu pai negociaria já estava lá, nos aguardando, e embora eu achasse antiético chegar atrasado em um compromisso, meu pai enxergava isso como uma coisa boa. Dizia que dava impressão de que não estávamos necessitados do produto que ele nos venderia e, portanto, isso faria com que ele abaixasse o preço.

O jantar foi maravilhoso, só que mais trabalhamos e discutimos do que comemos. Meu pai realmente era muito bom com negócios e consecutivamente suas teorias sobre como negociar realmente funcionavam. Ele conseguiu comprar o produto por um bom preço, o que traria um grande lucro para a empresa.

Devido ao sucesso do nosso negócio lucrativo, tanto meu pai pôde ficar tranquilo por tudo ter saído perfeitamente bem como eu também pude ficar tranquilo por ter trabalhado bem e sobrevivido ao meu primeiro dia como seu assistente pessoal.

Primeiro fomos até a mansão, onde meu pai ficou. Depois ele foi tão legal comigo que mandou o motorista me levar até em casa. Quando eu cheguei em casa, refleti sobre o meu dia e vi o quanto a vida estava sendo generosa comigo. Ela me tomou meu pai e me deu outro em troca. Foi só então que eu vi o quanto aquele antigo ditado de que Deus escreve certo por linhas tortas era verdadeiro. E assim acabou mais um ótimo dia para que amanhã entrasse outro melhor ainda.

Pedido oficial

Cada dia que passava, conseguia ficar mais próximo do meu pai. Agora já não era só um simples assistente, mas também um amigo. E ele além de ser meu chefe, também era meu melhor amigo. O mesmo talento que ele tem para negociar, descobri que também tenho. Essa importante descoberta foi quando ele me cedeu a oportunidade de fechar um negócio para a Artrave, o que acabou saindo muito lucrativo.

Também estava a cada dia mais próximo da minha querida Ellen, que tive a certeza de que era a garota por quem eu estava esperando durante toda a minha vida. Logo o outono deu espaço para o inverno, e junto vieram as provas oficiais. Graças a Deus meu pai me deu uma semana de folga, caso contrário ficaria retido em todas as matérias para reavaliação. Como consegui estudar, então peguei reavaliação apenas de física e matemática. Só que a minha sorte foi ter sido aprovado nessas duas matérias após a minha reavaliação. Portanto, finalmente pude entrar de férias em Julho e recompensar no serviço a minha semana de folga.

Após me dar conta de que a Ellen era a mulher da minha vida, resolvi lhe fazer uma surpresa e tornar oficial aquilo que para mim já era: ia pedir a sua mão oficialmente em namoro aos seus pais. Marquei um jantar em casa com ela e seus pais para pedir que me dessem a chance de namorá-la e também para acabar com a reputação que eles deviam estar fazendo de mim. Óbvio que então tinha que comprar nossas alianças, mas antes disso, tinha que comparecer em uma reunião na empresa do meu pai.

Fiz como tinha que fazer: fui até a reunião na Artrave e só depois ia atrás das nossas alianças. Chegando lá, o pessoal que ia participar da reunião já estava sendo recepcionados na sala de reunião. Todos já discutindo alguns assuntos importantes. Me sentei ao lado da cadeira do meu pai, que por sinal ainda estava vazia. Ele tinha o hábito, que eu ainda considerava péssimo enquanto ele considerava bom, de se atrasar quando fosse fechar um negócio. A paciência de todos foi se acabando com o tempo – inclusive a minha – porque seu atraso já estava exagerado.

A porta da sala se escancarou e, enquanto todos pensaram que Leandro havia chegado, quem entrou foi a sua secretária. Ela andou discretamente até o vice-presidente da empresa e cochichou alguma coisa no seu ouvido. Logo em seguida ela se retirou e o vice assumiu a reunião. Estranhei isso, meu pai não era de faltar.

Aguardei a reunião chegar ao fim e fui falar com o vice-presidente sobre o que havia acontecido com o meu pai.

— Você sabe o que aconteceu com o Leandro? — Perguntei.

— Olha, pelo que a secretária informou, ele ligou aqui e avisou que estava doente e não viria. — Respondeu-me. — Mas o que eu acho engraçado é que ele não é de faltar, nem mesmo quando está doente.

— Valeu pela informação. — Agradeci e logo em seguida fui embora.

Sei que assim que saísse de lá, deveria ir comprar as nossas alianças. Só que meu pai estava doente, e não conseguiria ficar tranquilo sem saber o que ele tinha ou como ele estava.

Antes de ir comprar as alianças, fui correndo até a mansão do meu pai para descobrir o que havia acontecido com ele. Fui o mais rápido possível até lá, e quando cheguei logo abriram os portões. Entrei na casa sem esperar que alguém me convidasse, mas bem na entrada Alfred já estava me esperando.

— Oi Alfred, eu preciso falar com o senhor Leandro. — Falei.

— Júnior, o senhor Leandro está descansando. — Afirmou. — Ele não passou bem o dia e agora está de repouso.

— Olha, Alfred, eu preciso muito falar com ele. — Repeti.

— Júnior, eu já disse que o senhor Leandro está de repouso. — Reafirmou calmamente ele.

— Eu te respeito muito e sei que você é como uma autoridade nessa casa, mas hoje eu não posso e não devo te obedecer. — Disse respeitosamente. — Se me dá licença, vou subir e ver como meu pai está.

— Seu pai? — Questionou.

— Desculpe, mais uma vez chamei o senhor Leandro de pai. Tenho que parar com essa péssima mania. — Disse, tentando disfarçar.

— Eu sempre soube que você não era só um funcionário qualquer, que você guardava um segredo. Então ele é seu pai?

— Não, Alfred. Ele não é meu pai. — Tentei corrigir, mais agora já era tarde.

— Pode se abrir comigo, Júnior. — Falou gentilmente ele.

— Como posso ter certeza que você é de confiança?

— Se não fosse de confiança, então não teria trabalhado nessa casa durante toda a minha vida. — Respondeu.

De um certo modo ele tinha razão. Se não fosse de confiança, então meu pai não teria mantido seu emprego durante todos esses anos. Respirei fundo e comecei a desabafar:

— Minha mãe e ele namoraram no passado. E eu fui o resultado dessa relação.

Ele me encarou incrédulo por um momento e não disse uma palavra sequer. Para contornar a situação, eu falei:

— Eu não conheço direito a história deles e não sei também o que aconteceu, mais eu tenho certeza disso.

— Como você pode ter certeza de que realmente é filho dele? — Tornou a perguntar o mordomo.

— Eu vou ser bem sincero. Não tenho o resultado de um exame de DNA ou coisa parecida, mais meu coração diz que sou filho dele. E eu sempre escuto o que ele diz.

— O coração tem razões que a própria razão desconhece. — Foi tudo o que ele disse.

— Agora já posso subir, Alfred?

— Siga em frente. — Falou ele no mesmo instante que um sorriso surgiu em seu rosto.

Segui adiante, agora com a certeza de que tinha um amigo naquela casa. Fui até o andar superior à procura do quarto do meu pai, que era a suíte principal da casa. Dei duas batidas na porta do quarto e pude ouvir sua voz:

— Entre Alfred.

— Não é o Alfred. — Falei enquanto entrava. — É o Júnior.

— Júnior? — Indagou ele. — O que você faz aqui?

O quarto estava todo escuro, com todas as janelas fechadas. Leandro acendeu um abajur ao lado de sua cama e se sentou para conversar comigo. Eu fui entrando e me sentei na beirada da sua cama.

— Não aconteceu nada de ruim na reunião. — Tranquilizei-o. — Muito pelo contrário, fechamos um ótimo negócio. Agora o que me deixou preocupado não foi a reunião e sim você.

Ele me olhou de uma maneira tão estranha, como se não acreditasse que alguém pudesse se importar com a sua saúde. Logo em seguida ele me comprovou com sua pergunta o que seu olhar havia mostrado.

— Por que minha saúde importa para você?

— Que pergunta é essa, Sr. Leandro. Me importa não porque sou seu funcionário, mas sim porque sou seu amigo.

Vi o quanto ele lutava para manter distante a emoção de perceber que alguém se importava com ele. Tentou disfarçar, mas a lágrima que caiu de seus olhos foi muito perceptível.

— Tudo que eu tive foi uma dor de cabeça. — Falou, tentando novamente esconder sua emoção.

— E agora já está melhor? — Perguntei.

— Sim, claro. — Respondeu.

— Bom, passei aqui mais para ver como você estava. — Disse. — Porque ainda tenho que correr para pegar uma joalheria aberta para comprar a aliança que vou entregar para minha namorada num jantar com os pais dela lá em casa.

— Você não vai encontrar mais uma joalheria aberta depois das seis da tarde. — Afirmou Leandro. — Mas eu sei exatamente o que fazer.

Ele pegou o interfone e falou diretamente com o Alfred, pedindo para ele chamar sei lá quem. Ele pediu que eu esperasse mais um pouco e atendi seu pedido. Conversamos durante alguns minutos, até que alguém bateu na porta do quarto.

— Senhor? — Ouvi Alfred dizendo de trás da porta. — Raul já está aqui comigo.

— Podem entrar. — Falou Leandro, com um pouco mais de animação.

Logo em seguida, Alfred entrou pela porta, acompanhado por um homem careca, de baixa estatura e que usava um óculos engraçado — que deduzi ser o Raul — que trazia uma pequena mala na mão.

— Leandro, meu grande amigo. — Falou com alegria o pequeno homem.

— Ora, e como está você baixinho? — Leandro perguntou, de um modo alegre e que tirasse sarro do pequeno homem ao mesmo tempo.

— Estou ótimo, e você?

— Hoje eu não estava me sentindo muito bem não, mas agora já estou bem melhor. Não vai ser um dorzinha de cabeça que vai me derrubar.

— E quem é esse rapaz que está com você? — Perguntou o homem, se referindo a mim.

— Esse é o Júnior, meu novo assistente. — Respondeu Leandro por mim. — E nós te chamamos aqui porque eu quero comprar uma aliança.

— Uma aliança? — Indagou o homem. — E qual seria a ocasião?

— Oficializar um namoro. — Respondeu mais uma vez Leandro por mim.

Ele abriu a sua maleta e começou a mostrar vários tipos de aliança, uma mais bonita que a outra. Por mais que admirasse cada uma delas, não tinha a menor ideia de como pagaria por uma aliança tão cara como aquelas. Como diria ao Leandro, que estava sendo tão gentil, mas que não tinha condições de ficar com nenhuma delas?

— O que está achando? — Questionou ele, provavelmente sacando tudo pela minha expressão. Isso que era duro de alguém entender tanto de negócios.

— Olha, Leandro... — Comecei a falar, tentando criar coragem para terminar. — Essas alianças são todas ótimas, mas não tenho como ficar com nenhuma delas, porque são muito caras.

— Não se incomode com isso, porque eu mesmo lhe darei uma de presente. — Afirmou ele, para minha surpresa.

— Desculpe, mas não posso aceitar. Não vou ter como pagar depois esse preço para você.

— Então aceite-a como um presente. Por ter sido um ótimo funcionário nessas últimas negociações e por... — Ele não conseguia terminar a frase.

— E por? — Falei, esperando que ele completasse sua frase.

— E por ser um bom amigo. — Completou ele, com um pouco de emoção na sua voz.

No instante seguinte ninguém falou absolutamente nada. Fiquei admirando o momento que sempre havia sonhado: estar ao lado de um pai que se importasse com a minha vida e minhas escolhas. Só pra ver como esse destino é maluco, praticamente ontem eu estava procurando por ele e hoje estávamos escolhendo a aliança da minha namorada.

— É essa aqui. — Falou ele.

— Fez um ótima escolha, senhor Leandro. — Respondeu o joalheiro. — Essa é uma das nossas melhores alianças.

Estava tão envolvido com o momento que nem havia percebido que o Leandro havia escolhido uma aliança e estava esperando pela minha opinião.

— O que você acha dessa, Júnior? — Perguntou-me.

— Ótima. — Respondi sem olhá-la e sem ao menos pensar.

— Ótima? — Questionou Leandro. — Você nem sequer olhou para ela.

— Desculpe, viajei um pouco longe. — Respondi, voltando ao planeta Terra. — Essa aliança realmente é linda.

— Mas é o que você quer? — Tornou a perguntar Leandro. — Uma aliança não é apenas um anel que simboliza um compromisso. É algo que envolve muito mais que isso...

Olhei bem para a aliança com o intuito de avaliá-la bem. Ela era uma aliança de prata envolta por dois círculos de ouro nas suas laterais. Realmente era perfeita para a ocasião.

— É linda. Mas qual é o preço?

O joalheiro pegou uma etiqueta presa na lateral de uma delas e me apontou o seu preço, o que me deixou horrorizado. Por mais bonita que fosse, o preço era absurdo. Algumas famílias se sustentavam com um valor bem menor do que isso, o que acabava deixando-o ainda mais absurdo.

— Esse preço é um absurdo. — Disse conforme o meu espanto.

— Júnior, não se incomode com isso. Já disse que faço questão de pagar. — Tentou me tranquilizar Leandro.

— Famílias se sustentam por bem menos que isso. Não acho justo fazer um gasto supérfluo desses enquanto pessoas passam fome.

— Agora você também luta por razões sociais? — Perguntou-me ironicamente Leandro. — Por mais rico que você seja, nunca se pode acabar com a fome do mundo. E também não é porque você tem as coisas que vai se sentir mal por quem não tem nada disso.

— Sinto muito, mas não posso aceitar uma aliança tão cara. — Argumentei, mantendo firmemente minha opinião.

— Se você não pode aceitá-la por você, aceite pela sua namorada. — Disse ele, tentando me persuadir.

— A Ellen não se incomoda com isso, porque assim como eu, não é ligada ao dinheiro. Por favor, me mostre uma aliança mais barata, joalheiro.

— Que mal eu fiz na outra vida para ter um funcionário tão teimoso? Joguei pedra na cruz? — Refletiu Leandro, enquanto o joalheiro me mostrava outras alianças com péssimo humor por ter estragado sua venda.

Depois de ver algumas e avaliar os seus preços, encontrei uma bonita e com um preço acessível. E então escolhi essa, mesmo contra a vontade do Leandro e do joalheiro. Ele então chamou o Alfred para que acompanhasse Raul até a porta, que mesmo não tendo feito um bom negócio, nos agradeceu. Depois chegou a minha vez de agradecer e me despedir, porque faltavam apenas duas horas para o jantar.

— Muito obrigado pelo seu presente, Leandro. — Agradeci.

— Não fiz nada demais. Mas é claro que agora que dei o presente para o casal, devo ser convidado para o jantar.

Um choque subiu dos meus pés até a cabeça quando ele se convidou para ir ao jantar. Comecei a ficar tão branco só de imaginar o que aconteceria se ele e minha mãe dessem de cara um com o outro. Ele nunca mais olharia na minha cara por eu ter mentido e, pior ainda, acharia que tudo que havia acontecido entre nós era uma mentira. Com o coração doendo, tive que lhe dar uma resposta que impedisse que isso acontecesse:

— Desculpa a minha sinceridade senhor Leandro, mas você não pode ir ao jantar.

Se antes de dizer isso, meu coração já estava doendo, depois então parecia que ele ia pular para fora do meu peito. Ele fez uma cara com mistura de “pensei que fôssemos amigos e você me dá uma dessas”, com uma tristeza decepcionante. Logo em seguida tentei dar uma desculpa para essa situação indesculpável, mas não acreditava que fosse mudar alguma coisa:

— Olha, desculpe mesmo. É que esse jantar é uma coisa de família e acho que ia ficar meio constrangedor levar o meu chefe nele. Seria meio sem nexo.

Agora só havia conseguido complicar ainda mais a minha situação. Se dizer um não para ele já não havia sido o bastante, agora tinha dado uma desculpa esfarrapada.

— Não tem o menor problema. — Foi tudo o que ele conseguiu dizer em resposta. — Você está certo. Não faço parte da sua família e não devia ter tido essa ideia.

— Desculpe mesmo. A última coisa que eu gostaria é de te magoar. — Falei, mesmo sabendo que minhas desculpas já não adiantavam nada.

— Eu acho melhor você ir andando, caso contrário vai chegar atrasado ao jantar. — Disse-me Leandro, dando um gelo em mim.

Magoado com essa nossa conversa, me levantei da sua cama e fui saindo do quarto. Tanto eu quanto ele segurávamos nossas lágrimas, porque um não queria demonstrar para o outro o que estava sentindo. Eu porque ele não podia saber o real motivo de não poder ir ao jantar, e ele por causa da sua personalidade “pulso firme”.

Em casa, os preparativos para o jantar estavam indo de vento em popa. Minha mãe havia assado um frango, comprado um bom vinho e feito aquelas coisas que acompanham a comida, como farofa, arroz, feijão com linguiça e tal. Para a sobremesa poderíamos nos deliciar com um de seus mais famosos bolos brancos ou com um sorvetão. Na geladeira havia até um típico pavê de amendoim. E além de tudo, a mesa e a casa estavam inteiramente organizadas.

Conforme o tempo foi passando, fui ficando ansioso. Fiquei pensando nas palavras que diria e depois resolvi deixar apenas rolar de acordo com o momento. Depois mudei de ideia com relação a deixar rolar e resolvi fazer algo pensado. Emoção ou razão? Qual dessas seria minha arma para conquistar os pais da Ellen?

Antes que pudesse decidir qualquer coisa, a campainha soou e me dei conta que eram nove em ponto. Como pontualidade era algo que a família dela preservava, com certeza só podiam ser eles. Cheguei até a porta e aguardei um momento antes de abri-la — tática do Leandro para dar a entender que você não está preocupado.

Minha mãe também veio abrir a porta junto comigo e um ponto de interrogação ficou bem evidente em sua testa pela demora. Quando finalmente abri a porta dei de cara com o amor da minha vida e seus pais logo atrás dela, cada um com a mão sob um dos ombros dela. Para minha "alegria" sua avó também estava lá, justamente me olhando com uma cara que prefiro nem comentar.

Eles me cumprimentaram de modo bem formal, e se apresentaram como Doutor Marcos e Dona Márcia. E a Ellen me deu só um beijo no rosto justamente porque seus pais estavam lá, porque quando não estavam, costumávamos fazer coisas bem melhores. Minha mãe deu um abraço no pai e na mãe da Ellen — coisa que nem eu mesmo fiz — e depois deu um beijo no rosto da própria Ellen e disse-lhe:

— Bem-vinda à família, querida.

— Vou adorar fazer parte da sua família. — Disse Ellen em resposta.

Diz o senso comum que quando uma sogra e uma nora se dão bem, é porque não vai rolar casamento ou se rolar, não vai dar certo. Embora fosse um pouco supersticioso, jamais confiaria nas informações sem confiança que o senso comum passava.

Todos nos sentamos à mesa e começamos a conversar enquanto jantávamos. Depois de experimentar um pedaço do frango da minha mãe, dona Márcia não resistiu e teve que fazem um comentário:

— Nossa, que delícia esse frango assado, querida. Qual é a receita?

— É uma receita de família. — Falou minha mãe. — Mas terei o maior gosto em passá-la depois para você. — Rapidamente consertou.

— Espero que você realmente passe, porque esse frango está divino. — Elogiou o pai da Ellen, doutor Marcos.

— Vocês só estão achando esse frango divino porque ainda não experimentaram os doces da minha mãe. — Destaquei rapidamente, com o intuito de me gabar dos talentos da minha mãe e deixá-la com vergonha.

— Você é doceira, Marina? — Perguntou o doutor Marcos.

— Sim, ela é uma doceira, pai. — Respondeu a Ellen pela minha mãe ao ver que estava com vergonha. — E aliás, uma das melhores de São Paulo.

— Bom saber disso, porque quando tivermos uma festa, não pensarei duas vezes antes de encomendar os seus doces. — Ressaltou a mãe da Ellen.

E assim se prolongou o jantar: conversa vai, conversa vem. No meio de tudo isso, lembrei-me do meu pai falecido e pensei o quanto gostaria que ele estivesse aqui. Depois foi a vez de me lembrar do meu outro pai, Leandro, justamente quem queria vir e não permiti, e que agora devia estar sozinho naquela casa imensa. Me senti tão mal por ter falado tudo aquilo para ele, ainda mais contra a minha vontade. Tudo que eu queria era que ele estivesse ali, conosco. Mas conforme diz um ditado, querer não é poder. E dessa vez minha vontade não havia se concretizado.

Olhei para todas aquelas pessoas reunidas em volta da mesa, e depois foquei meu olhar especificadamente no rosto da Ellen. Pensei o quanto amava aquela garota, mas também no quanto nossa família estava incompleta. Não entendia porque sentia como se faltasse algo. Foi então que escutei meu coração pulsando no meu peito como se disse que era o momento de dizer a todos o quanto amava aquela garota. Levantei da mesa e dei duas batidinhas na taça pedindo um momento. Todos olharam para mim, e então respirei fundo e comecei a falar tudo que estava engasgado na minha garganta.

— Família, peço que me escutem por um momento. Marquei esse jantar por apenas um motivo, que é justamente provar o quanto amo uma garota.

Vi de relance os olhares desconfiados que os pais da Ellen mantinham e toda a emoção que estava no olhar da minha mãe e da própria Ellen. Continuei falando:

— Quando o nosso coração fala, devemos escutar. E nesse momento ele diz que devo lhes falar o quanto amo essa garota loira que está sentada aqui e o quanto quero estar com ela até o último dia da minha vida. Portanto, senhor Marcos e senhora Márcia, peço gentilmente que permitam que eu e a sua filha possamos namorar.

Os pais dela me olhavam com um olhar condenador. Suas expressões eram rígidas e severas, e pensei ter agido mal pedindo para namorar Ellen em tão pouco tempo. Seu pai se preparou para me dar uma resposta, mas sua mãe fez um sinal para que ele parasse e se preparou para falar.

— Júnior, vou falar tanto por mim como pelo meu marido. — Disse-me ela, enquanto dava um singelo sorriso para ele. — Quando duas pessoas se amam, elas tem que fazer o possível para pensar igual e saber o momento de abrir mão dos seus maiores sonhos. Fizemos um juízo errado de você, e hoje vejo o rapaz educado e de classe que é.

— E vendo o rapaz educado que você é, aprovamos o seu namoro com a nossa filha. — Completou o marido.

Tudo estava ocorrendo perfeitamente. Então me levantei, e tirei do meu bolso a caixinha onde estavam as alianças. Cheguei até a Ellen e segurei sua mão direita, enquanto pegava a aliança e colocava no seu dedo.

— Isso é pra que você nunca se esqueça de mim e de nosso amor. — Cochichei no seu ouvido.

Ela pegou a outra aliança e colocou também na minha mão, enquanto falava:

— Isso é pra você se lembrar que jamais vou me esquecer de você e do quanto te amo.

Isso tudo estava sendo tão perfeito que não pude acreditar que fosse real. Nossa família reunida e nosso namoro oficial. O único problema foi que quando peguei na aliança, me lembrei novamente do Leandro. Gostaria tanto que ele estivesse aqui, fazendo parte desse momento. Tive uma mera impressão de que a Ellen havia notado alguma preocupação no meu olhar, e isso se confirmou na hora que estavam deixando a casa, porque quando ficamos sozinhos ela olhou bem no fundo dos meus olhos e perguntou:

— O que está havendo?

— Nada, amor. Só estou feliz em excesso pelo nosso namoro estar oficializado.

— Já era oficial para mim antes disso, e sei que o mesmo se aplica a você. O que está te preocupando? — Tornou a perguntar.

— Como eu não consigo esconder nada de você, vamos lá. Eu estou triste pelo Leandro.

— Seu pai. — Acrescentou ela.

— Ainda não sabemos se ele é meu pai.

— Não vamos entrar nessa discussão agora. Se o seu coração diz que ele é seu pai, então apenas aceite. Não é necessário um exame de DNA quando o coração já aceitou.

— Como você mesma disse, não vamos entrar nessa discussão agora. O que está me deixando incomodado é toda a mentira que tem nessa história.

— Só tem uma maneira de acabar com tudo isso, e você sabe bem como. Só falta você ter coragem e dizer tudo.

Bem no meio da nossa conversa, minha mãe chegou e disse que os pais da Ellen já estavam a esperando no carro. Ela se despediu de nós dois e foi embora, me dando aquele olhar de faça o que é justo. Sabia que amanhã ela não me daria sossego enquanto não falasse que ia acabar com toda essa mentira, então nem consegui dormir direito. Fiquei refletindo entre duas coisas: contar a verdade e encarar os fatos, ou permanecer na mentira e encarar as consequências.

Chega de teatro

Acordei diferente no dia seguinte. Ao contrário da sensação de estar faltando algo, agora tinha uma de que tudo estava dando certo. Tudo, exceto o fato de pedir Ellen em namoro no último dia de férias, sendo que nem aproveitamos oficialmente nosso namoro. Julho tinha exatamente 31 dias de férias e, no entanto, parecia nem ter metade disso. Até fevereiro que tinha apenas 28 dias parecia ser maior.

Ouvi a campainha tocando e deduzi que era Ellen. Tive a confirmação disso quando minha mãe gritou da janela do seu quarto que eu já estava descendo e em seguida deu duas batidas na minha porta, avisando que ela já havia chegado. Desci correndo as escadas, e antes de sair enchi de café dois copos descartáveis: fiquei com um e dei o outro para a minha namorada, e fomos juntinhos para a escola tomando nosso café da manhã. Ela, por sua vez, não perdeu a oportunidade de fazer aquela pergunta que já sabia que faria:

— Você já criou coragem para contar a verdade para o seu pai?

— Ainda estou meio inseguro. — Respondi.

Detalhe que ontem ela havia falado que não queria tocar nesse assunto, e hoje já estava perguntando. Tinha certeza de que não descansaria enquanto não tivesse contado a verdade.

— Você vai ver que quando contar toda a verdade, tudo vai ficar bem melhor. Ele vai te reconhecer como filho e vocês dois vão poder aproveitar muito juntos.

— E se ele não me aceitar como seu filho? — Questionei.

— Ele seria um idiota se fizesse isso, coisa que pelo que você me diz, ele não parece ser. — Respondeu-me.

Enquanto estávamos discutindo, tive a leve impressão de ter visto de relance alguém nos espionando. Como essa suposição era um absurdo, nem falei para a Ellen, por que afinal quem teria algum motivo para nos espionar?

— Júnior, você está bem? — Indagou Ellen.

— Claro, amor. Eu estou ótimo. — Respondi.

Continuei tendo a impressão de que ainda estava sendo seguido e espionado. No entanto, ao chegar à escola voltei a me sentir seguro. Antes de entrar, dei a mão para Ellen para que fizéssemos uma entrada triunfal. Ao atravessarmos os portões da entrada, todos começaram a desviar seus olhares para nós, deduzindo o nosso namoro. Antes não era segredo para ninguém e todos já desconfiavam, mas agora que estávamos assumindo era diferente.

— Mandou bem, Júnior. — Disse Rafael, enquanto passávamos por ele.

— Estou muito feliz por vocês dois. — Disse Débora, enquanto pulava na nossa direção.

— Mas já não era segredo para ninguém que os dois estavam juntos. — Afirmou Iara, mesmo assim nos parabenizando.

E logo o colégio inteiro estava em torno de nós, gritando por um beijo. Atendendo aos pedidos, virei na direção da Ellen e dei-lhe um caloroso beijo, para que todos pudessem ver o quanto amava aquela garota.

Graças a Ellen, a aula passou rapidamente. Quando tudo que se tem a fazer é ficar ouvindo professores falando sem parar, o relógio parece não funcionar. Agora quando se tem realmente algo para fazer, o tempo acaba voando. Depois da aula, levei minha namorada para sua casa, onde lhe dei mais um beijo caloroso. Enrolamos um pouco na frente da sua casa, e quando percebi que já era uma da tarde, tive que largá-la. Afinal, tinha que voltar para minha casa e me arrumar para uma reunião às quatro da tarde.

Quando cheguei em casa, coincidentemente havia uma Limusine idêntica à do Leandro na porta. Não era comum ver um carro desses por aí, ainda mais num bairro humilde. Se ele soubesse onde eu morava, já estaria em pânico. Mas como ele não sabia, não havia o que temer. De repente veio uma mera lembrança do nosso primeiro jantar de negócios, e eu me lembrei que o seu motorista tinha me trazido aqui. Mas não podia ser que ele tivesse vindo até aqui, por que afinal, mesmo que ele soubesse, o que teria para fazer na minha casa? Não estava atrasado e nem nada.

Com o meu coração batendo intensamente, fui entrando em casa. A cada passo que eu dava, ele parecia bater mais forte a ponto de saltar pela minha garganta. Empurrei a porta que estava entreaberta e descobri que o que mais temia havia se concretizado. Leandro estava sentando de frente e minha mãe de costas para a porta. Um estava de frente para o outro, se encarando e logo seus olhares furiosos se voltaram para mim. Minhas palavras pareciam entaladas na boca, e a única coisa que consegui dizer ainda era proveniente de mentiras:

— Senhor Leandro? O que veio fazer na minha casa?

— Chega de teatro, Júnior. — Disse-me friamente. — Por que uma vez na vida não tenta dizer a verdade?

— Que verdade? — Perguntei falsamente.

— A de que você veio atrás de mim a mando de sua mãe. — Gritou ele. — Tudo isso não passou de um grande fingimento de vocês dois.

— Não é verdade. Ela nem sequer sabia de tudo isso. - Disse, defendendo minha mãe.

Dei uma olhada para ela e vi que estava chocada com tudo isso. Estava tão chocada que nem conseguia dizer nada a respeito.

— E que motivo você teria para vir atrás de mim? — Indagou ironicamente Leandro.

— Eu sou seu filho. — Disse, tentando conter inutilmente as lágrimas que escorriam dos meus olhos.

A situação que imaginei que seria quando contasse a verdade era bem diferente da que realmente foi. Leandro caiu pra trás sentando na poltrona, e pela sua cara deduzi que havia entrado em pânico. Com certeza, nunca havia passado pela sua cabeça que tinha um filho. Já minha mãe começou a chorar, dessa vez mais intensamente. O fato de eu saber a verdade nunca havia passado pela sua cabeça. Nós três ficamos nos olhando por alguns segundos, todos abalados emocionalmente. Depois de algum tempo, Leandro me perguntou:

— O que foi que disse?

— Eu sou seu filho. — Respondi novamente.

Dessa vez o choque que transcorreu seu olhar foi bem menor do que o outro, porque não lhe causei nenhum impacto. Ele pareceu absorver a informação e refletir sobre ela.

— Como isso pode ser possível? — Questionou ele.

Dessa vez, antes que eu pudesse dizer qualquer coisa, minha mãe se pronunciou e deu um sinal de que ainda estava viva.

— Você se esqueceu do que houve há quase dezesseis anos atrás?

— Foi apenas uma noite. Você estava desolada porque seu marido estava te traindo e foi se consolar comigo. Então nós demos uma brecha e nos entregamos ao passado, coisa que nunca devia ter acontecido. — Esbravejou ele. — Agora, o que eu não posso acreditar é que em um único dia você tenha engravidado de mim.

Minha mãe e ele se encararam por um momento, e eu estava apenas no canto observando tudo e ouvindo coisas que eu nunca gostaria de ter ouvido. O passado todo estava vindo à tona, e eu senti que não fazia parte daquilo.

— Eu não acredito que ele seja meu filho. — Falou Leandro, enquanto apontava para mim e colocava minha mãe no posto de mentirosa. — Na minha opinião, você está querendo dar um golpe em mim da mesma maneira que deu naquele velho advogado.

Já estava me preparando para dar uma resposta para ele, porque mesmo que minha mãe tivesse mentido, não merecia ouvir tudo aquilo. Mas antes que pudesse falar qualquer coisa, ela lhe desviou um olhar de ódio e deu um tapa na sua cara.

— Não ofenda a memória do meu marido. — Gritou. — Ele sim foi um bom marido, porque quando você me abandonou grávida pelo medo que tinha de contar a verdade aos seus pais, ele me acolheu.

— Meu irmão também é filho dele, mãe? — Perguntei, já não entendendo mais nada dessa história. Pelo visto não faltavam surpresas.

— Não. Seu irmão realmente é filho do seu pai. — Disse ela, dirigindo-se a mim, um pouco confusa. — Esse outro filho na verdade, nasceu morto.

— Nosso filho morreu então? — Perguntou ele, com um tom de tristeza.

— E de que adiantaria ter vivido? — Questionou friamente minha mãe. — Para sofrer com a rejeição que eu sofri? Para ter que viver na mentira que o Júnior viveu? Às vezes, por mais dura que a vida seja, certos destinos são melhores.

Tanto eu quanto Leandro ficamos boquiabertos com tudo isso, e principalmente pela maneira pela qual minha mãe falou. Eu nunca havia feito parte dessa história, por isso acho que de todos eu era quem estava mais espantado. Com algumas lágrimas nos meus olhos, virei na direção da escada e comecei a subi-la correndo, pois na minha opinião já havia visto e escutado demais.

— Júnior! — Chamou minha mãe.

Bati com tudo a porta do quarto e logo em seguida ouvi outros passos subindo as escadas.

— Júnior, abra esse porta. — Exigiu Leandro, enquanto batia na porta.

— Não vou abrir. — Respondi. — Vá embora.

— Nós precisamos deixar tudo isso esclarecido. — Argumentou ele.

— Não há nada a esclarecer. — Falei. — Eu é que nunca devia ter ido atrás de você.

As batidas na porta cessaram e ele se calou. Deduzi que tivesse ido embora, então abri a porta e vi que realmente não estava mais lá. Fui descendo em silêncio as escadas e a última coisa que vi foi ele indo embora enquanto minha mãe dava as suas últimas palavras:

— Não foi o bastante pra você ter destruído minha vida no passado? — Perguntou ela, enquanto ele parava para ouvir. Ele nem sequer se virou, como se estivesse a ignorando. — Tinha que voltar e destruí-la novamente. — Terminou ela.

Ele devia ter ficado tão desolado com essas últimas palavras que foi embora. Logo só vi a Limusine passando correndo pela rua e ele nem sequer deu uma última olhada. Minha mãe se virou para mim, e sabia que esse era o momento de dizer toda a verdade. Ela me encarou e só então falou:

— Por que você foi atrás disso? Você já não era feliz com tudo o que tinha?

Não consegui dizer absolutamente nada. Minha mãe errou mentindo, mas eu errei ainda mais desenterrando essa história. Não tinha a menor noção do que os havia separado, contudo fui atrás dessa história. Agora que sabia que eles haviam se separado porque o Leandro renegou um filho, não tinha mais vontade de ir atrás dele. Sem dar nenhuma resposta para minha mãe, apenas fiz como Leandro e dei as costas para ela, saindo de casa.

Estava chovendo bem forte. Não demorou muito e eu já estava todo encharcado. Vaguei desolado pelas ruas de São Paulo, até que parei em um vão da calçada e me sentei. Comecei a observar algumas pessoas que passavam correndo pela rua na esperança de fugirem da chuva: passou um velhinho se protegendo com um jornal na cabeça, uma mãe e uma criança com capas de chuva, e um casal de namorados que curtiam a chuva.

Enquanto eles passavam pela rua, eu estava tentando desviar o pensamento de tudo que tinha acontecido, e definitivamente não conseguia. Foram tantas coisas, tantas surpresas que tive nessa tarde, que acho que ninguém imaginava algo parecido. Que homem teria coragem de não assumir um filho por medo do que os outros pensariam? Uma pessoa assim nem sequer é um ser humano, é alguém sem moral e sem dignidade. E hoje, ele negou novamente o seu outro filho, como fez anos atrás.

Pensei naquilo que minha mãe disse sobre o meu irmão que havia morrido, que a morte talvez fosse o melhor caminho. Os dois teriam sido negados pelo mundo e teriam sofrido muito sozinhos. No entanto, a morte nunca é uma solução, mas a falta dela. Morrer, no meu ponto de vista, é não ter escolhas ou alternativas. E embora todas as oportunidades tivessem se fechado para eles, sempre se abrem novas portas. Mas não adianta se lamentar diante daquilo que o destino fez, porque, conforme diz um ditado, o ontem é passado. Afinal das contas meu irmão estava morto e não havia nada que pudesse ser feito, e sim apenas pelo que pudesse se arrepender.

Como depois de tudo que passei, precisava de alguém pra me ouvir, fui até a casa da Ellen. Quando cheguei lá, toquei o interfone e ela logo me atendeu. Alguns segundos depois já estava saindo pela porta de frente, e ao me ver, ficou perplexa. Me chamou para que viesse até uma cobertura por causa da chuva.

— O que aconteceu? — Perguntou-me, preocupada.

— Aconteceu o que eu mais temia. Leandro soube de toda a verdade. — Foi tudo o que consegui dizer, com a voz um pouco trêmula.

— Está vendo? Eu disse que isso ia acontecer, e até imagino como deve ter sido por ele não ter ouvido isso de você. — Jogou ela na minha cara.

— Ele abandonou-a grávida. — Desabafei.

— O quê? — Disse Ellen, não entendendo mais nada.

— Quando ele e minha mãe namoravam, ela ficou grávida e ele a abandonou com o filho por medo do que pensariam. — Expliquei.

— Como ele pode fazer isso? — Disse, inconformada.

— Talvez tenha sido um erro ter seguido com essa história. — Falei desiludido.

— Não, Júnior. Seu pai errou abandonando sua mãe grávida e você também errou quando não contou a verdade para ele. — Refletiu ela. — Mas não existe nada que o amor não conserte, e eu tenho a certeza de que o amor que vocês sentem vai ser bem maior que isso, e vai fazer com que superem as diferenças.

— Desculpe querida, mas não consigo ver nada que conserte isso. Só me resta uma única saída.

— E qual é essa saída, Júnior?

— Fugir.

Ela me olhou assustada e então perguntou:

— Fugir? Então você quer dizer que fugir agora é uma solução?

— Não é uma solução, mas é um meio de obtê-la. Você foge comigo?

— Júnior, não tem jeito de fazer isso. Você acha que vamos abandonar nossos estudos?

— Exatamente. Vamos abandonar tudo e fazer o nosso próprio destino.

— Desculpe, mais não dá.

— Se você não vai comigo, então eu vou sozinho. — Disse, por fim. — Então isso é um adeus?

— Júnior, não seja tão dramático. Dê tempo ao tempo, que você vai ver que tudo vai se resolver. — Afirmou ela.

— Sinto muito, mas já dei chances demais ao tempo.

Dei um beijo na sua testa, e logo em seguida fui saindo em direção à chuva. Já havia tomado a minha decisão, e não podia modificá-la. Por mais que eu quisesse ficar, percebi que a única solução realmente era fugir. Já estava farto de todas as coisas que eu havia enfrentado, que não eram normais para um garoto de dezesseis anos. Com o coração na mão, comecei a me preparar para abandonar tudo que eu havia conquistado em todos esses anos, inclusive o amor da minha vida.

Fuga

Quando cheguei em casa, minha mãe já havia ido dormir. Não havia deixado nenhum bilhete ou algo parecido, o que indicava que ela realmente devia ter ficado magoada. Subi para o meu quarto, tranquei a porta e apaguei a luz para parecer que estava dormindo. Acendi então um abajur, para que ele iluminasse a mesinha em que escreveria a minha carta de despedida. Peguei um papel na minha mochila e uma caneta, e comecei a pensar em como iniciar essa carta. Desviei a minha atenção para um retrato que tinha da Ellen em cima da minha mesa, e pensei se isso era realmente necessário. Só um covarde fugiria, mas afinal eu era o quê? Depois de tudo que aconteceu, não conseguia me ver de outro modo, a não ser como um covarde.

Voltei a me focar no bilhete e comecei a escrevê-lo. Minha mão tremia a cada palavra, e as lágrimas aos poucos iam caindo dos meus olhos. Não sabia se teria coragem de fazer isso, mas já era algo que estava fora do meu controle. A chance de escolher entre ficar ou ir já não cabia mais a mim.

Minha carta ficou bastante objetiva, mas também muito dolorosa. Se eu já estava tendo essa reação, imaginei como minha mãe ficaria. Ou então, qual seria a atitude da Ellen quando lesse aquela carta? Quanto ao Leandro, tinha a certeza de que nem se importaria. Ele fez todas aquelas coisas, e não vi nenhum arrependimento no seu olhar. Isso seria só mais uma coisa da qual ele não sentiria qualquer remorso por ter causado. No final das contas, a carta foi finalizada.

Querida mãe,

Peço-lhe desculpa por uma atitude tão covarde, mas em certos momentos a vida não nos deixa qualquer chance entre fazer e desistir. Sei o quanto você vai ficar magoada pelo que vou fazer, mas saiba que também fiquei e uma hora a dor passa. Se possível, diga que eu amo muito a Ellen e que um dia ela vai encontrar alguém que realmente a mereça. Quanto ao Leandro, se um dia ele se arrepender e voltar a te procurar, fale que não o culpo pelo que ele fez. Sei o quanto foi duro, e até surpreendente, descobrir de uma hora para outra que ele tinha um filho. Um dia, quando já estiver esfriado a cabeça, espero poder voltar e formar uma família com vocês. Amo muito todos.

Com carinho, Júnior.

Coloquei-a dentro de um envelope e escondi debaixo do colchão da cama. E só então fui dormir, mas antes decidi fazer uma pequena oração, pedindo que tudo isso se resolvesse. Amanhã seria um novo dia, mas não tinha esperança de que as coisas mudassem. Muito pelo contrário, tinha a esperança de que elas apenas piorassem. Resolvi que se nada acontecesse antes de sexta-feira – que seria daqui a quatro dias – então colocaria meu plano de fuga em prática. Caso algo mudasse, então sim desistiria desse plano maluco. Fechei meus olhos e então deixei essa realidade de lado, dando espaço para que sonhos felizes tomassem lugar desse verdadeiro mundo maluco.

Acordei assustado de um pesadelo, que tinha uma essência que parecia torná-lo real. Não me recordei de tudo, mas tive uma vaga impressão de que minha mãe e o Leandro estavam presentes, e também de um choro angustiante de um bebê.

Olhei para o relógio e vi que já eram cinco e meia da manhã. Daqui a alguns segundos ele despertaria, então o desativei e fui me arrumar para a aula.

Depois de pronto, desci as escadas e fui comer alguma coisa antes de ir. A cafeteira já estava ligada, o que indicava que minha mãe já havia acordado. Sentei-me na mesa, peguei um pão e passei manteiga nele. Comecei a comer, e então em silêncio minha mãe entrou na cozinha.

— Nem te vi entrar aí. — Afirmei.

— Entrei em silêncio, querido.

— Eu tenho que te pedir desculpas por ontem. — Assumi. — Invadi uma parte da sua vida que eu não tinha direito.

— Não se preocupe, filho. — Se apressou em dizer. — As pessoas cometem muitos erros, mas isso nunca quer dizer que elas não possam se arrepender.

Eu a abracei, deixando visível todo o medo que tinha no meu coração. Ela afagou calmamente a minha cabeça, e logo em seguida disse:

— Não se preocupe, porque uma hora tudo vai se resolver. Basta apenas dar tempo ao tempo, que tudo vai ficar normal.

Engraçado, porque ela deu justamente o mesmo conselho que a Ellen. Então será que a solução seria dar tempo ao tempo? Nunca concordei com essa ideia de "dar tempo ao tempo", porque no meu ponto de vista, se você não fizer a sua parte, ninguém poderá fazer absolutamente nada por você.

— Obrigado por tudo mãe. — Falei, enquanto me levantava para ir para escola. — Saiba que não importa o que aconteça, eu te amo muito.

Antes que pudesse me arrepender, peguei a minha mochila e saí de casa. Fui andando meio desnorteado, com algumas lágrimas escorrendo dos meus olhos e nem sequer esperei dar o horário que havia combinado de me encontrar com a Ellen, o que com certeza a deixaria furiosa.

Algumas pessoas começaram a me olhar de uma maneira estranha na escola, provavelmente pela minha cara de acabado. Odiava quando todos passavam a me olhar, mas algumas pessoas têm uma vida tão entediante que vão tomar conta da vida dos outros.

— Júnior, Júnior. — Gritou alguém de longe, que logo deduzi ser a Ellen.

Dei uma olhada para trás, e tive a confirmação do que havia imaginado. Logo ela me alcançou e ficou espantada pela minha cara de acabado.

— Ok. — Disse ela, enquanto suspirava fundo. — O que aconteceu?

— Nada. — Respondi.

— Eu vou até a sua casa, você já não está mais lá no horário combinado e quando chego à escola você está literalmente com essa cara de acabado. — Disse calmamente ela. — E depois ainda diz que nada aconteceu?

— Já disse amor, não é nada. Eu só queria ficar um pouco sozinho. — Tranquilizei-a.

— Então agora é assim? Um de nós quer ficar sozinho, então larga o outro para trás e não dá qualquer explicação por isso.

Ela retirou a aliança com muita raiva do dedo e a atirou na minha cara, e fiquei parecendo um idiota na frente de todo mundo. Depois disso, ela me deu as costas e saiu andando, como se nada tivesse acontecido. Sentia algo fervendo dentro de mim, e isso estava quase explodindo. Fui atrás dela, porque não deixaria que isso terminasse assim. Transtornado, peguei-a pelo braço e a virei para mim.

— Eu não vou deixar que isso termine assim. — Esbravejei.

— Já não cabe mais a você escolher. — Respondeu ela, ainda mais brava.

Só depois disso que me toquei do que estava acontecendo. Eu estava segurando a garota que eu amava pelo braço, coisa típica de um machista. Larguei-a e logo em seguida fiquei olhando incrédulo para minhas mãos, porque não acreditava no ponto que havia chegado. Todos no colégio nos olhavam, e então tudo o que fiz foi sair correndo de lá.

Dessa vez, fui andando ainda mais desnorteado pela rua. E agora não caíam apenas algumas lágrimas dos meus olhos, mas várias. Brigar com a Ellen foi pior do que com o Leandro ou com a minha mãe. Era como se nós fôssemos unidos por algo maior que laços, e na tentativa de romper isso, algo parecia me matar por dentro.

Parei em uma pracinha e me sentei na grama. Logo em seguida Ellen chegou e se sentou junto de mim, me abraçando.

— Desculpa, eu não tinha o direito de lhe dizer todas aquelas coisas. — Se apressou em dizer.

— Eu é que devo te pedir desculpas. — Assumi. — Havia marcado com você e não tinha o direito de ir embora.

Peguei a sua aliança do meu bolso, e coloquei-a novamente no seu dedo. Beijei carinhosamente sua mãe e afaguei o seu rosto. Depois voltamos para escola, mas o portão já estava fechado.

— Droga. — Reclamei. — O portão já está fechado.

— Agora, então, só resta matarmos aula. — Afirmou Ellen.

— E o que você sugere?

Pelo seu riso, deduzi que alguma coisa ela ia aprontar. De metrô, fomos até um parque de diversões, onde apenas quando chegamos consegui compreender os planos da Ellen.

Compramos dois ingressos na bilheteria e entramos no parque. Esse foi o momento de esquecer todos os problemas e lembrar apenas da diversão: montanhas-russas, barco viking e outras coisas nos entreteram bastante. Quando deu a hora do almoço, tanto eu quanto ela ligamos para nossos pais, dizendo que tínhamos que ficar até mais tarde na escola para fazer um trabalho urgente.

O dia passou tão rapidamente de tanto que o aproveitamos. Nos últimos momentos antes de o parque fechar, fomos até a roda-gigante admirar um pouco a noite e namorar um pouco também. Um ficou olhando para o outro, e então senti que precisava dizer alguma coisa.

— Foi maravilhoso o nosso dia.

Desviei um sorriso para ela, mas senti que não era exatamente isso que ela queria ouvir. Ou talvez não fosse dessa maneira que ela queria ouvir. Decidi tentar novamente:

— Sabe Ellen, alguns momentos são tão fortes que mesmo quando acabam, se solidificam na eternidade. Esse eu tenho certeza que vai ser um deles.

— Que coisa linda, meu amor. — Respondeu ela, logo em seguida encostando a cabeça no meu ombro.

Fiquei admirando esse momento, e pensei se realmente esse seria o último momento especial ao lado dela. Por mais que me doesse, a única coisa que faria com que desistisse dessa ideia maluca seria se o Leandro me procurasse, coisa que tinha a certeza que não aconteceria.

Depois desse momento maravilhoso, nós dois tivemos que voltar à realidade. Eu a acompanhei até sua casa e depois voltei para minha. Para meu espanto e para minha alegria, quando cheguei vi a Limusine do Leandro parada na porta de casa. Atônito, entrei correndo com uma imensa alegria resplandecendo no meu olhar, mas ao invés de encontrá-lo, quem estava lá era Alfred, tomando chá com a minha mãe.

— Oi Alfred. — Cumprimentei-o.

— Olá Júnior. — Cumprimentou-me ele. — Como você está?

— Não tão bem quanto gostaria, mas com saúde. — Respondi sinceramente. — E você?

— Se você se refere como estou, diga-se de passagem que vou muito bem. — Falou ele. — Agora, se você quer saber o que estou fazendo aqui, saiba que vim pelo seu pai.

— Eu vou deixar que vocês conversem a sós. — Disse minha mãe, pegando as xícaras e se retirando da sala.

— Meu pai pediu que você viesse até aqui?

— Sim. — Respondeu-me. — Ele pediu que viesse ver se você está bem e que dissesse por ele que sente muito por tudo.

— E por que ele não veio pessoalmente fazer isso?

Alfred suspirou fundo, e depois me deu uma olhada como se estivesse com pena de mim. Foi só então que ele respondeu:

— Olha, Júnior. Seu pai está muito assustado com a situação, pois pense como é saber de repente que você tem um filho? — Disse calmamente ele. — É só você dar tempo ao tempo.

Era a terceira vez que essa solução era apontada para mim. Esse povo era mesmo acomodado por não querer fazer nada e deixar tudo isso nas costas do tempo ou do destino.

— Desculpe, mas eu desacredito dessa solução.

— Ok. Só tome cuidado com o que vai fazer, porque algumas atitudes nossas certas vezes magoam as pessoas que amamos.

Alfred e sua filosofia. Parecia até que ele tinha adivinhado o que eu ia fazer e me dado essa resposta. E o pior de tudo, pela minha reação, com certeza, ele teve a confirmação do que estava pensando.

— Obrigado pelos seus conselhos, Alfred. — Agradeci, tentando disfarçar.

— Por nada. — Falou, pensativo. — E a propósito, o senhor Leandro pediu que lhe entregasse esse dinheiro. É pelo que você trabalhou para ele.

Abri o envelope e vi que lá tinha muito mais do que havia trabalhado. Se ele achava que podia comprar as suas desculpas, estava muito enganado.

— Eu não quero o dinheiro dele.

— A escolha é toda sua, Júnior. Agora tenho que ir indo.

— Tchau, Alfred.

— Até mais ver, Júnior.

Acompanhei-o até a porta, e fiquei observando-o ir embora na Limusine. Minha mãe veio atrás de mim, colocou uma das mãos sobre o meu ombro e me induziu a entrar. Jantamos uma pizza, tomei um banho, e fui dormir, repetindo a mesma oração do dia anterior, mas desta vez acrescentando o agradecimento pelo dia maravilhoso que tive. O jeito agora era torcer para que o tempo ajeitasse as coisas.

O resto da semana se arrastou. Provavelmente porque de tanto esperar que algo acontecesse, nada aconteceu. Leandro não me procurou, então decidi seguir adiante com o plano. O despertador tocou às cinco da manhã, que foi o tempo de pegar a minha mochila – que já estava pronta, e com bastante comida para viagem – e sair de casa. Em silêncio entrei no quarto da minha mãe e deixei o bilhete na mesinha ao lado de sua cama. Depois foi o momento de decidir como eu faria para fugir. Fugir de ônibus era muito clichê, então resolvi me aventurar e ir embora de trem. Pela primeira vez, acho que estava deixando a lógica de lado e seguindo o meu coração.

Ao sair de casa, dei de cara com a Ivone já varrendo a calçada. Ela me olhou, e provavelmente estranhou a mochila, mas não disse nada a respeito.

— Já está indo pra escola? — Perguntou-me num tom de espanto, provavelmente por causa do volume da mochila.

— Sim. — Respondi. — Hoje tenho aula extra.

— Boa aula, então.

Era justamente por situações como está que me preveni e usei a própria mochila da escola para levar minhas coisas. O problema era que nela não cabia muita coisa, mas afinal só precisava do essencial.

Peguei um ônibus para ir até o metrô, e depois peguei um metrô para me levar até o trem. Por um grande azar do destino, assim que cheguei um trem saiu. Ou seja, outro apenas daqui a meia hora.

Me sentei em um cantinho do chão, abri um pacote de bolacha e comecei a comer. Não havia tomado café da manhã, portanto estava com muita fome. Pensei na minha mãe, que já devia ter acordado e lido aquele bilhete de despedida. Depois pensei na Ellen, que a essa altura já devia ter passado em casa para irmos pra escola e descoberto a minha fuga. E por último, pensei no Leandro, que não devia estar dando a mínima para o que tinha acontecido comigo. Por mais que quisesse castigá-lo, não conseguia desejar que nenhum mal acontecesse com ele.

Depois de uma longa meia hora esperando a porcaria do trem, finalmente pude ouvir o som dele chegando. Quando ele pausou na estação, eu entrei e me sentei em um de seus bancos lá do fundo. Então esse seria o fim da história? Aquele trem partiria, eu iria para um lugar bem longe da minha casa e me tornaria provavelmente um mendigo.

Comecei a estranhar a demora desse trem, o outro havia saído tão rápido. Entendi isso como um recado do destino, que provavelmente queria dizer que ainda me restava uma chance entre escolher ir e ficar. Se era isso que ele queria me dizer, estava muito enganado, porque não restavam mais escolhas.

— Este trem vai partir em alguns minutos após o recado que será dado a todos os passageiros. — Falou uma moça através de um alto-falante.

Aguardei a porcaria do recado que estava atrapalhando a minha vida começar, porque não via a hora de partir e me livrar dessa indecisão.

— Júnior. — Chamou uma voz do alto-falante que logo reconheci. — Não sei exatamente o que falar ou como pedir isso, e aliás não sei nem se você está me escutando, porque já procurei em toda a cidade e não te encontrei. — Sua voz estava trêmula. — Mas por favor, se você está me escutando, não vá embora. — Pelo seu tom, descobri que ele implorava. Será que, Leandro Artrave, o homem dos negócios, havia voltado atrás em uma decisão?

Fiquei em dúvida se devia ir ou se ficava. Só que ouvi meu coração, e ele me disse para ficar, porque meu pai precisava de mim. Na hora, saltei do trem e fui correndo em direção ao balcão de atendimento. Atravessei a estação, e por fim consegui avistar Leandro. Corri ao seu encontro, até que por fim nos abraçamos.

— Por favor, nunca mais faça isso comigo. — Suplicou ele. — Pela primeira vez senti muito medo. Medo de perder meu filho novamente.

— Promete que nunca mais vamos nos separar? — Perguntei.

— Prometo. — Ele respondeu. — E ai de você se resolver fugir novamente, porque eu reviro de novo todos os cantos dessa cidade.

Voltamos para minha casa logo em seguida. Ao descer da Limusine, ele pediu que eu esperasse, porque provavelmente queria dizer algo.

— Sabe, Júnior? Eu tenho que te fazer um convite, que se você aceitar eu vou ficar muito feliz.

— Qual é? — Indaguei.

— Você aceita vir morar comigo lá na mansão? — Falou de uma só vez.

Pensei por um momento no seu convite, que aliás era muito tentador. Mas não podia fazer isso com a minha mãe antes de avisá-la.

— Eu vou pensar bem no seu convite. — Respondi, enquanto entrava.

— Pense com carinho. E aliás, vai se preparando, pois sua mãe e sua namorada estão furiosas com você.

Depois de me alertar sobre as duas, ele entrou na Limusine e foi embora. Depois de toda essa felicidade, até havia me esquecido que devia ter duas mulheres furiosas em casa. Respirei fundo e entrei, dando de cara com as duas furiosas comigo.

— O que se passou na sua cabeça quando fez isso? — Começou Ellen, dando origem a outro daqueles sermões. — Achei que você nunca teria coragem de fazer isso.

— Você tem ideia do que nós passamos? — Continuou minha mãe.

— Olha, eu estava passando por um momento muito difícil. — Tentei acalmá-las. — Isso não vai voltar a acontecer.

— Eu realmente espero e desejo que isso não aconteça mais. — Afirmou minha mãe. — Porque eu jamais quero ler uma carta igual aquela. Eu quase morri. — Minha mãe, sempre exagerada.

— E eu muito menos. — Acrescentou Ellen. — Pode ter certeza que agora eu já teria terminado com você, se não tivesse dito que me amava demais.

— Eu prometo que vou recompensar tudo que nós perdemos nesses últimos dias. — Falei, e logo em seguida lhe beijei.

— Agora que tudo se resolveu, vou voltar para minha casa. Afinal, já perdi mesmo a aula. — Admitiu Ellen, enquanto se despedia de nós e deixava a minha casa.

Olhei para minha mãe e me preparei para contar sobre o convite do meu pai, e que pretendia aceitá-lo. Respirei fundo e comecei a falar:

— Mãe. — Aguardei ela olhar para mim e continuei falando. — O Leandro me convidou para ir morar com ele.

— Que audácia dele ter uma ideia maluca dessas. — Disse minha mãe, mas logo depois ela olhou para mim, esperando que continuasse.

— Eu decidi aceitar o seu convite. — Disse, de uma só vez.

— O quê? — Perguntou incrédula. — Como você pode ter aceitado isso?

— Mãe, pense comigo. Eu passei a minha vida inteira com você, e por mais que me doa ter que te dizer isso, eu quero passar um tempo com o meu pai para que possamos nos conhecer melhor.

Tudo isso foi tão impactante que ela se sentou numa cadeira e colocou suas mão sobre o rosto. Eu fui até ela e acariciei levemente sua face, logo em seguida me desculpando:

— Desculpe, mãe. Eu preciso fazer isso.

— Acho que você tem que arrumar as suas coisas. — Observou, com raiva.

Por mais dolorido que tenha sido isso, eu tive que deixar o meu lar em troca de um novo começo. Uma vez me disseram que o preço que a gente paga pra ultrapassar as portas do futuro é justamente o de fechar as portas do passado. E se existe uma coisa que é complicada, pode ter a certeza que é seguir adiante. E eu segui adiante rumo à minha nova vida.

II

Um novo começo

A coisa mais difícil que eu já fiz na vida foi arrumar as minhas coisas, olhar nos olhos da minha mãe e dizer adeus. Ela não aceitou a minha decisão, porque afinal foram mais de dezesseis anos juntos. Ela me criou, me ensinou tudo o que sabia e acho que era a pessoa que eu mais amava, o que acabou tornando minha decisão ainda mais difícil. Mas eu precisava conhecer meu pai e viver um pouco com ele, pois sabia que essa era uma oportunidade única. Sabia que com o tempo minha mãe me perdoaria por ter sido tão injusto.

Leandro mandou seu motorista me buscar naquele mesmo dia. Quando chegamos à mansão, todos os empregados estavam enfileirados no jardim, inclusive Alfred. Leandro estava um pouco mais adiante, na porta da mansão, observando a minha chegada.

Embora tivesse ido à mansão várias vezes, tive a impressão de que estava entrando lá pela primeira vez. Todos os empregados se curvavam ou faziam uma reverência ao passar por eles. Depois de atravessar o jardim, que hoje parecia estar ainda mais bonito, finalmente cheguei até Leandro. Ele me recebeu com um largo sorriso no seu rosto e disse:

— O jantar já está servido.

Fomos até a sala de jantar, onde havia uma mesa farta de coisas, o que me deixou muito espantado. Juro que tentei não fazer nenhum comentário contra a desigualdade social, mas não resisti:

— Tudo isso é pra gente? — Perguntei, demonstrando todo o meu espanto.

— Sim. — Respondeu Leandro tentando abafar seu riso. — Por favor, só não comece a lutar por causas sociais como no dia da aliança.

Mesmo contra isso, resolvi acatar o seu pedido, afinal era o nosso primeiro dia juntos. Sentamos-nos um de frente pro outro na mesa, e logo em seguida vieram dois empregados servir os nossos pratos.

— Pode deixar que eu mesmo me sirvo. — Falei ao empregado.

— Júnior, eles só estão fazendo o trabalho deles. — Respondeu Leandro, como se isso fosse uma coisa comum.

— Eu não vou submeter ninguém a servir meu prato.

— Qualquer pessoa daria a vida por isso, Júnior. — Tentou argumentar ele.

— Eu sou a exceção à regra. — Respondi, me levantando e eu mesmo servindo o meu prato.

Leandro fez um sinal para que os empregados parassem de nos servir e depois se levantou e começou a se servir também. Os empregados ficaram parados atrás das nossas cadeiras com as mãos nas costas, parecendo dois de paus. Eu olhei para eles, e acho que Leandro decifrou o meu olhar, porque logo depois dispensou os dois.

Começamos a comer em silêncio, pois acho que esse devia ser outro hábito esquisito dele, além de fazer empregados servirem seu prato e ficarem plantados o vendo jantar. Resolvi puxar um assunto com ele para quebrar esse gelo, então perguntei-lhe:

— Como você fez para me encontrar hoje à tarde?

Ele parou de comer, limpou calmamente sua boca com um lenço e só então respondeu:

— Já não te disse? Revirei a cidade inteira atrás de você.

Ele voltou a comer logo em seguida, só que mais uma vez mostrei o quanto eu era impertinente e fiz outra pergunta.

— E como você soube?

Ele parou novamente de comer, fez o mesmo processo de limpar a boca e respondeu um pouco mais irritado:

— Sua mãe me ligou desesperada e disso tudo que havia acontecido. Aí então eu virei essa cidade de ponta cabeça, até que te encontrei na estação do trem.

Preparei-me para fazer outra pergunta, mas antes disso ele me cortou e disse que não conseguia jantar sem que fosse em silêncio. Então eu parei de fazer perguntas e voltei a me concentrar na minha lagosta.

Graças ao silêncio que era esse jantar — que no meu ponto de vista estava mais silencioso que velório — comecei a pensar em como estava a minha mãe. Nesse momento ela devia estar sozinha, agora que eu havia deixado minha casa. Uma tristeza repentina me invadiu, e um nó começou a se consolidar na minha garganta.

— Está tudo bem, Júnior? — Perguntou ele, provavelmente porque percebeu a minha mudança de expressão.

— Claro, Leandro. Por que não estaria?

— Não sei, você parece diferente. — Observou ele. — Tem certeza que fez a escolha certa quando veio morar comigo?

— Tenho sim. Eu sentia que precisávamos nos conhecer melhor, e essa era a chance que a vida havia nos dado.

Nos encaramos por um momento, e depois desviamos nossa atenção novamente para o jantar. O restante dele passou em silêncio, porque nenhum de nós dois queria interrompê-lo novamente.

Leandro me acompanhou até o meu quarto - que era uma suíte, o que não me deixou espantado vindo dele - e me mostrou onde ficava tudo, indo para o seu quarto em seguida. Até closet eu tinha agora. O quarto em si era bem grande, tinha uma imensa janela que dava para os fundos, que era onde ficava a piscina, e também tinha um aquário. A cama era de casal e a TV de LCD, com cinquenta polegadas. Além do mais tinha também um aparelho de Blu-ray, um home teather e um Playstation 3. Na hora pensei que esse quarto estava mais para um cinema do que para um quarto. Havia mais coisas do que eu tinha na sala da casa da minha mãe. Comecei a vasculhar e encontrei vários jogos de Playstation 3, alguns com uns títulos até engraçados. Também tinha vários filmes em Blu-ray, coisas que eu acho que ninguém nunca devia ter assistido. E para piorar o consumo do Leandro, tanto os jogos quanto os filmes eram todos importados.

Alguém deu duas batidas na porta do quarto, e eu abri. Leandro já estava de pijamas, que era bem aquele de seda que os ricos usavam pra dormir. Ele me fitou por alguns segundos e depois o armário dos jogos aberto.

— Vejo que você já se entrosou com o seu quarto. — Comentou.

— É. Estava dando uma olhada por aqui.

— Até já imagino como você deve ter ficado depois de ter visto tudo isso. — Falou ele. — Por sorte não estava por perto pra você começar com aquelas suas ideias socialistas.

Ignorei seu comentário de péssimo gosto, e logo em seguida resolvi dar o troco com uma pergunta.

— Será que você já jogou algum desses jogos ou estão aqui só de enfeite?

— Bom, nem todos. Mas eu já joguei a maioria deles.

— Pois eu aposto que de jeito nenhum você é capaz de me vencer no Need For Speed. — Disse, desafiando-o.

— Quero só ver se você passa da primeira curva.

E assim teve início um campeonato noturno de jogos. No começo ele até me vencia na corrida, mas depois de tanto perder, o venci direto. No final das contas corremos, lutamos, brigamos e acabamos fazendo de tudo. Nosso campeonato acabou se prolongando até as três da manhã, quando não teve mais jeito e fomos dormir.

O final de semana passou muito devagar, porque Leandro só trabalhou e eu fiquei abandonado naquela mansão. Aproveitei um pouco a piscina, a mesa de sinuca e coisas desse tipo, que proporcionavam lazer. Domingo, no entanto, fui à missa aonde minha mãe sempre ia, com esperança de encontrá-la. Mas infelizmente isso não aconteceu, porque ela não apareceu.

A semana recomeçou, e o processo de arrumação para escola foi bem diferente do habitual. Tomei um banho de banheira e usei apenas coisas de marcas famosas. Ao invés de ter de passar e lavar a minha roupa, já a recebi lavada e passada. Leandro também já havia levantado e estava me esperando para tomarmos o café da manhã juntos. Ele sempre ia cedo para a Artrave, mas antes de ir, me daria uma carona até a escola.

O café da manhã era a mesma chatice do jantar, e o almoço também não fugia disto. A mesa estava sempre cheia, o que acabava sendo um exagero pra duas pessoas. Pelo menos dessa vez nenhum empregado ficou plantado feito dois de paus atrás da mesa.

Mesmo sendo contra os meus princípios socialistas, decidi fazer uma entrada triunfal na escola. Como sempre, várias pessoas estavam plantadas na porta da escola e todas elas me viram chegando de Limusine. Todos os olhares de inveja e admiração se voltaram para mim enquanto me despedia do Leandro e descia do carro.

Atravessei mais uma vez os portões da escola, dessa vez com uma nova vida. Ellen estava junto dos nossos amigos ouvindo o Rafael tocar uma música no seu violão. Quando percebeu a minha presença, se levantou e me beijou.

— Você está morando com o seu pai? — Perguntou ela.

— Sim, resolvi que nós dois tínhamos o direito de passar um tempo juntos.

— Eu passei na sua casa para virmos juntos para escola e você não estava lá. — Continuou dizendo ela. — Então sua mãe me contou isso, o que não entendi nada.

— Minha mãe conviveu comigo a vida inteira, e então eu resolvi conviver um pouco com o meu pai. — Dei uma pausa na minha fala e continuei falando. — E como minha mãe está?

— Diga-se de passagem que não muito bem. — Afirmou. — A dona Marina está um pouco abatida.

— Nossa, você não tem ideia de como foi duro ter que deixar a minha casa.

— Eu imagino como deve ter sido, mas você realmente acha que fez o certo? — Ellen ficou refletindo por um momento e falou. — Afinal, ela te criou.

— Você tem o talento de fazer eu me sentir culpado. — Reclamei. — Depois da aula eu vou passar na casa da minha mãe e ver como ela está, e também para conversarmos um pouco.

Mesmo com a minha vida modificada, a aula permaneceu a mesma porcaria de sempre. Acho que eu não preciso nem descrever que ela se arrastou como todas as outras.

Quando saímos do colégio, o motorista já me aguardava na Limusine. Dei uma carona para Ellen até a sua casa, e depois pedi que ele desse uma parada na casa da minha mãe. Pra variar a porta estava aberta, e mesmo não morando mais lá fui entrando sem ser convidado. Minha mãe estava meditando sentada no chão da sala. Esperei que sua meditação acabasse, o que não durou muito tempo hoje, porque às vezes levava horas.

— Oi querido. — Disse ela, enquanto levantava e beijava meu rosto.

— Oi mãe. — Disse, tentando esconder o quanto lamentava tudo o que havia feito.

— Como vão as coisas?

— Graças a Deus, tudo ótimo. — Respondi. — E com você?

— Melhor agora que estou contigo.

Por mais que quisesse fugir do fato de ter largado minha mãe, isso parecia me perseguir. Eu me sentia aflito e magoado por ter feito isso.

— Filho, desista dessa ideia de morar com o Leandro. — Falou ela, tentando me persuadir. — Nós éramos tão felizes juntos.

— Olha mãe, você me escondeu a vida inteira que eu tinha outro pai, e é natural que eu queira estar com ele. Agora só não me pede pra ignorar esse fato.

— Ok. Não está mais aqui quem falou. — Disse-me. — Agora, o que você acha de comermos bolo com sorvete?

— Eu acho uma ótima ideia.

E assim foi. Eu e ela tivemos um ótimo papo enquanto comemos bolo e falamos sobre todo o assunto do dia anterior. Depois tive que ir embora, porque o motorista ainda ia buscar o Leandro lá na empresa. Fomos buscá-lo juntos porque havia atrasado muito o motorista.

Leandro já estava impaciente na porta da Artrave, e deu um olhar matador para o motorista, até que sua expressão mudou quando me viu.

— Você se atrasou, Joaquim. — Reclamou, entrando no carro.

— A culpa não é do Joaquim, é minha. — Me apressei em dizer. — Ele foi me buscar no colégio, mas eu pedi que desse uma passada na casa da minha mãe pra ver como ela estava.

— E também pediu que deixasse a namorada dele na casa dela. — Completou Joaquim, que parecia apavorado.

Leandro pareceu ficar convencido. Ele relaxou e logo em seguida afirmou que estava tudo bem, tranquilizando tanto o motorista quanto a mim. Nunca me perdoaria se ele perdesse o seu emprego, porque com certeza devia ter uma família que dependia dele.

Voltamos para casa, nos arrumamos e fomos jantar fora. Ele quis me levar num restaurante, que de acordo com o seu ponto de vista era ótimo em massas. Nos sentamos em uma das mesas do restaurante e veio um garçom nos entregar os menus e anotar os pedidos.

— Eu faço questão que você experimente uma coisa. — Falou Leandro, enquanto pedia algo que não entendi o que era.

Conversamos um pouco e logo em seguida o garçom voltou trazendo os nossos pratos. Conforme eu havia imaginado, o que Leandro havia pedido era uma macarronada, mas era um pouco diferente, porque o espaguete parecia achatada. No entanto, seu gosto era esplêndido, chegando até a superar a macarronada que minha mãe fazia.

Só que não estava com tanta fome devido ao bolo de chocolate que eu havia comido na casa da minha mãe, então comi um pouco para disfarçar e depois fiquei enrolando um pouco.

— Você não está com fome? — Perguntou ele, vendo minha enrolação.

— É, realmente não estou com muita fome. — Respondi. — Comi um bolo de chocolate na casa da minha mãe antes de vir pra cá.

— Nossa, acho que já não como um bolo de chocolate há muito tempo. — Comentou pensativo. — Sabe, quando não se têm família, você não faz esse tipo de coisa.

Naquele momento, senti muita pena dele. Não ter família e nem amigos, apenas puxa-sacos atrás dele. E por mais rico que alguém fosse, dinheiro nenhum substituiria uma família.

— Já sei. Por que nós não fazemos um bolo quando chegarmos em casa? - Perguntei, ficando animado com a minha ideia.

— Acho uma ótima ideia.

Leandro ia deixar toda a comida no restaurante, que com toda a certeza a jogariam fora. Mas então eu pedi que a embrulhassem. Quando passávamos por uma avenida deserta, avistei um mendigo e pedi que Joaquim parasse o carro.

— Júnior, é muito arriscado parar aqui. — Alertou o motorista, e Leandro concordou.

— É um segundo. — Respondi, enquanto descia do carro.

Fui andando na direção de um pobre mendigo que dormia debaixo do viaduto. Peguei a comida que estava embalada e a coloquei ao lado de sua cabeça, para que quando acordasse a visse. Retornei para Limusine e vi o quanto Leandro e o motorista pareciam estar admirados. Mesmo assim ele não comentou nada. Apenas continuamos o nosso caminho.

Voltamos para a mansão e fomos direto para cozinha, quebrando um pouco antigos hábitos. Quando pedimos dois aventais para o Alfred, ele não entendeu absolutamente nada, mas o entregou para nós. Leandro liberou todas as copeiras para se recolherem e a partir daquele momento a cozinha era só nossa.

— Você sabe mesmo fazer um bolo? — Perguntou ele.

— Bom, digamos que espero ter herdado os talentos da minha mãe. — Falei, na dúvida de que conseguisse fazer o bolo dar certo.

— Essa eu pago pra ver. — Disse Leandro, tirando sarro da minha cara.

— Ok. — Tentei manter a calma. — Eu preciso de um liquidificador pra começar.

Leandro foi até o armário, abriu uma de suas portas e pegou o liquidificador. Ele o colocou sobre a mesa e encaixou sua tomada na parede. Fui até a geladeira e passei a juntar os ingredientes. Peguei 6 ovos por segurança, uma caixa de leite e manteiga com sal para a massa, e leite condensado para a cobertura. Alguns outros ingredientes não encontrei na geladeira, então perguntei para o Leandro:

— Onde estão os outros ingredientes, como farinha e fermento?

— Ah, eles estão na dispensa. — Respondeu-me, indicando a porta.

Entrei na despensa e separei açúcar, chocolate em pó, farinha e fermento. Peguei uma xícara e uma colher de sopa que seriam úteis para fazer a receita. Quebrei quatro ovos e joguei no liquidificador, depois joguei duas xícaras de farinha, duas xícaras de açúcar, 100 gramas de manteiga, uma xícara de chocolate em pó, meia colher de fermento e meia xícara de leite.

— Agora tampa bem o liquidificador pra não voar nada. — Avisei Leandro, enquanto ele tampava e eu ligava o liquidificador.

A consequência seguinte dessa ação não foi das melhores. A tampa do liquidificador escapou no mesmo momento que o nosso bolo voava em cima da gente, sujando boa parte da cozinha. Enquanto o Leandro caía na gargalhada, eu corri desesperado até o liquidificador na esperança de pará-lo antes que nosso bolo fosse inteiro para os ares.

— Essa foi a coisa mais engraçada que já aconteceu. — Admitiu Leandro enquanto permanecia rindo.

— Engraçado, Sr. Leandro? — Perguntei ironicamente, dando um olhar fuzilador na sua direção. — Vou te mostrar o que é engraçado.

Peguei a farinha e a joguei de uma só vez no corpo dele, deixando-o todo branco. Enquanto eu tinha uma crise de risos, ele pegou um ovo e quebrou na minha cabeça, me deixando indignado. E o que aconteceu depois? Demos

início a uma guerra de comidas, onde um tacava ovos, farinha e derivados no outro. Como resultado, ficamos todo sujos, mas por outro lado nos divertimos como pai e filho e tivemos um bolo no final. Havíamos gastado tanta energia que no final comemos apenas um pedaço de bolo cada um e depois fomos dormir. Quero dizer, depois de limpar também toda a cozinha, porque me neguei a deixar tudo para os empregados.

Acordei antes de o despertador tocar e olhei que horas eram. Ainda eram três horas da manhã, então me levantei e fui até a cozinha comer mais um pedaço do bolo. Tirei-o da geladeira, coloquei sobre a mesa e cortei um pedaço, colocando num prato. Ouvi passos de alguém descendo as escadas, e por sinal estranhei que alguém estivesse acordado também a essa hora. Mas logo depois Leandro surgiu na porta, me olhando incrédulo.

— O que você faz acordado a essa hora? — Questionou.

— Eu perdi o sono e vim pegar um pedaço de bolo. — Justifiquei. — Mas, e você, o que faz aqui?

— Bom, digamos que eu ouvi passos de alguém descendo as escadas e vim verificar o que era. — Justificou também ele.

— É, faz sentido. — Afirmei. — Por que então você não se junta a mim e come um pedaço de bolo comigo?

— Sabe de uma coisa? — Falou ele. — Acho que essa é uma excelente ideia, afinal estamos acordados.

Ele se dirigiu até o armário, pegou um prato e colocou um pedaço de bolo nele. Depois se sentou na minha frente e começou a comer em silêncio.

— Não vem me dizer que as refeições noturnas que você faz também são em silêncio.

Ele me olhou roubando meu olhar fuzilador, e então respirou fundo tentando manter a sua paciência e disse:

— Dessa vez abro uma exceção e podemos conversar enquanto comemos.

— Ok, vossa exigência.

Nos dois nos olhamos por um momento, e tive vontade de perguntar alguma coisa sobre ele.

— Conte um segredo.

— Um segredo? — Questionou ele, enquanto pensava em algo. — Eu sempre quis ter um filho como você.

Segurar a emoção, depois disso, não foi tarefa fácil. Nunca pensei que ouviria isso de Leandro Artrave, como o executivo durão que era.

— Não ficou contente com o meu segredo?

— Muito pelo contrário, fiquei muito contente. E aliás, também fiquei muito feliz com o seu segredo revelado.

— Mas isso não é o bastante. — Exclamou ele. — Agora é a sua vez de contar um segredo.

— Está bem. — Concordei. — O meu segredo é que eu morro de vontade de saber como você e minha mãe se conheceram.

— Isso não é um segredo. — Argumentou.

— Agora que eu contei não é mais mesmo. Mas antes disso, era um segredo.

— Eu vou te contar toda essa história, mas no momento certo. Agora acho que está na hora de voltarmos para cama.

— Mas ainda está tão cedo. — Tentei argumentar.

— Tem razão. Está cedo demais, mais um motivo para voltarmos para cama. — Contra-atacou.

— Ok. Mas antes temos de fazer um trato.

— Que trato?

— Vamos nos encontrar todas as segundas-feiras na cozinha nesse mesmo horário.

— Você quer que eu levante toda segunda às três da manhã pra vir até a cozinha conversar? — Falou ele, logo em seguida me olhando como se eu fosse louco.

— Exatamente. — Confirmei.

— E não podemos fazer isso num horário normal, como qualquer outra pessoa?

— A graça é justamente não ser igual às outras pessoas.

Ele permaneceu me olhando como se eu fosse louco, mas logo depois admitiu que essa ideia fosse muito boa.

— Esse vai ser o nosso segredo, está bem?

— Um segredo de pai e filho. — Completei.

Subimos juntos e antes de nos despedirmos e seguirmos para nossos quartos mostrei um toque secreto que havia inventado para nós dois.

— Tocamos as mãos abertas, depois fechadas. De cima para baixo e de baixo para cima, batemos os ombros e por último, cabeça.

O difícil não foi bolar o nosso toque, mas ensiná-lo ao Leandro. Nunca tinha visto pessoa tão complicada para aprender um simples toque como ele. Depois desse complicado aprendizado, por fim, fomos descansar, para que mais um dia começasse amanhã. Ou melhor, hoje.

Exame de DNA

A semana que se seguiu foi muito boa. Leandro trabalhava, eu estudava, e quando nos encontrávamos era só alegria. Depois de tudo que tivemos que enfrentar, fiquei sem conseguir chamar novamente de pai. Mas a cada dia que se passava eu descobria a ótima pessoa que no fundo ele era, e estava praticamente pronto para chamá-lo novamente assim.

Entretanto, quando levantei na sexta-feira achando que seria mais um dia normal, me enganei. Dois homens vestidos de branco esperavam na sala e pareciam pertencer a uma clínica estrangeira. Leandro havia dado o braço para eles, e agora retiravam o seu sangue.

— Leandro, o que está acontecendo? — Indaguei.

— Júnior, temos que tirar sangue para o teste de DNA. — Respondeu. — Enfermeiro, pode vir tirar o sangue dele para amostra.

O enfermeiro que ele havia indicado veia na minha direção, suspendeu minha manga da blusa, enrolou um fio no meu braço, passou um algodão com álcool e injetou a agulha na minha veia para retirar o sangue. E eu, mesmo sendo contra, nem lutei.

Quando ele parou de recolher meu sangue para amostra e me deu outro algodão para manter sobre o furo, me virei para o Leandro e perguntei:

— Por que isso agora?

— Essa é toda a burocracia que precisa ser feita para que eu possa te reconhecer como filho. — Falou ele, o que não acreditei.

— Nós não precisávamos passar por isso. — Retruquei. — Você não estava satisfeito com as coisas da maneira que estavam?

— Escuta, você não tem nada a temer com isso. — Falou calmamente. — A menos que...

Ele pareceu não conseguir completar a sua frase, e ficou paralisado pensando em outras possibilidades, e eu indignado, porque sabia exatamente no que ele estava pensando.

— Então é isso? — Disse ironicamente. — O poderoso executivo Leandro Artrave quer uma prova concreta de que sou seu filho porque tem medo de deixar a sua herança para qualquer um.

Respirei fundo e mantive a calma enquanto o enfermeiro tampou o furo com esparadrapo e se retirou da sala, avisando que o resultado chegaria em até 30 dias.

— Sabe de uma coisa? Eu não quero e nunca quis a porcaria da sua herança. — Joguei na cara dele. — A única coisa que eu quis foi me aproximar do homem que sei que me deu a vida, mas parecemos querer coisas opostas.

— O que você quer dizer com isso? — Esbravejou ele.

— O que quero dizer é que enquanto você quer um herdeiro, eu quero um pai. Um pai que me de todo o amor e carinho que eu nunca recebi.

Nós dois nos olhamos por alguns instantes e acho que ambos consentimos que éramos diferentes e que buscávamos coisas diferentes. Ele respirou fundo e me deu uma resposta.

— É apenas disso que eu preciso, de uma prova concreta. — Afirmou claramente ele. — É demais pedir isso?

— É pedir demais sim. Você não precisa de prova alguma quando o coração já aceitou. — Disse, me recordando de quando a própria Ellen me disse isso. — O meu já te aceitou como pai, e o seu ainda não me aceitou como filho?

Ele parou e refletiu por um momento. Nesse meio tempo, deve ter pensado em todos os seus conceitos e se realmente estavam certos.

— Desculpe, mas não posso aceitar coisas abstratas. Preciso de informações seguras e confiáveis.

— Então seu coração ainda não me aceitou. — Assumi, logo em seguida subindo as escadas e retornando para o meu quarto.

Não estava preparado o bastante para ir hoje para escola, devido ao meu estado emocional. Apenas me atirei sob a cama e comecei a chorar, dando espaço para que o garoto fraco e triste que habitava meu corpo pudesse se expressar.

— Júnior, abra essa porta. — Ordenou ele, batendo na porta.

— Vá embora. — Respondi secamente.

— Nós precisamos terminar aquela conversa e esclarecer as coisas.

— Nossa conversa já acabou, e não temos mais nada para esclarecer. Pelo contrário, tudo já ficou muito claro pra mim.

— Mas não para mim. —Consentiu ele.

Por um momento eu vi o quanto ele estava confuso também, mas em hipótese alguma abriria aquela porta. Ele havia me magoado muito com aquela história do DNA, e eu já havia aberto mão de muitas coisas por ele. Mas desta vez eu não faria isso.

Fiquei trancado no meu quarto a tarde inteira refletindo sobre a nossa conversa. Depois de muito tempo, finalmente abri a porta para ir comer alguma coisa, e me deparei com o Leandro sentado bem na frente do meu quarto.

— Você não foi pra empresa? —Perguntei.

— Não. Você também não foi pra escola, então ficamos quites.

Simplesmente não acreditava nisso. Não era possível que ele não havia feito nada e passado a tarde inteira na porta do meu quarto, me esperando sair.

— Você ficou aí a tarde inteira?

— Fiquei e permaneceria aqui se fosse necessário. —Esclareceu ele. — Agora podemos conversar?

— Olha, acho que nós já nos magoamos o bastante com toda essa história. Vamos esquecer isso e fingir que nada aconteceu.

— Eu sabia que você ia compreender.

Embora ele achasse que eu havia compreendido, na realidade não havia. Não acreditava que o sangue era superior ao amor, entretanto nem todos pensavam como eu. O sangue parecia ser tudo para todos.

— Lembra de quando você me perguntou como eu e sua mãe nos conhecemos?

— Claro que eu me lembro, isso foi no começo da semana. — Confirmei.

— Você gostaria que eu lhe contasse essa história agora?

— Claro que eu gostaria. —Respondi, ficando animado porque poderia conhecer mais sobre o passado dos dois.

Leandro respirou fundo e então pude ver toda a dor e sofrimento por estar relembrando o seu passado e compartilhando essa experiência comigo. Logo em seguida ele começou a narrar a sua história:

— Nós sempre estudamos na mesma escola e na mesma sala de aula, mas, no entanto, só fui realmente conhecer a sua mãe quando estávamos no primeiro ano do ensino médio. Íamos fazer nossa primeira prova de literatura, e ambos não haviam estudado. Eu me lembro que ela estava sozinha em um canto da sala lendo o seu caderno, quando a minha atenção se voltou para ela e fui até lá.

— *Você não estudou pra prova? —Perguntei.*

— Não, e estou achando que vou me dar mal. —Respondeu ela para mim, me dando um sorriso.

— Eu também não estudei nada para essa prova. —Confirmei.

— Você quer estudar comigo?

— Adoraria.

— Naquele mesmo momento eu corri até a minha carteira e peguei o meu caderno de literatura. Puxei uma carteira para perto dela e me sentei, abrindo meu caderno onde ela estava.

— Por que parte você quer começar? — Questionou ela.

— Acho que pelos gêneros literários. — Respondi. — Não entendo muito bem isso.

— Pois é. — Consentiu ela. — Eu faltei nessa aula e também estou por fora. Acho interessante começarmos por aí.

— Fala um nome de um gênero.

— Suspense. — Respondeu ela.

— Eu comecei a rir e ela também por sinal. Nós dois não sabíamos nada sobre essa matéria e iríamos nos ferrar de verde e amarelo.

— Suspense é um gênero, mas não literário. — Disse, à medida que nós dois dávamos risada juntos. — Os gêneros literários são épico, lírico e dramático.

— Vou me dar mal nessa prova. — Afirmou ela com exatidão.

— E olha que eu pensei que eu é que estava mal. —Completei.

— O professor não vai gostar de corrigir a minha prova.

— Pois é.

— Naquele dia conseguimos estudar um pouco e eu pude ver como aquela garota era incrível. Na hora da prova me sentei ao lado dela, e vi que ela estava com dificuldade em uma questão que eu sabia. Anotei a resposta num pedaço de papel e passei discretamente para ela. Ela o pegou e agradeceu discretamente, mas o professor percebeu e pegou a cola.

— Então você está colando na prova, Marina?

— Não professor. Não é nada disso que você está pensando. — Se apressou em dizer ela.

— E como você explica esse papel na sua mesa?

— Eu passei para ela. —Disse, defendendo-a.

— Ótimo, Leandro. Agora quem vai ficar sem a prova vai ser você. —Falou o professor enquanto tomava a minha prova.

— Espere, você não pode fazer isso com ele. —Argumentou sua mãe na tentativa de me defender também. —Eu sou tão culpada quanto ele.

— Ótimo, fique sem sua prova também. —Ele tirou a prova da sua mãe e deu as costas para nós dois.

— Careca idiota. —Xinguei, mas ele infelizmente ouviu e não gostou nada.

— O que você disse?

— Nada senhor. —Tentei disfarçar.

— Esse careca idiota vai te mandar para sala do diretor agora. —Disse ironicamente ele.

— Se ele for, eu também vou. —Disse sua mãe, mas uma vez tentando me proteger.

— Vão os dois então. —Determinou, com ódio, o professor.

— Fomos escorraçados por um inspetor até a sala do diretor, onde ele nos aguardava com um olhar de raiva como aquele que você sabe dar. Sua mãe foi incrível, ela permaneceu assumindo a culpa comigo até o fim. Como resultado, nós dois tivemos que nos rever na prova de recuperação de literatura. Quando tudo isso acabou eu senti medo de nunca mais ter contato com ela, mas permanecemos como amigos durante os outros anos de colégio. Só que eu acabei sentindo algo além de amizade, e me lembro que no dia que resolvi contar pra ela que a amava, fui à noite na sua casa e joguei pedrinhas na sua janela. Ela apareceu e perguntou:

— Leandro, o que você está fazendo?

— Marina, eu preciso falar com você. Você pode descer aqui agora?

— Leandro, são onze horas da noite. O que você quer comigo?

— Só quero conversar. — Respondi.

— Ela desceu pela janela sem reclamar muito, para que seus pais não a vissem saindo de noite com um rapaz, e logo depois saímos correndo por aqueles campos maravilhosos de São Carlos. Deitamos em um pequeno morro que dava uma ótima vista para as estrelas, e começamos a observá-las.

— Sempre gostei de ver estrelas. —Assumiu ela. — Eu acredito que quando uma pessoa é muito boa, ela vai pro céu e se torna uma estrela para iluminá-lo, assim como fez com muitas pessoas aqui.

— Bom, então acho que quando eu morrer vou virar uma estrela para iluminar o céu pra você. — Disse. —Afinal, te salvei na hora da prova.

— Ela me deu carinhosamente um tapa na cara, e nos dois rimos juntos. Então afaguei suavemente seu rosto e continuei dizendo:

— Quando sentir minha falta, olhe pro céu. E pode ter certeza que quando eu sentir sua falta, também olharei.

— Ela pegou uma pedra que estava jogada no chão, e raspou na árvore, construindo um coração e nele ela colocou as iniciais dos nossos nomes.

— Eu te amo, Leandro.

— Eu também te amo, Marina.

— Nossas mãos se entrelaçaram e no instante seguinte meus lábios roçaram nos delas, causando a melhor sensação que já tinha experimentado.

Aquele campo onde tínhamos nos encontrado ficou sendo o nosso lugar secreto, onde costumávamos nos encontrar todas às tardes durante o ensino médio, até o dia que ela marcou comigo lá e quando cheguei estava diferente dos outros dias.

— Leandro, eu estou grávida. —Falou ela, passando todo o seu pânico para mim.

— Calma, tudo vai se resolver. —Falei, abraçando-a logo em seguida.

— O que nossos pais vão falar quando souberem? —Perguntou ela.

— Esse na certeza foi o momento mais difícil de toda a minha vida, porque tive que abandonar o meu filho e a mulher que eu amava.

— Meus pais não vão saber. —Afirmei, com uma imensa dor no coração.

— E o que você pretende fazer para que eles não saibam?

— Marina, por mais que eu te ame, não posso assumir esse filho. Meus pais são muito severos e um filho nessa época pode destruir todo o meu futuro.

— Você vai ter coragem de negar o seu filho e abandonar a mulher que você ama grávida depois de tudo que passamos?

— Desculpe, mas o meu futuro está em primeiro lugar.

— Ela passou a me encarar como quem estava incrédula. Pude ver naquele momento toda a decepção da mulher que eu amava, toda a sua tristeza também e sua agonia por ter que criar e assumir um filho sozinha.

— Então eu desejo que você faça um futuro brilhante e transforme aquela empresa falida do seu pai em uma enorme. — Disse ironicamente. — Mas desejo que você também fique sozinho e morra sozinho, porque esse é o único destino de quem coloca dinheiro na frente de amor e família.

—E tudo que ela fez foi me dar as costas e ir embora. Soube naquele momento que nunca mais veria aquela mulher, contudo, alguns anos depois, quando fui visitar meus pais em São Carlos, o destino quis que nos encontrássemos num bar.

— Marina? — Chamei ao ter a impressão de conhecer a pessoa que estava sentada ao meu lado e que estava bebendo um Whisky.

— Pois não? —Falou ela, provavelmente não me reconhecendo porque estava bêbada.

— Sou eu, Leandro. — Afirmei alegremente por estar reencontrando-a naquela noite.

— O que você quer? — Perguntou-me, mas dessa vez me pareceu estar sóbria. — Já não foi o bastante você ter destruído minha vida no passado, tinha que me reencontrar e me fazer reviver esse pesadelo de olhar na sua cara novamente?

— Escuta, você está bêbada e já não fala coisa com coisa. —Falei. — Acho melhor você voltar para casa.

— Você acha que pode mandar em mim? — Questionou. — Pois olha o que eu faço.

— No segundo seguinte, ela subiu em cima do balcão e começou a rebolar, chamando a atenção de todos os homens para si mesma, que passaram a aplaudi-la. Eu, por minha vez, não pude deixar que eles ficassem tirando sarro dela, então me levantei e a tirei ela de cima do balcão e levei para a minha casa. E lá acho que você já pode imaginar o que aconteceu. Tivemos a nossa noite, relembrando os momentos do passado, e quando o dia amanheceu já não estava mais lá. A única coisa que encontrei foi um bilhete na mesinha ao lado da minha cama, que dizia: 'Me esqueça'. E pensei que esse seria o nosso fim, até o dia que descobri toda a verdade sobre você e também que o filho que tanto sonhei em conhecer havia nascido morto.

No momento que Leandro parou de narrar à história, estava perplexo por tudo que havia ouvido. Desde que o conheci tive vontade de conhecer essa história, mas depois do que aconteceu tive sérias dúvidas se isso era o certo.

— E foi nessa noite que minha mãe engravidou de mim?

— Sim. — Afirmou com clareza.

— Então eu não passo de um acidente?

— Júnior, não pense assim. Pense que o destino me uniu com a sua mãe naquela noite porque eu tinha que ter esse filho maravilhoso que tenho agora para ficar ao meu lado.

Até que ele tinha razão. Eu agora era a sua família, e respectivamente era tudo que ele tinha. Emocionado, apenas me atirei em seus braços e dei-lhe uma abraço.

— Obrigado por existir, Leandro.

— Eu é que tenho que te agradecer por estar ao meu lado. — Refletiu ele.
 — Depois de tudo que eu fiz a sua mãe, não merecia ter alguém como você.

Toda a alegria que eu sentia nesse momento se tornou em medo depois de um forte gemido de dor que ele deu. Já entrando em pânico, perguntei:

— O que aconteceu, Leandro?

— Nada, Júnior. Estou bem. — Respondeu ele, tentando manter a tranquilidade.

— Se você não estiver se sentindo bem, o motorista pode te levar até o hospital.

— Não há necessidade, Júnior. — Tornou a afirmar ele. — Eu estou bem.

Ele se levantou, se despediu e foi se retirando do quarto. Entretanto caiu um pouco mais adiante no chão.

— Pai. — Gritei, enquanto corria até ele.

— O que está acontecendo? — Perguntou Alfred enquanto subia correndo as escadas, seguido por Joaquim.

— Ele não está bem. — Disse com medo.

— Eu estou bem, já disse. — Esbravejou ele. — Alfred e Joaquim, me ajudem a ir até o quarto.

Alfred e Joaquim o ajudaram a se levantar, passando seus braços em torno dele, e em seguida levaram-no para seu quarto. Quando Alfred voltou, ele apenas afirmou que ele ficaria bem e que só estava com tontura, o que não acreditei é claro. Tive a certeza de que tinha algo mais do que uma tontura nessa história.

Casa de praia

Estava na minha cama tentando me concentrar no livro que estava lendo, quando Leandro entrou no quarto. Depois de tudo que havia acontecido, ele parecia aflito e ficou se preparando para falar alguma coisa.

— O que você acha Júnior de nós viajarmos? — Perguntou ele, de maneira bem objetiva, enquanto se sentava na cama.

— Quando? — Falei, curioso.

— Agora. — Respondeu, e tive a certeza absoluta de que estava enlouquecido. — Viajamos agora mesmo para minha casa na praia, ficamos o final de semana e voltamos domingo à noite.

— E o que você vai fazer com a empresa? — Indaguei, tentando mostrar o quanto essa ideia era absurda.

— É aí que está. — Falou ele, e quando achei que estava concordando comigo me enganei completamente. — Não vou fazer nada com ela.

— Isso é uma loucura. — Completei.

— E é justamente do que precisamos: de uma loucura. — Argumentou. — O helicóptero já está sendo preparado, e o Joaquim vai nos levar até ele.

Faríamos uma viagem repentina de helicóptero, e mesmo sendo contra a ideia, estava começando a gostar dela. Fazer loucuras de vez em quando faz bem, afinal elas te fazem escapar da rotina. Arrumei as malas rapidamente, e então levei-as até a sala, onde Leandro já me aguardava pronto.

— Vamos? — Perguntou ele.

— Vamos. — Concordei.

O motorista nos levou na Limusine até o lugar onde o helicóptero estava nos esperando para iniciar o voo. Eu estava morrendo de medo, porque nunca tinha andado de helicóptero, mas vendo pelo outro lado ia matar uma das minhas maiores vontades, a qual nunca nem sequer havia sonhado. Contudo, realmente estava morrendo de medo por conta daquele negócio cair.

Sentei no banco de trás e coloquei um fone no ouvido, e o Leandro se sentou no banco da frente, também colocando um fone logo em seguida. O motorista do helicóptero ainda não havia chegado, então tirei o fone e cutuquei o Leandro.

— Onde fica a sua casa na praia?

— Bom, pra dizer a verdade, não é uma casa. — Assumiu ele. — É uma ilha.

— Uma ilha? — Agora havia me espantado.

— Sim, lá no Rio de Janeiro. — Confirmou. — Vamos pousar lá e depois vamos de lancha até a ilha.

Então ele tinha uma ilha? Agora sim havia ficado animado, porque devia ser maravilhosa essa casa na ilha, embora fosse um consumo extravagante. Toda a animação se foi quando o motorista do helicóptero entrou e fechou a porta, perguntando se já podia levantar o voo. Leandro por sua vez confirmou, o que me fez querer ter um saco de pão pra ficar soprando naquele momento para me acalmar.

Conforme o helicóptero foi voando, a cidade foi se tornando muito pequena, mas também muito extensa. Voar era uma sensação gostosa que estava experimentando pela primeira vez, e que gostei muito. O único problema era o barulho.

Sobrevoar o Rio de Janeiro era uma das coisas mais legais que já havia feito, e também uma das mais bonitas. Quando vi aquele mar lá em baixo, tive a impressão de que ele não parecia ter fim. A cidade também parecia ser ótima, com todos aqueles prédios imensos e aquelas luzes que iluminavam tudo.

Pousamos na cidade, e quando descemos do helicóptero já havia um carro nos aguardando. Entramos no carro e fomos seguindo o caminho. Embora não tivesse a menor noção de onde estava, era uma avenida muito longa que tinha uma praia ao lado. Fiquei observando pela janela, e ao longo do caminho fui sentindo aquela brisa maravilhosa da noite.

Chegou uma hora que depois de passar a praia, o carro parou e Leandro foi descendo. Deduzi que tínhamos chegado ao local, então desci também e encontrei a lancha.

— Boa tarde, senhor Leandro. — Disse um homem que tinha um sotaque de algum outro país que não identifiquei.

— Como vai você, Emerson? — Perguntou alegremente Leandro enquanto dava um abraço nele.

— E quem é esse rapaz?

— Esse é o júnior, meu filho. — Respondeu Leandro, orgulhoso.

Esse tal de Emerson me prendeu em um abraço de morrer e em seguida fez uma espécie de cafuné como se eu fosse uma criança.

— É um prazer conhecê-lo, mini Leandro. — Falou o homem, que já havia me tirado do sério.

Emerson era negro, era um pouco alto e bastante forte. Tinha cabelos escuros, contudo seus olhos eram verdes. Percebi que ele não era má pessoa, apenas um pouco impertinente. Entramos na lancha e Emerson foi dirigindo mar adentro, e quando Leandro saiu um pouco de perto dele, aproveitei o momento e perguntei discretamente:

— Quem é esse cara?

— O Emerson? — Indagou ele.

— Isso, ele mesmo. — Confirmei.

— Ele é o caseiro da ilha, e foi meu amigo durante muitos anos. — Começou a contar ele. — Seus pais eram argentinos e trabalharam durante muitos anos na casa dos meus pais, então Emerson veio trabalhar nessa ilha quando a comprei. Ele sempre teve vontade de morar em uma, e eu lhe dei essa chance.

— Ele... é meio estranho.

— Você se acostuma. — Falou Leandro. — No fundo ele é uma ótima pessoa.

Quando finalmente chegamos na ilha, supus que já deviam ser umas duas horas da manhã. Estava um pouco frio de madrugada, então quando desci da lancha já entrei correndo. O que era mais legal é que boa parte da casa era feita de vidro. Em geral, a casa era bem arejada para combinar com o clima de praia e também tinha uma decoração tropical. Lá nos fundos tinha uma piscina e também uma sauna. E o mais legal é que em torno da ilha tinha uma praia e até um pouco de mato.

— Vejo que gostou da casa. — Comentou Leandro enquanto me observava contemplar o local.

— É uma ótima casa. — Afirmei. — E a decoração combina com o local.

— Não sabia que você gostava de decorações também. — Ele falou.

— Não ligo muito, é que dessa vez isso realmente merece um elogio.

Emerson entrou na casa trazendo as malas e já foi puxando assunto com a gente.

— Cuidei muito bem dessa casa, não é senhor Leandro?

— Claro, ela está maravilhosa! — Exclamou Leandro. — Quem se amarrou na decoração foi o meu filho.

— Verdade? — Questionou o homem, em uma mistura de felicidade e espanto, direcionando o seu olhar para mim.

— Sim. — Respondi. — O que é mais legal é ver como ela combina com o clima da ilha.

Depois do meu comentário, Emerson foi muito feliz nos mostrar o resto da casa e juro que ele estava quase cantando a música dos sete anões. Os quartos eram na verdade suítes, o que não imaginava outra coisa vindo do Leandro. Minha suíte ficava bem de frente da dele.

Arrumamos nossas coisas, e descansamos um pouco da viajem noturna. Mas algumas horas depois fui acordado pelo Leandro, que estava me chamando bem baixo.

— Já é sábado? — Perguntei ainda meio sonolento.

— Já é sábado. — Confirmou ele. — E já está na hora de levantar.

— Leandro, nós acabamos de chegar. — Reclamei. — Me deixa dormir pelo menos até às oito horas da manhã.

— Mas já são onze horas. — Retrucou ele.

— Onze? — Questionei, voltando ao meu estado normal.

— Exatamente. E suponho que você não queira dormir até às treze horas conforme o habitual na cidade, sendo que temos muitas praias para conhecer.

Cogitei a ideia por alguns instantes de dormir até esse horário, mas depois mudei e levantei. Não me dei ao trabalho de me trocar, descendo do jeito que estava. A mesa já estava exposta e Leandro já estava trocado me aguardando para começarmos o café.

— Ainda não se trocou? — Ele fixou o seu olhar em como eu estava vestido.

— Ainda não, resolvi tomar o café primeiro.

A mesa estava do lado de fora da casa, e era uma sensação muito boa e até diferente tomar café ao ar livre, ainda mais com aquele sol da manhã que também era uma delícia. Conversamos um pouco e depois fui me trocar, porque íamos ao shopping da cidade.

Saímos de lancha da ilha, e depois um carro nos levou até o shopping. Demos algumas voltas nele, compramos algumas coisas e tomamos um sorvete. Nada de muito diferente do que fazíamos na cidade. Mas quando conversava com uma vendedora, ela comentou comigo sobre uma feira que estava tendo na cidade. Isso sim era diferente do habitual, então decidi levar o Leandro lá depois do shopping. Sua curiosidade no caminho era evidente, só que ao chegarmos lá, ele pareceu se decepcionar um pouco.

— Uma feirinha não é um passeio muito extraordinário.

— É sim. Ela é beneficente e tudo que for arrecadado vai ajudar os cachorros da rua. — Falei.

— Então tá. Vamos comprar algumas coisas e ajudar os cachorros da rua. — Satirizou ele.

Embora não tivesse levado a ideia muito a sério, logo Leandro já estava se divertindo como eu. A feira estava cheia de barracas vendendo produtos. Primeiro paramos para ver uma delas, em que uma senhora vendia roupas estampadas.

— Boa tarde. — Disse ela, enquanto olhávamos suas roupas.

— Boa tarde. — Respondemos juntos.

— É a senhora mesmo que faz essas roupas? — Leandro já foi perguntando, um pouco desconfiado da qualidade.

— Não, quem faz é a minha mãe de oitenta anos. — Respondeu secamente a mulher, porque com certeza havia se tocado do motivo daquela pergunta do Leandro.

Na hora que ela falou, eu pensei em uma senhora fazendo roupas levando chibatadas, mas depois vi que esse pensamento não tinha nem pé e nem cabeça e descartei a ideia.

— Olha, Leandro. Essa fica ótima em você. — Disse, na tentativa de impedir que ele e a velha saíssem no tapa.

— É. Realmente ela é muito bonita. — Disse friamente ele.

Tanto eu quanto a mulher olhamos para ele esperando que experimentasse a blusa, entretanto acho que ele não entendeu.

— Experimente. — Ordenei.

Ele colocou essa blusa por cima da dele mesmo, e conforme havia imaginado, caiu perfeitamente nele.

— Nós vamos ficar. — Afirmei para mulher. — E eu mesmo vou pagar.

— Não precisa, filho. Eu pago.

— Eu faço questão, pai.

Ele por sua vez me deu um sorriso discreto, do jeito que só ele sabia. Até que percebi que o havia chamado de pai. Contudo, no instante seguinte ele já estava disfarçando.

— Já que você paga uma pra mim, eu também pago uma pra você. — Ele me mostrou uma blusa feminina e continuou falando. — O que acha dessa aqui?

— Perfeita pra você. — Retruquei e nós dois gargalhamos.

Depois dessa, ele me mostrou uma blusa masculina e pediu que experimentasse. Eu experimentei e achei que ficou legal, então resolvi aceitar o seu presente.

Demos algumas voltas pela feira, e conforme havia dito, foi muito mais divertido do que o shopping. Compramos muitas coisas baratas e que ainda serviriam para ajudar esses pobres animais que ficam na rua.

Em uma parte da feira havia vários cachorros, provavelmente para doação. Eu vi o responsável pelo negócio e perguntei:

— Esses cachorros são recolhidos da rua?

— São sim. — Me respondeu ele. — E depois são trazidos pra cá para serem doados.

Entre todos aqueles cachorros do cercado, o que mais me chamou a atenção foi um cachorrinho filhote marrom com olhos de mel que brincava com todos, e quando me viu veio correndo na minha direção.

— Que fofo! — Exclamei.

— Este é o Bob. — Falou o homem, enquanto o pegava no colo.

— Ele também foi encontrado na rua? — Perguntou Leandro.

— Não. Sua mãe foi encontrada abandonada na rua prenha, e então a trouxemos pra cá. — Respondeu outra vez o homem, mas logo em seguida ele fez uma cara de tristeza. — Mas infelizmente ela morreu. — Completou ele.

Eu peguei o Bob no colo e ele deu uma lambida no meu rosto, me encantando em poucos segundos. Olhei para o Leandro suplicando que me deixasse ficar com o Bob, mas acho que antes disso ele entendeu o que eu queria.

— Ficamos com ele. — Afirmou com exatidão para o homem, o que me deixou muito feliz.

— Obrigado, Leandro. — Agradeci. — Quero dizer, obrigado pai.

Estava aproveitando ao máximo aquele clima gostoso de praia com o meu pai, e também conhecendo vários lugares da região. Nos divertimos pra caramba naquela feira e tudo estava correndo perfeitamente bem. O que mais alguém poderia desejar?

Após a feira, fomos até o aquário. Deixei Bob com o motorista porque não eram permitidos cachorros lá dentro. O aquário era grande e tinha muitas espécies interessantes, o que deixava tudo mais legal. Eu sempre gostei de animais exóticos e percebi que tinha herdado esse gosto, porque o Leandro também adorava.

Depois do aquário fomos conhecer algumas praias da região, e lá eu senti como se tivesse dez anos novamente. Já fazia tanto tempo que não vinha à praia que até castelinho de areia resolvi construir. Enquanto isso, meu pai foi até o carro e pegou alguma coisa muito grande do porta-malas, o que descobri ser uma prancha de surf. Deixei meu castelinho de lado e corri até ele, porque estava cheio de dúvidas.

— Você surfa? — Perguntei surpreso.

— Claro. — Confirmou ele. — Aprendi a surfar quando era pequeno e meus pais me levavam até a praia.

— Que maneiro.

— Você não sabe surfar?

— Nunca aprendi. Meus pais não tinham o hábito de me trazer na praia.

— Então hoje você vai aprender.

Antes que pudesse lutar contra isso ou questioná-lo, ele já estava me passando a prancha e exigindo que amarrasse ela no meu calcanhar. Fomos andando até o mar, eu carregando a prancha e ele pronto para me ensinar. Paramos próximos da encosta do mar e ficamos o observando.

— A primeira condição para ser um bom surfista é saber observar o mar e as ondas também. — Começou explicando ele. — Você consegue ver onde aquela onda quebra?

Olhei para o mar tentando ver onde ela quebrava, mas não consegui identificar nada do tipo. Balancei negativamente a cabeça e então ele me apontou onde a onda quebrava.

— Vamos lá, encoste a prancha no mar e deite nela. — Pediu ele, e então fiz isso.

Ele me observou um momento na prancha e deu uma risada logo em seguida.

— Você tem que ficar um pouco mais pra trás, porque se não você vai afundar o bico. — E eu fui escorregando pra trás então. — E você também não pode ficar tão pra trás. — Completou ele aos risos, enquanto eu me centralizava na prancha.

— Tá bom agora?

— Tá ótimo. — Respondeu ele. — Agora é só remar em direção ao mar.

Conforme ele disse, fui remando em direção ao mar, entretanto não soube o que fazer. Fiquei de pé na prancha, mas em uma questão de segundos já havia caído na mar. Tentei me equilibrar de novo, só que mais uma vez o resultado foi negativo. Olhei para o Leandro e a única coisa que ele fazia era rir, assim como outras pessoas na praia faziam também. Ele me chamou de volta pra areia e eu voltei.

— Veja como eu faço. — Disse ele no momento que pegava a prancha de mim.

— Ok, senhor sabe tudo.

Com a prancha debaixo do braço ele correu até o mar. Deitou sobre ela e foi remando até as ondas, onde conseguiu se equilibrar perfeitamente. Os movimentos que ele fazia não pareciam ser possíveis, era tudo muito radical e também muito bonito. Em cada um desses movimentos ele parecia brilhar magicamente sobre aquela prancha. Quando voltou para areia, eu o admirava boquiaberto.

— Como você consegue?

— Anos e anos de treinamento. Se serve de consolo, quando eu comecei estava muito pior do que você. Mas agora vou te ensinar melhor.

Ele colocou a prancha sob a areia e pediu que subisse nela, logo em seguida me deitando.

— Quando você for ficar de pé, deve fazer isso como se tivesse fazendo uma abdominal. Se apoia com os braços e se levanta, mantendo o pé como um apoio, que deve ficar transversal a prancha. O pé da frente, que permite a manobra, deve ficar em cima da Longarima. — Ele me indicou uma linha no meio da prancha. — O ideal é que você fique de frente pra onda, de preferência para a onda esquerda porque você coloca na frente o pé direito. Agora vai lá e boa sorte.

Fui novamente até o mar, e dessa vez me sai bem melhor. Está certo que ainda tive algumas quedas, mas fui melhorando muito. Nós dividimos o tempo todo a prancha, até que chegou o momento de voltar para ilha. Não quis voltar, mas ele me jurou que voltaríamos amanhã e então aceitei.

Ao retornarmos para ilha fui tomar um banho, pois estava muito cansado. Quando desci para jantar, me abismei pelo fato de a mesa ainda estar vazia. Encontrei o Emerson ali perto e resolvi perguntar para ele o que estava acontecendo:

— Você sabe onde está o Leandro?

— Ele está lá fora, na fogueira.

— Fogueira?

— Sim, a fogueira. Ele pediu que quando você saísse do banho, o encontrasse lá.

Saí na ilha e fui andando, até que encontrei meu pai próximo de uma fogueira conforme Emerson havia dito. Ele estava sentado em uma pedra admirando as estrelas até perceber que eu estava lá.

— Olá Júnior. — Falou ele ao me indicar uma pedra para sentar.

— Oi pai. — Respondi sem ânimo.

— Você quer me perguntar algo, não? — Deduziu ele.

— Como você sabe?

— Pelo seu jeito de me dar oi. E acho que não era isso que você queria me perguntar, não é mesmo?

— É que eu te vejo olhando para as estrelas, e me pergunto se você ainda a ama.

— Quem?

— Minha mãe.

Ele respirou fundo como se tivesse se preparando para me contar algo, e em seguida olhou profundamente nos meus olhos. Parecia como se ele estivesse criando forças para dizer alguma coisa.

— Preste atenção no que vou dizer. — Pediu calmamente ele. — Quando alguém ama outra pessoa de verdade, não importa quanto tempo se passe, esse sentimento permanece o mesmo. — Ele levantou a manga da blusa e mostrou uma tatuagem com o nome da minha mãe. Na hora levei minhas mãos até a boca, enquanto seus olhos se encheram de lágrimas. — Eu nunca vou conseguir esquecê-la.

— Nem sempre a melhor saída é esquecer. — Falei sem ter a menor noção do que estava falando. — Pense nos bons momentos que vocês tiveram juntos, pois tenho certeza que você jamais gostaria de esquecer isso.

Ele me encarou por uma fração de segundos com um olhar emocionado e depois não disse mais nada. Desviou sua atenção para fogueira e voltou a mexer no seu marshmallow.

— Por que você não tenta se reconciliar com ela?

— Júnior, vamos esquecer disso. O passado deve ficar onde ele está, porque nem tudo nós podemos mudar.

Depois disso deixei a conversa de lado, peguei também um marshmallow e comecei a assar, sendo que a única coisa que ouvíamos era o som do mar.

— O que você acha de acamparmos essa noite aqui fora? — Perguntou Leandro na tentativa de quebrar o silêncio.

— Eu acho uma ótima ideia. Afinal, eu sempre quis ver o sol nascendo.

Acampamos do lado de fora da ilha diante das brasas da fogueira, porém nem sequer dormimos. Conversamos sobre tanta coisa, e a cada minuto eu estava conhecendo mais meu pai — e respectivamente o admirando mais, é claro. Viramos a noite, e no dia seguinte pudemos ver o sol nascendo, o que é até complicado descrever diante de toda aquela beleza.

Na medida que aquela imensa estrela ia lentamente surgindo, o céu vinha se tornando meio avermelhado. Sua beleza era radiante como seus raios, e vê-lo nascer era algo literalmente emocionante. Tive certeza absoluta disso porque não era apenas eu que o admirava, pois Leandro o olhava com muita emoção.

Finalmente pai e filho

Quando o nosso final de semana chegou ao fim e tivemos que voltar para casa, senti que além de retomarmos para nossa rotina, algo havia mudado: finalmente éramos como pai e filho. Descobri que meu pai era uma excelente pessoa, e já não era tão ligado em dinheiro como antigamente. Parece que depois de errar durante tantos anos, ele finalmente soube apreciar o que realmente vale alguma coisa. Tá certo que ele ainda deu umas mancadas, como o teste de DNA. Eu desacredito que o resultado de um exame possa fazer com que pessoas se amem, porque ele não é nada mais que um pedaço de papel. Mas o que importa é que em breve esse resultado chegaria e eu finalmente poderia chamá-lo de pai sem restar dúvidas.

Segunda-feira fui para aula normal, sendo que o colégio estava de cabeça para baixo pela apresentação de teatro. Se ainda fizesse parte dele estaria em pânico junto com os outros, mas como fui para São Carlos e perdi o ensaio, fui expulso. A Ellen ainda arrumou um bico ajudando a montar o cenário, sem nada de muito extraordinário. Sempre me culpei por ela ter perdido sua chance, só que foi ela mesma que quis ir comigo, o que no final foi uma ótima coisa, pois não teria feito nada sem ela.

O que eu mais gostava da segunda-feira é que era o dia de encontrar com o meu pai de madrugada na cozinha. Sei que isso é um tanto estranho, mas esse era praticamente o único momento que tínhamos para conversar sobre tudo, e aliás, eu adorava conversar com ele porque ninguém me entendia melhor do que ele.

Quando voltei da escola, ele me aguardava em seu escritório olhando para um de seus quadros. Entrei em silêncio e me sentei, e em uma fração de segundos ele já havia percebido minha presença, se sentado em sua mesa de frente para mim.

— Oi filho. Como foi o seu dia de aula?

— Ótimo. — Respondi de modo bem objetivo, porque estava com medo pelo fato dele estar me esperando em seu escritório. — Não me leve a mal, mas por que você me esperou aqui sendo que devia estar na Artrave?

— Resolvi te fazer uma surpresa e passar essa segunda-feira inteira com você. — Justificou ele enquanto sentia um alívio. — Afinal, não devemos nos encontrar apenas de madrugada.

— Você não vai querer se encontrar comigo esta madrugada?

— E perder o nosso momento único? De maneira alguma.

— Espere só um momento que eu vou me arrumar. — Falei para ele, enquanto deixava seu escritório e ia para o meu quarto.

Me arrumei tão rápido para que ele não mudasse de ideia que até eu não acreditei que tivesse sido tão rápido. Ao descer as escadas e ir para fora, ele já estava na Limusine, só que desta vez estava no volante e não no banco de passageiro. Entrei e já fui logo esclarecendo minhas dúvidas:

— Você vai dirigir? — Questionei, enquanto ele ligava o carro e ia saindo com ele da mansão.

— Não venha me dizer que você não acredita que eu dirija.

— É que não é um hábito seu fazer isso. — Esclareci. — Normalmente você usa um motorista.

— Sim. Dei folga pra ele hoje, para que pudesse passar o dia com a família. Aliás, fiz isso com todos os meus funcionários hoje.

— Você deixou todos folgarem hoje? — Perguntei espantado. — E quem vai fazer as coisas para você?

— Eu e você.

— Nós?

— Sim. — Confirmou com exatidão. — Como aquele bolo que fizemos.

Embora não acreditasse que fosse dar certo a gente se virando sozinho, resolvi dar créditos para ele, pois afinal entendeu que seus empregados também eram gente como nós. Fomos conversando até que chegamos em um parque ecológico. Descemos do carro e ele abriu o porta-malas, tirando uma cesta de piquenique lá de dentro.

— Vamos fazer um piquenique?

— Não gostou da ideia?

— Não apenas gostei, como adorei essa ideia.

Fomos andando por aquele delicioso parque, sentindo aquele vento maravilhosos sob aquele sol magnífico. Encontramos um cantinho na grama perfeito para um piquenique. Leandro abriu a cesta e retirou uma toalha que ele esparramou na grama, colocando as comidas sobre ela.

— Você preparou tudo isso sozinho? — Estava começando a achar que tinham feito uma lavagem cerebral nele.

— Sim. Você realmente não acredita que eu consiga fazer as coisas sozinho?

— Ainda é um pouco estranho, mas vou me acostumar com o novo Leandro Artrave.

Tinha certeza absoluta de que ele não tinha feito tudo aquilo sozinho, porque na certa ele não conseguia nem fritar um ovo e sei também que o Alfred devia ter feito tudo — ou boa parte daquilo. Contudo, deixei isso passar como aquela velha história do "finja que me engana, que eu finjo que acredito". Afinal, não queria desapontá-lo depois de tudo que estava fazendo por mim.

Durante aquele nosso piquenique, conversamos sobre várias coisas. Após isso, vimos um pessoal que jogava vôlei ali perto, e mesmo sendo contra, aceitei competir. Leandro entrou em um dos times e eu no outro, por incrível que pareça, ele jogava muito bem. Meu time perdeu de lavada para o seu.

Voltamos para casa e fui tomar um banho para me livrar do cansaço desse dia. No jantar, Leandro não quis fazer nada e pediu uma pizza, o que de acordo com ele já não comia há séculos. Esbaldamos-nos com a pizza e então fomos para os nossos respectivos quartos, mas fiz questão de lembrá-lo que era segunda e às três da manhã nos encontraríamos novamente.

Aguardava ansioso por este momento, embora o relógio conspirasse contra isso. Quando faltavam cinco minutos eu desci e me sentei na mesa, aguardando pelo Leandro. E em poucos minutos ele estava lá, cumprindo sua palavra. Ele se sentou comigo junto à mesa e ficou aguardando que falasse alguma coisa.

— Qual vai ser o assunto de hoje? — Perguntou-me.

— Não sei, o que você acha de sugerir um?

— Então tá. Nós sempre falamos de mim e sobre o meu passado, mas hoje vamos falar sobre você. Quero poder saber mais sobre a sua vida.

— É meio complicado falar sobre essas coisas.

— É complicado falar sobre você, mas é fácil perguntar sobre mim. — Reclamou ele. — Por que você não começa me falando sobre a sua namorada?

— A Ellen? — Indaguei curiosamente, porque era estranho ele perguntar sobre ela.

— Ela se chama Ellen então?

— Isso. E ela é uma garota meiga, inteligente e sincera também. — Se fosse falar tudo que ela era, passaria o restante da noite na cozinha. — E por acaso, se não fosse por ela jamais o teria encontrado.

Ele me olhou de modo que detectei que queria uma explicação melhor sobre isso, então lá fui eu explicar como o havia encontrado.

— Durante uma aula de biologia, descobri que meu tipo sanguíneo não era compatível com o dos meus pais. Então li o diário da minha mãe e descobri que ela havia traído o meu pai em São Carlos no mês em que engravidou de mim e viajei para lá com a minha Ellen, onde iniciamos o nosso namoro. Lá minha tia entregou um álbum que você havia feito para minha mãe, e então deduzi que você era meu pai. Invadimos o colégio onde vocês estudaram e lá a Ellen encontrou o seu nome, e quando voltei para São Paulo não foi difícil te encontrar.

— E então você me encontrou na Artrave e não permitiram que você falasse comigo, e logo em seguida meu motorista te atropelou na frente da empresa. — Completou ele. — Que história, hein?

— Pois é. — Afirmei. — Daria um ótimo livro, você não acha?

— Claro que acho. — Confirmou ele. — Vocês invadiram uma escola, tentaram me encontrar e depois você ainda foi atropelado por mim. Se você escrevesse um livro sobre isso venderia milhões de cópias.

— Podia até dar um filme, você não acha?

— Não só acho como tenho certeza que seria um sucesso. — Disse ele animado, mas logo seu pensamento se desviou para alguma outra coisa que não sabia o que era. — Você comentou sobre o álbum. Ele ainda existe então?

— Do mesmo modo como existe, ele está comigo. Você quer vê-lo?

Ele pensou por um momento e depois assentiu com a cabeça, e eu fui correndo buscar o álbum no meu quarto. Encontrei-o nas minhas coisas e o levei até o meu pai. Ele abriu lentamente o álbum e aos poucos foi folheando. Quando acabou, embora lutasse para não demonstrar, seus olhos estavam cheios de lágrimas, como quando perguntei sobre as estrelas.

— Posso ficar com ele? — Pediu ele, emocionado.

— Claro que pode.

Ele fechou suavemente o álbum e passou a mão sobre ele como se de uma certa forma aquilo fosse uma relíquia. Até eu fiquei emocionado pelo modo como ele tratava o álbum, porque sabia como aquilo lhe importava. Ele se levantou e foi saindo da cozinha, mas antes disso parou no encosto da porta e olhou para mim, na tentativa de dizer alguma coisa.

— Adoraria conhecer sua namorada. Por que não a traz aqui qualquer hora? — Disse ele, deixando tudo que queria dizer bem explícito.

— Eu acho uma ótima ideia. E penso que ela também vai adorar te conhecer depois de tudo.

Após isso, ele seguiu o caminho em direção ao seu quarto na tentativa de ir dormir, o que sei que não seria uma tarefa fácil diante de tudo que havia acontecido recentemente.

No dia seguinte fui para aula e tudo permanecia igual. Uma mistura de últimos meses, com dia do teatro chegando e assim por diante. Eu acho que era o único que permanecia calmo. Depois da aula, pedi que a Ellen fosse comigo até a minha casa. Ela avisou aos seus pais e me acompanhou, mas quando chegamos Leandro ainda não havia voltado da empresa. Demos uma volta com o Bob, o que foi amor à primeira vista entre ele e a Ellen. Quase que eu fiquei sem namorada.

Ao voltarmos para casa, ele ainda não havia chegado, então a levei por uma turnê pela casa, apresentando tudo. A cada coisa que ela via, ficava ainda mais surpresa, pois aquela casa era muito maior que a sua. Já na sala, encontramos Leandro no sofá. Ele nos olhou e com certeza deduziu que a moça era a Ellen.

— Então você é a famosa Ellen?

— Sim, sou eu. Mas acho que famoso é você.

— Ora, bondade sua. Você é mais bonita do que eu imaginava. — Disse ele elogiando Ellen, enquanto seu rosto ficava vermelho. — Você soube escolher muito bem, filho.

— Fico feliz de saber que você gostou da minha escolha. E o que vamos fazer hoje?

— Nós três vamos ao teatro.

— Teatro? — Perguntou com medo Ellen. — Mas eu nem sequer estou vestida para uma ocasião como essa.

— É justamente por isso que eu lhe comprei um vestido. Aliás, ele está no quarto de hóspedes e você pode se trocar lá. Subindo a escada, a primeira porta à direita.

Ela subiu as escadas e logo em seguida desapareceu da nossa vista. Eu também fui colocar uma roupa social que o meu pai havia comprado, e ele já estava vestido assim. Obviamente eu fiquei pronto primeiro que a Ellen, porque quando uma mulher começa a se arrumar, pode ter certeza que é cilada. Aguardei-a alguns minutos na sala junto com meu pai, até que ela desceu aquelas escadas vislumbrante em um vestido prata, que lhe dava o aspecto de uma deusa. Assim como meu pai, eu olhava admirado para ela, pois com certeza aquela era a visão mais bonita que eu já havia tido.

— Ellen, você está linda. — Elogiei-a.

— Que nada, Júnior. Devem ser seus olhos.

— Se o problema está nos olhos dele, pode ter certeza que os meus estão com o mesmo problema, porque o que eu vejo na minha frente não é uma garota qualquer. — Completou meu pai, deixando Ellen vermelha de tanto vergonha.

— Acho melhor nós irmos. — Disse ela, tentando desviar nossa atenção que se encontrava em toda a sua beleza.

O motorista nos levou até o teatro, que por sinal também era lindo, mas nem tanto quanto a minha namorada. Lá dentro também era tudo muito chique, com escadas com corrimão de ouro, portas enormes douradas, tapetes vermelhos que se deslizavam pelo chão e assim por diante. Ao invés de entrarmos no salão principal, subimos as escadas em direção ao camarote.

— Vamos assistir de camarote? — Questionamos juntos eu e a Ellen.

— Sim. — Respondeu normalmente Leandro, como se não tivesse nada para se espantar nisso. — Pensei que vocês fossem gostar, já que faziam parte do teatro da escola.

— Não, é claro que gostamos, afinal adoramos teatro. É que nunca vimos uma peça de camarote. — Falei por mim e pela Ellen.

O lugar onde sentamos dava bem de frente para o palco e não teríamos problema com a vista lá de cima, mas mesmo assim uma moça nos entregou daqueles binóculos que permitiam enxergar de longe.

A peça a que assistimos foi da Bela e a Fera, e ela foi magnífica. Tanto os atores quanto os cenários eram muito bons, e em vários momentos a mistura entre os dois permitia que você se emocionasse profundamente. Agora o que realmente se destacava eram os efeitos, que eles eram profundos e melhoravam muito as cenas.

Sempre gostei da história da Bela e a Fera porque o amor entre os dois superava todas as diferenças, inclusive a beleza. E isso eu acho que é a maior lição de moral que qualquer história pode passar, pois esse sentimento conhecido por amor, ao contrário da paixão, não exige que você seja belo para que alguém possa sentir por você, porque a verdadeira beleza de cada um é a que está dentro. E isso permanece o mesmo ao longo da vida, o que torna o amor eterno e incondicional.

Após o término da peça, fomos saindo de teatro e nos misturando entre todos que haviam assistido. Infelizmente na saída havia certa aglomeração de pessoas, mas nada de muito extraordinário.

— Aguardem um instante que eu vou até o toalete. — Disse Ellen, se retirando logo em seguida para o toalete.

Eu e Leandro paramos em um canto e ficamos aguardando que ela voltasse, e começamos a conversar.

— E então, o que você achou da peça? — Perguntou meu pai.

— Eu adorei a peça, tem um enredo maravilhoso. Até me emocionei no final dela.

— É, eu percebi que você chorou. — Comentou ele, aos risos.

— Você também não pode falar nada, pois eu vi que seus olhos se encheram de lágrimas também. — Falei, fazendo com que ele fechasse a cara, porque odiava demonstrar seus sentimentos.

Permanecemos aguardando a Ellen até que minha paciência se esgotou devido à sua demora e fui até o toalete atrás dela. Quando a encontrei, ela já estava saindo de lá.

— Demorei muito?

— Você não tem ideia do quanto.

Fomos andando em direção ao local onde meu pai estava, no entanto não conseguíamos mas vê-lo devido a uma aglomeração bem maior de pessoas em torno daquele lugar. Mas desta vez elas pareciam agitadas, o que fez com que um calafrio percorresse minha espinha como no dia da morte do meu outro pai. Lentamente, e com muito medo, fui empurrando as pessoas para ver o que encontraria ali no meio.

Verdade

Tudo se confirmou quando cheguei ao centro da aglomeração encontrando meu pai caído. Tudo estava se repetindo novamente, assim como no dia que perdi meu outro pai. Um desespero surgia dentro de mim na medida em que eu entrava ainda mais em pânico.

— Alguém precisa chamar uma ambulância. — Gritei.

— Calma, garoto. — Disse gentilmente uma das pessoas que estava lá. — A ambulância já foi acionada.

— Calma? Calma? — Retruquei. — Como você quer que eu mantenha a calma se o meu pai está aqui caído?

— Júnior, a ambulância já está a caminho. — Repetiu Ellen. — A única coisa a fazer é aguardar.

Eu peguei a mão do meu pai e segurei-a fortemente contra o meu peito, na medida que lágrimas caíam dos meus olhos.

— Pai, eu não vou deixar que nada de ruim aconteça com você. — Jurei, mesmo que ele não pudesse ouvir. — Você vai voltar para casa e ainda vamos passar muitos anos juntos. Isso é uma promessa.

— Júnior, eu estou aqui com você. — Lembrou Ellen, colocando suas mãos sobre os meus ombros. — Nós dois vamos enfrentar tudo que tivermos que enfrentar juntos, como sempre foi.

Ela acariciou lentamente meu rosto, enquanto eu chorava como uma criança perdida de seus pais, que era como eu me sentia agora. Distante da minha mãe e com o meu pai desmaiado.

A ambulância chegou em alguns minutos, e foi afastando os curiosos para sair com o meu pai na maca.

— Só uma pessoa pode acompanhá-lo. — Falou severamente o enfermeiro.

— Eu vou, Ellen, e você fica. Vou pedir para o motorista vir te buscar.

— Tudo bem Júnior. Eu aguardo aqui.

— Me perdoe por tudo. — Disse, entrando na ambulância e perdendo a visão dela naquele lindo vestido quando as portas se fecharam.

Aqueles aparelhos ligados no meu pai só pioravam a situação, me deixando ainda com mais pânico. Mas tudo já parecia perdido, pois estava naquele momento que o mundo parece desabar sobre você. Chegamos rapidamente no hospital que meu pai tinha convênio, e em uma fração de segundos já estavam correndo com a maca por aqueles corredores, inclusive eu. Entretanto, na hora que ela passou pelas portas de um corredor, uma mocinha não me deixou passar.

— Por favor, me deixe passar. — Supliquei.

— Não é permitida a entrada.

— Por favor. É meu pai que está lá. — Argumentei.

— Não é permitida a entrada. — Repetiu a mulher, voltando para o seu balcão de atendimento.

Sentei em um dos bancos de espera e coloquei minhas mãos sobre o meu rosto. Depois me recordei que a Ellen ainda estava no teatro e liguei para casa, falando direto com o Alfred.

— Alô? — Disse ele.

— Alfred?

— É você Júnior?

— Sim. Eu preciso que você mande o motorista buscar a Ellen lá no teatro.

— Aconteceu alguma coisa?

— Depois eu explico.

Desliguei o telefone e me vi novamente sozinho. Foi muito bom conversar com o Alfred e ouvir uma voz amiga, mesmo trocando poucas palavras.

O tempo no hospital demorava a passar. Segundos pareciam minutos, e minutos pareciam horas. E eles só prolongavam o meu sofrimento, que aguardava atônito na sala de espera por notícias. Quando um médico passava por lá, eu corria ao seu encontro em busca de notícias, porém eles nunca as tinham e se tinham, diziam que não estavam autorizados a passar.

Enquanto eu me desesperava na sala de espera, vi a garota que amava e o Alfred atravessarem juntos a porta de entrada. Corri na direção deles e me envolvi em seu abraço, enquanto meus olhos voltavam a transbordar de lágrimas.

— Alfred, eu não sei o que está acontecendo lá dentro. — Disse desesperado. — Eles não me dão notícias.

— Calma, no momento certo você vai saber de tudo. Sei pai mesmo vai te contar o que está havendo.

— Como assim? — Indaguei. — Ele sabe o que está havendo?

Agora tudo parecia estar ainda mais confuso. Meu pai, que estava inconsciente, estava sabendo o que acontecia e eu não.

— Me explica isso direito, Alfred. — Sentia a raiva fervendo dentro de mim.

— Eu não tenho esse direito. — Se apressou em explicar. — Isso é um direito apenas do seu pai.

— Então você sabe o que está acontecendo?

— Não só sei, como sempre soube.

— Então eu exijo que você me conte. — Gritei no mesmo instante que o agarrava pela camisa.

— Júnior, solte o Alfred. — Pediu Ellen enquanto tentava nos separar, mas logo me toquei do que estava fazendo e soltei o Alfred.

— Desculpa, Alfred.

— Não tem problema. — Falou ele, me desculpando. — Você está muito nervoso, vou buscar um copo de água com açúcar.

Alfred se afastou e foi buscar um copo de água, e eu voltei para a minha poltrona de espera. Ellen se sentou ao meu lado e eu então deitei no seu colo, enquanto ela acariciava meus cabelos de um jeito que só ela sabia.

— O que você acha que ele tem?

— Nossa Júnior, eu juro que não faço a menor ideia do que está acontecendo.

— Eu não quero perdê-lo novamente. Nós já passamos a vida inteira separados um do outro, e agora não é justo que ele vá embora. Não é justo. — Lamentei, no mesmo momento em que a Ellen enxugava as lágrimas dos seus olhos.

— Nada disso vai acontecer. Você vai ver, ele vai voltar para casa bem e vocês vão ter uma vida inteira para conviverem juntos. — Ela realmente acreditava que as coisas dariam certo, mas eu não.

— Desculpe, mas não acredito mais em conto de fadas.

— Não diga uma bobagem dessas Júnior. A vida é boa demais para não ser nada.

— Que parte da vida é boa? A parte que ela te dá algo para em seguida te tomar, ou aquela em que ela te faz sofrer até você não aguentar mais?

Ela simplesmente ignorou o que eu havia dito, porque com certeza estava achando que eu falava apenas bobagens. Em instantes, Alfred retornou com um copo de água, que eu nem consegui beber direito por causa do medo de acontecer algo com o meu pai que eu estava sentindo.

No meio de todo o meu tormento surgiu um médico que veio até a porta e parou de frente para a sala de espera.

— Quem é o acompanhante de... — Ele deu uma pausa e olhou na caderneta que estava nas suas mãos. — Leandro Artrave?

Eu levantei rapidamente, assim como o Alfred e a Ellen, mas eu fiz um gesto para que eles parassem, pois queria conversar com o médico sozinho.. Fui seguindo o médico até a sua sala, onde ele me indicou uma cadeira para sentar.

— O paciente é seu pai? — Indagou ele.

Assenti, confirmando.

— E ele tem feito algum tratamento contra leucemia?

— Leucemia? — Perguntei, não acreditando que pudesse ser verdade. Não conhecia muitas coisas sobre essa doença, mas sabia que não era algo fácil de se tratar, e que muitas vezes resultava na morte.

— Isso mesmo. — Afirmou decepcionado o médico. — Perguntei sobre o tratamento, pois ela já está muito avançada.

— Quer dizer que ele vai morrer?

— Todos nós vamos morrer um dia. Mas eu não vou esconder de você que é um tratamento muito difícil.

— E quais são os sintomas?

— O paciente normalmente tem tonturas e desmaios constantes, dores de cabeça, sonolência, cansaço, ânsia de vômito e outras coisas.

Agora tudo parecia se encaixar. Os desmaios do meu pai, suas tonturas. Eu não sei como podia ter sido tão idiota a ponto de não perceber o que realmente estava acontecendo.

— E como é o tratamento?

— A primeira coisa que precisamos é de um doador de medula óssea, para que possamos fazer um transplante. Depois nós temos outras etapas de tratamento, as quais eu vou explicar com mais calma depois.

Estava pensando tanto no meu pai que nem me preocupei em saber o resto do tratamento, afinal tudo já parecia perdido. A única coisa que eu precisava era vê-lo.

— Eu posso vê-lo, doutor? — Pedi, quase suplicando.

— Claro. Eu vou te acompanhar até lá.

Fui seguindo o médico pelos corredores do hospital até que paramos diante de um quarto.

— Pode entrar. Só não demore muito, pois ele precisa descansar.

Lentamente fui abrindo a porta do quarto, até que finalmente criei coragem e entrei.

— Pai. — Gritei, enquanto corria até a sua cama e lhe abraçava.

— Oi filho. — Falou ele, com um pouco de dificuldade graças aos aparelhos nos quais estava ligado.

— Estava com tanto medo de te perder. — Eu agarrei a sua mão como se quisesse me certificar de que ele ainda estava lá.

— Eu prometi que não te abandonaria, e vou cumprir a minha promessa.

Embora ele estivesse muito fraco, eu tinha que tirar muitas dúvidas. Queria saber desde quando ele soube que estava doente e porque não havia me contado isso.

— Por que você não me disse?

— O que filho? — Ele estava meio sonolento, o que lhe dava uma aparência de estar ainda mais doente.

— Por que você não me contou que estava doente? — Repeti, desta vez de modo que ficasse tudo mais claro.

— Eu não queria que você sofresse. — Explicou ele, muito magoado consigo mesmo.

— Eu sofreria de qualquer jeito, porque eu te amo. — Falei apressadamente, deitando em seu peito.

— Também te amo muito filho. E é por isso que eu não gostaria que você soubesse.

Fiz de tudo para conter as lágrimas que lutavam em sair de meus olhos, entretanto não consegui. Era a primeira vez que ele havia dito que me amava, o que deixava tudo ainda mais terrível depois do seu estado atual.

— Nós ainda precisamos encontrar um doador pra você.

— Não se acha um doador em cada esquina. — Retrucou ele. — As chances são mínimas. Eu já procurei, já ofereci dinheiro e nada.

— Eu não conheço muito sobre essa doença, mas sei que as chances são maiores entre familiares.

— O que você quer dizer com isso? — Perguntou ele, se alterando.

— Se for compatível, eu mesmo vou doar pra você.

— Você não pode. É muito doloroso fazer isso.

— Para mim vai ser apenas uma dor momentânea. Pra você, vai ser a sua vida que vai ser salva.

— Eu já vivi tudo o que tinha que viver, e não vou permitir que você faça isso em hipótese alguma.

— Se você não pode aceitar por você, aceite por mim. Você pode até ter vivido tudo o que tinha para viver, mas eu ainda não.

Nós dois paramos e refletimos por um momento, mas no instante seguinte seus aparelhos apitaram e o médico entrou correndo na sala.

— Por favor, se retire.

— E meu pai? Ele vai ficar bem? — Gritei, mas fui expulso da sala por uma enfermeira.

Retornei para sala de espera e aguardei alguns minutos até que o médico também voltou para lá. Perguntei sobre o estado do meu pai:

— Não, ele está bem. Apenas se descontrolou um pouco. — Afirmou ele. — Acho melhor você voltar para casa.

— Está bem. Mas antes, me tire uma dúvida. — Pedi. — A chance da minha medula óssea ser compatível com a dele é maior considerando que somos pai e filho?

— Sim. — Disse, dando-me as costas e saindo da sala de espera.

Encontrei novamente com a Ellen e o Alfred, que desta vez também estavam acompanhados pelo Joaquim. Estava com tanta raiva daquele mordomo que se coubesse a mim, o demitiria naquela hora. Ele teve sorte de Leandro ser o chefe dele e não eu.

— Então ele estava com leucemia Alfred? — Indaguei ironicamente, enquanto a Ellen e o motorista ficavam pasmos e Alfred cabisbaixo.

— Quando eu lhe contei que você era filho dele, antes de mais nada ele me fez jurar que nunca contaria nada disso para você.

— E você ainda por cima quebrou o nosso segredo e contou para ele que eu era seu filho? — Agora a raiva explodia dentro de mim.

— No meio de toda essa tristeza, ele precisa de alguma alegria. Naquela noite que ele caiu na porta do seu quarto, ele me contou o quanto a aproximação entre vocês estava sendo difícil devido à sua doença.

— Eu vou pra casa porque a minha cabeça está estourando. — Justifiquei apressadamente. — Você fica aqui? — Perguntei ao Alfred.

— Eu aguardo mais um pouco sim.

— Depois eu mando o motorista te buscar.

— Não é necessário, eu volto de táxi.

— Pois bem, faça como quiser. Até mais tarde.

Fui embora do hospital junto com a Ellen e o motorista, que nos levou para casa. Antes de descer, ela fez questão de perguntar se eu ficaria bem sozinho e eu disse que não teria nenhum problema, afinal ela já tinha feito demais por mim.

Na longa jornada pra mansão, fui retomando algumas coisas. Primeiro pensei no Alfred, que era quem eu mais odiava nesse momento. Ele havia jurado que não contaria ao meu pai que eu era seu filho, e não cumpriu a sua promessa. Depois ele havia mentido para mim quando disse que meu pai não tinha nada demais, sabendo que ele tinha leucemia.

Na tentativa de esquecer todo o rancor que estava sentindo por Alfred, comecei a me recordar de todos os bons momentos que havia passado ao lado do Leandro. O dia em que fizemos o bolo, que saímos mais sujos de que não sei o quê. A casa de praia, onde aproveitamos ao máximo um final de semana juntos, e quando ele me ensinou a surfar. Aquele nosso primeiro jantar de negócios, em que eu levei uma caderneta do ursinho Puff. A aliança que juntos compramos para Ellen, e vários outros momentos. Conforme cada um deles vinha à minha cabeça, eu me desesperava ainda mais.

A mansão estava vazia sem ele. Como não precisaria mais do motorista, o dispensei para que pudesse aproveitar um pouco mais ao lado da sua família, que é a coisa mais importante que temos. E enquanto eu estava sendo consumido pela solidão daquela casa, via a minha família se desmanchar como poeira ao vento. Agora eu finalmente entendi o que Leandro passou naquela casa, durante todos esses anos sozinho. Era muito duro ao invés de ouvir conversas de pessoas, escutar apenas o som da televisão. Fui andando até um canto da sala e me agachei lá, trazendo minhas pernas para junto do peito, assim como uma criança com medo de ficar só.

— Acho melhor você ir dormir na sua cama. — Disse uma voz que não reconheci de quem era, pois estava sonolento.

— O que?

— Júnior, você dormiu no canto da sala. — Disse novamente a voz, que dessa vez reconheci ser a do Alfred.

— Ah, é você Alfred? Que horas são?

— Três e meia da madrugada. — Confirmou ele.

Esse era o horário exato que me encontrava com o meu pai durante todas as madrugadas de segunda-feira. Pelo visto havia adormecido naquele canto, afinal estava muito cansado.

— Como ficou meu pai? — Perguntei enquanto ficava de pé e me espreguiçava.

— Seu pai teve que ficar internado. — Falou, decepcionado.

— Eu imaginei que isso fosse ser necessário.

— Você vai precisar de mais alguma coisa?

— Não.

Ele me desejou boa noite e foi se retirando, mas antes que deixasse a sala o chamei novamente. Ele por sua vez me encarou, percebendo que eu queria dizer alguma coisa.

— Vou salvá-lo. — Afirmei com certeza. — Pode ter certeza que vou.

Ao invés de alguma alegria surgir no seu olhar diante do que disse, só vi surgir ainda mais tristeza. Ele abaixou a cabeça como se não acreditasse no que havia dito e me questionou:

— E o que você vai fazer?

— Eu vou doar medula óssea para ele, e ficar ao seu lado durante todo o tratamento que vier adiante. Juntos vamos superar isso.

— Vejo muitas coisas do seu pai em você. — Falou ele. — Bondade, perseverança e ousadia, é claro. A chance de haver medulas ósseas compatíveis é mínima, mas é maior entre familiares. Se Deus quiser, tudo dará certo.

Ele me deu novamente as costas e se retirou, mas logo em seguida voltou até a porta, como se tivesse esquecido de me dizer algo.

— A propósito, chegou uma correspondência para o seu pai, mas é do seu interesse também. Ela veio do laboratório, e acho que é o resultado do exame de DNA. Deixei na escrivaninha do escritório dele.

— Obrigado Alfred. — Agradeci, enquanto ele se retirava de vez.

Não perdi tempo, e corri até o escritório. Em cima da mesa — conforme ele havia me dito — estava o resultado do teste de DNA. Quando olhei para aquele envelope, senti como se ele me encarasse também. Lá estavam todas as respostas para as minhas perguntas, mas comecei a sentir uma estranha sensação de medo com insegurança de abri-lo. Pensei que talvez devesse fazer isso ao lado do Leandro, mas mudei de ideia. Sentei-me na mesa diante daquele envelope e passei a encará-lo também, na esperança que tivesse coragem de finalmente conseguir abri-lo.

Primogênito

Abri lentamente o envelope, retirando em seguida os papéis que estavam dentro. Comecei a ler aquilo, coisa que eu não entendi muito, mas seu resultado estava bem evidente: havia dado negativo. Não podia ser, devia ter acontecido algum erro. Eu não podia não ser filho do Leandro.

Soltei o envelope sobre a mesa e me deitei sobre ele, chorando inconsolavelmente. Além de não ser filho dele, com certeza também não poderia salvar a sua vida. Minha medula na certa não seria compatível também, e finalmente a vida me tomaria o que eu tinha de mais importante.

Com certeza esse era um daqueles dias que eu nem deveria ter levantado da cama, e a tendência agora era piorar. A leucemia tomaria de mim a pessoa que eu mais amava nesse momento, mas isso se a porcaria desse exame não fizesse primeiro. Se ele descobrisse que eu não era seu filho, nunca mais iria querer saber de mim.

Preparei-me para rasgar o exame e inventar alguma desculpa, só que pensei melhor e não tive coragem de fazer isso. O que eu deveria fazer era levar isso amanhã no hospital para ele e lhe contar toda a verdade. No entanto, se fosse isso que eu fizesse, na certa ele me renegaria. Na dúvida entre fazer o que era certo ou errado, escondi o resultado debaixo do colchão da minha cama até decidir o que faria.

Fui me deitar, contudo depois de tudo que havia acontecido mal conseguia encostar a cabeça no travesseiro. Meu pai – que o exame havia confirmado que não era meu pai – estava morrendo, e eu nem sequer poderia lhe doar medula óssea. Isso não saía da minha cabeça, mas logo o cansaço me derrotou e consegui cair no sono. Dormi no máximo duas horas, e o Alfred já estava me acordando para ir à aula.

— Hoje eu não vou à aula, Alfred.

— Júnior, seu pai não ficaria feliz se você...

— Eu tenho muitas coisas pra resolver hoje. — Disse, cortando logo o que ele estava dizendo.

Ele pareceu ficar convencido, pois logo em seguida se retirou do meu quarto. Ainda estava sentindo muita raiva dele, mas boa parte dela já havia se desviado para a minha vida. Eu odiava tudo que havia acontecido comigo mais do que qualquer coisa. Houve uma época que eu pensei que meu drama seria minha difícil aproximação com o meu pai, só que agora havia entendido que meu drama havia apenas começado.

Comecei a me arrumar como era de hábito fazer todas as manhãs, mas desta vez não vesti meu uniforme. Sabia que estava me preparando para um dia mais complicado, em que muita coisa mudaria na minha vida.

Tomei o meu café sozinho, o que foi muito duro por sinal, porque a cadeira do Leandro estava vazia. Mesmo com o silêncio das suas refeições, havia me acostumado com a sua presença, o que realmente era difícil de ficar sem. Após o café, pedi que o motorista me acompanhasse até a casa da minha mãe, pois precisava muito falar com ela a respeito dos últimos acontecimentos. Entretanto, ela não estava em casa pois devia ter ido fazer alguma entrega de bolo. Dispensei o motorista e me sentei na escada de casa, observando a rua Belgrado em que havia vivido durante anos.

Em um certo momento, tive a ligeira impressão de ver um garotinho correndo atrás da bola, sem preocupação e sem responsabilidades. E hoje vejo esse garotinho sentado em uma escada, se remetendo ao passado, mas desta vez cheio de preocupações e responsabilidades. O carro da minha mãe veio chegando e estacionou na rua, e logo ela já estava descendo dele. Corri ao seu encontro como uma criança afugentada e me atirei nos seus braços.

— Aconteceu alguma coisa, filho? — Perguntou ela, preocupada.

— Mãe, está tudo dando errado comigo.

Ela passou o seu braço sobre o meu ombro e foi me guiando para dentro de casa. Lá dentro estava tudo igual desde que eu havia deixado minha casa.

Subimos até o meu quarto, que assim como o restante da casa, não havia sido modificado. Nos sentamos na minha antiga cama e minha mãe então colocou carinhosamente suas mãos sobre as minhas, na tentativa de me reconfortar.

— Eu não tive coragem de mexer em nada no seu quarto. — Assumiu ela, enquanto contemplava tudo lá. — É a maneira que eu tenho de sentir você mais perto de mim.

Algumas lágrimas vieram aos meus olhos na medida em que pensava até que ponto a havia magoado, e por incrível que pareça ela não sentia raiva de mim, apenas a minha falta.

— Meu pai está morrendo, mãe. — Confessei, sentindo um nó se formando na minha garganta.

Minha mãe por sua vez me olhou assustada, e no instante que meu olhar se encontrou com o seu, pude ver o que ela estava se sentindo por ele. Descobri que não era apenas ele que ainda a amava, mas ela também nutria por ele o mesmo sentimento.

— O que ele tem? — Questionou ela, tentando parecer imparcial.

— Leucemia. — Respondi, enquanto algo parecia me atacar por dentro após pronunciar essa palavra.

— Eu não conheço os detalhes dessa doença, mas sei que existe tratamento. Pode-se fazer uma doação de... — Ela parou e tentou lembrar o nome.

— Medula óssea. — Completei. — Mas acontece que é raro encontrar alguém que queira doar medula óssea, mesmo porque é raro serem compatíveis.

— Só que a chance é maior entre familiares, não?

— Sim. Eu pensei em doar, só que não posso.

Achei que assim como o Leandro, minha mãe também fosse ser contra a minha ideia, contudo sua reação foi completamente oposta.

— Por que não?

— Porque eu não... eu não... — Era tão complicado terminar essa frase, que eu chegava até a gaguejar. — Eu não sou seu filho. — Disse de uma só vez, até um pouco mais alto do que pretendia.

— Não entendo. Como você pode não ser filho dele?

— O resultado do exame de DNA deu negativo. — Afirmei. — Agora nem sequer poderei salvá-lo.

Agora minha mãe parecia confusa. Com certeza ela também pensou a vida inteira que o Leandro fosse meu pai, e agora ambos sabíamos que na verdade meu pai sempre havia sido o José.

— Ainda há uma maneira de salvá-lo. — Afirmou com certeza, só que isso pareceu fazê-la regredir no momento seguinte.

— Qual maneira é essa? — Indaguei, surgindo um resto de esperança em mim.

— Você se lembra daquele filho que nasceu morto? — Perguntou ela, ainda um pouco relutante contra o que tentava dizer.

— É claro que eu me lembro disso. O primeiro filho entre você e o Leandro, aquele que separou vocês e nasceu morto. Só não sei como isso pode ajudar alguma coisa.

— Eu menti. — Assumiu ela, se rendendo a dor de uma maneira que jamais havia visto. — Eu menti a vida inteira dizendo que ele havia morrido, sendo que na verdade ele estava vivo o tempo todo.

Meu corpo inteiro paralisou naquele momento, e eu achei que nunca mais fosse voltar ao meu estado de consciência. Quando pensamos que a vida não pode mais nos surpreender, é justamente quando ela surpreende. Agora, não conseguia nem sequer encontrar as palavras exatas para dar continuidade à nossa conversa.

— O que você fez?

— Quando eu me separei do Leandro estava grávida. — Começou explicando ela, me fazendo lembrar da história que ele mesmo me contou. — E eu então fiquei três meses sofrendo por ter perdido o amor da minha vida, e inclusive tentei me matar. — Na hora que ela me contou isso, pensei naquela criança e temi o que viria adiante. — Mas então eu conheci o José, nós nos casamos e eu lhe disse que naquele momento havia ficado grávida, só que na verdade eu já estava grávida de três meses.

Ela deu uma pequena pausa na sua história, como se quisesse criar coragem para prosseguir. A cada frase que ela me passava, meu frio na espinha parecia aumentar pelo que viria adiante.

— E então passaram-se seis meses e minha bolsa estourou na casa da minha mãe. Ela disse que me levaria ao hospital, contudo supliquei que ela me levasse até um determinado hospital, pois lá havia um médico que era meu conhecido. O parto foi um sucesso, no entanto quando meus olhos se encontraram com os daquela criança, vi que ele jamais iria parecer ter seis meses. — Ela deu outra pausa e pareceu voltar no tempo. — E então eu pedi que o médico dissesse que o meu bebê havia nascido morto e que mandasse para um orfanato. — Quando ela terminou, já estava desesperada e eu incrédulo que minha mãe pudesse ter feito isso.

— Como você pode fazer isso? — Disse, com um mistura de espanto e raiva. — Era apenas um recém-nascido indefeso.

— Eu sei. Mas eu era adolescente e já havia perdido o homem que amava. Não queria ser abandonada novamente.

— Isso não é justificável. Você abandonou uma criança, aliás, seu próprio filho. Como você teve coragem? — Eu ainda não podia acreditar que fosse verdade.

— Você não tem ideia de como eu me arrependi por isso. Eu passei a vida inteira me lamentando, porque eu nunca consegui esquecer. Porque eu nunca consegui me perdoar.

— Você pode não esquecer. Você pode não se perdoar. Aliás, você pode se lamentar o quanto quiser. — Agora o sentimento de raiva que eu nutria era evidente. — Mas você jamais poderá negar que a sua atitude foi monstruosa.

— Eu tenho consciência do que fiz. — Falou ela, tentando finalizar essa discussão. — Mas existem coisas muito mais importantes agora.

Embora tudo que eu havia descoberto hoje me deixasse incrédulo, ela tinha razão. Eu precisava salvar a vida do Leandro, porque mesmo ele não sendo o meu pai, eu o amava muito.

— Nós precisamos descobrir alguma maneira de encontrá-lo. — Concluí.

— Como?

— Não sei. — Respondi, sendo sincero. — Você nunca soube o que fizeram com essa criança?

— Nunca. Quem cuidou dele foi o médico.

Parecia que nós estávamos falando de um animal, sobre quem o havia abandonado e assim por diante. Mas na verdade estávamos tratando de um ser humano abandonado, rejeitado e largado diante das coisas obscuras da vida. Pensei por um momento como ele estaria agora, e tive sérias dúvidas se ele realmente nos ajudaria.

— Você acha que o médico pode tê-lo adotado?

— Eu não acredito nisso. — Respondeu-me. — Ele só disse que a criança havia nascido morta porque nutria uma paixão por mim, mas só até aquele momento. Depois disso, com certeza ele deve ter me considerado como uma aberração, e sei que jamais adotaria o meu filho para se lembrar de que ele também compactuou com isso.

— Então não me resta dúvidas. Nós devemos começar encontrando esse médico. — Esclareci. — Você se lembra do nome do hospital onde ele trabalhava?

— É claro que me lembro. — Ela ficou pensativa por um instante. — Se chamava Hospital Samaritano.

Corri até a sala, peguei a lista telefônica e trouxe até o quarto. Procuramos pelo hospital, o que devido ao seu nome não foi difícil de encontrar o telefone. Minha mãe ligou lá e foi logo perguntando se o Ricardo Amaral ainda trabalhava lá. Após a moça confirmar, minha mãe desligou o telefone.

— Mesmo depois de anos ele ainda está lá. — Confirmou alegremente minha mãe.

— Parece que o destino está a nosso favor. Quando vamos procurá-lo?

— Podemos ir hoje mesmo. — Confirmou minha mãe. — Afinal, temos que correr contra o tempo.

Depois de ir até a casa da minha mãe, fui visitar o Leandro no hospital. Dessa vez ele estava ainda mais abatido do que no dia anterior, o que acabou me afetando completamente. Apenas me sentei ao seu lado na cama e comecei a acariciar carinhosamente seus cabelos. Ele acordou assustado, mas logo em seguida se acalmou quando viu que era eu.

— Oi Júnior. Não te vi entrando.

— Oi pai. — Ao pronunciar essa palavra, o resultado do teste de DNA veio à minha cabeça e me lembrei que não tinha o direito de chamá-lo assim. Nos cumprimentamos então com o nosso toque secreto. — Você estava dormindo, então eu não te acordei.

— E como você está? — Perguntou ele.

— Eu estou bem, e você? Tem sentido muita dor?

— A leucemia evoluiu muito nesses últimos tempos. Graças a Deus eu ainda tenho momentos tranquilos, mas na maior parte do tempo eu nem consigo me levantar de tanta dor.

Tentei não demonstrar o quanto estava triste por tudo isso, mas minha tentativa deu errado. Não consegui conter as lágrimas que escorriam dos meus olhos e muito menos não mostrar os ferimentos que eu tinha no coração. Pior do que você ver alguém que você ama morrer, é ver alguém que você ama caminhando em direção à morte. E eu via o Leandro cada vez mais próximo da morte. Naquele momento eu pensei no meu outro irmão e no quanto eu precisava encontrá-lo, pois era a minha última saída.

— Eu sinto que não vou durar muito tempo. — Confessou Leandro, se envolvendo com a sua tristeza.

— Não diga bobagens. — Alertei-o. — Eu jamais vou permitir que você vá embora.

— Você sabe qual é a única coisa consoladora de tudo isso? — Questionou ele, enquanto pegava na minha mão. — É ver que você é o filho que eu sempre sonhei em ter. Eu nunca vou conseguir ser grato por tudo que você me fez nesses últimos dias.

— Tudo que eu fiz foi porque eu te amo.

— Eu também te amo muito, filho. E além disso, eu quero te agradecer por ter trazido de volta a minha vida. Eu me importava tanto com o dinheiro e hoje já não vejo qualquer significado nisso. — Ele parou de falar e suspirou por um momento. — A única coisa que eu sinto muito é que não terei tempo para descobrir qual é o verdadeiro significado da vida.

— Você vai ver que ainda será muito feliz. Nós vamos curtir a vida ao máximo e aproveitá-la também, é claro. E você ainda vai ter muito tempo para me ensinar a surfar.

— É. Realmente se eu for te ensinar a surfar, então ainda vou ter que viver muito tempo. Acho que mais uns quarenta anos são suficientes, não é mesmo? — Ele deu uma leve risada, só que logo parou de rir e começou a tossir.

— Você está bem? — Perguntei, preocupado.

— É só essa doença que não permite que eu a esqueça.

A enfermeira entrou na sala e disse que o horário de visitas havia acabado, coisa que eu nem havia percebido. Gostava tanto de ficar com o Leandro que quando estávamos juntos nem via o tempo passar. Com o coração apertado tive que deixá-lo sozinho novamente, e então eu voltei para casa da minha mãe para dar início à busca pelo filho abandonado.

Em busca do filho abandonado

Ivone estava na frente da sua casa regando o jardim. Ao passar por ela, cumprimentei-a e fui direto para casa da minha mãe. Pra variar a porta estava aberta e então fui entrando sem me anunciar. Como não encontrei minha mãe no andar térreo da casa, subi as escadas e vi que a porta do seu quarto estava entreaberta. Fui entrando bem devagar, e em seguida a vi debruçada na janela do seu quarto.

— Oi mãe. — Cumprimentei-a.

— Oi filho. — Disse ela, enquanto enxugava as lágrimas dos seus olhos.

— Por que você estava chorando?

— Não é nada demais. Só estava imaginando como meu filho deve estar hoje, e como ele vai reagir depois de tudo.

— Não vamos ficar pensando em como vai ser antes de acontecer alguma coisa. Ainda é muito cedo para pensar como ele vai reagir.

— Você tem razão. Vamos para o hospital.

No caminho para o hospital, tanto eu quanto a minha mãe fomos calados. Não sei no que ela estava pensando, mas eu pensava em como seria meu irmão. Passavam-se diversas possibilidades de como seria a sua vida pela minha cabeça. Se ele era rico ou pobre, se tinha ou não família, se era educado e assim por diante. E eu achava que a minha mãe devia estar pensando a mesma coisa.

O hospital onde esse médico trabalhava era muito pior do que aquele onde o meu pai estava internado, mas por se tratar de um hospital público, isso era até justificável. Pessoas doentes passavam em cadeiras de rodas pelo meio dos corredores, enquanto outras não tinham nem como serem atendidas. Os médicos corriam de um lado para o outro feito loucos, e o guichê de atendimento estava com uma fila enorme. Depois de enfrentarmos a imensa fila, finalmente conseguimos chegar até o guichê, onde uma senhora bem mal-humorada nos atendeu.

— Boa tarde. — Disse minha mãe.

— Pois não? — Respondeu a senhora, com uma voz um pouco rouca.

— Procuramos pelo Doutor Ricardo Amaral. — Continuou falando minha mãe. — Ele está?

— Você tem hora marcada? — Questionou a mulher, dando um clique no computador para conferir.

— Não. Vim apenas para renovação de receita.

A senhora respirou fundo e então liberou a nossa entrada, explicando logo em seguida:

— Vocês pegam o elevador, descem no terceiro andar e viram à direita na primeira entrada. Lá vocês serão informados.

Fizemos conforme a velha disse, e uma mulher lá em cima nos mandou aguardar. Quando um paciente saiu da sala do médico, ele chamou por nós da porta da sua sala e retornou para dentro. Quando a minha mãe atravessou a porta da sua sala, pude ver pela sua expressão que ele já a havia reconhecido. Os dois se encararam por um momento, e pelo que percebi eles não se gostavam muito.

— Como vai você, Ricardo? — Perguntou simpaticamente minha mãe.

— Estaria bem melhor se não tivesse que olhar na sua cara nunca mais. Mas a vida me obrigou a ter que vê-la novamente. Afinal, o que te traz aqui está tarde? — Ele era seco. — Garanto que não deve ser uma receita.

— E não é mesmo. Eu quero saber o que você fez com o meu filho.

— Seu filho? Seu filho? — Questionou ele, incrédulo. — Como você tem coragem de chamá-lo de filho depois de tudo que você fez?

— Eu me arrependi. Você não tem ideia de tudo o que eu passei pelo que eu fiz, mas agora eu quero consertar as coisas.

— É tarde demais para consertar as coisas. — Afirmou o médico.

O médico começou a arfar rapidamente, então ele se sentou e pegou uma bombinha de asma, derrubando alguns outros objetos da sua mesa. Logo que ele começou a usá-la conseguiu se acalmar. Ele era alto, negro e careca. Devia ter aproximadamente a idade da minha mãe.

— Por favor, me diga o que você fez com ele. — Suplicou minha mãe, de uma maneira que jamais havia visto.

— Eu jamais vou permitir que depois do que você fez, você venha procurá-lo. Você escolheu abandoná-lo e agora não pode voltar atrás.

Antes que qualquer um deles pudesse continuar essa conversa, me intrometi desesperadamente:

— Eu sei bem o que você fez, mas eu não tive nada a ver com isso e imploro que você diga o que fez com o meu irmão. A vida do meu pai depende dele.

O médico fez uma cara de espantado, e eu deduzi que ele estava tentando entender as coisas. Só depois eu me lembrei que ele ainda não me conhecia.

— Você é filho do velho advogado?

Eu pensei se responderia para ele que sim, pois afinal eu era filho do advogado. Mas como eu tinha pressa e queria logo que ele me falasse o que havia feito com o meu irmão, resolvi negar.

— Não. Eu sou filho de Leandro Artrave.

O rosto do homem ficou paralisado. Pelo visto ele sabia quem era o Leandro.

— Como é possível? — Perguntou o homem para si mesmo.

— Minha mãe e ele tiveram um caso relâmpago no meio de suas histórias, e eu fui fruto disso. E agora o meu pai está com leucemia e precisa de uma doação urgente de medula óssea, coisa que eu não posso fazer. A chance entre filhos é bem maior.

Ele respirou fundo tentando aceitar a história e em seguida prosseguiu com o seu diálogo:

— Eu sinto muito por você, e até pelo seu pai. Mas eu não posso fazer isso. É algo além do meu alcance.

— Por favor, se você não me ajudar ele vai morrer.

O médico arrancou uma folha do seu bloco e nele anotou um nome. Mesmo relutante, ele me cedeu a folha e explicou:

— Esse é o nome do orfanato onde eu o deixei. Agora é com vocês, e por favor não me procurem mais. Não quero relembrar, pelos anos que a vida permitir que eu viva, a monstruosidade que eu fiz por amar demais a sua mãe.

E assim como ele pediu, deixamos a sua sala, agora com mais informações sobre o meu irmão. Fomos até uma Lan House só para jogar o nome do orfanato que ele havia nos dado, e conseguimos então obter o endereço.

— Quando vamos até lá? — Indaguei, afinal já eram seis da tarde.

— Agora, afinal o orfanato não deve fechar e não temos tempo desperdiçar.

Mostramos ao motorista o endereço e ele usou o GPS para nos guiar.

O caminho foi bem longo, nós nos perdemos muito e coisas do tipo. Quando finalmente encontrarmos o lugar, ficamos decepcionados, pois aquele lugar já não parecia ser habitado há muito tempo. Suas paredes estavam pretas, provavelmente devido a um incêndio, a maioria das suas janelas quebradas e o lugar lacrado. Coloquei a minha cabeça pelo vidro e não vi nenhum sinal de vida.

— Acho que não tem ninguém aqui. — Afirmei.

— Eu também acho. — Falou minha mãe. — O que será que aconteceu?

— Deve ter sido um incêndio. — Disse, com base nas paredes.

— Posso ajudar vocês? — Perguntou uma mulher do outro lado da rua, enquanto vinha na nossa direção.

Essa mulher usava um avental típico de dona de casa, e estava molhado, provavelmente devia estar lavando louça. Ela era morena, baixa e usava pequenos óculos de meia lua.

— Você sabe o que aconteceu com o orfanato?

Ela fez um sinal para que a seguíssemos, e foi entrando na sua casa. Ficamos com um pouco de receio por entrar na casa de uma estranha, mas no final a seguimos.

Sua casa parecia uma de bonecas, com um monte de enfeites e porta-retratos. Seguimos até a cozinha, onde ela indicou para que sentássemos na mesa. Ela colocou três xícaras sobre um pires na mesa e serviu café fresquinho em cada uma delas.

— Vocês tomam café puro ou com leite?

— Puro, obrigado.

Me perguntei se ela havia se esquecido do nosso verdadeiro propósito, mas no momento seguinte ela começou a contar a história.

— Era uma sexta-feira à noite, e o orfanato já estava em silêncio. Ele era a alegria da rua, por causa de todas aquelas crianças. Mas naquela noite, toda a nossa alegria se foi, porque uns ruaceiros atearam fogo por diversão. — Ela parou por um momento para conter a sua raiva e continuou contando a história. — Muitas crianças morreram, e as outras que sobreviveram foram mandadas para outros orfanatos. E desde então, a alegria da rua se foi.

O pensamento da minha mãe e o meu agora eram os mesmos. Pelo visto alguém ou alguma coisa não queria que encontrássemos o meu irmão, e conspirava contra isso. Uma súbita tristeza nos invadiu, mas então resolvi ser mais específico e perguntar sobre o meu irmão.

— Você sabe se um garoto que foi abandonado na porta do orfanato a dezenove anos sobreviveu?

Ela ficou pensativa por um momento, só que logo negou com um aceno de cabeça.

— Eu não sei, mas conheço uma moça que trabalhava lá. Ela era muito ligada ao orfanato, e com certeza vai saber informar.

— E quem é essa moça? — Indagou num desespero minha mãe.

— Ela se chama Maria, e hoje está num asilo aqui perto.

Nós agradecemos e fomos até o asilo. Só que quando chegamos lá, todos os idosos já haviam se retirado, e teríamos que voltar apenas no dia seguinte. Eu, minha mãe e o motorista passamos a noite no carro, e eu tive que prometer para ele uma semana de folga para que aceitasse. Depois de algumas horas ouvindo rádio, finalmente conseguimos adormecer.

Na manhã seguinte, a moça permitiu que conversássemos com a senhora. Ela nos acompanhou até o jardim, e indicou uma senhora que estava tomando sol numa cadeira de rodas. Chegamos em silêncio, mas mesmo sendo cega ela percebeu a nossa presença.

— Quem são vocês?

— Boa tarde, dona Maria. Eu me chamo Júnior e a moça que está comigo é minha mãe e se chama Marina, e nós gostaríamos de tirar uma dúvida com a senhora.

— Que dúvida?

— É sobre o orfanato no qual a senhora trabalhou.

— Me dê suas mãos, meu filho. — Pediu carinhosamente, enquanto nossas mãos se tocavam. — Bruno?

— Bruno? — Não entendi mais nada, até que me deu um estalo. — Quem é esse tal de Bruno?

— Um menino que foi deixado na porta do orfanato. Ele era tão carinhoso, um amor diga-se de passagem. O jeito de você me tocar, a maneira de você agir, tudo em você me lembra ele.

— E o que aconteceu com esse garoto? — Perguntei, ainda com um pouco de emoção pelo que ela havia falado.

— Depois do incêndio, ele foi mandado para um orfanato. E desde então nunca mais nos vimos.

Pelo que pude perceber, aquela senhora também estava emocionada. Ela me cedeu facilmente o nome do orfanato, e quando vi o nome senti como se estivesse muito próximo de encontrá-lo. Agradecemos muito, e em seguida partimos para esse outro orfanato. Ele ficava em Diadema, que não era tão distante de São Paulo.

— Você acha que vamos encontrá-lo desta vez? — Perguntei para minha mãe, enquanto a gente procurava a rua exata.

— Sinto que desta vez estamos muito próximos dele. — Respondeu ela. — Até mais do que imaginamos.

— Eu não sei pelo que tanto procuramos, mas eu também espero que estejamos perto, pois não aguento mais procurar. — Desabafou o motorista. — Afinal, depois disso eu vou receber a minha tão esperada semana de folga.

Se meu pai soubesse que eu havia dado uma semana de folga para o motorista, na certa ele me mataria. Mas, eu realmente esperava que ele jamais descobrisse.

Conseguimos encontrar o orfanato, desta vez sem nenhum incêndio ou coisas do tipo. Ele com certeza era bem mais novo do que o outro, o que era bem perceptível devido à sua construção. Ao entrarmos no local, nos deparamos com um monte de crianças. Algumas delas corriam e brincavam pelo local, enquanto outras nos olhavam desconfiadas. Uma delas — que estava vestida de fada — deu uma leve puxada na calça da minha mãe para que desse uma olhada para ela.

— Oi meu anjinho. — Falou minha mãe.

— Oi. — Respondeu alegremente a criança. — Você é uma fada também?

— Não. — Disse carinhosamente minha mãe. — Mas você é uma fada muito bonita, sabia?

— Muito obrigada. — Disse a garotinha, meio encabulada. — Eu posso realizar um desejo seu?

— É claro, minha querida. — Minha mãe se abaixou e fechou seus olhos, enquanto a garotinha encostava sua varinha na cabeça da minha mãe.

— Pronto. — Afirmou alegremente a menina. — Seu desejo em breve vai se tornar realidade.

Minha mãe passou carinhosamente a mão no rosto da menina, e depois lhe agradeceu pela sua bondade. Conseguimos encontrar no balcão de atendimento um responsável pelo local, que veio nos atender.

— Posso ajudar em alguma coisa?

— Pode sim. — Respondi. — Você pode nos dizer quem adotou uma criança?

Ele me olhou meio desconfiado, só que em seguida pegou uma pasta de algum canto do seu balcão.

— Você sabe o nome dele?

— Bruno.

— Existem muitos Brunos por aqui.

— Ele veio transferido de outro orfanato que pegou fogo.

De repente pareceu dar um estalo naquele homem, pois ele abriu sua pasta e começou a fuçar à procura de alguma coisa. Ele retirou uma ficha de dentro dela, como se tivesse localizado a criança.

— Aqui está. — Afirmou ele. — Esse Bruno veio transferido de um orfanato que pegou fogo.

— E quem o adotou?

— Nossa, que irônico. — Falou o homem. — Ele nunca foi adotado.

— E o que aconteceu com ele? — Agora estava ficando preocupado.

— Quando alguém faz dezoito anos e não é adotado, deve deixar o orfanato. — Explicou o homem. — E eu não saberia o que aconteceu com o Bruno se outro dia ele não tivesse consertado o meu carro. Ele trabalha numa mecânica aqui perto.

O rapaz anotou o endereço de onde ele trabalhava, e nós finalmente pudemos ficar esperançosos em encontrar o garoto perdido.

O filho abandonado

Chegamos até o local indicado. Era uma casa que parecia abandonada. Ela era toda branca, o que deixava bem evidente as manchas na parede. A maioria das janelas estava quebrada, e do mesmo modo as paredes estavam pichadas. A casa estava literalmente caindo aos pedaços.

— Eu acho melhor você fazer isso sozinho. — Confessou minha mãe, demonstrando todo o seu medo de enfrentar cara a cara o filho que ela abandonou no passado.

— Está bem.

Eu fui andando até a sua casa e procurei alguma campainha por lá, coisa que eu não encontrei. Dei três batidas na porta e esperei alguns segundos, contudo ninguém veio me atender. Demonstrando a minha impaciência, dei três batidas mais fortes, só que novamente ninguém me atendeu. Quando fui bater a terceira, alguém me cutucou pelas costas.

— Posso ajudar? — Perguntou uma voz de homem por trás de mim, que não reconheci.

Lentamente fui me virando, até que me deparei com um jovem de aparentemente vinte anos, moreno e de olhos azuis. Sua aparência parecia desgastada, mas era evidente que se ele se cuidasse seria um rapaz muito bonito. Seu rosto, seus olhos, tudo nele me lembrava o Leandro, e essa foi a prova concreta de que eu não era seu filho, mas aquele rapaz sujo de graxa e com as roupas manchadas que estava diante de mim era.

— Posso ajudar? — Tornou a repetir o rapaz, demonstrando a mesma impaciência do Leandro.

Não encontrava palavras para dizer qualquer coisa, porque não é todo dia que a gente encontra um irmão perdido por aí. Tentava pronunciar qualquer coisa que fosse, mas as palavras pareciam fugir de mim. Ele me olhava como se aguardasse alguma explicação, pois na certa não estava entendendo absolutamente nada.

— Bruno. — Consegui dizer por fim.

— É meu nome. O que você quer, afinal?

— Eu preciso muito conversar com você.

— Sinto muito, só que isso não é possível. Estou muito ocupado no momento e não tenho tempo para ficar conversando.

— É um assunto do seu interesse. — Garanti.

— Você não é de nenhuma seita religiosa, é? — Questionou ele.

— Não.

— Não está aqui pra pregar ou combater nada?

— Eu não vim de São Paulo até aqui para falar sobre nada disso.

— Eu não tenho a menor ideia sobre o que você tem pra falar comigo de tão importante. — Afirmou ele, meio pensativo.

— É sobre a sua família. — Disse impacientemente.

Ele parou de falar ou questionar as coisas, e me fitou por um breve instante, tentando imaginar sobre o que eu tinha pra falar de tão importante sobre sua família.

— Sobre a minha família? — Perguntou ele, por fim.

Eu assenti com a cabeça e finalmente ele me convidou para entrar. Queria muito ter visto como minha mãe estava, mas os vidros do carro eram escuros e apenas ela podia nos ver.

Sua casa era muito pior por dentro. Não tinha sofás, mesas ou móveis. A sala e a cozinha dividiam o mesmo cômodo, sendo que ambas eram bagunçadas. Tinha um colchão bem no meio da sala, que devia ser onde ele dormia, pois seus lençóis estavam bagunçados.

— Eu posso usar um banheiro? — Pedi.

— Você segue até o fundo e entra naquela portinha. Não tem erro.

Quando passei pela pia da cozinha, só vi aquele monte de pratos sujos acumulados. Ao lado, tinha um fogão todo enferrujado, com um monte de panelas abertas sobre ele. O banheiro não era muito diferente do resto da casa. O chão estava preto de tanta sujeira — por provavelmente não ser lavado a um bom tempo — e a privada praticamente inutilizável, também de tanta sujeira. Tampei o nariz e evitei olhar para baixo enquanto a usava.

Ao retornar para sala, Bruno estava deitado no colchão me aguardando. Ele me encarou por alguns instantes e em seguida falou:

— Como eu não tenho sofá pra te convidar para sentar, pode se sentar no colchão. — Ele me indicou um canto no seu colchão para que eu me sentasse. — Afinal o que veio fazer aqui?

Fui até o colchão e me sentei ao seu lado, e me preparei para contar toda a história, mas não sabia nem por onde começar.

— O assunto que eu tenho para falar com você é sobre a sua família.

— Isso eu já sei. — Falou ele, até bem educado. — Prossiga.

— Você foi abandonado, não foi? — Perguntei.

— Sim. — Respondeu ele, com desgosto, e nesse momento vi um garotinho órfão. — Foi quando eu era pequeno, e desde então eu nunca soube nada sobre a minha família.

— Você não sabe como foi complicado te encontrar. O orfanato em que você foi deixado pegou fogo e não sabíamos o que aconteceu. Se não fosse por uma senhora que trabalhou lá, jamais estaria aqui.

— A Maria? — Indagou ele.

— Isso, foi ela mesma. — Afirmei.

— Nossa, você não tem ideia de como eu sinto falta dela. Ela foi uma mãe pra mim na época que estava no orfanato, e foi muito duro quando fui mandado pra longe. Foi duro para nós dois.

— Mas ela nunca quis te adotar? — Perguntei, curioso.

— Ela me amava muito. — Disse ele, respondendo a minha pergunta. — Só que ela nunca teve condições de ficar comigo, porque ela era muito pobre e não queria que eu passasse dificuldade. Afinal, ela tinha esperanças de que eu fosse adotado, mas ninguém quer um garoto depois que ele já está crescido.

Eu senti muita, mais muita pena dele naquele momento. Já sabia antes que ele não havia sido adotado, só que ele contando aquela história era muito pior. Sem amor, sem família. Tudo isso porque havia sido abandonado na porta de um orfanato quando ainda era um bebê.

— Acho que você não veio aqui para especular a minha vida. — Concluiu ele. — O que você sabe sobre a minha família?

— Eu me chamo José, mas todos preferem me chamar pelo meu apelido. E eu faço parte da sua família. — Expliquei.

— Você faz parte da minha família? — Indagou ele, meio confuso. — O que você é meu?

— Eu sou seu irmão. — Confessei.

Ele se afastou um pouco de mim, como se de repente eu tivesse me tornado um monstro ou estivesse com uma doença terminal contagiosa. Não sei qual era a sua visão sobre família.

— O que você quer comigo? — Questionou friamente ele.

— Conversar. Apenas conversar.

— Vocês nunca quiseram me procurar? — A cada pergunta, ele estava ainda mais desesperado.

— Eu nunca soube que você existia. A nossa mãe...

— Eu não tenho mãe. — Gritou ele, chegando a me deixar assustado.

— Calma, mantenha a calma. — Falei pacientemente com ele, pois podia imaginar o que estava sentindo.

— Eu quero que você vá embora daqui agora. — Esbravejou ele.

— Eu não vou sair até você me ouvir. — Disse, mantendo o mesmo tom que ele falava comigo.

— Então eu saio.

Ele se levantou, mas antes que fosse embora eu o segurei pelo braço, o que foi um erro. Em uma fração de segundos ele se virou e me acertou um soco na cara, com uma intensidade que me fez parar no colchão. Eu gemia de tanto dor, porque nunca tinha apanhado na vida. Sentia um pouco de sangue escorrendo do meu nariz, e o meu irmão ficou com tanta pena que parou na porta e voltou atrás.

— Desculpe, me descontrolei. — Pediu ele, agora mais calmo, enquanto me cedia um pedaço de papel para que limpasse o sangue.

— Acho que você quebrou o meu nariz. — Reclamei. — Você não sabe que não se pode bater em irmãos mais novos?

— Eu nunca tive um irmão mais novo para descobrir isso.

— É. Mas agora tem um e na primeira hora que passou com ele, já bateu no coitado.

— Eu já expliquei que me descontrolei, e já te pedi desculpas.

— Tá desculpado. Agora eu posso continuar a história, de preferência sem apanhar?

— Pode. — Disse, sorrindo para mim.

Era incrível que até o seu sorriso, a maneira de sorrir e a expressão que ficava no rosto me faziam lembrar do Leandro.

— Nossos pais se separaram por causa de você. — Só depois que completei a frase e vi a maneira que ele ficou, percebi o quanto eu havia sido rude. — Desculpe, não foi bem isso que eu quis dizer.

— Não tem problema. Eu te acertei um soco alguns segundos atrás, então agora estamos quites.

— Ela ficou grávida e nosso pai não quis assumir a criança. — Continuei explicando. — Então ela ficou três meses carregando você na barriga, sozinha, até que ela conheceu outro cara. Depois que os dois ficaram juntos, ela disse que naquele momento havia engravidado, mas na verdade já estava grávida de três meses, e quando se passaram seis meses...

— Eu nasci. — Completou ele, perplexo pelo que ia lhe contado, e com algumas lágrimas nos olhos.

— Só que embora ela quisesse ficar com você, não teve como, pois não teria como dizer que aquela criança era prematura. Como ela tinha medo de perder outro homem, ela... — Não conseguia completar o que estava prestes a dizer.

— Ela me abandonou. — Completou novamente ele, dessa vez caindo na real. A tristeza que pude ver no fundo dos seus olhos, naquele exato instante, era de abalar qualquer um.

— Você não sabe o quanto ela sofreu por ter que fazer isso com você. — Disse, tentando defendê-la.

— E você tem ideia do tanto que eu sofri? — Perguntou ele, mais uma vez perdendo a calma. — Você sabe o que é passar a vida inteira num orfanato, sem família? Crescer vendo crianças sendo adotadas, só que você não. A coisa mais próxima que eu via do mundo lá fora era através da janela do meu quarto e se não fosse pela Maria, eu jamais teria tido qualquer tipo de afeto.

— Você acha que eu não sei pelo que você passou?

— Você não sabe pelo que eu passei, nem sequer conviveu comigo. E aliás, você teve uma família a vida inteira. Teve amor dos seus pais, festas de aniversário, brinquedos, com certeza estudou num bom colégio levou os amiguinhos para brincar em casa, e agora vem tentar entender o que passei?

— É você que não entende nada da minha vida. Se você acha que recebendo tudo pode ser feliz, sinto muito em dizer que não é verdade. Nosso pai teve tudo, ele construiu uma das maiores multinacionais desse mundo, mas em toda a sua vida nunca foi feliz.

— Não consigo entender. — Confessou ele. — Se ela havia se separado daquele cara, como você pode ser filho dele?

— Se você me deixasse contar a história sem discutir, você entenderia.

— Continue. — Disse ele, como se não aguentasse mais.

— O homen com quem minha mãe se casou teve um filho com ela, que hoje faz direito numa faculdade do interior. Só que depois, o casamento deles passou por uma turbulência, e enquanto ele viajava, minha mãe foi pra casa da irmã e reencontrou o antigo namorado. Eles tiveram um caso relâmpago, só que dessa vez ela o abandonou, e logo descobriu que estava grávida. Ela voltou com o marido, e mesmo acreditando que eu não fosse filho dele, ela não teve coragem de abandonar outra criança.

Eu dei uma pequena pausa na história, pois eram muitos fatos. Durante esse meio tempo, ele permaneceu calado aguardando que eu continuasse a história inacabada.

— Eu fui criado sem saber que não fazia parte daquela família, até que durante uma aula de genética, eu descobri que era impossível eu ser filho do meu pai e que tudo que eu havia vivido até hoje não passava de uma mentira. Viajei com a minha namorada para a cidade onde minha mãe nasceu, e lá descobri o nome do meu verdadeiro pai: Leandro Artrave. Quando voltei, não foi difícil encontrá-lo devido ao seu sucesso, e finalmente conseguimos nos conhecer.

— E ele te aceitou de imediato?

— Não. Pra dizer a verdade eu não contei que eu era seu filho, e consegui descolar um emprego na sua empresa. Quando ele descobriu que eu era seu filho, não foi muito legal.

— Já sei! — Exclamou ele. — Ele disse que não era seu pai, que você só estava interessado no dinheiro dele e que não queria ter laço nenhum com você.

— Exatamente. Foi muito duro isso, mas ele se arrependeu e voltou atrás, pois afinal já havia abandonado um filho e não queria abandonar outro. Desde então, tivemos uma aproximação de pai e filho muito complicada, pois ele se importava demais com as coisas materiais. Só que no final, nós conseguimos ser como pai e filho.

— Fico muito feliz por você. — Parabenizou secamente ele. — Só que não entendi o que te fez vir me procurar, porque se você acha que eu vou pra mansão do seu papaizinho formar uma família feliz com vocês, sinto muito em te dizer que não. Jamais terei qualquer vínculo com a sua família.

— Não foi isso que eu vim até aqui te pedir, te suplicar. O nosso pai está morrendo. — Disse, sentindo o meu coração se rachar em dois pedaços, como sempre acontecia quando tocava nessa doença. — E ele precisa de uma doação urgente de medula óssea.

Ele caiu numa crise de risos, o que eu não entendi, chegando a chorar de tanto rir. Mas depois, as lágrimas não eram mais de tanto rir, e sim de raiva.

— Como você tem coragem de vir até aqui me pedir para salvar a vida do seu pai? — Perguntou ironicamente ele. — Você por acaso não levou em conta que ele me abandonou, me largou, me renegou?

— Ele já não é mais essa pessoa. — Afirmei com uma imensa certeza, pois eu havia presenciado a transformação do Leandro Artrave, o rico empresário que se apegava apenas aos seus bens materiais, no humilde Leandro que agora dava valor aos sentimentos. — Agora ele é um homem bom, e sei que se voltasse no tempo, jamais teria te trocado pelo seu dinheiro.

— Só que ele não pode voltar no tempo, e eu não vou fazer doação alguma pra salvar a vida dele. Ele não fez nada pela minha vida, ele não fez nada por mim, e agora é o momento de mim retribuir esse lindo favor.

— Por favor, eu te imploro. — Agora eu já estava desesperado por estar vendo a minha última oportunidade ir embora. — Se você não ajudar, então ele vai morrer.

Ele paralisou por alguns segundos e ficou me observando, como se tivesse alguma dúvida a respeito dessa história.

— Por que você mesmo não faz a doação? — Questionou ele.

— Eu não posso. — Confessei.

— Por que você não pode? — Permaneceu questionando ele.

— Porque eu não sou seu filho. — Disse de uma vez, lembrando daquele maldito resultado do exame de DNA que comprovou isso.

— Como assim você não é filho dele?

— Na verdade eu realmente era filho do marido da minha mãe, e a confusão foi feita porque o teste que o meu professor aplicou em mim estava vencido.

— Então você está apenas interessado no dinheiro dele. — Concluiu precipitadamente.

— Eu nunca tive qualquer interesse no seu dinheiro e muito menos no seu patrimônio, e se você pensa isso de mim é porque não me conhece.

— Ora, então me explique. Por que você quer tanto salvar a vida dele, se ele nem é seu pai?

— Porque eu o amo. — Gritei, jogando na cara dele isso. — Você sabe o que significa amar uma pessoa? Saiba que se a minha medula óssea fosse compatível com a dele, com certeza eu lhe doaria. Mas a chance é mínima de isso acontecer.

— Mesmo ele não sendo seu pai, você salvaria a vida dele? — Ele parecia incrédulo e emocionado ao mesmo tempo.

— Você realmente não consegue entender. O que realmente une um pai e um filho não é o sangue, mas o amor. Esse sim faz com que as pessoas superem qualquer diferença. Se fosse necessário, eu arrancaria meu coração do peito para salvar a sua vida.

Ele ficou pensativo por alguns instantes. Na certa estava pensando se deveria ou não me ajudar, e só depois tomou sua decisão.

— Desculpe mesmo, mas eu não posso fazer nada por vocês.

— Você não pode fazer isso. Se você não nos ajudar, ele não vai sobreviver.

— Eu sinto muito. — Disse ele, por fim.

— Então você não é quem eu pensei que fosse.

Eu me levantei e lhe dei as costas para sair dali. Antes disso retirei um pedaço de papel do bolso e anotei o endereço da mansão. Lancei esse pedaço de papel no chão, depositando nisso a minha última esperança de salvar o Leandro. Eu parei no encosto da porta e lhe perguntei pela última vez:

— Essa é sua decisão final?

Ele refletiu por alguns segundos, e depois tornou a me dar a mesma resposta anterior.

— Sinto muito.

Deixei a casa com todas as minhas esperanças acabadas. Não tinha mais sentido e não tinha mais significado tudo isso. No final eu perderia meu pai depois de finalmente estarmos nos dando bem e tudo estaria definitivamente acabado.

Surpresas e emoções

Voltei correndo para o carro carregando toda a minha desesperança. Quando entrei, minha mãe estava inquieta e atônita por notícias.

— O que houve? — Perguntou desesperada, logo em seguida fixando seu olhar no meu nariz que sangrava.

— Vamos embora, agora. — Ordenei para o motorista.

Ele por sua vez ligou o carro e começou a sair, mas antes que fôssemos embora minha mãe disse:

— Pare agora esse carro, Joaquim.

— A quem eu devo obedecer? — Questionou o motorista ao parar.

— A mim. — Respondemos eu e minha mãe juntos.

— Eu só quero saber o que houve. — Explicou calmamente minha mãe.

— Ele não vai nos ajudar. — Desabafei em lágrimas. — O Leandro agora vai morrer, e nós não vamos poder fazer absolutamente nada para salvá-lo.

— Nos tentamos ao máximo Júnior. — Tranquilizou-me minha mãe. — Agora vamos deixar tudo nas mãos de Deus.

— Eu não quero perdê-lo. — Minhas lágrimas pareciam me sufocar à medida que eu sentia um aperto no coração.

— Filho, quando duas pessoas se amam muito, elas jamais se separam. Podem até se afastar, mas o amor faz com que permaneçam unidas. — Ela enxugou minhas lágrimas. — Foi sempre assim que eu me senti durante todos esses anos que passei longe dele.

Então era verdade. Durante todos esses anos, ela realmente o amou, a ponto desse sentimento permanecer o mesmo. Eu perderia o homem que era como um pai pra mim e a minha mãe perderia o homem que sempre amou. A vida era realmente injusta.

— Pode prosseguir Joaquim. — Disse por fim minha mãe.

— Antes de voltarmos para mansão, me leve até o hospital, Joaquim. — Pedi educadamente.

Ao estar novamente no hospital, não sabia como olharia para o Leandro, sabendo que ele não tinha mais chances de viver.

— Você vem comigo, mãe?

— Acho melhor não querido.

— Eu penso que ele vá gostar de te ver. Afinal, vocês têm muita coisa para falar um para o outro.

Leandro estava sentado na sua cama, jantando, quando cheguei. Sua alegria ao me ver era perceptível, mas sua emoção ao ver minha mãe entrando em seguida foi bem maior. Ele não esperava por isso, o que com certeza fez com que se emocionasse.

— Marina, você veio me visitar. — Observou alegremente ele.

— Oi Leandro. — Disse minha mãe. — Já era tempo de resolvermos nossas mágoas, afinal agora compartilhamos o mesmo filho.

— Eu não merecia que você viesse.

— É claro que merecia. — Afirmou ela. — Afinal, você já não é mais aquele garoto que me abandonou no passado.

— Se eu pudesse voltar no tempo, faria tudo diferente. Eu teria escolhido você e o meu filho, sem nem me importar com o que os outros pensariam.

Agora quem olhava emocionada para ele era minha mãe, pois nunca a havia visto daquela maneira. Embora o homem que ela amava estivesse doente em uma cama de hospital, ela estava repleta de alegria por finalmente eles estarem acertando as coisas.

— Quando você se tornou tão maduro? — Questionou ela.

— Foi no momento em que eu vi o que estava perdendo deixando a vida passar adiante.

Não tive a menor coragem de interferir ou me intrometer nem que fosse por um segundo na conversa dos dois. Eles falavam como se nunca tivessem se separado, assim como minha mãe disse. Eu finalmente via alguma coisa surgindo entre os dois, mas uma pena que foi no momento errado.

— Tem uma coisa que eu preciso contar. — Confessou minha mãe, se preparando para lhe contar toda a história. — Sabe o nosso filho, que eu disse que havia nascido morto?

Ele assentiu mesmo sem entender por que ela estava tocando naquele assunto naquele exato momento.

— Ele não morreu. — Disse de uma vez minha mãe, deixando-o perplexo.

— O que você me disse? — Eu vi todo aquele momento dos dois se acabar em uma fração de segundos.

— Eu sei que você vai dizer que eu sou um monstro, mas eu tive tanto medo de perder outro homem, que abandonei meu próprio filho. — Ela agora estava desesperada, contudo ele colocou devagar seus dedos sobre os lábios dela para que se calasse.

— Onde ele está?

— Ele é um mecânico e mora em Diadema. — Falei, me intrometendo no assunto dos dois.

— Eu sei que você deve estar com muita raiva Leandro... — Se apressou em dizer ela, mas ele fez novamente um gesto para que se calasse.

— Nós dois erramos muito no nosso passado, e agora finalmente o destino está nos dando a chance de consertar tudo. Não vamos estragar tudo mais uma vez.

Tanto eu quanto a minha mãe olhamos admirados para o Leandro, pois nós acreditávamos que ele tivesse mudado, só que não se transformado daquela maneira. Era outro homem, outra pessoa.

— Diga-se de passagem que ele não quer muito saber de família. — Expliquei.

— Ora Júnior, o que você está me dizendo? — Indagou ele. — Você consegue fazer com que alguém como eu dê importância para família, e só porque o seu irmão está magoado por ter sido abandonado, já acha que ele não quer ter nenhum laço conosco?

— O que você quer, pai? Que eu volte até lá e o conveça a vir morar com a gente?

— Exatamente. Pelo que imagino ele só deve estar magoado, o que é natural. Mas ele com certeza, em algum momento, vai aceitar se aproximar de nós.

— É o que eu realmente espero. — Disse, por fim.

O horário da visita acabou e eu tive que deixar novamente o Leandro com um aperto enorme no meu peito. Eu e minha mãe nos despedimos dele, e saímos do hospital. Deixei minha mãe na sua casa e em seguida retornei para a mansão, voltando para minha solidão.

Só que ao atravessar as portas do hall de entrada e chegar na sala, me espantei ao me deparar com a Ellen sentada em uma das poltronas afagando o Bob, de frente para o Bruno que se sentava na outra poltrona. Todos nós ficamos nos encarando por alguns segundos até que alguém se pronunciasse.

— Você sabe o que eu passei essa tarde? — Se adiantou Ellen. — Primeiro você não aparece na escola durante dois dias sem me dar notícias e nem nada, me permitindo apenas ficar fazendo suposições sobre o que havia acontecido. — Eu odiava quando ela começava com essas lições de moral. — Depois eu venho até a sua casa, o Alfred me diz que você foi visitar a sua mãe e sumiu, e eu passo a tarde inteira te esperando chegar. De repente me aparece o seu irmão, que até então estava morto, e aí eu fiquei sem entender absolutamente nada.

— Aconteceu tudo tão precipitadamente que eu não tive tempo de te contar nada. — Argumentei ao meu favor.

— Tudo sempre acontece precipitadamente na sua vida. — Afirmou sem ânimo. — Depois nós conversamos sobre isso, José.

Ela me deu um curto beijo na boca e em seguida se retirou da sala, se despedindo antes do meu irmão. Odiava quando ela me chamava pelo meu nome, porque isso sempre indicava que ela estava brava comigo. Mas o que realmente importava é que depois ela sempre acabava me perdoando.

— Seu nariz melhorou? — Perguntou educadamente Bruno, me fazendo lembrar que ele ainda estava lá.

— Sim. É necessário mais do que um soco para que abater. — Dei um singelo sorriso para ele. — Não me leve a mal, mas o que te fez vir me procurar?

— Eu voltei atrás. — Explicou ele. — Sua amizade com esse cara que nem é seu pai me comoveu de certo modo, e então resolvi abrir uma exceção e te ajudar a salvá-lo.

Não conseguia acreditar. Não era possível. Era como se de repente eu estivesse perdido no mar e avistasse uma terra, um porto seguro. Em uma questão de segundos todas as minhas esperanças retornaram. Eu senti uma imensa sensação de infelicidade invadir o meu coração nesses tempos insanos que estava vivendo.

— Mas eu já vou avisando que eu tenho condições. — Fez questão de ressaltar ele, acabando com o meu momento.

— Que condições?

— Eu não quero em hipótese alguma que você faça qualquer tentativa de me aproximar dessas pessoas que me abandonaram. — Ele tinha problema em usar os termos pai e mãe. — Eu não quero, não faço questão e jamais vou querer fazer parte da sua família. Saiba que tudo que eu estou fazendo é apenas por você, que afinal não tem culpa de nada que me aconteceu. — Ele deu uma pequena pausa e em seguida me perguntou:

— Temos um acordo?

— Sim. Eu prometo que não vou fazer qualquer tentativa de te aproximar dos seus pais.

Ele fechou a cara naquele momento, mostrando todo o seu péssimo humor.

— Meus pais não. Seus pais.

— Tá bem. Meus pais. — Tentei não contrariá-lo antes que achasse que não estava cumprindo o nosso acordo. — Só que, por favor, não conte ao Leandro que...

— Que você não é filho dele? — Completou. — Ele só pode ser um rico muito metido pra não aceitar isso.

— Ele não é assim. — Disse, na esperança de defendê-lo. — No fundo, ele é uma pessoa boa. Você só não o conhece direito.

— E nem quero conhecê-lo.

— Você sabia que é muito parecido com ele? — Ele fechou novamente a cara. — Ambos são teimosos e acham sempre que estão certos. E, aliás, você também o lembra muito fisicamente.

— Pode achar o que você quiser, o meu recado já está dado e agora vou voltar para casa.

Ele foi se levantando, mas antes que saísse eu lhe chamei novamente.

— Por que você não fica mais um pouco? — Pedi para ele. — Seria ótimo ter companhia está noite.

— Você já se esqueceu do nosso acordo? — Ele ficou indignado.

— Eu não me esqueci do nosso acordo para você salvar o seu pai. — Respondi. — É que depois que ele foi internado, essa casa ficou tão vazia.

Naquele momento eu me senti como uma criança que pedia para dormir com o pai por medo do escuro. No entanto, no meu caso, o que eu temia era a solidão que envolvia aquela mansão. Ele me fitou com pena e em seguida começou a explicar:

— Não é nada contra você. É que esse mundo não pertence a mim, ou seja, não faço parte disso.

— Tudo bem. — Consenti por fim.

No momento que se seguiu eu o vi desaparecer da minha frente, mas de repente uma ideia passou pela minha cabeça. Corri atrás dele e consegui encontrá-lo no jardim.

— Eu posso ir com você? — Mais supliquei do que perguntei.

— Pode. — Disse ele, respirando fundo.

Eu corri até o meu quarto e coloquei apenas algumas coisas necessárias em uma mochila. Voltei correndo para o jardim, só que não havia nem rastro dele. Fiquei decepcionado por ele ter me largado lá, só então ouvi uma voz vinda lá da frente.

— Você não vem comigo?

Alcancei-o um pouco mais adiante, pois ele andava muito rápido. Assim como a minha mãe, ele tinha a mania de caminhar olhando para baixo.

— Nós vamos andando?

— Claro que não, ou você acha que eu tenho um parafuso a menos?

Pensei seriamente em responder sua pergunta, só que se fizesse isso, seria um pouco chato.

— Por que não chamamos o motorista?

— Meu Santo Deus, como você é mimado.

Sorte que ele não aceitou, pois só depois me recordei que havia dado uma semana de folga para o motorista. O jeito então era ir de ônibus mesmo.

Fomos caminhando diante da lua, que permanecia linda no céu. Só que o que realmente me chamava a atenção no céu eram as estrelas, pois cada uma delas me fazia lembrar do Leandro, que nesse momento estava sozinho naquele hospital.

— No que você está pensando?

— É que quando eu vejo as estrelas, sempre me lembro dele.

— Não entra na minha cabeça como você consegue amá-lo tanto.

— Quem sabe não é por que ela é oca?

Agora já o considerava como meu irmão, pois já estávamos brigando como se fôssemos. Ficamos em um silêncio enquanto íamos caminhando, ouvindo apenas os sons dos nossos passos.

— Não acredito, você ficou em silêncio! — Exclamou ele, incrédulo.

— E você reclama toda hora que eu falo, e quando fico em silêncio, você também reclama. Não te entendo.

Chegamos no ponto e ficamos aguardando o ônibus. Como de noite não havia muito trânsito, ele veio rapidamente, e então fomos para sua casa. Embora soubesse que lá era um muquifo, ao menos estaria perto do meu irmão, que mesmo tendo um jeito difícil de lidar, eu queria muito me aproximar dele.

O ônibus foi dando muitas voltas pelo caminho e eu dei uma cochilada, pois estava muito cansado. Depois de algum tempo, Bruno me acordou dizendo:

— Júnior, o próximo ponto já é o nosso.

Levantei ainda meio sonolento do ônibus e fui seguindo até a porta. O ônibus logo parou e abriu suas portas, e nós descemos de frente para um viaduto cheio de moradores de rua. Eu achei tão estranhas aquelas pessoas que grudei no meu irmão.

— Pode ficar tranquilo, elas não mordem.

— É que eu não estou muito acostumado com mendigos.

— Claro que você não está acostumado com mendigos. Você mora na Saúde, o que você queria?

Simplesmente o ignorei. Não ia ficar dando corda para essas discussões sociais que ele fazia. Recordei de quando cheguei na mansão, e fiquei indignado como o Leandro vivia. E agora eu pensava como ele, e meu irmão estava lá para me criticar como eu fiz há algum tempo. O dinheiro é tão corruptível que pode mudar a visão de qualquer pessoa, inclusive tomar a gentileza e humildade.

Chegamos a casa dele tarde da noite. Agora que havia entrado pela segunda vez, pude perceber que a casa era um pouco pior do que me recordava. Por nossos hábitos, também pude ver o quanto éramos diferentes. Eu fui até um canto da casa e coloquei os meus pijamas, enquanto ele apenas ficou de shorts. Eu escovei os dentes antes de dormir, ele acho que nem escova tinha. Aliás, em matéria de produtos higiênicos, seu banheiro estava sem nada. Só que com relação a isso, o restante da casa não era muito diferente, porque lá não tinha absolutamente nada. De repente tive uma ótima ideia do que fazer com a sua casa, mas seria uma surpresa para ele.

Fui até o colchão onde ele estava dormindo e me deitei ao seu lado. Eu estava muito cansado, só que não estava com sono. Queria conversar com ele, saber mais sobre sua vida, sobre seus amigos e coisas afins. No entanto, ele por sua vez parecia já estar contando carneirinhos.

— Bruno? Você já dormiu?

— Já. — Respondeu ele, com seu cansaço bem evidente.

— Por que você não me fala sobre os seus amigos? — Disse, dando uma ideia sobre o que poderíamos falar.

— Por que eu estou tentando dormir?

— Eu acho incrível como você adora responder as minhas perguntas com outra pergunta.

Ele respirou bem fundo tentando manter a calma e então se sentou no colchão de frente para mim.

— O que você quer saber sobre os meus amigos?

— Quem são eles, o que fazem, tudo o que você quiser me dizer.

— Todos eles são pessoas trabalhadoras, honestas e que dão duro para vencer na vida. — Começou dizendo ele. — E eu admiro cada um deles pelo que fazem. Agora é a sua vez.

— Minha vez? — Questionei, sem acreditar que ele queria saber algo sobre a minha vida. — A minha namorada você já conheceu. Agora eu tenho um amigo que se você ver diz que ele é idêntico ao Bob Marley, uma amiga que canta melhor que muitas cantoras profissionais e outra que consegue te encantar apenas com o seu jeito.

— E eu aposto que todos são filhinhos de papai. — Deduziu ele.

— Você está muito enganado. — Falei, defendendo meus amigos. — Saiba que eu estudo em um colégio público onde todos aprendem desde cedo que a única maneira de alcançar seus sonhos é lutando.

— Por que você estuda em um colégio público sendo que tem dinheiro para pagar um particular?

— Parece que nem todo mundo é como você pensa. — Rebati.

Eu levantei da cama, peguei minhas coisas e fui saindo da casa em direção para rua. Ele veio andando atrás de mim, gritando:

— Aonde você vai?

— Eu vou embora. — Gritei em resposta.

— Volte aqui. — Ordenou ele, mas nem sequer dei ouvidos. — Quer saber? Pode ir então. Volte pro seu castelinho.

Eu sabia o quanto ele estava magoado, só que eu estava ainda mais. Não tive nem sequer coragem de olhar para trás e ver como estava, apenas saí correndo de pijamas e tudo para fugir daquilo.

Confusão

Em poucos minutos, já estava perdido no meio daquele monte de ruas desconhecidas. Não conhecia Diadema e não tinha a menor noção de onde estava. Não encontrava qualquer sinal de pessoas no meu caminho para que pudesse perguntar como fazia para voltar para São Paulo.

Passei em uma avenida e algumas prostitutas estavam lá. Uma delas, que era loira e muito bonita, veio andando na minha direção:

— O garotinho se perdeu da mamãe? — Perguntou ironicamente, levando as outras ao riso.

— Você sabe como eu faço para voltar para São Paulo? — Perguntei, ignorando sua provocação.

— Como você volta para São Paulo eu não sei, mas se você quiser se encontrar, eu posso te mostrar o caminho. — Disse ela novamente me provocando.

— Sinto muito, se você não pode me ajudar eu vou continuar o caminho. — Falei, colocando um ponto final nas suas provocações. Contudo, me lembrei que tinha dinheiro no bolso. — Tem certeza que você não sabe como eu faço para voltar para São Paulo? — Tornei a perguntar, desta vez lhe mostrando o dinheiro.

— Você segue essa avenida até o final e vira à direita. Lá você vai encontrar um ponto onde passam ônibus que te levam para os terminais. — Explicou ela, tomando em seguida o dinheiro da minha mão com a mesma ambição que um cachorro tem pela sua comida.

A cada passo que eu dava, lembrava da discussão que havia acabado de ter com o Bruno. Ele era grosso, estúpido e ainda por cima um cabeça dura. Contudo, eu precisava dele para salvar a vida do Leandro, e comecei a pensar se não havia agido mal. Mesmo se eu quisesse voltar não conseguiria, pois já havia me perdido para chegar no ponto e não queria me perder de novo para chegar até a casa dele.

O ônibus estava demorando para chegar. Estava andando de um lado para o outro impaciente, até que me cansei e sentei no banco. Queria logo que o ônibus viesse e me levasse de lá, pois aquela rua deserta me fazia sentir medo.

No mesmo instante que vi o ônibus que precisava vindo um pouco mais adiante na avenida, vi também um bando de arruaceiros dobrando a esquina. Eles eram seis e quando me viram, começaram a andar com passos largos na minha direção. Dei o sinal para o ônibus, contudo quando estava subindo eles me puxaram de volta, me derrubando de costas no chão. O motorista ao invés de ajudar, apenas acelerou o carro e foi embora.

— Esse não era o seu ônibus, bebê. — Disse um deles, que provavelmente devia ser o líder do bando.

— Como sabe o que eu queria? — Perguntei de modo bem brusco para tentar amedrontá-los, mas não vi qualquer sinal de medo.

— Ele quer ser valente, rapazes. — Disse o mesmo rapaz, arrancando novamente risos dos outros.

Ele me estendeu uma mãe e me ajudou a levantar, só que no momento seguinte me lançou novamente no chão, e a única coisa que eu ouvi foi um baque quando meu corpo colidiu com o chão. Ele então me deu um chute na barriga que me fez contorcer de dor, e depois outro chute em mim, desta vez no meu rosto. Enquanto todos se matavam de tanto rir, aquele cara pisou bem fundo no meu peito e manteve o seu pé lá.

— Onde está sua valentia agora, garotinho?

Eu estava caído imune no chão quando finalmente pude ouvir alguém se aproximando de nós.

— Larga ele. — Ordenou uma voz que reconheci ser a do Bruno, que agora estava bem próximo.

— E se eu não largar? — Questionou o rapaz pisando ainda mais forte no meu peito, mas logo ele foi lançado longe com um soco pelo meu irmão.

A reação seguinte não foi muito boa. O tempo que o cara levou para se levantar foi o mesmo que meu irmão levou para me tirar do chão. Logo o bando todo estava nos rodeando. Meu irmão foi novamente pra cima de um, só que foi agarrado por trás pelo outro e nocauteado na barriga. Ele caiu no chão e começou a ser esmurrado e chutado. Eu avancei para tentar fazer alguma coisa, mas fui lançado longe por um deles, enquanto via meu irmão apanhando.

Para a nossa sorte, alguns motoqueiros - bem maiores do que aqueles arruaceiros - passavam por lá e pararam para ajudar. Em uma questão de segundos o bando já havia dado o fora, inclusive o líder deles havia tomado um pontapé de um motoqueiro. Um carro parou na avenida para ver o que era o tumulto e dele desceu um senhor de óculos, não muito velho.

— Posso ajudar em alguma coisa? — Pediu educadamente o senhor.

— Eu ficaria muito grato se o senhor me ajudasse a levá-lo para nossa casa. — Falei, ainda desesperado pelo estado que ele estava.

— Onde vocês moram garoto? Perguntou o homem.

— Eu não sei. — Respondi aflito, enquanto todos me olhavam como se não entendessem nada.

Meu irmão, que eu julgava estar inconsciente, murmurou alguma coisa que tanto eu quanto os outros não entendemos o que era. Quando observamos com mais atenção, pudemos ouvir que ele estava dando o endereço.

— Eu sei onde fica. — Falou um dos motoqueiros.

Nós colocamos meu irmão dentro do carro do senhor e fomos seguindo o motoqueiro. Antes que voltássemos para casa, pedi para pararmos num posto 24 horas onde tinha um mercadinho, e comprei algumas coisas para comermos, e uma farmácia onde comprei alguns curativos.

Os motoqueiros nos acompanharam até a nossa rua, e deixaram dando uma leve batida na buzina como forma de se despedir. O senhor me ajudou a descê-lo do carro e a levá-lo até deitá-lo no colchão. Na certa ele ficou admirado com a sua pobreza, só que a única coisa que fez foi perguntar se precisaríamos de mais alguma coisa. Respondi que não, mas agradeci muito pelo que um estranho havia feito por nós.

Liguei para minha mãe e lhe contei o que havia acontecido. Primeiro ela brigou comigo por ter saído essa hora da noite, e depois disse que viria até aqui. Como ela percebeu que a ideia era absurda, ficou onde estava e me passou instruções sobre como fazer os curativos.

Cuidadosamente fui seguindo suas instruções e limpando os ferimentos, fazendo curativos em cada um deles. Seus braços estavam cortados, sua cabeça estava ferida, seus olhos estavam roxos e outras partes também estavam muito machucadas.

Depois de cuidar dos seus ferimentos, aproveitei que estava dormindo e fui preparar um chá e bolinhos para que pudesse se alimentar. O fogão dele estava todo enferrujado e sujo, e as panelas piores ainda. Antes de mais nada, lavei as panelas e vasilhas na pia, que descobri estar com vazamento, e depois dei uma limpada rápida no fogão. Preparei a comida e levei até o colchão. Ele por sua vez já estava acordado.

— Como você está se sentindo?

— Muito bem, obrigado. — Falou ele, sendo até educado. — Só tomei uma surra, mas estou bem. — Agora ele já estava sendo irônico.

— Você não está achando que a culpa foi minha, está?

— E de quem mais pode ter sido? — Rebateu ele. — Você fugiu no meio da noite em uma cidade desconhecida.

— Quer saber de uma coisa? A culpa de tudo isso ter acontecido é toda sua, porque se você não tivesse me ofendido eu não teria fugido.

— Minha culpa? — Perguntou ele como se não acreditasse no que estava ouvindo. — Você foge e a culpa é minha?

Parei de discutir com ele no momento que percebi que já estávamos brigando novamente. Costumava brigar com o meu outro irmão quando eu era criança, afinal qualquer criança briga, mas desta vez era diferente porque já havia crescido e a cada conversa que eu tinha com esse petulante do meu outro irmão já era motivo de briga.

— Será que a gente não consegue ter uma conversa sem que ela termine em briga? — Questionei, enquanto lhe cedia uma xícara de chá.

Ele me fitou por alguns segundos e depois bebeu um pouco do seu chá, e só então se virou novamente na minha direção para dar continuidade a nossa conversa.

— É de camomila? — Indagou ele.

— O quê? — Agora não havia entendido nada.

— Perguntei se o sabor do chá é de camomila. — Explicou ele, me indicando a xícara.

— Você não respondeu a minha pergunta. — Observei.

— Ok. A gente sempre acaba brigando porque enquanto eu te pergunto qual o sabor do chá, você me pergunta porque a gente sempre acaba brigando. — Respondeu ele. — Não estamos na mesma sintonia.

— Não entendo porque você complica tanto a nossa aproximação. — Disse magoado. — Eu não tive culpa do que lhe aconteceu no passado.

— Eu sei que você não teve culpa.

— Às vezes não parece que você sabe disso.

Nossa conversa parou durante um breve momento no qual pensei onde estava errando. Eu queria muito poder me aproximar dele, mas não sabia exatamente como fazer isso.

— Eu levanto minha bandeira branca se você levantar a sua. — Propôs ele.

— Acordo fechado. — Falei, concordando com a trégua. — Também levanto minha bandeira branca.

Tomamos o chá enquanto a nossa conversa se prolongava até de madrugada, quando finalmente fomos dormir. Pegar no sono naquele colchão duro não foi uma tarefa fácil para mim, contudo para o meu irmão era simplesmente deitar que já estava dormindo no mais profundo sono de tão acostumado com as suas condições. Quando ele estava acordado parecia um adulto, só que quando estava dormindo tinha o jeito de uma criança. A expressão dele era leve e tranquila, e ele finalmente parecia calmo.

Amanheci com câimbra por causa da minha ótima noite, e meu irmão acordou com o corpo todo dolorido pela surra. Mesmo assim, ele se levantou e antes mesmo de me acordar já havia passado um café.

— Beba, pois vamos ter um dia longo hoje. — Falou ele, me entregando o copo com café.

— É hoje que você vai colher o sangue para análise da medula óssea?

— Sim. O médico do seu pai me passou o endereço da clínica e inclusive já marcou hora para mim. — Explicou ele.

— Você não sabe como eu fico grato pelo que está fazendo por nós.

— Eu estou fazendo isso apenas por você. — Esclareceu.

— Mesmo assim, obrigado. — Tornei a agradecer.

Depois do nosso café da manhã, fomos direto para a clínica, chegando no horário exato que ele estava marcado. Acompanhei meu irmão até a sala de espera, onde apareceu uma enfermeira para barrar minha entrada.

— Apenas ele pode entrar. — Resmungou ela.

— Eu preciso acompanhá-lo. — Tentei ser convincente.

— Pode ficar tranquilo que ele vai estar sobre ótimo cuidado dos médicos.

— Júnior, é melhor você me esperar aqui. — Pediu ele, e então eu atendi ao seu pedido aguardando-o sala de espera.

Dentro de alguns minutos ele já estava atravessando novamente a porta da sala de espera, pelo visto inteiro. Corri afobado até ele e já fui lhe enchendo de perguntas:

— Como foi? As medulas são compatíveis? Você está sentindo dor?

— Calma, calma. — Pediu ele. — Uma pergunta de cada vez.

— Eu já não aguentava mais ficar aguardando por você. — Falei, demonstrando todo o desespero que estava sentindo.

— Mas não se passou nem uma hora desde que entrei. — Expôs ele, um pouco pensativo. — A única coisa que fizeram foi coletar o meu sangue.

— Coletar o seu sangue? — Agora era eu que não estava entendendo absolutamente nada. — Mas ele precisa de uma doação de medula óssea e não de sangue.

— Não é nada disso. — Respondeu ele. — Eu perguntei para o médico e ele me explicou que a análise da compatibilidade é realizada por meio de testes laboratoriais específicos através de amostras do sangue do doador e receptor, chamados de exames de... — Ele deu uma pausa tentando lembrar o nome e em seguida completou. — Histocompatibilidade.

— Então tá. — Falei, sem tentar contrariá-lo depois da resposta que ele havia me dado. — Se o médico falou isso, só resta confiar no que ele disse.

Saímos da clínica médica e aquele foi o momento em que, depois de um dia juntos, nos separarmos. Ele tinha um compromisso e eu iria visitar o Leandro no hospital, de quem já estava morrendo de saudades, mas isso não era nada demais, afinal era só eu sair do seu quarto que já estava com saudades.

— Você tem certeza de que vai ficar bem sozinho? — Perguntei para o meu irmão, me sentindo como a minha mãe quando eu ia pra escola.

— É claro que eu vou ficar bem, afinal eu vou estar longe de você. — Respondeu ele, e se eu não tivesse percebido que estava brincando, na certa ficaria ofendido.

— Ok. Agora a culpa de você se meter em confusão é minha.

— Óbvio que sim. — Esclareceu ele. — Afinal, quem consegue se meter em tanta confusão em apenas uma noite?

Não quis contrariá-lo, então nem me dei ao trabalho de me defender novamente. Queria muito ter dito que ele sim era um ímã pra atrair confusão, só que como não gostaria que nossa conversa terminasse em outra briga, deixei passar.

— Então... Tchau. — Falei, me despedindo.

— Tchau. — Respondeu ele já de longe, enquanto me dava às costas e partia.

Havia me apegado a ele em apenas uma noite. Deixá-lo debaixo daquele delicioso sol da manhã era complicadíssimo, mesmo sabendo que ele voltaria. E principalmente ao fato de que sem ele, estava sozinho. Tudo isso era muito difícil.

— Bruno. — Gritei, na esperança de que ouvisse e para minha sorte lá de longe ele se virou para trás.

Fui correndo até onde ele estava, e ao alcançá-lo antes que falássemos qualquer coisa, lhe dei um abraço. Ele até lutava contra as emoções, mas acabou se envolvendo.

— É para que você lembre de tudo que fez e está fazendo por mim. A propósito, obrigado por ter salvo a minha vida e por estar salvando também a do meu pai.

Ele permaneceu alguns segundos parado e sem conseguir pronunciar absolutamente nada. Acho que ele tinha tanto medo de sentimentos que o fato de eu ter lhe abraçado o fez entrar em estado de choque. Depois disso ele se afastou e o vi desaparecer lentamente do meu caminho. No entanto, não fiquei preocupado por ele não ter dito nada, porque pude sentir algo.

Voltei ansioso ao hospital para ver meu pai. Ao entrar no seu quarto, toda a minha ansiedade se foi quando vi como estava abatido e fraco. Ele estava pálido, com a boca ressecada e aparentava estar muito frágil. Tive tanta pena dele, deitado na cama daquela maneira, que senti um nó se firmando na minha garganta.

— Júnior? — Falou ele, quase sussurrando. — É você que está aí?

— Sim pai, sou eu. — Sentei ao seu lado na cama e segurei bem firme a sua mão. — Como você está?

— Não tão bem quanto gostaria. — Afirmou ele, forçando um sorriso. — E você, meu filho?

— Eu estou bem. Finalmente estou conseguindo me aproximar do meu irmão, inclusive até dormi ontem na sua casa.

— Fico muito feliz por vocês. — Disse ele, só que sem entusiasmo.

— Vocês também vão poder ficar juntos durante muito tempo. Você vai ver, nós vamos te salvar.

— A única coisa que me importa agora é ver você feliz. Isso já é o bastante para que eu possa... — Ele não conseguiu terminar sua frase de imediato. — Morrer em paz.

— Não fale bobagens, pai. — Reclamei. — O Bruno vai te doar medula óssea e você vai sair bem dessa.

Quando ele me olhou com uma expressão de dúvida, lembrei que não havia lhe falado o nome do seu filho.

— Bruno é o seu filho. — Expliquei.

— Depois de tudo que eu fiz para esse garoto, ele ainda vai ajudar a salvar a minha vida? — Leandro parecia inconformado. — Eu não tenho esse direito de exigir isso dele.

Lágrimas caíram dos olhos do Leandro, pelo menos o bastante que a doença ainda permitia. Esse foi o momento que eu o vi falar com um pouco de intensidade, o que não era muita coisa.

— Você não está exigindo nada dele. — Deixei bem claro e ele então se acalmou. — Tudo o que está fazendo é de livre vontade.

— Ele tinha todos os motivos para me odiar, e sentir raiva de mim. Entretanto tudo o que faz é ajudar a salvar a minha vida.

— Isso porque ele herdou o que você tem de melhor. E um pouco do que tem de pior também, é claro.

Leandro deu uma risada, e por sinal foi a mais forte até aquele momento. Logo a enfermeira entrou. Antes que falasse qualquer coisa, já fui dizendo:

— Já sei. O horário acabou.

— Isso mesmo. — Concordou ela. — O paciente precisa descansar.

Contra a minha vontade levantei da sua cama e fui me despedindo dele. Essa era sempre a pior parte, se despedir.

— Nós voltamos a nos encontrar, pai. Você vai ficar bem sozinho?

— Pode ir. Eu prometo que vou ficar bem.

E com o coração apertado, novamente tive que deixar o quarto do hospital, dando uma breve olhada no Leandro antes de sair. E lá estava ele me observando ir embora, com certeza com o coração apertado também, e um pouco pior do que quando eu havia entrado no seu quarto.

A cada momento que se passava, sentia como se essa doença tomasse meu pai de mim e também como se me afastasse dos meus amigos. Nos dias que se seguiram, percebi que a cada instante estava mais afastado da Ellen. Ia frequentemente visitar meu pai. Minha mãe também ajudava, pois quando ia pra escola era ela quem ficava com Leandro. Vendo os dois juntos, jurava que o amor que sobrou das feridas do passado estava se regenerando. Embora as coisas estivessem dando certo para os dois, a única coisa que não saía como queríamos era o fato do meu irmão não querer absolutamente nada com eles. Depois de uma série de exames, descobrimos que a medula deles eram compatíveis e, ao contrário de todos, não vi isso como acaso e, sim como um recado do destino.

III

Tratamento

Era sexta-feira, e tive que optar entre acompanhar meu pai na primeira quimioterapia ou entre a prova de física. Embora precisasse de nota, meu pai era mais importante do que qualquer coisa. E eu não deixaria de acompanhá-lo nesse momento. No caminho para o hospital, minha mãe tentava me fazer desistir da ideia.

— Filho, acho melhor você ir pra escola. — Falou ela, para variar me contrariando.

— Não mãe. Eu quero acompanhá-lo na quimioterapia. — Falei, certo do que queria.

— Já que não tenho como persuadir você, o jeito é estudar pra prova final depois, ouviu mocinho?

Assenti para que ela ficasse satisfeita, embora duvidasse que fosse aprovado só pela prova final. Até hoje não tinha a menor ideia do que era um campo elétrico. Estávamos tão nervosos que no resto do caminho não trocamos uma única palavra.

Chegamos um pouco antes de começar a quimioterapia. Meu pai estava sentado aguardando o médico, um pouco nervoso e impaciente. Ao nos ver, pude perceber que ele relaxava, mas depois já assumiu seu nervosismo novamente.

— É melhor você tentar se acalmar. — Preveniu minha mãe.

— Estou fazendo o melhor que posso. — Respondeu grosseiramente.

— É normal ele estar nervoso. — Falei, tentando fazer com que os dois relaxassem.

— Desculpe se fui grosseiro, Marina. — Começou a explicar. — É que tudo isso... Essa doença... — Ele estava tão confuso que não conseguia nem sequer terminar as suas frases.

— Eu sei o que você está passando, Leandro. — Advertiu ela.

— Se eu sobreviver a tudo isso, prometo que vamos consertar tudo que erramos. Juntos.

— Juntos. — Confirmou emocionada.

Contudo ele parecia não ter dito tudo o que queria. Ainda faltava algo, podia ver isso pela maneira como nos encarava, principalmente pelo modo que olhava para minha mãe. De repente, ele começou a desabafar tudo o que estava sentindo.

— Eu sei que talvez seja tarde demais para dizer isso, mas eu amo você. Aliás, eu sempre amei você, durante todos os momentos da minha estúpida vida. Sei que já disse isso, mas se pudesse jamais teria te abandonado. Teria vivido cada momento ao seu lado, independente das circunstâncias.

Mamãe foi andando até onde ele estava perplexa por tudo que ouvia. Calmamente se sentou ao seu lado e segurou na sua mão.

— Nós dois realmente erramos, mas sempre a vida nos dá novas chances. Novas chances para recomeçar. Nunca podemos voltar atrás e fazer um novo começo, contudo é sempre possível começar agora e fazer um novo final. — O discurso dela foi bem curto, mas conseguiu nos tocar profundamente naquele difícil momento.

Depois do que minha mãe disse, senti como se algo mudasse em mim, me tornando mais forte. Talvez fosse meu desejo de que tudo daria certo. E pelo visto o Leandro também havia conseguido isso, pois em uma questão de segundos ele pareceu se tornar bem mais saudável e forte.

— Marina, eu sei que já devia ter feito isso há muito tempo, mas como você mesma disse, a vida sempre nos dá novas chances e sempre é tempo de recomeçar. — Ele falava muito nervoso, chegando até a gaguejar. Só que o nervosismo não parecia ser proveniente da quimioterapia que faria em alguns minutos. — A única coisa que eu tenho que te perguntar é se você aceita se casar comigo e viver cada momento que me resta ao meu lado. — Pediu educadamente.

Fiquei boquiaberto ao mesmo tempo em que minha mãe ficou sem palavras. Ninguém esperava que o Leandro fosse falar uma coisa dessas, aliás fazer uma coisa dessas. Até eu, que não estava envolvido no pedido, fiquei pasmo.

— Se eu não tivesse doente, até pediria de joelhos conforme a tradição manda. — Completou ele, quebrando o silêncio.

— Você não pode brincar com uma coisa dessas. — Retrucou ela, ainda sem consciência do que estava acontecendo.

— Eu não estou brincando. — Afirmou Leandro, aos risos. — Tudo que eu falei é a mais absoluta verdade.

— Então isso não é uma piada? — Perguntou minha mãe, ainda não acreditando que isso fosse verdade.

— Jamais brincaria com uma coisa dessas.

Fiquei parado em um canto, sem me intrometer na conversa dos dois. Podia ver toda a indecisão dela e toda a certeza que Leandro tinha do que estava fazendo. Mas antes que ela pudesse lhe dar uma resposta, o médico entrou no quarto interrompendo a conversa.

— Está na hora da quimioterapia dele. — Explicou apressadamente, nos expulsando. — Acho melhor vocês irem tomar um café.

— Doutor, e se algo der errado? — Indaguei, preocupado.

— Você serão os primeiros a saber do resultado. Mas não creio que algo venha a dar errado.

Fomos obrigados a sair da sala, mesmo transbordando de preocupação. Para passar o nervosismo, achei melhor irmos tomar um suco de maracujá na lanchonete do hospital. Comprei dois sucos e os levei até a mesinha na qual minha mãe estava ao ar livre.

— É melhor você se acalmar. — Aconselhei-a, passando o seu suco de maracujá.

— Obrigada filho. A única coisa que eu preciso agora é me acalmar.

— Você já pensou a respeito da proposta dele? — Questionei.

— Essa proposta não tem nem pé e nem cabeça. Não faz o menor sentindo depois de todo esse tempo nos casarmos.

— Por que, não? — Tornei a questioná-la. — Você mesma disse que a vida sempre da novas chances e nunca é tarde para recomeçar.

— Eu sei o que eu disse. — Esbravejou ela. — É que não é todo dia que nos pedem em casamento.

— Você disse tudo. Não é todo dia que nos pedem em casamento, então seria uma burrice dizer não e desperdiçar essa chance.

Ela refletiu por um breve instante, com certeza levando tudo em consideração. Ainda meio em dúvida, tornou a dizer:

— E se nem tudo der certo?

— As coisas que tiverem que dar certo, vão dar. Agora aquilo que não tiver que dar certo, não vai dar. — Não sabia de onde estava tirando esses conselhos tão maduros.

— Eu tenho tanto medo. — Assumiu por fim.

— Quantas vezes você vai querer jogar a sua felicidade fora? — Disse de uma vez, só depois percebendo o que eu havia dito.

Eu falava com razão, é claro. Eles haviam jogado todas as chances de serem felizes fora, e agora que tinham a oportunidade de se reconciliarem, não permitiria que cometessem o mesmo erro.

— Você tem razão. — Concordou. — Eu vou aceitar o pedido.

Nada podia me deixar mais feliz. Se tudo desse certo no tratamento do Leandro, ele se casaria com a minha mãe e juntos seríamos uma família. Para que tudo ficasse perfeito faltava apenas que o meu irmão viesse se juntar a nós, mas isso já seria um pouco mais difícil de acontecer. Afinal, nunca se pode ter tudo na vida.

As horas foram passando e aguardávamos ansiosos por notícias. O médico não aparecia, o que fazia com que ficássemos criando ideias sobre o que podia ter acontecido. Minha mãe estava tão desesperada que resolvi sugerir que ela fizesse alguma coisa para se distrair.

— Mãe, o que você acha de buscar um café para nós lá na lanchonete?

— Ótima ideia. — Ela saiu da sala de espera e foi para lanchonete.

Fui andando até um dos banquinhos da sala de espera e me sentei lá. Levei minhas mãos ao rosto para manter a calma quando senti alguém me cutucando pelas costas. Virei para ver quem era e me deparei com o meu irmão, que também parecia atônito.

— Bruno? O que você está fazendo aqui?

— Nada. Só vim ver como você estava.

— No hospital? — Agora não estava entendendo nada.

Ele arfou impacientemente e simplesmente ignorou a minha pergunta. Eu também não me incomodei por não ter me explicado nada, pois estava tendo uma ideia do que ele tinha ido fazer lá.

— Como foi o seu dia? — Perguntei, puxando assunto.

— Foi bom. — Disse objetivamente.

Pelo pouco que o conhecia, percebi que a coisa que mais temia era deixar que outras pessoas percebessem o que estava sentindo. E eu vi uma mistura de medo e preocupação nele, sentindo que ele estava começando a se importar com o pai.

— Você já teve alguma notícia da quimioterapia? — Indagou ele, como quem não quer nada.

— Ainda não. Nós estamos todos preocupados com o que pode estar acontecendo lá dentro.

— Nós? — Questionou ele, para só então eu perceber que não havia dito que minha mãe estava lá. Mas antes que pudesse lhe falar qualquer coisa, foi tarde demais, porque exatamente naquele momento ela voltou com os cafés.

Os olhares de mãe e filho se encontraram ao mesmo tempo em que os cafés escorregaram das suas mãos e caíram no chão. Tensão e emoção se misturaram assim como podia sentir o coração dos dois batendo aflito nos seus peitos. Antes que qualquer um pudesse dizer qualquer coisa, meu irmão se levantou e foi se retirando do hospital em passos largos e ágeis. Obviamente fui correndo atrás dele para alcançá-lo.

— O que está havendo Bruno?

— Você descumpriu o nosso acordo. — Respondeu ele, demonstrando toda a sua raiva que estava sentindo.

— Como assim eu descumpri nosso acordo?

— Você jurou que não tentaria fazer nada para me aproximar dos nossos pais... Digo, dos seus pais.

— Mas eu não fiz nada. — Retruquei. — Você veio até o hospital de livre e espontânea vontade.

Ele se preparou para dar uma resposta, entretanto nem começou a falar nada, porque ficou evidente eu estava com a razão. Apenas me olhou torto por estar morrendo de raiva.

— Você não tem jeito. — Emendei.

— Você vive aprontando comigo e eu que não tenho jeito agora? — Reclamou ele pra variar. — Depois a gente se fala.

E então foi embora, fugindo de tudo aquilo. O pior é que ele sempre conseguia me tirar do sério com essa sua mania de largar as coisas pela metade. Pra que eu conseguisse esvaziar a cabeça e me concentrar no que realmente importava naquele momento, fui dar uma volta pelo jardim do hospital, debaixo daquele calmo sol da manhã.

Enquanto estava caminhando, vi uma menina que brincava no gramado. Essa pequena garotinha estava com o cabelo raspado bem curto, permitindo que apenas identificasse o seu sexo pelos traços de seu rosto. Fiquei observando-a brincar com sua boneca, que era tratada com muito carinho.

— É muito triste quando você vê alguém que ama caminhando em direção à morte e não pode fazer absolutamente nada. — Falou alguém às minhas costas.

Ao olhar quem estava falando comigo, vi uma mulher de longos cabelos morenos e olhos verdes, que era muito bonita, só que sofrida. Mas ela não parecia maltratada porque estava doente, muito pelo contrário, pois aparentava estar repleta de saúde.

— O que ela tem? — Perguntei, indicando a garota.

— Leucemia. — Respondeu a mulher, fazendo com que sentisse um aperto no meu coração.

— E ela está assim por causa da quimioterapia? — Fiz outra pergunta, desta vez as palavras pareceram me ferir.

— Esse é o mais leve dos resultados da quimioterapia. Podem acontecer coisas muito piores.

Medo. Essa foi a única coisa que consegui sentir, sabendo que o meu pai estava passando por isso agora. Não quis me aprofundar no assunto e perguntar quais eram as coisas piores, porque tinha mais medo ainda do que ela me responderia.

Ao me notar conversando com a moça, a menina parou de brincar e veio andando até nós. Com um sorriso largo em seu lindo rosto, ela me abraçou como se fosse um velho amigo.

— Oi meu anjo. — Falei carinhosamente, pegando-a no colo.

— Você é muito bonito. — Elogiou-me com sinceridade.

— Obrigado, são seus olhos. — Ela me fitou com os seus olhinhos brilhantes.

— Você também está doente? — Perguntou com curiosidade.

— Não. É meu pai que está.

Minha tristeza foi bem evidente. Com muita pena por eu ter ficado triste, a garotinha afagou o meu rosto calmamente.

— Não fique triste. Vai passar. — Afirmou com certeza, por ter vivido isso. — Mamãe também chorava muito no começo, e depois começou a sorrir mais.

Dei uma ligeira olhada para mulher e percebi que ela discretamente enxugava suas lágrimas. Devia ser muito duro para ela ver sua filha, apenas uma criança, sofrendo com isso. Pensei no quanto Leandro sofreu, e depois pensei como devia ter sido ainda mais duro para elas.

— Quantos aninhos você tem, querida?

— Sete.

— E como você se chama?

— Ana, mas todos me chamam de Aninha.

— Ok. Eu me chamo José, só que você pode me chamar de Júnior. E foi um prazer te conhecer.

Beijei sua testa e depois a coloquei de volta no chão. Ela foi correndo para onde estava anteriormente e voltou a brincar com a sua boneca. Senti muita afinidade com aquela garotinha, e realmente torci para que ela vencesse a leucemia.

Na sala de espera, minha mãe matinha uma expressão que parecia alegre. Percebendo a minha presença, veio correndo até mim como quem tinha novidades para contar.

— Deu tudo certo, filho. A quimioterapia foi um sucesso.

Abracei-a demonstrando toda a minha alegria por ter dado tudo certo. O médico veio em seguida e liberou a minha entrada, mesmo fora do horário de visitas, pedindo apenas que fosse breve.

Meu pai estava acordado no seu quarto, deitado na sua cama. Deu um breve sorriso quando me viu chegando, contudo ainda parecia frágil. Olhei para ver se notava algo de diferente nele, e a única coisa que consegui ver através do seu fino pijama foi um curativo sobre o seu peito.

— Como você está se sentindo?

— Um pouco sonolento e enjoado.

Ele começou a ficar branco e levou sua mão à boca. Foi tentando se levantar rápido, contudo não conseguia se equilibrar direito. Eu passei seu braço por cima do meu ombro e juntos conseguimos chegar até o banheiro. Depois o ajudei a voltar para a cama, sem fazer mais perguntas devido ao seu cansaço. Fiquei ao seu lado até que conseguisse pegar no sono, e saí do seu quarto. Depois do que o vi passando, fiquei imaginando o que aquela garotinha teve de enfrentar também.

Quimioterapias e constantes mal-estares foi ao que se resumiu o seu longo tratamento. Eu estive junto dele durante cada uma delas, lhe dando força para que seguisse adiante. Às vezes é muito difícil enfrentar um caminho repleto de obstáculos sozinho, mas acompanhado sempre fica mais fácil. E essa foi a maneira que encontramos de superar tudo isso.

Após as quimioterapias, vieram as radioterapias. Meu pai foi lentamente perdendo seus cabelos, só que ele preferiu raspar tudo de uma vez a ir perdendo aos poucos. E finalmente quando as células doentes se foram, foi o momento de fazer o transplante da medula óssea.

Contudo, um dia antes de fazer o transplante, o médico agendou uma reunião com a família para que soubéssemos como seria feita a doação e outros detalhes. Minha mãe fez questão de comparecer, assim como o fiel mordomo Alfred. Chamei a Ellen para que não ficasse por fora e se sentisse parte da família outra vez e, mesmo discordando, Bruno também compareceu.

Durante o tempo em que o médico não apareceu na sala, um súbito silêncio ficou no ar. Meu irmão foi quem se sentou o mais longe possível, minha mãe e Alfred estavam juntos e conversavam como dois amigos, e eu estava com o amor da minha vida, Ellen, que segurava fortemente a minha mão.

— Eu andei pesquisando sobre o assunto, e ao que me pareceu, seu pai não corre tantos riscos como antigamente.

— É muito bom saber disso, amor.

O médico finalmente chegou, trazendo meu pai numa cadeira de rodas. Ele olhou emocionado para todos nós, até que seu olhar se desviou para o meu irmão, que ele identificou com facilidade. Esperei que ele fosse dizer alguma coisa, mas não disse nada.

— Alguém tem perguntas sobre o caso? — Indagou o médico, quebrando o gelo.

Ninguém se pronunciou, nenhuma pergunta ou algo do gênero. Meu irmão levantou sua mão e o médico lhe passou a palavra.

— Dói? — Questionou ele, se encolhendo na sua cadeira.

— Uma picada. — Afirmou ele. — Você nem vai sentir.

O medo que meu irmão estava sentindo desapareceu no momento que a feição do seu rosto ficou tranquila. O médico abriu espaço para outras perguntas, no entanto ninguém se pronunciou novamente.

— Por que você não nos fala um pouco sobre o tratamento e a doença, doutor? — Sugeri.

— Boa ideia, Júnior. — Murmurou Ellen.

— Como vocês bem sabem, o tratamento muda de acordo com o caso. As quimio e as radioterapias servem para tirar as células imunes para que o paciente possa receber a nova medula óssea. Depois disso, o paciente recebe a medula como se fosse uma transfusão por meio do cateter. As células progenitoras do sangue transfundidas são levadas pela corrente sanguínea e se dirigem até a medula óssea, onde vão se instalar e começar lentamente o processo de recuperação.

— Doutor, fale um pouco também do doador. — Pediu meu irmão, quase chegando a suplicar.

— Pra que o Bruno possa dormir em paz, vou falar um pouco sobre a doação. — Continuou seriamente o médico. — Ela é feita através de uma agulha especial que eu vou injetar na sua bacia, retirando 15% da sua medula e transportando para seu pai. Você fica um dia em observação e depois volta pra casa, ficando sobre os cuidados da sua família.

Ele engoliu em seco essas últimas palavras do médico, me fitando como se quisesse dizer "estou perdido". Seria até legal manter ele em casa sobre os meus cuidados, seria uma chance de nos aproximarmos.

Ninguém fez uma pergunta sobre o procedimento, mostrando que não tínhamos conhecimento sobre a doença. Apenas pedimos explicações sobre como seria e outros detalhes mais.

Meu irmão me deixou inseguro, pois ao seu medo, temi que ele não comparecesse. E foi isso que fez com que no dia seguinte tanto eu como a minha mãe ficássemos preocupados: meu irmão viria ou não? Faltava pouco para dar o horário marcado, e conhecendo-o como eu conhecia, pensei se teria coragem de não vir. Nós dois conversamos muito pouco depois daquela última discussão, sendo que ele me culpava por ter encontrado a nossa mãe. Eu sabia que ele não queria qualquer relação com ela, muito menos com o meu pai, só que daquela vez eu não havia feito absolutamente nada.

Pudemos ficar um pouco mais tranquilos apenas quando ele atravessou as portas da sala de espera, faltando apenas cinco minutos. Minha mãe ficou no canto, observando, enquanto fui até ele para ver como seria.

— Você se atrasou. — Reclamei.

— Problemas em cima da hora. — Justificou ele.

— Devia tê-los evitado.

— Ok. Agora vamos ver como vai ser tudo.

O seguimos até o balcão, onde uma menina atendia. Explicamos a situação para ela, que nos indicou onde ficava a sala de cirurgia. Antes de irmos para lá, fiz um sinal para que minha mãe nos acompanhasse. Fomos andando pelos corredores do hospital, minha mãe de um dos lados e o meu irmão do outro, pra variar ignorando-a. O médico do meu pai já aguardava na porta da sala de cirurgia, quase pronto para iniciar tudo.

— Vocês se atrasaram. — Disse ele, chamando nossa atenção pelo atraso.

— A culpa é do mocinho aqui. — Expliquei.

— Não interessa de quem é a culpa, o que acontece é que o pai de vocês vai fazer uma coisa importante e seus filhos devem cumprir o horário. — O médico estava sério. — Bruno, você já pode entrar.

Ele já estava entrando na sala de cirurgias quando mamãe o chamou, dizendo pela primeira vez alguma coisa pra ele.

— Bruno. — Começou falando ela, com um pouco de receio, enquanto ele se virava. — Obrigado por tudo.

Meu irmão, por sua vez, a olhou com um olhar um pouco desconfiado e quando pensei que finalmente fosse lhe dizer alguma coisa, simplesmente se retirou para sala, me deixando com a ligeira impressão de que ele tinha algo a dizer e que não foi dito. O médico já estava fechando a porta quando o interrompi com a finalidade de lhe fazer um pedido.

— Doutor, eu sei que você provavelmente vai me dizer não, mas será que eu não posso assistir ao transplante? — Pedi.

— Vou permitir que você assista a isso apenas desta vez, para que não fique se desesperando do lado de fora. — Falou, atendendo ao meu pedido.

Meu pai estava deitado em uma das macas, com o mesmo cateter que usou nas quimioterapias, observando meu irmão. Quanto a ele, estava deitado na outra maca, aguardando pelo médico sem nem ao menos olhar para o nosso pai. O médico me fez colocar uma roupa como a dele, luvas e uma máscara.

A primeira coisa que ele fez foi aplicar uma anestesia geral no meu irmão, fazendo com que todo o meu corpo se arrepiasse devido ao tamanho da agulha. Em uma questão de segundos, o Bruno já estava apagado. Depois o médico foi retirando com uma agulha especial uma quantidade de medula referente a uma bolsa de sangue. Atráves do cateter do meu pai, a medula foi passando para ele.

Não abri minha boca nem por um segundo para que o médico pudesse se concentrar no processo. Percebi que tudo havia dado certo quando ele se gabou triunfante por mais um desafio vencido. Todo o processo havia sido da mesma maneira que ele havia explicado naquela reunião.

Meu irmão teve que ficar um dia em observação no hospital. Pelo que soube do pessoal do hospital, ele passou a noite inteira gemendo de tanta dor, o que era um exagero, é claro. Quanto ao meu pai, ele passou mal constantemente, até mais do que passava anteriormente, e o médico me explicou que isso era apenas um efeito do transplante. Então era normal que ele passasse mal.

No dia seguinte eu e o motorista fomos buscar meu irmão bem cedo no hospital. Ele já estava pronto e preparado para ir embora, até um pouco contrariado por não poder voltar para sua casa e ter de ficar na mansão.

— Não entendo porque não posso voltar para minha casa. — Afirmou, um pouco confuso e contrariado.

— Porque você não pode ficar sozinho. — Expliquei novamente.

— Então por que você não pode vir comigo para a minha casa? — Ele parecia uma criança birrenta.

— Na mansão tem tudo que precisamos. — Argumentei. — Conforto, empregados, proteção e tudo mais. Não vale a pena deixar lá e voltar para sua casa que não tem absolutamente nada.

Ele me olhou meio que de lado, pois estava com raiva de estar sendo contrariado. Para deixá-lo um pouco mais tranquilo, disse:

— Eu prometo que deixo a sua casa em ordem para que da próxima vez possamos ir pra lá.

— O que você quer dizer com isso? — Perguntou ele, preocupadíssimo. — O que você pretende fazer?

— Nada. — Falei, mas na verdade estava mentindo. Ele mal podia esperar pelo que faria por ele.

Família

Chegamos pela manhã na mansão. Bruno, assim como eu no meu primeiro dia lá, ficou reparando em tudo.

— Deixe-me adivinhar. — Começou falando ele. — Aposto que vocês tem uma TV de LCD com no mínimo 50 polegadas por quarto, com home teather e toda essa baboseira. Coisa que eu não tenho nem na sala da minha casa.

— Avante o comunismo. — Disse, fazendo piada com os seus papos socialistas. Ele me encarou aborrecido e depois desviou seu olhar. — Você vai ficar no quarto de hóspedes.

— Tudo bem, eu fico no quarto de hóspedes, mas não quero saber de luxo, ok? Se bem que acho que até a casinha de cachorro aqui deve ser luxuosa.

Ele deu uma risada, que logo foi abafada por uivos de dor onde havia levado a picada. Com a ajuda de Alfred, o levamos bem devagar e cuidadosamente até o quarto, deitando-o na cama. Coloquei um travesseiro para apoiar as suas costas e o cobri com um cobertor.

— Acho melhor você descansar um pouco e evitar se mexer. — Disse, me sentindo como uma mãe com um filho doente. — Pelo que soube do médico, essa dor dura pelo menos duas semanas.

— Eu não consigo acreditar nisso. — Reclamou ele. — Eu vou ficar dolorido por duas semanas?

— Pelo menos veja a boa ação que você fez. Graças a isso você salvou a vida de uma pessoa. — Ele me pareceu refletir por um momento. — A propósito, ainda não te agradeci. Obrigado pelo que você fez por mim e pela minha família.

Ele se acalmou após as pontadas de dor, e sem nem sequer olhar nos meus olhos, assentiu em resposta. Eu sabia que ele não queria ter nenhum laço com os meus pais, mas por um breve instante senti como se tivesse medo de se relacionar com eles.

Apaguei a luz do quarto e me retirei, deixando que ele pudesse descansar. Falei que qualquer coisa que ele fosse precisar, poderia pedir para qualquer um dos nossos funcionários que eles lhe atenderiam. Mas o conhecendo-o como o conhecia, tinha certeza absoluta de que não faria isso.

Fui até o escritório do meu pai e liguei seu computador. Entrei na internet e procurei por um bom pintor de casas. Sei que isso é meio estranho, só que nunca havia precisado de alguém que desempenhasse essa função. E agora que estava precisando, procurei pelo menos alguém bom. Encontrei uma empresa especializada em pinturas, anotei o seu número e liguei para lá, conseguindo agendar um horário à tarde com eles na casa do meu irmão em Diadema. Na certa ele ficaria furioso quando soubesse, mas afinal só estava querendo fazer alguma coisa por ele e acho que isso não era nenhum crime.

Decidi chegar um pouco antes dos pintores na casa para tentar dar um trato. Antes, porém, passei no mercado e comprei algumas coisas que sabia que seriam úteis na operação de dar um jeito na sua casa, como produtos de limpeza, sacos de lixo, vassouras e coisas do gênero. A casa estava em um estado catastrófico.

Dito e feito, quando entrei na casa me deparei com uma baderna ainda pior do que eu havia imaginado. Sacos de salgadinho espalhados pela casa, o chão imundo, as paredes manchadas como sempre, roupas espalhadas por todos os cantos da casa — inclusive na louça e no próprio guarda louça — e até baratas andavam pela casa. Se não soubesse que meu irmão mais velho morava lá, pensaria que era o lar de algum animal.

Iniciei minha dura e difícil operação limpeza. Comecei recolhendo todas as roupas em um saco, se bem que achava que ele precisaria de roupas novas, e deixei de lado para lavar depois na mansão. Após isso, foi a vez de esfregar a imundice que estava aquele chão e limpar aquela privada e a pia do banheiro – que pelo visto nunca foram limpas. A descarga estava quebrada, o que me fez pensar que a próxima coisa de que precisaria seria um encanador. Recolhi também todo o lixo que estava espalhado pela casa e tornei a esfregar o chão. Para tentar deixar o ambiente um pouco mais arejado, fui tentar abrir as janelas, que por sinal estavam quebradas. As que permaneciam inteiras, se quebraram no momento que tentei abri-las.

Dar um trato naquela casa não seria uma tarefa fácil de se concluir, entretanto daria o máximo de mim para que conseguisse. Pintar, consertar, organizar e arrumar era no que se delimitava essa tarefa. Isso levaria alguns dias e com certeza estaria tudo pronto quando meu irmão voltasse.

Os pintores chegaram no horário combinado. Na medida em que fui apresentando a casa a eles, foram ficando ainda mais espantados com o desafio que viria adiante e pelo que percebi, gostaram. Naquela mesma tarde, eles já começaram a dar um jeito na casa e como eram muitos, falaram que em dois dias tudo estaria pronto. Deixei a casa na mão deles e voltei para o conforto na mansão.

Meu irmão estava na sala assistindo TV, todo esticado no sofá. Olhei para aquela cena e por um momento pensei que ele tivesse resolvido se entregar ao conforto e desistido das suas ideias socialistas. Só que isso era bom demais para ser verdade.

— Só estou esticado assim pra passar a dor. — Se apressou em me explicar ele, provavelmente com medo do que estava pensando.

— Calma, não disse nada.

— Mas pensou. — Retrucou ele.

Observei o que ele estava assistindo na televisão, e me surpreendi ao ver que estava assistindo um filme de romance. À primeira vista, pensei que ele devia estar assistindo algum jogo de futebol ou corrida de cavalo, e fiquei realmente surpreso de encontrá-lo vendo um romance.

— Já sei. Você não acredita que eu assisto a romances, não é? — Deduziu.

— Olha, você é muito bom com deduções. — Afirmei. — Realmente não esperava que você gostasse de romances.

— Não sou tão insensível como pareço.

— É. Parece que não conhecemos um ao outro. — Conclui.

Sentei no sofá de frente para ele, embora gostasse do filme que estava passando, não pretendia assisti-lo. A única coisa que queria fazer era conversar um pouco com ele e conhecê-lo melhor, porque éramos irmãos. Pensei sobre o que poderia falar, até que me toquei que ainda não havia perguntado sobre a doação.

— Foi muito dolorido fazer a doação?

— Só a anestesia. — Respondeu ele. — Depois eu apaguei e quando acordei já estava no quarto do hospital.

— É muito estranho o efeito da anestesia geral? — Perguntei, deixando-o inquieto por tirar a sua atenção do filme.

— Mais ou menos. — Disse ele, voltando sua atenção para o filme.

Percebi que assim como o Leandro, ele também não gostava de conversar enquanto fazia alguma coisa. Conforme íamos convivendo, ia descobrindo que ele era o Leandro sem tirar e nem por, enquanto eu nem seu filho era e muito menos tinha o direito de estar lá. Havia vezes que pensava em entregar o resultado do exame de DNA e ser sincero, porque as mentiras só nos prejudicaram. Contudo, outras vezes temia fazer isso pensando na reação que ele teria. Então a única coisa a fazer seria continuar convivendo com a mentira.

Depois do filme, Bruno voltou para o quarto e eu fui passear pelo jardim. Sentei debaixo de uma árvore e fiquei refletindo sobre tudo, sentindo a brisa suave. Pensei no meu pai, que estava se recuperando, no meu irmão, que agora que estava em casa era o momento de me aproximar dele, e na Ellen, que mal estava presente na minha vida devido ao final do ano.

Enquanto estava distraído jogando meu tempo fora no jardim, vi minha mãe carregando um pequeno embrulho debaixo dos seu braço. Achei isso muito estranho.

— Mãe?

— Oi filho. Como você está?

— Bem, obrigado. — Falei. — Não me leve a mal, mas o que você veio fazer aqui hoje?

— Eu vim só trazer um presentinho pro seu irmão. — Ela me indicou o pacote e eu o fitei imaginando o que tinha lá dentro.

— Sinceramente, acho que isso não é uma boa ideia. — Adverti. — Ele não costuma gostar muito de ganhar presentes ou que as pessoas façam coisas por ele.

Ela olhou para o pacote que tinha em suas mãos e ficou um pouco triste. Sempre sentia um aperto no coração quando ela fazia aquela cara, e nem acreditei no que disse depois:

— Está bem. Eu vou te levar até ele, mas não diga depois que eu não avisei.

— Obrigada, filho. — Agradeceu por ter feito a sua vontade.

Fomos até o quarto onde ele estava, e dei duas batidas leves na porta. Só pude ouvi-lo falando "entre", e então fiz o que ele mandou me sentindo como se estivesse entrando na toca de um lobo, seguido pela minha mãe.

— Oi Bruno. — Disse ao entrar, e ele me encarou com uma cara aborrecida ao ver a minha mãe.

— O que você quer? — Questionou, se bem que senti que essa pergunta era direcionada para minha mãe, com quem ele se recusava a falar.

— Não é ele que quer falar com você. Sou eu. — Falou minha mãe, antes que eu pudesse lhe dizer qualquer coisa. Acho que era a primeira vez que ambos se encaravam dessa maneira.

— Pois bem, então eu direciono minha pergunta a você. — Respondeu rudemente, pela primeira vez falando com a minha mãe. — O que você quer?

— Eu sei como você se sente. — Afirmou abatida mamãe. — E sei também que você não quer ter nenhuma relação comigo, mas, por favor, me dê uma única chance. — Suplicou ela.

O que me deixou surpreso foi a reação seguinte do meu irmão. Primeiro ele a fitou severamente, e depois vi sua feição relaxar e toda a sua severidade se transformar estranhamente em carinho.

— Pode falar. — Disse ele, por fim.

— Você é muito bonito, sabia? — Elogiou ela, enquanto colocava sua mão sobre a dele, que por sua vez a afastou.

— Acho que você não veio aqui para falar sobre beleza.

— Tem toda a razão. Eu vim aqui para conversar com você e lhe entregar esse presente.

Ela esticou seu braço e lhe entregou o embrulho. Ele ficou olhando para o embrulho e depois respondeu:

— Eu não posso aceitar. — E jogou o presente um pouco afastado na cama. Minha mãe pegou o presente e lhe entregou novamente.

— Por favor, aceite. — Pediu ela.

Contrariado, ele foi abrindo raivosamente o embrulho. Depois de desembrulhá-lo, tanto eu quanto ele olhamos sem entender absolutamente nada. Minha mãe havia dado um álbum de bebê para ele, e não entendi o motivo. Ambos olhamos para ela aguardando alguma explicação.

— Eu comprei esse álbum quando você ainda estava na minha barriga. — Explicou ela, após deduzir os nossos olhares. — Eu nunca tive a oportunidade de entregá-lo para você, e então achei que seria uma ótima maneira de lhe agradecer por tudo que tem feito por nós.

— Achou errado. — Falou ele, expressando toda a sua raiva. — Eu me pergunto se você realmente acha que pode abandonar uma criança e depois de dezenove anos reencontrá-la, na esperança que ela venha correndo na sua direção, gritando mamãe, e que vocês possam reviver todos os momentos que passaram juntos.

Minha mãe se levantou da cama e se retirou apressadamente do quarto. Fui atrás dela e consegui alcançá-la na beira da escada. Era evidente como estava magoada e ressentida.

— Mãe, o que passou pela sua cabeça? — Perguntei enquanto a abraçava. — Você não esperava que ele fosse gostar de receber aquele álbum, esperava?

— Só não pensei que ele iria reagir daquela maneira. — Respondeu em lágrimas. — Por que ele não me deixa se aproximar?

— Ele tem medo. — Tranquilizei-a. — Olha, eu vou conversar com ele e resolver isso. Prometo, mãe.

Dei um beijo na sua testa e retornei para o quarto. Quando entrei lá, meu irmão estava deitado sobre o álbum, chorando também. Ele o abraçava desesperado, fazendo com que eu sentisse toda a dor que estava sentindo naquele momento.

— Eu sei o que você está sentindo. — Afirmei, tentando consolá-lo. — Você tem que dar uma chance para si mesmo.

— Você sabe o que estou sentindo? — Questionou ironicamente ele. — Eu penso que você nunca foi abandonado e depois teve que enfrentar todo o seu passado.

— Tem toda a razão. Eu nunca fui abandonado, mas fui rejeitado a vida inteira pelo meu próprio pai, que pensou que eu não era seu filho. E pode ter certeza que ser rejeitado é bem pior do que ser abandonado.

Ele ficou pensativo por alguns momentos, provavelmente refletindo sobre o que eu havia dito. Depois disso, todo o medo que estava sentindo pareceu sumir do seu olhar e pôde me encarar tranquilo novamente.

— Dê uma chance a eles. — Pedi. — A única coisa que querem é se aproximar de você. Sei que pode até ser difícil, mas você tem que tentar.

— Eu já fiz coisas demais por você. — Expôs ele, evidenciando tudo que tinha feito por mim.

— Então não faça por mim. Faça por você.

Levantei-me e fui saindo do quarto, para que ele pudesse refletir sobre. Antes de ir, parei na soleira da porta e me virei para encará-lo. Ainda estava com algumas lágrimas nos olhos enquanto fitava e passava as mãos sobre o álbum.

— Pense bem no que conversamos. — Adverti. — A vida está te dando uma chance que você nunca teve, não compensa desperdiçá-la.

Nossa conversa terminou dessa maneira. Eu o deixei para que pensasse no que faria e, sozinho, tomasse sua decisão. Realmente já havia feito coisas demais por mim e não queria que fizesse outra novamente. Agora ele tinha o direito de fazer o que era melhor para ele, e apenas por si mesmo.

Desci até a cozinha e me surpreendi ao encontrar minha mãe lá. Achei que nesse momento ela já devia estar em casa, contudo permaneceu na mansão, tomando um copo de água com açúcar para se acalmar. Sentei-me na sua frente e afaguei sua mão.

— Conversei com ele sobre tudo que aconteceu. — Deixei bem explícito. — E ele prometeu pensar em se aproximar de vocês.

— Você acha que ele vai fazer isso? — Perguntou ela, pousando o copo de água na mesa.

— Eu sei como é difícil para ele, mas eu tenho certeza de que ele vai fazer isso. Tudo que temos que fazer é esperar.

— Já esperei vários anos por isso mesmo, não me custa esperar mais alguns dias até que ele tome a decisão. — Afirmou desolada.

— Pode ficar tranquila, mãe, porque quando você menos esperar ele vai ter coragem de chegar até você e esclarecer tudo. Vocês vão poder resolver todas as suas diferenças e admirarem suas qualidades.

— Desculpa filho, só que eu não acredito mais em conto de fadas.

Ela saiu da mesa, me deu um breve beijo no rosto e deixou decepcionada a mansão. Eu fiquei sem palavras diante do "eu não acredito em conto de fadas" da minha mãe. Ao contrário de minha mãe, estava entusiasmado. Justamente agora que o Bruno aceitou doar medula óssea para o Leandro, que estava se recuperando da doença, e que eu tinha certeza de que nossa família estava se formando, ela me fala uma coisa dessas.

Enquanto ela desacreditava que as coisas fossem dar certo, eu realmente achava que quando menos esperássemos tudo passaria a entrar nos eixos. Tinha a certeza de que meu irmão teria coragem de procurá-la, assim como teve a coragem de vir até aqui enfrentar o seu passado para salvar a vida do nosso pai. Assim como o Leandro a pediu em casamento, resolvendo as suas diferenças do passado e dando início a um novo futuro.

Devido à doença do meu pai, minha vida social ficou muito restrita. Mal tinha tempo de ver a Ellen, muito menos de sair com ela e aproveitar nem que fosse uma noite. E hoje, graças há um tempo livre que consegui, iríamos ao cinema assistir ao filme "A Última Música". Já havia lido o livro, que por sinal era ótimo, e hoje finalmente assistiria ao filme ao lado da minha namorada.

Comecei a me arrumar antes do horário combinado para dar tempo de chegar. Nada de muito extraordinário, apenas tomei um banho e coloquei uma roupa normal para sair. Seria bom, depois de tanto tempo sem fazer nada pensando apenas em mim, sair um pouco e aproveitar a noite.

— Júnior? — Chamou meu irmão, quase sussurrando.

— Oi Bruno. Nem havia percebido que você estava aí.

Ele veio andando pelo meu quarto sem me dizer uma única palavra. Sentou-se na minha cama e ficou me olhando como se quisesse dizer alguma coisa que não tinha coragem.

— Você vai sair? — Perguntou ele, embora soubesse que não era aquilo que ele queria dizer.

— Vou sim. Eu e a Ellen vamos ao cinema. — Confirmei. — Acho que você já a conheceu, não é mesmo?

— Já. — Disse ele. — Na primeira vez que eu vim aqui.

— É verdade. Naquele dia ela estava bem nervosa. — Eu ri, contudo ele não fez o mesmo. Muito pelo contrário, mantinha uma feição séria.

— É. — Foi tudo o que ele disse.

Um momento de silêncio foi o que veio a seguir. Eu o encarando, esperando que ele me falasse logo o que tinha a dizer, e ele provavelmente tentando criar coragem para falar o que queria, só que a única coisa que fazia era bater os dedos na beirada da minha cama.

— Você está querendo me dizer alguma coisa? — Indaguei ao perder a minha paciência.

— Estou. — Assumiu ele.

Outro momento de silêncio pairou sobre o ar, só que desta vez eu o encarava com minhas sobrancelhas erguidas esperando que me falasse o que tinha para falar, e ele percebeu que eu aguardava alguma explicação.

— Eu estive pensando no que você me disse hoje, sobre as chances que a vida nos dá. E então, eu resolvi... — Ele deu uma pausa criando um clima de suspense, no entanto sabia que essa não era sua intenção, apenas não conseguiu completar o que tinha a dizer. — Falar com a minha mãe, digo, com a sua mãe. — Suas últimas palavras saíram metralhando umas às outras.

— Por que você não disse logo? — Disse feliz, mas afirmando do que perguntando. — Vamos até a casa dela.

Estava adorando a ideia, entretanto lembrei que meu tempo era curto. Talvez me atrasasse, mas se corresse poderia até chegar a tempo no meu encontro com a Ellen.

O tempo de pedir que o motorista nos levasse até a casa da minha mãe e depois me levasse ao meu encontro no cinema com a Ellen foi o mesmo que meu irmão levou para se arrumar. Logo, já estávamos deixando a mansão na limusine para ir até a Rua Belgrado.

— Por tudo que é mais sagrado Joaquim, corra. — Pedi.

— Vou correr o máximo que a legislação permitir. — Respondeu ele, me advertindo.

Concordava que as pessoas tinham que ser corretas, mas às vezes ser certo demais é exagero. Joaquim não correu, dirigindo apenas na velocidade permitida. Não passou por um farol amarelo sequer, e muito menos descumpriu qualquer coisa que fosse.

Chegamos à casa da minha mãe no horário que devia estar no cinema que ficava bem longe dali. Mesmo assim, eu ia descer com o meu irmão, porém ele disse:

— Pode deixar que eu faço isso sozinho. Assim você não chega tarde demais no cinema.

— Tem certeza?

— Absoluta. — Afirmou ele. — É essa a casa? — Perguntou ele, indicando a casa na qual havia vivido durante anos.

— Sim. — Confirmei. — Boa sorte.

— Valeu. — Agradeceu ele, descendo do carro e indo em direção a casa.

Abaixei rapidamente o vidro antes que o motorista retirasse o carro e gritei bem alto para que ele pudesse ouvir:

— Diz pra ela que eu mandei um oi.

Ele se virou e a única coisa que deu tempo de perceber foi que ele havia escutado. Fiquei torcendo que tudo desse certo, que os dois se resolvessem e que um aprendesse a aceitar o outro. Já a minha preocupação se dividia entre não me atrasar muito no encontro com a Ellen e na torcida para que minha mãe e meu irmão finalmente se acertassem.

O motorista parou no shopping e eu entrei correndo. Subi as escadas até o último andar - onde ficava o cinema - e não encontrei a Ellen. Havíamos marcado na frente do cinema e ela não estava lá, o que me fez concluir que ou ela estava mais atrasada que eu ou ela já havia ido embora. Preferi acreditar que ela estava atrasada, porém tive a certeza de que o que não queria que tivesse acontecido havia acontecido quando ela não atendeu o meu telefone. Persisti ligando para ela, só que a coisa mais próxima que, consegui foi ouvir sua voz na caixa postal. Então, a única coisa que me restou a fazer foi assistir ao filme já começado sem a presença do meu amor, como um simples coração sozinho.

Retrospectiva

Depois do cinema fui até a casa da Ellen para tentar me desculpar, mesmo sabendo que ela não me desculparia. Cheguei até a porta de entrada e dei duas batidas leves, devido a hora que já era. Ninguém veio atender, o que me fez tornar a bater na porta, até que pude ouvir alguém dizendo do outro lado: "Já vou".

Em um curto tempo, o pai da Ellen estava parado diante de mim na porta, sem seus óculos e com um pijama de moletom. Embora eu tivesse sido inconveniente de bater na porta numa hora dessas, ele não parecia estar com raiva. Muito pelo contrário, me recebeu com muito gosto.

— Júnior. Como você está?

— Eu estou bem, obrigado. — Falei calmamente. — Eu havia marcado de sair com a Ellen, só que acabei chegando um pouco atrasado. Ela está?

— Sinto muito, Júnior. Ela já foi dormir. — Respondeu ele.

— Está bem. Você pode, por favor, dizer para ela que eu sinto muito pelo ocorrido? — Pedi.

— Claro. — Afirmou ele. — Boa noite.

— Boa noite. — Falei, deixando a casa dele. Nesse meio tempo, tive a impressão de ver a cortina se mexendo, o que me fez ter a certeza de que ela estava acordada e com raiva de mim. Mas como sabia que estava sendo inconveniente pelo meu horário, não quis insistir nessa história.

De volta na mansão, encontrei meu irmão sentado no gramado do jardim. Ele acenou ao me ver e eu fiz o mesmo, indo depois até ele e me sentando ao seu lado. Estava tão triste pelo meu encontro com a Ellen que até havia me esquecido que meu irmão tinha ido se encontrar com a minha mãe.

— Como foi? — Perguntei, não com tanto entusiasmo como havia pensado que perguntaria.

— Bem. — Falou ele. Se tinha algo que eu detestava era a falta de detalhes que tinham suas respostas.

— Tudo o que você tem a dizer é bem?

— Esqueci que você gosta de detalhes. — Explicou ele, contrariado. — Quando cheguei lá, bati na porta e ela me atendeu, ficando bastante surpresa ao se deparar comigo. Me convidou para entrar e fomos até a mesa, onde nos sentamos um de frente para o outro. Ela me ofereceu um pedaço de bolo, e eu não quis. Depois nós começamos a conversar, e embora soubesse porque ela me abandonou, tornei a perguntar isso e sua resposta me deixou bem comovido. E então, depois de um bom tempo conversando, finalmente acertamos as nossas diferenças e pudemos aceitar um ao outro.

Enquanto ele falava, eu permaneci calado. Então os dois finalmente haviam se acertado, o que era inacreditável. Muito emocionado, embora já soubesse a resposta, perguntei para o meu irmão:

— Então vocês finalmente se acertaram?

Ele respirou fundo e me respondeu:

— Sim, nós finalmente conseguimos nos acertar.

Aliás, ele apenas me confirmou isso, porque já havia me dito a uns segundos atrás que os dois haviam se acertado. Fiquei tão feliz pelos dois que o abracei do mesmo jeito que fiz quando ele fez o exame para ver se sua medula óssea era compatível com a do meu pai. Mas desta vez senti como se meu abraço tivesse sido correspondido.

— E como foi o seu encontro com a Ellen?

— Legal. — Menti.

Ele, ao contrário de mim, se contentava com respostas curtas. Não sei se ele percebeu que na verdade nosso encontro não tinha dado certo, pois não fez nenhum outro comentário. Apenas voltou a olhar para o céu como estava fazendo quando em cheguei.

Quando deitei na minha cama, antes de dormir, toda a minha história passou a voltar nitidamente na minha memória. Estava preocupado se a Ellen havia ficado com raiva de mim, assim como estava ao mesmo tempo feliz por meu irmão ter se acertado com a minha mãe e preocupado com o Leandro no hospital. Eram tantas emoções ao mesmo tempo, que me questionei o que é uma família. Algo complicado de lidar, sei bem eu, mas também é um tesouro que se você souber usufruir, em cada momento da sua vida, você não estará sozinho.

Sei que muitas vezes nos decepcionamos com certas coisas, mas o que seria da vida se não houvesse tristezas? Nada, presumo eu, pois quando algo é demais sempre nos enjoamos facilmente. E assim foi minha triste história, pois tive uma vida pacata durante quatorze anos da minha vida, até que descobri o amor ao lado de uma garota, a minha Ellen, que é com quem eu

pretendo passar cada momento da minha vida que se segue. Nos momentos que eu mais precisei ela esteve do meu lado, me dando força através da sua maneira de encarar a vida. E essa é a primeira virtude que uma família pode passar, dar força. No momento que nos conhecemos, nos odiamos. Contudo, em questão de dias um pôde conhecer o outro, e o que antes era ódio se tornou em amor. Amor que fez com que um garoto marrento que fazia piadas irônicas e uma garota que nunca aceitava ser contrariada superassem suas diferenças e pudessem admirar suas qualidades.

Foi esse mesmo amor que nos fez seguirmos adiante e investigarmos juntos o passado da minha mãe. Corremos tanto atrás da verdade que acabou vindo até nós, junto com o nome de quem julgava ser o meu verdadeiro pai – Leandro Artrave, um namorado que minha mãe teve na adolescência. Nossa aproximação foi complicada, porque ele era muito rico e essas pessoas não costumam ser importunadas. E eu nada podia fazer para que chegasse nele e disse-se: Sou seu filho. Provavelmente ele riria de mim, depois acharia que estava apenas interessado no seu dinheiro.

Então o destino resolveu me pregar uma peça, fazendo com que seu motorista me atropelasse e nos deixasse cara a cara numa sala de hospital. Por um breve momento me passou pela cabeça contar que eu era seu filho, contudo pensei no que aconteceria se ele não acreditasse e menti. Disse que a única coisa que queria era um emprego, e ele me deu um, me tornando seu assistente. Pude descobrir o quanto ele era incrível, bacana e mesquinho. Dava importância demais para dinheiro e patrimônio, simplesmente porque nunca tinha tido uma família. Até o momento em que se deparou com a verdade, e foi como já sabia que aconteceria um dia. Ele me renegou, disse que não tinha filho e que nunca teria, e ainda por cima me chamou de interesseiro. No entanto o amor fez com que voltasse atrás e me aceitasse como filho, dando a chance para que, através de uma relação entre um pai e um filho, ambos pudessem amadurecer.

Concordo que amadureci muito antes da hora, o que nem sempre é uma coisa boa, pois às vezes as pessoas têm que fazer loucuras, se entregar para vida, curtir os momentos e simplesmente viver. Agora quando você amadurece, cria responsabilidades e deveres, e se não tiver aproveitado a vida antes disso, sinto muito porque as coisas vão ficar difíceis. Uma coisa admirável é como uma criança consegue brincar sem ter medo disso, sem se importar se alguém está olhando ou não, apenas pensando em se divertir. E às vezes um adulto também quer e deve agir assim, sem ter medo do que alguém está pensando ou olhando.

Através de bons momentos, Leandro e eu conseguimos nos conhecer melhor, até que eu descobri, numa triste e longa noite, que ele estava doente. A leucemia o tomaria de mim em questão de dias e então mal poderia ter desfrutado do tempo que passamos juntos. Ele me provou outra grande virtude que desempenha uma família, perseverança. Perseverança que faz com que muitas vezes enfrentemos os desafios mais complicados juntos, até mesmo quando eles parecem impossíveis de serem vencidos.

Alfred, o fiel mordomo de Leandro, foi quem esteve ao seu lado durante cada momento que a doença o torturou. Mesmo sendo apenas um empregado, ele provou outra virtude que podemos ter: lealdade. Lealdade é o que nos mantém fiel às pessoas que amamos durante todos os momentos complicados e exigentes da vida, fazendo com que muitas vezes possamos entender que nem sempre apenas nós estamos certos.

No começo, fiquei com muita raiva pelo fiel mordomo não ter me contado sobre a doença, mas depois a raiva passou. Pensei o que faria ou como agiria se estivesse no lugar dele, descobrindo que teria a mesma atitude que ele. Afinal, onde estava a minha lealdade?

Devido à doença, resolvi que faria o que fosse possível para salvar o meu pai. A única coisa que poderia ser feita era doar medula óssea para ele, e quando decidi fazer isso, descobri que na verdade eu não era seu filho, sendo que toda a confusão havia se formado graças a uma terrível consequência dos instrumentos do professor estarem vencidos.

Mesmo ele não sendo meu pai, eu aprendi a amá-lo e, descobri que esse sentimento está acima do sangue. Entretanto saber disso não me ajudaria a salvá-lo e muito menos evitaria que a leucemia o tomasse de mim. Tudo estava definitivamente perdido.

Até que as mentiras do passado dos meus pais se tornaram a minha salvação. Minha mãe, arrependida pelos seus erros, contou que seu primeiro filho, que todos pensavam estar morto, na verdade estava vivo e havia sido abandonado após o seu nascimento. Mamãe me ensinou que você pode muitas vezes errar ao longo de seu caminho, mas sempre pode se arrepender e ser perdoado. É difícil perdoar alguém, não? E por acaso é fácil se arrepender? As coisas sempre têm dois lados, um bom e outro ruim, mas um sempre completando o outro. E só é sábio quem sabe ver e entender os dois lados da mesma coisa.

Encontrar meu irmão não foi fácil, e depois de conhecê-lo e convencer a nos ajudar foi muito difícil. Ele havia sido abandonado, rejeitado e, assim como o Leandro, nunca havia tido uma família. Cresceu em um orfanato durante dezoito anos da sua vida, sozinho, até que foi expulso de lá e o máximo que conseguiu fazer foi virar um mecânico.

De repente, chegou um cara estranho e que disse ser seu irmão, deixando-o louco da vida por nunca ter tido uma família e apenas no momento que precisaram dele, o procuraram. Sei o quanto ele sofreu, mas no final soube deixar sua raiva de lado e nos ajudar, doando medula óssea para salvar a vida do cara que o abandonou. Com isso, ele me provou que algumas coisas estão acima de nossas vontades, e que muitas vezes temos que abrir mão do que mais queremos em troca de outras coisas. E essa foi a última coisa que eu descobri guiar uma família, ou melhor dizendo, a virtude mais poderosa que até hoje tive conhecimento: saber que muitas vezes voltar atrás não é sinônimo de covardia.

Na manhã seguinte, foi de força que precisei para fazer o que ia fazer a seguir. Perseverança seria o que me manteria corajoso durante todo o trajeto da mansão até o hospital, assim como tudo que estava fazendo era por lealdade. O que estava fazendo era consertando um erro, pois aprendi, que nunca é tarde demais para se arrepender. E finalmente soube ver que se Leandro realmente me amasse, me amaria mesmo se o sangue que corresse nas minhas veias não fosse o seu. A única coisa que tive que fazer foi voltar atrás da minha decisão - assim como o meu irmão - e fazer o que era certo, independente da circunstância.

Não vou mentir e dizer que não senti nem um pouco de medo ao tirar aquele maldito exame de debaixo da minha cama e olhá-lo novamente. Ele me encarava como se estivesse satisfeito por finalmente estar me derrotando, mas não me importava mais, pois descobri que outras coisas eram superiores. Sei que é meio insano, só que eu encarei o exame do mesmo modo que ele me encarava, mostrando que não o temia mais - embora soubesse o que aconteceria por final.

Arrumei minhas malas por via das dúvidas, depois passei pelo quarto de hóspedes onde meu irmão estava. Minha mãe estava sentada ao seu lado na cama, enquanto ele tomava seu café. Pelo visto os dois realmente estavam começando a se entender, porque no fundo o amor sempre fala mais forte. Passei direto pelo quarto, sem falar pra eles o que eu estava fazendo ou onde eu estava indo. A única pessoa a quem eu dirigi a palavra foi ao motorista, quando pedi que me levasse até o hospital. Ele me olhou meio estranho, mas não me contrariou e atendeu meu pedido.

Foi uma longa jornada da minha casa até o hospital. O caminho parecia ao meu ver bem mais longo do que o habitual, embora soubesse que era impossível ele ter se modificado de um dia para o outro. O que estava deixando o caminho mais longo na verdade era o medo do que aconteceria quando fizesse o que tinha de ser feito.

Quando cheguei ao andar onde meu pai estava internado, me emocionei ao vê-lo andando. Já estava bem mais forte, com uma aparência bem mais viva também. Sorri para ele, que sorriu de volta. Ele veio andando lentamente até mim, me abraçando quando se aproximou.

— Até hoje não te agradeci pelo que fez por mim, filho. — Quando falou a palavra filho, meus olhos se encheram de lágrimas por saber como o decepcionaria.

— E nem precisa. Tudo o que eu fiz por você foi porque eu te amo, e muito. Foi esse mesmo amor que me fez fazer algo errado. — Abaixei a cabeça, um pouco abatido e com medo de revelar o que se seguiria.

— Não entendo, filho. — Falou ele, meio pensativo. — Você não pode ter feito nada de tão errado a ponto de ficar dessa maneira.

Ele passou o seu braço por cima do meu ombro e foi me guiando até um lugar para que pudéssemos nos sentar. Sentia o sol através da janela do hospital me esquentando um pouco, e também como se estranhamente ele tocasse meu coração, me dando coragem para seguir adiante.

— Eu espero que você saiba compreender os motivos que me levaram a fazer isso. — Admiti, mesmo não acreditando que ele compreenderia. — Mas saiba que tudo que fiz foi por medo de que você não me amasse mais.

— O que você pode ter feito de tão grave? — Questionou.

Abri uma pasta que estava em minhas mãos e retirei o envelope com o exame de DNA de dentro dela. Ele por sua vez triunfava por finalmente ter me vencido na medida em que eu via, pelo olhar do Leandro, que ele compreendeu o que estava acontecendo.

O envelope desviou sua atenção de mim e se voltou para o Leandro. Ele segurava desesperado o envelope, que com certeza devia estar deixando-o

tentado a abrir. Foi quando de repente tudo aconteceu. Em um tempo mais rápido que um piscar de olhos, Leandro rasgou o envelope pela metade, sem nem sequer tê-lo aberto. E então soltou os dois pedaços no chão, me fazendo sentir como se toda a energia negativa que carregava aquele envelope pairasse sobre o ar e desaparecesse magicamente.

— O que você fez? — Indaguei, surpreso. — Ficou maluco de vez ou a quimioterapia rompeu seus neurônios?

— Não, Júnior. Muito pelo contrário, estou com mais sanidade do que estive a minha vida inteira.

— Então me explique o que você fez, porque eu não estou entendendo absolutamente nada.

— Pois bem. Eu não vejo que diferença faria esse exame de DNA para nós dois agora.

Eu não entendi aonde ele queria chegar, e acho que ele percebeu isso.

— Quando pedi que você fizesse esse exame, realmente fazia diferença pra mim se você era meu filho ou não. Agora, isso é definitivamente indiferente.

— Eu sinto muito em te dizer, Leandro, mas eu não sou seu filho. — Tive coragem de finalmente assumir, mesmo que tenha feito isso um pouco deprimido.

Ele me fitou de modo que não consegui deduzir no que estava pensando. Começou a bater os dedos sobre o joelho, como fazia ao ficar nervoso e lá no fundo eu podia ouvir o carrinho da enfermeira passando com o almoço dos pacientes.

— Então o exame de DNA deu negativo? — Perguntou ele, só que ainda não havia conseguido identificar o que estava sentindo.

O medo não permitiu que pronunciasse uma palavra sequer. Um calafrio se estendia desde as pontas dos meus pés até o topo da minha cabeça, e consegui apenas confirmar isso assentindo para ele em resposta.

— Você sempre teve razão. — Falou ele. — Eu não preciso de nenhuma prova quando o coração já aceitou.

— Você quer me dizer que não se importa se eu sou seu filho de sangue ou não? — Perguntei, incrédulo.

— Meu coração já te aceitou como filho, e eu aprendi que apenas isto basta. O amor sempre fala mais forte do que qualquer outra coisa, e acho que ninguém provou me amar mais do que você, que mesmo sabendo que eu não era seu pai, fez de tudo para salvar a minha vida.

As palavras dele foram doces. Eu definitivamente ainda não acreditava no que estava ouvindo. Muitas vezes acreditamos em algumas coisas, contudo não acreditamos que outras pessoas também passam a acreditar. E eu vi que agora Leandro Artrave também havia aprendido o que guia uma família.

Ainda incrédulo, o abracei, percebendo a nova pessoa na qual ele havia se transformado. Agora ele era um homem bom, que se importava com o que outras pessoas sentiam e não apenas com o dinheiro. Um peso saiu de cima dos meus ombros, e acho que se não estivesse no mundo real, sairia simplesmente flutuando de tanta alegria.

— Obrigado Leandro por você ser o melhor pai do mundo. — Agradeci.

— Eu que agradeço por você ser o meu filho.

Felicidade. Acho que era a isso que se resumiu a estranha sensação que eu estava sentindo, que me fazia ficar nas nuvens. Meu coração agora batia alegremente. Não sabia a quem agradecer por isso, portanto apenas agradeci num sussurro para o céu: "Obrigado por isso". Sei que quem tivesse que ouvir isso, ouviria. E isso era o que realmente importava.

Quando voltei para mansão, estranhei por não encontrar o meu irmão. Fui até o seu quarto, e a coisa mais próxima que encontrei dele foi o resto do seu café da manhã. Desci até a cozinha, encontrando o Alfred distraído.

— Alfred, você viu meu irmão?

— Não Júnior. Ele não está no seu quarto?

Assenti que não com a cabeça, até que ouvi passos vindo de trás de nós e deduzi ser ele. Virei e realmente vi que era ele, só que aparentava estar muito bravo, coisa que não sabia porque.

— Oi Bruno. — Falei, contudo ele não me respondeu. Permaneceu me encarando com muita raiva.

— Eu te mato agora ou depois de você me explicar? — Perguntou ele, e se não tivesse sentido um tom de ironia, acharia que ele realmente iria querer me matar.

— Pelo quê?

— Pelo que você fez na minha casa. — Confessou ele, por fim. — O que você estava pensando quando mandou pintá-la? Ou quando resolveu decorá-la e organizá-la, fazendo uma bagunça?

Ao invés de tentar me explicar, a única coisa que eu fiz foi sentar na mesa, esconder a minha cabeça e gargalhar. Com certeza essa foi a melhor atitude que eu pude ter.

Festa surpresa

Passaram-se dois meses e o ano escolar acabou. Mesmos com a dificuldade que tiveram as avaliações finais, eu consegui ser aprovado, exceto em física que tive de ir para conselho, que no final acabou me aprovando também. A única coisa que não estava nada boa era minha relação com a Ellen, que já estava de uns tempos para cá bastante complicada. E depois do dia do cinema nós dois brigávamos diariamente, porque embora soubesse que já haviam se passado dois meses, ela ainda estava com raiva de mim. Ela disse que havia me perdoado, coisa que não acreditei por perceber a diferença com que ela me tratava agora. Já sentia como se não fôssemos tão unidos. Ela estava sentada no gramado lendo uma revista, enquanto eu fitava o nada.

— No que você está pensando? — Perguntou-me ela, voltando sua atenção da revista para mim.

— Em nada. — Menti.

Um pouco depois, ela deixou a mansão, pois no sábado faria uma prova para um curso técnico de nutrição e precisava estudar. Ela era inteligente e com certeza conseguiria a vaga, ao contrário de mim que não tinha nem pensado se faria ou não algum curso. No momento, essa era a preocupação de todos os estudantes, porque o curso técnico já era meio caminho andado para a escolha do seu futuro. A doença do meu pai havia me tomado muitos momentos, e agora eu não tinha a menor ideia do que fazer, quando de repente me surgiu uma brilhante, e fui correndo até o hospital contar para o Leandro sobre a minha decisão. Ele estava cada vez recuperado, ficando novamente forte. Sua aparência estava bem melhor e de acordo com o médico, em breve ele receberia alta e poderia voltar para casa, tendo que acompanhar o tratamento através de consultas diárias e semanais.

Não encontrei meu pai no seu quarto do hospital. Procurei por ele pelos corredores e também nada. Coincidentemente ao passar por um mural que ficava no corredor do hospital, vi uma certidão de óbito de uma garotinha de sete anos que morreu de leucemia. Olhei atentamente para a foto e reconheci aquele lindo rostinho: era a Aninha, uma garotinha que havia encontrado uma vez no jardim do hospital e que me falou coisas lindas e maduras demais para uma garota de sete anos. O fato de ter conversado apenas uma vez com ela não impediu que meus olhos se enchessem de lágrimas e que eu ficasse triste, afinal é sempre muito triste perder uma criança. Entretanto, tinha certeza de que agora ela era um anjinho.

Encontrei meu pai caminhando pelo jardim do hospital. Acenei para ele, que sorriu para mim. Ele veio andando na minha direção e me abraçou.

— Estava com saudades, filho. — Afirmou ele.

— Também estava com saudades, pai. E como você está?

— Como você bem pode ver, estou firme e forte! — Exclamou ele, admirando-se.

Fomos andando pelo jardim do hospital na medida em que a nossa conversa ia fluindo. Não via pessoa melhor para conversar sobre futuro e escolhas do que ele, que errou muito no passado e que aprendeu muito com os seus erros.

— Sabe pai, agora que acabei o primeiro ano, pensei em fazer um curso técnico. E estou meio confuso com relação a isso. — Confessei.

— Você ainda não tem nem ideia do que pretende fazer?

— Pra ser sincero, tenho. Eu andei pensando em um futuro na Artrave e resolvi fazer um curso técnico em Administração e, posteriormente, Contabilidade.

Parei de falar para dar a oportunidade dele falar o que achava. Estava me olhando de um modo estranho, diga-se de passagem, chegando a respirar bem fundo antes de começar a se pronunciar.

— Você tem certeza que é isso que você quer? — Perguntou ele, e eu não respondi. — Trabalhar em uma empresa multinacional é um grande êxito, porém quando você escolhe entre coisas, você sempre tem que sacrificar al-

guma delas. Eu troquei família por sucesso, e esse foi o maior erro que cometi, mas que estou tendo a chance de consertar.

— Então você não quer que eu seja como você? — Perguntei, abatido.

— Não é uma questão de querer ou não querer. É uma questão de que se você se espelhar em mim, vai cometer os mesmos erros que cometi. Tente agir naturalmente e ouvir o que o seu coração tem a dizer. Eu não ouvi e vou passar o resto da vida lamentando por isso.

Seguir o meu coração. Então era a isso que se resumia escolher? As vezes acredito que precisamos ouvir a voz da razão e deixar a emoção um pouco de lado. Meu pai parou do meu lado e colocou suas mãos sobre os meus ombros, me dizendo:

— Sei que, independente do que eu disse ou deixei de dizer, você vai fazer a melhor escolha. Saiba que vai ser muito bom ter você de volta na Artrave.

— Obrigado. — Agradeci, emocionado.

Nossa conversa se estendeu durante boa parte da tarde, e na hora de seu jantar, me despedi e fui deixando o hospital. No corredor, encontrei com o seu médico que acenou para mim, me chamando. Fui até ele, que me recebeu com um largo sorriso no rosto.

— Júnior, como vai? — Disse ele, me estendendo sua mão.

— Muito bem, obrigado. — Respondi, retribuindo o aperto de mão.

— Eu tenho boas notícias. — Afirmou alegremente o médico. — Seu pai vai ter alta nesse final de semana.

Até o momento estava estressado pela pressão de escolher logo o que faria, entretanto depois dessa notícia meu coração ficou radiante de tanta alegria.

— Sábado ele já pode ir pra casa? — Perguntei, atônito.

— Se tudo der certo, sim. — Confirmou ele, dando um tapinha no meu ombro e saindo em seguida para atender uma mulher que o chamou.

Se eu não tivesse juízo, voltaria para casa cantando e dançando a música da "Chapeuzinho Vermelho" de tanta felicidade que sentia naquele momento. Ter meu pai de volta seria uma ótima coisa, porque sentia muita falta dele, das nossas longas conversas e de ter alguém para me encontrar de segunda-feira, é claro.

Voltei para casa louco para contar a novidade para o meu irmão. Ele estava deitado no sofá, com a cabeça no colo da minha mãe que afagava seus cabelos. Os dois haviam se tornado muito amigos nesses últimos meses, e ele já não tinha tanta raiva dela como antigamente. Passava um filme na televisão, contudo eles estavam mais atentos na conversa do que no próprio filme. Tanto que nem perceberam a minha chegada.

— Oi pra vocês também. — Disse, chamando a atenção para mim.

— Oi Júnior. — Responderam os dois simultaneamente.

— Vocês estão se dando muito bem. — Disse, com um tom um pouco presunçoso.

— Acho que alguém está com ciúmes. — Afirmou meu irmão, me obrigando a lançar-lhe o meu olhar matador.

— Não precisa ter ciúmes, filho. Eu sou de vocês dois.

— Eu não estou com ciúmes. — Reclamei, contrariado. — Só quero dizer para vocês dois que o Leandro vai receber alta sábado.

— Jura? — Indagou, entusiasmada, minha mãe. Assentindo com a cabeça, e acho que se meu irmão não estivesse escorado no colo dela, na certa teria dado pulos de alegria.

— Temos que fazer alguma coisa. — Disse ela. — Só não sei ao certo o que podemos fazer.

— Também não tenho a menor ideia. — Respondi pensativo.

— Já sei. — Falou o Bruno, um pouco exaltado. — Podemos dar uma festa surpresa. — Mas logo em seguida ele se acolheu no canto, pensando ter falado alguma bobagem.

— Ótima ideia. — Concordei.

Sentamos na mesa e começamos a elaborar a festa surpresa. O que comprar, como fazer, quem chamar e assim por diante. No fim das contas, eu fiquei responsável pela lista de convidados, minha mãe pelas comidas e meu irmão pela decoração. Comunicamos a ideia para os empregados, que por sinal também ficaram muito animados e até resolveram nos ajudar. Mesmo ocupada, Ellen também disse que ajudaria nos preparativos.

Devido à nossa ocupação com a festa, nem vimos a semana passar. Foi tudo uma correria e quando percebemos, já era sábado - o dia no qual ele receberia alta. O que estava sentindo se dividia entre emoção por ter meu pai de volta e preocupação pela festa não estar pronta, embora ela tivesse até bem adiantada.

Meu irmão enchia bexigas enquanto a Ellen as pendurava ao lado da placa que dizia "Seja bem-vindo Leandro". Era uma placa toda alegre e colorida, porque eu mesmo a havia feito alguns dias atrás. Já minha mãe estava enrolando brigadeiros enquanto um dos bolos assava no forno. Como ela estava muito atarefada, chamou sua amiga Ivone para ajudá-la, que por sua vez, se divertia arrumando a casa.

Mamãe estava praticamente morando na mansão. Já conhecia todos os empregados e já se sentia a vontade lá. O que me permite dizer que ela estava quase morando lá é que agora passava mais tempo na mansão do que na própria casa, que era pra onde ela ia apenas para dormir.

O médico do meu pai havia me ligado naquela manhã para avisar que ele havia recebido alta, e eu iria com o motorista buscá-lo à tarde, para que desse o tempo exato dele chegar e todos já estarem prontos para a surpresa. Nunca havia feito uma festa surpresa, contudo sabia bem que essas coisas não costumam dar certo se não for tudo bem calculado e mensurado.

Fomos até o hospital buscar o Leandro. Quando entrei no seu quarto, suas malas já estavam arrumadas no canto da sala e ele também estava pronto. Quando me viu chegando, toda a sua felicidade por estar voltando para casa resplandeceu no seu olhar.

— Preparado para voltar para casa? — Perguntei, mesmo sabendo o que ele me diria.

— Já não via a hora. — Respondeu-me.

— Foi tão ruim assim ficar aqui? — Indagou seu médico, entrando na sala com um envelope na mão.

— Sinceramente, não. É que não existe nada como a nossa própria casa.

— É, nisso você tem toda razão. — Disse o médico, concordando com o meu pai. — Aqui estão os papéis da sua alta.

Ele entregou os papéis na mão do Leandro, que deu uma rápida olhada e sorriu para ele.

— Muito bem! — Exclamou o médico. — Agora Leandro, pode tratar de se cuidar e retornar ao hospital para as consultas médicas. Tome seus remédios, porque eles são essenciais.

— Pode deixar, doutor. Vou me cuidar direitinho. — Afirmou ele.

— Eu sei que vai. — Confirmou ele. — Afinal, agora você tem motivos para se tratar.

Não entendi o que o médico quis dizer com "motivos para se tratar", e muito menos por quê ele me indicou ligeiramente com a cabeça. Só que nada poderia interferir novamente na vida dele, pois agora teria uma vida saudável.

Durante o retorno para mansão, meu pai foi aliviado no banco de trás. Observei através do retrovisor ele abrir um pequeno vão na janela do carro e fechar um pouco os olhos conforme colocava a cabeça para fora, tentando sentir através daquela brisa suave sua vida de volta.

Minha atenção estava mais voltada para a festa do que para o retorno dele. Fiquei pensando se estava tudo certo e se quando chegássemos estaria tudo pronto. De repente meu celular tocou e li na tela que era uma chamada da mansão. Atendi preocupado.

— Alô. — Disse, pensando quem estaria me ligando.

— Oi Júnior. — Respondeu a Ellen. — Enrola o seu pai porque ainda estamos nos últimos preparativos.

— Afirmativo. E o que você quer que eu faça?

— Sei lá. Leva ele pra tomar um sorvete.

— Beleza.

Desliguei o celular, e antes que falasse para o motorista nos levar para tomar um sorvete no shopping, meu pai já me interrompeu:

— Quem era, Júnior?

— Só uma pessoa com quem estou negociando. — Falei, mentindo.

— Negócios lucrativos? — Ele tornou a me fazer outra pergunta.

— Sim. Bem lucrativos. — E tornei a mentir.

— Esse é meu filho. — Disse ele, orgulhoso que só vendo.

Virei para o Joaquim para dar a notícia de que as coisas estavam meio embaralhadas e pedir que mudasse o rumo.

— Joaquim, vamos dar uma parada no shopping.

— No shopping? — Questionaram juntos o motorista e meu pai.

— Sim. Estou com vontade de tomar um sorvete.

Joaquim se tocou do que estava acontecendo, pois sem reclamar trocou o caminho. Agora o Leandro me fitava pelo retrovisor como se soubesse que eu mentia, coisa que eu não duvidava pelo faro que tinha com negócios.

— Você não está me escondendo nada, está Júnior? — Perguntou ele, sacando a jogada.

— Não. — Respondi, tentando controlar o meu nervosismo.

Mesmo sabendo que tinha algo errado acontecendo, Leandro cedeu e desceu do carro. Acho que ele confiava tanto em mim que sabia que não estava fazendo nada errado. Eu o enrolei até que me mandaram uma mensagem nos liberando e então seguimos direto para mansão.

Nunca pensei que veria os olhos do meu pai se encherem de lágrimas ao atravessar novamente o jardim daquela mansão. E muito menos que, quando ele descesse do carro, se atiraria sobre aquele gramado e começaria a chorar. Eu me ajoelhei perto dele e disse:

— Vai ficar tudo bem agora.

— A única coisa que eu fico pensando é que poderia jamais ter voltado para cá. — Falou ele, em prantos.

Levantei e lhe estendi uma mão para que se levantasse também. Não havia motivos para chorar agora que o pior já havia passado.

Na medida em que nos aproximávamos da casa, minha expectativa ia aumentando. Será que estaria tudo certo para que, quando entrássemos, a surpresa pudesse soar aos meus ouvidos como esperava? Para que o Leandro pudesse, de repente, se deparar com todas as pessoas que gostavam dele? O tempo de ele encostar sua mão na maçaneta da porta foi o mesmo de um calafrio percorrer o meu corpo dos pés até a cabeça. Cruzei os meus dedos e torci para que tudo saísse conforme o planejado. Nada, nem sequer uma linha fora do lugar ao que foi combinado. Com o meu coração pulsando firmemente no peito, meu pai abriu a porta de entrada da mansão e... ao acender as luzes, a surpresa de todos soou da maneira que havia imaginado, dando tudo certo no final. Leandro ficou emocionado e deu uma breve olhada pra mim como se falasse: "negócios?".

Todos estavam lá: o pessoal da empresa, os empregados, alguns amigos, a Ellen, meu irmão e minha mãe. Todos receberam meu pai com um sorriso cativante e sincero no rosto, o que acabou me fazendo perceber o quanto cada uma daquelas pessoas gostavam e o admiravam.

Enquanto a maioria dos convidados se distraía pela casa, outros cumprimentavam meu pai. Minha mãe estava na maior correria para atender a todos, e tanto o meu irmão como sua amiga Ivone a ajudavam a servir as pessoas. Eu estava mais fazendo sala para os convidados.

— Seu pai me contou que você pretende uma carreira administrativa daqui pra frente. — Comentou o vice-presidente da Artrave. — Acho que você vai se dar muito bem.

— Passei a me interessar atualmente por administração. Não sei ainda ao certo se é realmente isso que eu quero, mas é no que estou interessado.

— Não sei se o meu conselho serve de alguma coisa, mas eu realmente acho que você vai se dar muito bem se seguir uma carreira administrativa. Isso é sério.

Ele teve que sair um pouco para atender um telefonema e eu vi que essa era a oportunidade de desaparecer do campo de visão dele. Não gostava de contar as coisas para as pessoas porque elas se intrometem demais nos nossos assuntos, como foi o caso do vice-presidente da empresa. E isso é uma coisa que eu detesto no fundo da minha alma.

Encontrei a Ellen servindo refrigerante e resolvi brincar um pouco com ela. Cheguei pelas suas costas e sussurrei em seu ouvido:

— Não vai derrubar refrigerante nos convidados.

— Pode ficar tranquilo. — Falou ela, um pouco triste.

— Você está triste? — Perguntei, enquanto a seguia.

— Não. — Afirmou ela. — É impressão sua.

— Já sei. Então é preocupação com a prova. — Comecei a cogitar diversas possibilidades que poderia estar deixando-a abatida.

— Já disse. É impressão sua. — Esbravejou, entre dentes.

Depois disso, a deixei de lado. Estava muito estressada pro meu gosto. Fui fazendo sala para todos os convidados, até o momento de Leandro cortar o bolo. Antes disso, porém, ele resolveu fazer um discurso.

— Não sei bem por onde começar, pois não sou muito bom com discursos. — Começou assumindo, fazendo todos os convidados rirem pelo modo espontâneo como falou. — Tudo o que posso fazer é agradecer por estar aqui. Em primeiro lugar, agradecer a um Deus que vela por cada um de nós e que não deixou que nada de mal ocorresse comigo. Em segundo, para os meus filhos, José e Bruno. — Senti meu rosto ficando vermelho por ele ter pronunciado meu nome na frente de todos. — E por fim, agradeço à mãe desses garotos maravilhosos por ter ficado ao meu lado, cuidando de mim nesse tempo que passei no hospital.

Vi o rosto da minha mãe ficando corado na medida que lágrimas transbordavam dos seus olhos e escorriam pelo seu rosto, deixando toda a sua emoção bem evidente para todos.

— E aproveito esse momento para refazer um pedido que já fiz para essa mulher. — Disse ele, retomando o seu discurso. — Eu gostaria de pedir que, se a sua vontade de ficar comigo durante cada momento da sua vida for a mesma que a minha, se case comigo, como já deveríamos ter feito há anos.

Todos os convidados se calaram e olharam para ela, aguardando na expectativa que ela desse uma resposta. Minha mãe demorou um tempo até se tocar de que a palavra havia passado para ela, e ao perceber que todos haviam voltado seus olhares para ela, ficou mais vermelha ainda. Depois disso, finalmente criou coragem e disse, gaguejando no começo:

— Bom. — Ela deu uma pausa criando coragem para continuar calmamente. — Devido às circunstâncias, gostaria de dizer que eu aceito o seu pedido, Leandro Artrave. Vamos ser felizes juntos.

No meio de toda aquela aglomeração, pude ver um caminhando na direção do outro, e ao se encontrarem, entrelaçaram suas mãos e enfim tocaram calmamente os seus lábios, como quem não beija faz tempo. Isso foi tudo que aqueles que viram com os olhos puderam ver, contudo os outros que sentiram com o coração puderam ver o amor de anos atrás ressurgir e fluir no ar. Ellen se aproximou de mim, emocionada e segurou carinhosamente na minha mão, sorrindo pra mim. Meu irmão também se aproximou e ao colocar sua mão no meu ombro, disse:

— É. Parece que os dois enfim se acertaram.

— Já era pra isso ter acontecido faz tempo. — Falei bem baixo.

— E pensar que nós começamos tudo isso. — Lembrou Ellen, emocionada.

— Verdade. — Concordei.

Meu pai cortou o bolo, serviu os convidados e então um a um, todos foram deixando a mansão. Alguns porque tinham compromisso, outros para que meu pai pudesse descansar. Depois que todos os convidados deixaram a casa, Ellen chegou até mim para me pedir alguma coisa, embora parecesse contrariada.

— Agora que os convidados já foram, eu vou indo. — Disse-me ela.

— Vou pedir para o motorista te levar . — Disse, prontamente.

— Sim. — Respondeu ela. — Mas gostaria que você fosse comigo, pois temos que conversar.

— Sobre o quê? — Perguntei, esperando que me adiantasse o assunto.

— No caminho eu te explico. — Afirmou ela, pondo fim na nossa conversa.

Com muita curiosidade, fui levá-la para casa, imaginando o que teria de tão importante para me contar.

Separação

Ellen permaneceu calada durante todo o caminho da mansão até a sua casa. De vez em quando ela dava uma espiada no espelho para encontrar meu olhar, mas não fazia nada muito além disso. Quando chegamos em frente à sua casa, estacionei o carro e esperei que me dissesse alguma coisa.

— Júnior, meu amor. Você pode me acompanhar? — Pediu ela, em um tom bem educado.

— Claro. — Respondi, um pouco preocupado com o que ela queria tanto me dizer.

Desci do carro e tentava acompanhá-la, pois dava passos bem apertados. Embora tivesse vivido quinze anos naquele bairro, não tinha a menor ideia de onde ela estava me levando. Até que chegamos à pracinha onde havíamos destrocado os celulares no primeiro dia de aula.

Lá estava deserto, sem nenhum sinal de crianças. Ellen foi andando até os balanços e se sentou em um deles, fiz o mesmo. Ela dava uma pequena balançada, demonstrando todo o seu desânimo. Eu fiquei parado naquele balanço apenas esperando ela falar logo o que tinha para me dizer.

— Eu passei na prova. — Disse ela, me deixando muito feliz.

— Meus parabéns, amor. Estou muito feliz por você.

— É. Agora finalmente vou poder fazer Nutrição, que é o que eu sempre quis. — Complementou ela, só que ainda sem ânimo.

— Sim. Só não entendi porque você está tão triste se só tem motivos para se alegrar e se sentir orgulhosa.

Não sei se foi pelo que eu disse, mas no instante que se seguiu ela levou as mãos ao rosto e começou a chorar desesperadamente. Não sabia o que fazer, porque não estava entendendo o que estava acontecendo.

— Meu pai conseguiu uma promoção de diretor do hospital. — Disse ela, um pouco mais calma, ao mesmo tempo em que se levantou do balanço para me olhar diretamente.

— Que maravilha meu amor. — Falei, animado, dando-lhe em seguida um beijo. — Estou muito feliz por você e pelo seu pai.

— Será que você não vê? — Perguntou ela, indignada, como se houvesse alguma outra coisa que eu devesse saber. — Isso não é uma coisa boa.

— Por que não? — Indaguei, porque não via no que isso poderia ser ruim.

— A promoção... — Começou a tentar me explicar ela, mas as lágrimas impediam que ela continuasse.

Olhei para ela, esperando que terminasse sua frase, ainda não percebendo como essas coisas poderiam ser ruins.

— Esse hospital... — Novamente ela não conseguiu terminar, mas não a interrompi. — No interior. — Completou ela, por fim, fazendo com que eu sentisse a mesma coisa que estava sentindo naquele exato instante.

Em uma fração de segundos, o seu medo se tornou o meu também. Toda a sua dor passou a ser minha, e todas as coisas que nós dois estávamos temendo eram as mesmas agora.

— Eu estou dividida. — Enfim, teve coragem de dizer. — Dividida entre o nosso amor e os meus pais.

— E você ainda tem dúvidas? — Perguntei, indignado.

Ela me olhou expressivamente para que esclarecesse as coisas, pois pelo visto não havia entendido. Eu me levantei do balanço, um pouco exaltado.

— É claro que você vai ficar comigo, fazendo o seu técnico e deixar seus pais se mudarem sozinhos. — Deixei bem claro.

— Então é você que decidi por mim? — Agora quem estava indignada era ela. — E só para que você saiba, eu já havia me programado e o curso técnico fica lá mesmo.

— Eu não vou decidir por você, porque não há o que decidir. É óbvio que você não vai embora.

— Eu te amo muito, mas minha família é muito importante. Sinto muito, só que eu já tomei a minha decisão.

Andei um pouco desnorteado até uma árvore que estava lá próxima e lhe dei um soco. Eu me sentia traído.

— Sempre achou que o mundo gira somente em torno de você. Eu abandonei o teatro pra ir atrás do passado da sua mãe, menti pela primeira vez para os meus pais, te ajudei quando o seu pai ficou doente e agora você não consegue entender uma simples coisa? — Jogou tudo na minha cara.

— Eu nunca pedi que você fizesse ou deixasse de fazer nada por mim, enquanto você chega e me diz que vai se afastar de mim para seguir a sua família. — Rebati.

Demos uma pequena pausa na nossa discussão enquanto um encarava o outro. Até que ela me perguntou:

— É tão difícil compreender isso?

— É. — Respondi secamente.

— Então talvez você não me ame.

— O quê?

Não podia acreditar no que tinha ouvido. Ela havia me acusado de não amá-la? Tudo que eu estava fazendo era por amor, para que um pudesse ter o outro ao seu lado. Ela sim estava agindo com má-fé.

— Como você tem coragem de dizer que eu não te amo?

— Se você me amasse, saberia entender pelo que eu passei. E pelo que pude perceber, você só consegue entender a si mesmo. Só consegue ver as coisas do seu ângulo, do seu ponto de vista.

— Você está me chamando de egoísta? — Não podia acreditar no que ela estava dizendo.

— Não exatamente, mas se a carapuça serve já é outra história.

— Saiba que eu sou bem maduro pra ser egoísta. — Retruquei.

— Tem razão. — Assumiu ela. — Você é bem maduro, até demais pro meu gosto.

— Tá vendo? Você nunca está satisfeita. Se eu sou egoísta, reclama. Se eu sou maduro, reclama novamente. — Eu falei. — Eu não consigo te entender.

Ela respirou fundo e voltou a reclamar.

— Você amadureceu desde que descobriu a doença do seu pai. A partir daquele momento mal teve tempo pra mim, nunca mais agiu por impulso. As pessoas precisam fazer loucuras de vez em quando.

— Não acredito. É a Ellen mesmo que está me dizendo que preciso cometer loucuras? — Ironizei. — Ou será que é um alienígena que sequestrou a minha namorada?

— Vá à merda. — Falou ela, me dando as costas e indo embora.

— Você quer saber de uma coisa? — Perguntei, enquanto a alcançava. — A partir do momento que a doença do meu pai surgiu, eu passei a dar o máximo de mim para salvá-lo. E você ficou ressentida com isso?

— Não é uma questão de ressentimento. — Rebateu ela. — É uma questão de carência.

— Meio injusto da sua parte, você não acha?

— Injusto da minha parte sentir falta do meu namorado?

— Não, Ellen. Injusto da sua parte não querer dividi-lo com o pai doente. — Disse, mesmo com um grande aperto no meu coração. — Ele precisava de mim, precisava do meu amor. E você deveria entender isso.

— Você sempre querendo que eu entenda tudo. — Zombou ela. — Mas quando é comigo, você nunca quer entender nada.

Eu a encarei da mesma maneira que ela me encarava. Sentia meu coração como um peso sobre o meu peito, como uma dor intratável. Parte dele queria que eu a entendesse, contudo a outra parte queria que eu acabasse com tudo naquele momento. Estava dividido entre a parte que me dizia que ela me amava, e a outra que dizia que isso não era amor. No final, resolvi dar créditos para a parte que dizia que isso não era amor.

— Então tudo vai acabar aqui? — Perguntei, um pouco ressentido e ainda oscilando entre as duas partes.

— Tudo depende de você. — Respondeu secamente.

Então tudo realmente dependia de mim. Com um breve suspiro, arranquei a aliança que o Leandro havia nos dado e a atirei no chão, demonstrando tudo que estava sentindo. Ellen deduziu o que eu havia escolhido, e sem pensar duas vezes me deu as costas e saiu chorando. Quando isso ocorreu, um nó se deu nas duas partes que discutiam o nosso amor, unindo-a em apenas um coração. Um coração ressentido, amargurado e sem amor.

Assim como Ellen, também caí no choro. Não podia acreditar que aquela garota que esteve comigo em todos os momentos difíceis da minha vida, agora havia me deixado só na devastação desse mundo insano. Fui cambaleando entre as ruas, me apoiando nas árvores quando fraquejava, mas sempre tentando terminar o meu caminho até a Limusine que agora estava longe.

Ao encarar a casa onde ela morava, e que agora devia ser onde ela havia se afugentado, mais lágrimas caíram dos meus olhos. Queria bater lá, pedir perdão e dizer que aceitava a sua escolha, no entanto não conseguia fazer isso. Era difícil demais. Peguei a Limusine e fugi de lá, sem pensar duas vezes em olhar para trás e ver o que estava deixando.

Foi bom estar de noite e sem ninguém na rua, porque se tivesse num horário de movimento, teria matado metade do trânsito e dos pedestres de São Paulo pela maneira como corria. A velocidade que estava usando era compatível com a quantidade de lágrimas que escorriam dos meus olhos, as quais me remetiam àquele triste encontro onde tudo começou, e agora onde tudo acabou. Nas lembranças que vinham à minha cabeça, me lembrei de quando nos esbarramos no colégio, depois daquela guerra de torta que me fez perder o emprego no Buffet, a aula de genética, ela surgindo entre as pessoas na rodoviária, nós dois pulando os muros do colégio em São Carlos, o meu pedido de namoro, como ela ficou linda no dia do teatro e toda a força que me deu durante o tratamento do Leandro.

Pensei se realmente não havia sido injusto, o que me fez parar em uma

via que se dividia entre o retorno para o Moinho Velho ou o caminho que me levava para a Saúde. Fiquei alguns minutos fitando mais uma escolha, mais uma decisão. Até que finalmente escolhi seguir adiante, ainda em lágrimas. Voltar é para os tolos e fracos que não conseguem seguir adiante — pensei.

Parei bruscamente a Limusine na mansão. Desci, batendo a porta, demonstrando toda minha raiva, e parei diante da mansão, pensando se entrava ou não. Depois de secar meus olhos, abri a porta e entrei. Minha mãe guardava, junto com os empregados, as coisas da festa e ajudava na arrumação. Meu irmão estava sentado de frente para o meu pai, conversando com ele. Todos os convidados já haviam deixado a festa.

Ninguém havia me direcionado o olhar, até que um por um, todos começaram a me perceber parado diante da porta. Acho que eu estava tão mal que todos perceberam que havia algo errado comigo, inclusive meu pai.

— Aconteceu alguma coisa, filho? — Perguntou-me.

Sem dizer absolutamente nada, fui andando e ouvindo apenas os sons dos meus passos, e subi a escada com fortes pisadas de raiva. Tinha certeza de que todas sabiam que havia algo comigo, só que do mesmo modo sabiam também que quando eu estava mal, gostava de ficar sozinho.

Bati e tranquei a porta do meu quarto. Ao me virar para ir direto para minha cama, me deparei com o porta-retratos que a Ellen havia me dado de aniversário, para que eu nunca me esquecesse dela.

Me aproximei divido entre amor e ódio daquele retrato no qual ela me contemplava com um largo sorriso no rosto. A primeira coisa que fiz foi trazer deprimido aquele retrato ao peito, que era agora a única lembrança que tinha dela. Quando o afastei de mim, senti todo o seu amor desaparecendo no ar, como cinzas. Com raiva atirei aquele retrato na parede, ouvindo apenas o vidro se quebrar em pedacinhos graças ao atrito. E por impulso, comecei a jogar longe todas as coisas que encontrava pelo quarto, desde as mais importantes até as mais fúteis, algumas se quebrando e outras não. Acho que essa foi a maneira que encontrei de desviar a minha raiva.

Senti por um momento minhas pernas bambas, e então caí no chão assumindo minha dor como alguém que acabou de perder algo precioso. Meus olhos agora pareciam uma catarata, de tantas lágrimas que caíam deles. A mistura de dor com medo era tão forte que já não conseguia contê-las. Porém, tudo que estava sentindo foi interrompido por fortes pancadas na porta.

— Júnior você está bem? – Perguntou meu irmão, preocupado.

— Vá embora. — Respondi, pedindo que me deixasse em paz.

— Não vou. — Disse ele, me desobedecendo. — Você sempre quer ajudar todo mundo, e quando é a sua vez de ser ajudado não quer?

— Eu prefiro ficar sozinho. — Alertei.

— Pois eu não vou te deixar. — Disse teimosamente. — Ou você abre a porta por bem ou então eu a arrombo.

— Quer saber de uma coisa? — Falei, já cansado dele me encher a paciência. — Pode arrombar a porta se você tiver peito pra fazer isso, porque eu não vou abri-la.

Com um estrondoso baque, vi a porta se abrir. Fiquei olhando do chão perplexo para aquilo e depois para o meu irmão, que fitava as várias coisas quebradas e fora do lugar. Ele veio andando pelo quarto e parou ao pisar no porta-retratos com a minha foto e da Ellen. Olhou admirado e surpreso por eu tê-lo quebrado, porém com certeza deduziu o que havia acontecido.

— Vocês dois brigaram? — Perguntou ele, sentando-se na cama. Sabia que ele detestava falar sobre coisas íntimas, contudo estava enfrentando suas dificuldades para tentar me ajudar.

— Sim. — Respondi, com a voz um pouco trêmula. — Ela quer se mudar para o interior. — Senti um aperto no coração ao mencionar isso.

— E você é contra? — Tornou a me fazer outra pergunta.

— É claro. Afinal, nós dois nos amamos muito e por isso tenho que estar em primeiro lugar na sua vida.

— Você se lembra daquele nosso primeiro encontro em que você me acusou de não saber o que é amor? — Eu fiquei pensativo tentando me recordar daquele dia, e consegui me lembrar de quando joguei isso na sua cara. — Então, agora eu acho que quem não sabe o que significa amar alguém aqui é você.

Olhei para ele não conseguindo sequer acreditar no que teve a ousadia de me dizer. Eu não sabia o que era amor?

— Eu amo aquela garota mais do que tudo nessa vida. — Retruquei. — E a única coisa que quero é tê-la do meu lado.

— Não, Júnior. Você não a ama mais do que tudo. — Disse ele. — Você não a ama mais do que você mesmo, porque se o fizesse, entenderia o lado dela. Garanto que ela saberia entender se fosse com você.

Ele se levantou da minha cama e sem dizer uma única palavra saiu do quarto. Contudo, pude ouvir ecoando da escada seu último alerta:

— Pense bem no que eu te disse.

Ainda desviando a possibilidade de não amar Ellen, fui engatinhando até os destroços do porta-retratos. Ao ver o seu lindo rosto, seus ternos lábios e seu penetrante olhar, trouxe aquela imagem até o meu peito, abraçando-a como isso fosse impedi-la de seguir adiante. Sentia que precisava dela como nunca, para que a ferida do meu coração se cicatrizasse e que de amargo ele se tornasse doce novamente. Doce como o jeito da garota que um dia fez da minha vida um paraíso.

Casamento

Aquele na certa foi o final de semana mais difícil de toda a minha vida. No sábado, eu e Ellen brigamos feio, sendo que depois disso nenhum dos dois teve coragem de pedir desculpas ou tentar conversar. Mais complicado ainda foi o domingo, que depois de arrumar toda a bagunça do meu quarto e de consertarem a porta, me tranquei novamente e passei o dia inteiro chorando, sem nem dar uma pausa para comer. Por incrível que pareça, só fui sair do meu quarto segunda-feira às três da manhã, porque precisava muito conversar com o Leandro sobre tudo o que havia acontecido. Sabia que ele era o único capaz de me compreender.

Desci em silêncio as escadas e fui direto para cozinha. Enquanto aguardava meu pai, coloquei um chá para nós dois tomarmos. Porém, antes que ele ficasse pronto, Leandro chegou vestido em um dos seus ilustres pijamas. Sorriu para mim, me cumprimentando com o nosso toque secreto, sentando-se na minha frente, apoiando seu queixo nos seus braços para que pudesse me contemplar.

— Já estava com saudade dos nossos encontros. — Assumiu ele.

— Também estava, pai. — Concordei. — Posso te fazer uma pergunta?

— Claro, filho. — Assentiu ele.

— O que você acha que é o amor?

Ele foi um pouco para trás de tão abismado que ficou pelo que havia perguntado. Na certa, ficou um pouco confuso em como responder isso, mas logo sua feição ficou tranquila novamente.

— Bom, o amor... — Ele parou o que estava dizendo para tentar conceituar sua resposta. — É algo que envolve duas pessoas. — Completou inutilmente, enquanto o encarava aguardando uma resposta de verdade. — E o mais importante é que uma deve enxergar a felicidade da outra antes da sua própria.

Então esse realmente era o significado de amor: ver a felicidade de outra pessoa na frente da sua. Será possível que depois de tudo que havia vivido com a Ellen, nem sequer a amasse?

— Qual foi o motivo dessa pergunta? — Questionou ele.

— Eu e a Ellen brigamos. — Contei, ainda meio abatido. — E eu fiquei em dúvida se a amava ou não.

Ele veio andando até onde eu estava e parou bem na minha frente, ficando ajoelhado para ficar da altura da cadeira.

— Se um dia você tiver dúvidas se ama ou não alguém, apenas escute seu coração, que ele te dirá. — Disse ele, pousando sua mão sobre o meu peito.

Nós dois nos calamos, e o único som produzido foi o do chá no fogo. Até que resolvi esclarecer outra dúvida.

— E se eu não conseguir escutá-lo? — Perguntei, preocupado.

— Então sugiro que você tente senti-lo. — Afirmou ele.

Levantei da mesa para desligar o fogo. Coloquei duas xícaras sobre a mesa e servi o chá para nós dois. Ele pegou educadamente a sua xícara e deu um pequeno gole no chá, voltando a sua atenção para mim.

— Desculpe por te perguntar isso. — Disse ele, o que me fez imaginar o que tinha de tão ruim para me perguntar. — Mas, por que vocês brigaram?

Ao me remeter àquela triste noite de sábado em que nós dois discutimos, senti o medo afligindo meu coração. O rosto da minha amada se distanciando, eu querendo agarrar sua mão implorando que ficasse, contudo parecia paralisado.

— Ela vai embora. — Falei, ressentido. — Seu pai recebeu uma promoção e ela vai acompanhar a sua família, sendo que preciso dela aqui. Eu preciso do seu amor.

Algumas lágrimas brotaram dos meus olhos, mas logo consegui conter a emoção, controlando a minha tristeza.

— Quando duas pessoas se amam muito, por mais distantes que elas estejam, uma sempre terá a outra.

— Você acha que eu errei?

— Como eu já te disse uma vez, eu não tenho que achar ou deixar de achar nada. O único que decide as coisas por você é você mesmo.

No fundo ele tinha razão. Somente eu podia decidir as coisas por mim, mas às vezes é tão difícil decidir, porque suas escolhas parecem envolvidas por uma densa neblina.

— E como estão às coisas entre você e minha mãe? — Indaguei, tentando trocar de assunto.

— Muito boas. — Respondeu alegremente. — Já marcamos o nosso casamento.

— Já marcaram? — Disse, espantado por essa notícia.

— Sim. — Assentiu ele. — Vamos nos casar numa linda cerimônia na casa de praia.

— E quando vai ser?

— No próximo final de semana.

Meu grito de espanto deve ter derrubado meu irmão da cama, porque no mesmo instante que gritei, ouvi um barulho vindo do andar de cima.

— Então temos que começar logo os ensaios. — Afirmei, aflito.

— Teremos apenas um ensaio na sexta.

Antes que falasse qualquer coisa que demonstrasse meu desespero, a luz da cozinha se acendeu e meu irmão apareceu na soleira da porta, nos observando.

— Eu pensei que estavam assaltando a casa. — Reclamou ele.

— Fui só eu que gritei. — Disse, segurando o riso pela sua cara de pânico.

— Aliás, o que vocês estão fazendo acordados a essa hora?

— Nós nos encontramos todas as segundas de madrugada na cozinha.

Ao mesmo tempo que meu irmão arregalou os olhos e levantou suas sobrancelhas, dei uma cutucada por debaixo da mesa no meu pai por ter revelado o nosso segredo. Ainda um pouco desconfiado, meu irmão perguntou:

— Vocês se encontram toda segunda de madrugada?

Nos dois assentimos e ele ficou mais espantado ainda.

— Vocês são todos doidos. — Falou, incrédulo.

Ele bebeu um copo com água e subiu. Nós dois fizemos o mesmo logo em seguida, e então retornei para o meu quarto com todos os meus pensamentos voltados para Ellen, como sempre. Ao deitar a minha cabeça no travesseiro, pensei onde ela estava e o que estava fazendo agora. Será que ela também pensava em mim ou já havia me esquecido? Mas logo tirei esse dilema da cabeça, tentando esquecê-la por alguns instantes. Depois adormeci, não para descansar, mas para que a encontrasse nos meus sonhos.

Na semana que se passou, fiquei a maior parte do meu tempo vendo filmes de romance. E claro, chorava no final de todos. Tentava seguir adiante com a minha vida, esquecendo a Ellen, contudo só conseguia lembrar ainda mais dela. Acho que o sentimento que tínhamos um pelo outro era tão forte que chegava a ser imutável.

Meu irmão ficou tão cansado de me ver me lamentando pelos cantos da casa, que um belo dia se encheu e resolveu me arrastar até a casa da Ellen para nos acertarmos. Eu lutei contra isso, porém uma parte minha que também queria que falasse com ela não resistiu.

— Quando você chegar lá, vai ser tudo bem simples. — Começou a explicar ele, enquanto dirigia a Limusine. — Você toca a campainha, pede pra falar com ela e resolve tudo.

— Falando parece simples. — Reclamei, ainda meio relutante em ir até lá me desculpar. — Queria ver você fazendo isso.

Ele desviou o seu olhar de mim para o trânsito, o que me fez deduzir na hora que se fosse ele, não conseguiria. Cansado da estação que tocava no rádio, apertei o botão e mudei para a minha. Meu irmão meu olhou torto e apertou o botão também, mudando para sua rádio. Eu apertei novamente o botão, mudando novamente, e ele fez o mesmo. Ficamos nesse chove e não molha até a casa da Ellen.

Estacionamos o carro bem na frente da casa dela. Eu acho que nunca foi tão difícil descer de um carro, e mais ainda dar passos para ir até a porta. Respirei bem fundo antes de tocar a campainha, dando uma olhada para o meu irmão. Ele me encarou de dentro do carro me repreendendo, me conduzindo à difícil tarefa de tocar a campainha. Sem outra alternativa, toquei.

Em uma questão de segundos a mãe da Ellen estava me contemplando com seus óculos de leitura. Acho que ela provavelmente devia estar trabalhando. Tinha que ser justamente ela a atender a porta, o que tornava as coisas mais difíceis.

— Olá, Júnior. — Disse secamente, me desejando boas-vindas contrariada.

— Oi, Senhora. — Respondi, com a voz trepidando. — A Ellen está? — Fui direto ao assunto.

— Sinto muito, ela não está. — Afirmou ela.

— Você sabe se ela volta logo? — Perguntei, meio persistente.

— Não. Ela já foi para o interior com o meu marido. Eu, como precisava acertar algumas coisas, vou só depois.

Tive que ser bem forte para não fraquejar diante dela. Cumprimentei-a e fui seguindo em direção ao carro, quando de longe a ouvi me chamando:

— Júnior, espere. — Pediu ela, enquanto corria para dentro. Em pouco tempo, ela já estava de volta com uma carta na mão. — Ela pediu que lhe entregasse isso.

Assenti em resposta, como uma maneira de agradecê-la. Sem me dizer mais nada, ela se retirou e a única coisa que ouvi foi a porta batendo de fundo. Entrei no carro e desesperado exigi que meu irmão fosse embora para a mansão. Estava angustiado, imaginando o que teria naquela carta. Seria uma despedida ou um pedido de desculpas?

Quando cheguei na mansão, fui direto para o meu quarto. Tranquei a porta para ficar sozinho, abri a janela e fiquei apoiado sobre o seu parapeito. E após finalmente ter criado coragem, consegui rasgar o envelope e encontrar a linda letra da Ellen na carta.

Meu amor, sei que quando você ler isso talvez já estarei bem longe. Contudo, isso não tem importância, porque o verdadeiro objetivo desta carta não era fazer com que você corresse até a rodoviária e implorasse que eu ficasse, e sim que você entendesse a nossa separação. Não pense que isso também não é difícil para mim, porque eu te amo, tanto como sei que você também me ama. Mas, em certos momentos, não temos que fazer o que queremos, e sim o que precisamos.

Pode ser que em um outro momento da nossa vida, possamos voltar a nos encontrar. No entanto, enquanto isso não acontece, gostaria de te lembrar que a vida continua. Então aproveite as chances que ela dá para cuidar de você e, se possível, se apaixonar novamente. Não seja tolo o bastante para gastar a sua vida me esperando, porque nunca sabemos o que o destino reserva para nós. Pode ter certeza de que eu não vou te esperar, se por felicidade resolver vir até mim.

Vivemos bons momentos juntos, que agora não passam de recordações. E eu sempre vou guardá-las no coração, assim como todas as palavras de afeto que você sempre me disse. Sei que um dia as palavras que estão aqui se apagarão, então sugiro que, assim como eu, guarde-as no seu coração, pois de lá nada poderá removê-las, exceto você. Terei sempre uma parte de você comigo.

Seja feliz!

Com imenso carinho, Ellen.

Terminei de ler essa maldita carta com os olhos cheios de lágrimas. No final das contas ela foi inútil, porque jamais entenderia a nossa separação. Contudo, esta era a única prova concreta de que ela realmente havia passado pela minha vida, e de que tudo não passou de uma alucinação. Trouxe a carta até o meu peito e a abracei, como se ainda a sentisse por perto. O calor do seu corpo, o seu cheiro, o seu sentimento, tudo estava lá. Minha primeira ideia foi rasgar em pedacinhos aquela carta, porém fraquejei como qualquer ser humano e não consegui. Então guardei-a debaixo do meu travesseiro, para que também tivesse um pedaço do amor da minha vida comigo.

Durante todas as noites que se seguiram reli aquele carta, porque quando fazia isso tinha a impressão de que ela ainda estava comigo, e em uma questão de segundos entraria pela porta com o seu cativante sorriso no rosto. Quando algo se torna essencial para nós, fica difícil aprender a viver sem aquilo, como uma droga. Por pior que possa ser, vicia. E era assim que me sentia com relação ao que sobrou do nosso amor. Aquilo me alimentava e ao mesmo tempo machucava, me fortalecia do mesmo modo que me enfraquecia também e, acima de tudo, fazia com que a lembrança dela permanecesse no meu coração para sempre. Guardar recordações não é algo ruim, mas viver de recordações sim. Embora tivesse plena consciência disso, não conseguia me desacorrentar do passado e seguir adiante para o futuro como ela fez. Sabia que apenas eu tinha a chave para me libertar, no entanto temia usá-la, pois ao mesmo tempo em que queria me libertar e me ver livre de tudo aquilo, também queria continuar preso ao passado.

Na noite de quarta-feira todos nós viajamos para ilha do meu pai, para o seu casamento. Como ele não tinha família, o número de convidados se reduzia bastante. E se fosse ver quem realmente minha mãe considerava como família, só meia dúzia de pessoas iriam ao casamento. Só que como ela era uma pessoa ética, acabava sendo contra cortar pessoas do mesmo sangue da lista de momentos importantes, o que me faria em breve encontrar as minhas adoráveis primas Maria, Mércia e Mirtes, trigêmeas. Alguns tios doídos, como Eustácio e Flormegildo, e a exagerada da tia Filó.

Primeiro pegamos um avião para chegar até o Rio de Janeiro, e depois fomos de lancha até a ilha. Quando chegamos, Emerson demonstrou toda a sua animação em decorá-la para o casamento, pois até o momento estava exatamente como antes, com aquele mesmo clima arejado combinado com a mesma decoração tropical.

— Nós poderíamos estender um tapete branco desde a ponta do píer, onde sua noiva vai chegar, até o altar naquele canto da ilha. — Ele indicou com a cabeça o suposto canto do altar. — Dos dois lados do tapete, poderíamos colocar os bancos onde vão ficar os convidados, e entre eles podemos colocar vasos com lírios. — Era evidente sua paixão por decorações.

— Eu prefiro rosas brancas. — Interpôs minha mãe.

— Então teremos rosas brancas. — Afirmou Leandro, que andava de mãos dadas com a minha mãe como um casal de namorados adolescentes. Emerson o olhou contrariado.

No dia seguinte eles começaram a montar o altar. O local que ele indicou foi perfeito para isso. O altar era branco, para combinar com todo o resto da decoração, e tinha lindos enfeites floridos nos pilares dos cantos. Depois disso começaram a chegar os bancos, que por sinal também eram brancos. Achei o número de bancos um pouco exagerado com relação à lista de convidados, mas afinal precaução não mata ninguém. Depois disso, começaram a trazer os vasos em que colocaram lindas rosas brancas, que ficavam intercalados entre os bancos e o tapete que foi estendido desde o píer — que seria de onde a lancha pararia e minha mãe viria — até o altar, onde ela pousaria como um lindo cisne. Nas árvores, foram penduradas bolas chinesas com velas para iluminar a noite. Mesinhas também foram espalhadas para a hora da festa, todas de frente para uma grande mesa onde se sentariam os noivos e as pessoas próximas. Até sexta-feira de manhã tudo já estava montado para uma espécie de simulado do dia do casamento.

— Qual dos dois vai entrar com a sua mãe? — Perguntou Emerson para mim e para o Bruno.

— Pode ser ele. — Respondemos simultaneamente, um empurrando o abacaxi pro outro. Nenhum de nós dois gostava de aparecer, então decidimos no par ou ímpar. E advinha quem perdeu?

— Então Júnior, você entra com a sua mãe. — Concluiu Emerson. — A lancha vai pousar no píer e você a acompanha desde lá até o altar, onde vai estar o seu pai.

Só de ouvir ele me explicando, já senti um frio na barriga. Eu levando minha mãe até o altar, no meio de todos aqueles convidados, era uma coisa de dar medo em qualquer um. Entramos na lancha para simular a entrada dela, descemos no píer e fui caminhando lentamente até o altar.

As outras pessoas, como os padrinhos e madrinhas, também ensaiaram as suas partes, e até o final da sexta-feira todos já sabiam o que fazer e como fazer. Agora a única coisa a fazer era rezar para que tudo saísse bem no dia do casamento.

Sábado, o grande dia do casamento, começou com o nosso café da manhã em família. Acordamos cedo, porque embora a maioria das coisas já estivessem prontas, ainda tínhamos que organizar muita coisa. Meus pais se sentaram um ao lado do outro na mesa, e do outro lado me sentei junto com o meu irmão.

— Vocês estão ansiosos? — Indaguei.

— Você não tem ideia do quanto eu estou, afinal não é todo dia que você se casa. — Respondeu um pouco afobada minha mãe. Meu pai apenas assentiu concordando.

— Pode ficar sossegada que vai dar tudo certo, mãe. — Disse calmamente meu irmão, de modo que a tranquilizasse. Ela passou sua mão sobre a dele.

Ouvi ruídos de algumas vozes vindo de fundo, só que não consegui identificá-las. Até que as três entraram na sala, falando como um coro:

— Olá tia Marina. — Entrei em pânico ao reconhecer esse olá, intenso e exagerado. Eram as três gêmeas acompanhadas por seu pai.

— Oi minhas queridas. — Disse minha mãe, tentando conter todo o seu desespero.

— Você está se casando. — Falaram novamente elas em coro. — Que lindo!

— Sim, meninas. Este é o meu noivo. — Mamãe apresentou o Leandro a elas, que ficaram babando por ele. — E estes aqui são os meus filhos, o Júnior e o Bruno. — Elas deram um sorrisinho falso para mim, que eu retribuí, é claro, e ficaram com as pernas bambas ao ver o meu irmão.

— Ele é o filho que você aband... — Mirtes parou sua frase na hora, o que me provou que ela pelo menos tinha um pouco de bom senso.

As folgadas já foram logo se sentando à mesa e tomando o café com a gente. O pai delas ficou em silêncio, pra variar, pois não gostava de falar muito. Em compensação, as filhas valiam por mil deles. Mamãe e eu concluímos que elas eram loucas quando me penduraram em uma árvore, numa festa de fim de ano. Meu irmão Bernardo se vingou dando um banho de mangueira nelas de roupa e tudo, porém na nossa visão elas permanecem desequilibradas.

Após o café da manhã, minha mãe se despediu e pediu que recebêssemos bem os convidados. Agora ela só voltaria quando já estivesse com um vestido de noiva, pronta para se casar com o Leandro. Ela nos lançou um beijo conforme a lancha desaparecia na imensidão do mar.

Eu me troquei e fui recebendo os convidados. Não vou esconder que conforme eles chegavam, fiquei surpreso pelo número. Era bem maior do que eu imaginava, ou seja, os bancos vieram bem a calhar. As pessoas passeavam pela ilha admirando-a por sua magnífica beleza. Algumas cumprimentavam meu pai, outras nem o importunavam por ver todo o seu nervosismo, afinal era a primeira vez que ele se casava. Subia e descia do altar constantemente, às vezes ia até a cozinha tomar um copo de água, mas acima de tudo não conseguia ficar parado no mesmo lugar por mais de um minuto. Fui até ele tentar distraí-lo.

— Relaxa pai, ela não vai fugir do casamento. — Falei, tentando acalmá-lo.

— Eu sei disso filho. — Disse ele, com a voz trepidando. — Só que não é todo dia que você se casa.

— Tem toda a razão. — Concordei com o que ele dizia. — O que é mais um motivo pra você manter a calma.

— Não devia ter inventado essa ideia de casamento. — Assumiu ele, arrependido.

— Agora não vale se arrepender. A única coisa que você pode fazer é tentar não ter um ataque cardíaco pelo menos até a hora dela entrar.

Ele me olhou com um olhar cheio de pânico e depois desceu correndo do altar, entrando na casa. Acho que ele devia ter ido tomar mais um copo de água com açúcar. Avistei, de longe, meu outro irmão chegando à ilha e acenei para ele, que ficou bem feliz ao me ver. Logo estava me abraçando.

— Quando tempo, Júnior! — Exclamou ele, cheio de felicidade em me reencontrar. — Como você cresceu, moleque.

— Imagina. É só impressão sua pelo tempo que já não nos vemos.

— É. Desde o enterro do nosso pai. — Disse ele, com um certo tom de dúvida, não pelo nosso último encontro e sim pela palavra pai. — Que história foi essa de outro pai? — Perguntou ele, curioso.

— Bernardo, essa é uma história bem longa. — Afirmei, porque não estava a fim de contá-la novamente.

— Acho que nós temos tempo. — Ele deu uma olhada para o relógio e depois para mim, esperando que eu contasse.

Fomos dando uma volta pela ilha, enquanto eu o deixava ciente de tudo que tinha acontecido. A cada coisa que lhe contava, ele ficava boquiaberto e perguntava como tive coragem de fazer isso. Durante essa conversa, evitei ao máximo tocar no nome da Ellen, porque a cada vez que falava seu nome me lembrava que tinha uma ferida no peito. Enquanto conversávamos, nos deparamos com o Bruno no meio de toda aquela aglomeração de convidados.

— Deixem-me fazer as apresentações. — Falei. — Bruno, esse é o Bernardo. Bernardo, esse é o Bruno. Vocês são irmãos.

Enquanto o Bruno franzia a testa, levantando sua sobrancelha — coisa que eu não conseguia fazer — meu irmão olhava para ele estranhando-o. Só depois dessa apresentação, um sorriu para o outro, e então se abraçaram como dois irmãos de verdade.

— Então ele é? — Perguntou meu irmão, esperando que eu confirmasse.

Eu assenti, confirmando novamente que aquele era o filho abandonado pela nossa mãe no passado.

— É um prazer conhecê-lo, Bruno. — Afirmou Bernardo.

— O prazer é todo meu, Bernardo. — Disse ele.

Por cima do ombro do Bruno, vi que meu irmão localizou as doidas das nossas primas. Elas acenaram para ele, que desesperado perguntou:

— Não me diga que são elas.

— São elas. — Confirmei, mesmo querendo que não fossem elas.

— Eu disse para não confirmar. — Reclamou ele. — O que passou na cabeça da nossa mãe ao convidá-las?

— Você sabe como ela é correta.

— Isso não é ser correta. É ser sem juízo. — Corrigiu ele, o que eu concordei é claro.

Alfred chegou até nós, interrompendo o assunto.

— Já está na hora de ir buscar a sua mãe. — Alertou ele.

Olhei para o relógio e fiquei surpreso ao ver que estava até atrasado pelo horário que havia combinado.

— Você está certo. Vou buscá-la agora, e quando a lancha pousar, não se esqueça de acionar a orquestra.

— Pode deixar. — Disse ele, me tranquilizando.

— Vocês dois... — Chamei meus dois irmãos, enquanto ia ficando distante deles. — Aproveitem para se conhecerem melhor.

Subi na lancha e parti em direção à cidade. Lá um carro estava me esperando para me levar até onde ela estava. Por incrível que pareça, fui o caminho inteiro ansioso para encontrá-la, imaginando como estava de noiva. Acho que nunca havia ficado tão ansioso para encontrá-la.

Toda a minha ansiedade foi justificada quando entrei no lugar onde minha mãe havia se arrumado e me deparei com toda a sua beleza. Estava magnífica com um vestido de noiva tomara que caia com uma linda cauda longa. Seu cabelo estava preso em um coque, com uma tiara na qual o véu estava preso, que se estendia até a calda do vestido. Luvas de ceda longas cobriam desde suas mãos até os seus braços, e no seu pescoço e na suas orelhas haviam lindos brincos e colares de pérolas.

— Mãe, você está linda. — Gaguejei ofuscado por sua beleza.

— Obrigado filho. E você está atrasado. — Reclamou ela.

— Normal. As noivas nunca chegam na hora exata mesmo.

Ela me olhou meio torto, mas não quis me contrariar. Estava tão nervosa quanto o Leandro com o casamento. No carro, ela ficou batendo os dedos na janela para tentar conter o seu nervosismo.

— Como está o seu pai? — Perguntou-me ela.

— Nervoso também. — Contei, fazendo com que ela desse uma risada forçada.

— Eu não devia ter aceitado essa ideia de casamento. — Falou ela, assim como o Leandro.

— Ele disse a mesma coisa. E eu vou te dizer a mesma coisa: deixa o seu nervosismo para hora que vocês forem se encontrar no altar.

Ela começou a bater os dedos na janela ainda mais desesperada, provavelmente imaginando como seria ter de encontrá-lo no altar. Começou a bater rapidamente o pé no assoalho do carro e esfregar o rosto.

— Contenha-se, mãe. — Adverti. — Caso contrário, você vai chegar toda esfarrapada no casamento.

Ela se acalmou, cruzou suas mãos e acho que começou a rezar. Foi assim até a ilha, onde descemos do carro e entramos na lancha, atravessando o mar pela última vez como viúva. Agora, quando saísse de lá, estaria finalmente casada com seu grande amor. Não sei se o caminho também pareceu longo para minha mãe, contudo a meu ver minutos viraram horas. Ou seja, tempo o bastante para me lembrar da Ellen. Queria muito me casar com ela um dia, assim como eles, só que acho que esse sonho jamais se concretizaria. E de um sonho nunca passaria.

Desembarcamos no píer, conforme havia sido ensaiado. Eu dei o braço para minha mãe, que entrelaçou o seu braço nele ao mesmo tempo em que respondeu meu gesto com um largo sorriso no rosto. Ela encravou as unhas no meu braço devido ao seu pânico, sendo que a cada passo que dávamos, ela enfiava ainda mais fundo. Na medida em que pudemos ser avistados atravessando o píer, a marcha nupcial foi acionada começando a tocar, enquanto todos os convidados se levantavam e nos encaravam, ficando deslumbrados com a beleza da noiva. No começo meu pai estava aflito, mas depois toda a sua aflição se foi e deu espaço ao entusiasmo. Fomos andando entre os convidados, entre eles pude ver minha tia — com um vestido rosa cheio de babados — ao lado do meu tio, que estava bem gordo no seu smoking. As três primas malucas suspiravam em um dos cantos, e do outro lado meus irmãos nos fitavam emocionados. Chegamos até o altar, onde com muito orgulho entreguei minha mãe ao Leandro.

— Cuida bem da minha mãe. — Pedi a ele, mesmo sabendo que ele a faria feliz. Aliás, um faria o outro muito feliz.

— Pode deixar. — Disse ele, entrelaçando os seus dedos com os da minha mãe, como um casal de namorados que passeia ao parque, e depois se virando para o padre. Os dois se ajoelharam e eu me afastei, me sentando ao lado dos meus irmãos.

É até complicado descrever a cerimônia, de tão emocionante que foi. Ver meus pais se casando, depois de tudo o que aconteceu com eles, me dava a esperança de que talvez um dia eu fosse me reencontrar com a Ellen. Entretanto, ela foi bem clara com relação a isso, pois se encontrasse alguém, não pensaria duas vezes antes de amar novamente. Agora quanto a mim, sabia que não amaria novamente, porque a experiência de amar, no meu ponto de vista, é única durante toda a vida. E eis a prova concreta disso, meus pais. Entre desencontros e reencontros que a vida lhes proporcionou, eles acabaram conseguindo ficar juntos, se casando depois de uma linda cerimônia e de bondosas palavras do padre. Justamente nessa hora é que eu interponho a presença de algo magnífico que faz com que as coisas que tem de dar certo realmente deem, e aquilo que tiver que dar errado também, a qual nomeio de Destino.

A viagem

A coisa mais linda que tive a oportunidade de presenciar foi o casamento dos meus pais. Cada palavra que o padre mencionou em seu discurso, desde o "estamos reunidos aqui para celebrar o casamento de Leandro e Marina" até o "eu os declaro marido e mulher" foi literalmente emocionante. Depois que os dois se tornaram marido e mulher, se abriu espaço para uma festa muito boa na ilha, em que todos os convidados se divertiam. Até que chegou a hora de cortar o bolo, mas antes disso o discurso. Meu pai se levantou e deu duas batidas no seu cálice, enquanto todos os convidados voltavam sua atenção para eles.

— Saudações, bons amigos. — Começou dizendo ele. — É com muito prazer que eu e minha esposa os recebemos essa noite na ilha. — Qualquer pessoa percebeu o orgulho com que ele falou a palavra esposa. — Gostaria de então, como uma maneira de agradecer uma pessoa por ter sido responsável por nos juntar novamente, lhe ceder a palavra para que discurse. É com você, Júnior.

Demorei alguns segundos para perceber que ele falava de mim, até que reparei que todos me olhavam. Eu fiquei de pé num movimento automático, com as pernas um pouco bambas. Olhei aquela multidão de pessoas sentadas à mesa, me encarando e pensei no que dizer.

— Está uma noite linda. — Falei, gaguejando. Todos os convidados caíram na gargalhada, não sei se pelo que falei ou por ter gaguejado. Mas realmente estava uma noite linda, com aquelas bolas iluminando a ilha que estava cheia de enfeites. — Bom, diga-se de passagem que meus pais me pegaram desprevenido e por isso não preparei nada de extraordinário. Contudo, gostaria de dizer que ninguém merece ser mais feliz do que vocês dois que cometeram vários erros, porém consertaram cada um deles. Um brinde a vocês. — Ergui uma das taças, e em seguida, como um efeito dominó, todos fizeram o mesmo.

Muitos convidados foram embora naquele mesmo dia. Outros, apenas ao amanhecer. Minha mãe e meu pai deviam estar tão felizes juntos que nem sequer levantaram da cama. Fui eu e meus irmãos que nos despedimos de todos os convidados.

— Deseje felicidade para sua mãe por mim, Júnior. — Gritou de longe minha tia, vestida nos seus clássicos trajes rosas.

— Pode deixar, tia. — Gritei em resposta.

Voltei para dentro e lá estavam os meus irmãos tomando o café da manhã juntos. Me sentei na mesa junto deles, enquanto me servia um pouco de café.

— Eles nem se deram o trabalho de levantar. — Falei.

— Deve estar bom o negócio lá no quarto. — Comentou Bruno, e Bernardo balançou a cabeça concordando.

— Como será que vai ser em Verona? — Perguntei, curioso para ver o que eles estavam pensando a respeito. Meus pais iriam passar a lua de mel no lugar mais romântico do mundo, a cidade de Romeu e Julieta.

— Acho que vai ser bem romântico. — Esclareceu Bernardo, fazendo Bruno rir sei lá de quê. Os dois estavam se entendendo bem.

— Uma pena que a gente não pode ir junto. — Reclamei, porque adoraria viajar para Verona.

— Pelo amor de Deus, Júnior. É a lua de mel deles. — Advertiu Bruno.

— Eu sei disso. — Me queixei. — É justamente por isso que não vou.

Fomos conversando durante o café da manhã, aproveitamos uma tarde na ilha e depois voltamos para mansão — e meu irmão para a República. No dia seguinte foi o momento de meus pais irem para Verona, então nos levantamos cedo e fomos com eles até o aeroporto. Os dois pararam na porta de embarque para falar conosco.

— Vocês tem certeza de que vão ficar bem? — Minha mãe estava preocupadíssima.

— Temos, mãe. — Afirmamos juntos. Ela já havia feito essa pergunta milhares de vezes apenas hoje.

— Eles já estão bem grandes, amor. — Disse Leandro, tentando deixá-la tranquila.

— Não importa quantos anos tenham os seus filhos, você sempre vai ficar preocupada. — Ela sorriu para nós e deu um beijo em cada um. — Se cuidem, meninos.

Meu pai, por sua vez, primeiro deu um abraço no Bruno. Depois, parou diante de mim e colocou sua mão sobre o meu ombro, me olhando diretamente nos olhos.

— Filho, eu sei que você se espelha em mim, mas não cometa os mesmos erros que eu cometi. — Implorou ele, num sussurro ao meu ouvido. — Eu fiz a bobagem de trocar família por sucesso, e acho que vou passar o resto da vida lamentando por isso.

— O que você quer dizer com isso? — Indaguei.

— Que você sente falta dela tanto quanto ela também deve sentir de você. Procure-a. — Respondeu ele, indo embora.

Eles acenaram de longe enquanto sumiam do nosso campo de visão. Após isso, pudemos voltar tranquilamente para casa, que agora era só nossa.

— O que vamos ficar fazendo sem eles? — Perguntou Bruno, em tom despreocupado.

— Não faço a menor ideia. — Assumi. — Porque não viajamos também?

— Para onde? — Questionou ele, meio pensativo.

Pensei por alguns segundos, até que pude ouvir meu subconsciente dizendo bingo. Minha ficha caiu e descobri exatamente aonde iria levá-lo.

— O que acha de irmos para São Carlos?

— Fazer o quê? — Odiava quando ele respondia a minha pergunta com outra pergunta.

— Todos os nossos parentes vieram de lá. — Disse entusiasmado. — Você vai adorar conhecer, tem lugares maravilhosos, o clima de interior é perfeito. Quando eu levei a Ellen... — Eu parei de dizer o que estava falando ao mesmo tempo em que uma lágrima escorreu pelo meu rosto. Tocar no nome dela, agora, era como uma ferida para mim.

— Acho que vai ser ótimo ir para São Carlos.

Enquanto meu irmão olhava no mapa rodoviário como fazia para chegar lá, eu fui arrumar as nossas malas. Em pouco tempo, tudo já estava pronto e colocado no carro. Eu entrei, me sentando no banco do passageiro, até que meu irmão se juntou a mim.

— Você já descobriu como faz para chegar? — Me apressei em perguntar, porque odiava ficar perdido.

— É claro. Sei exatamente o que fazer. — Afirmou ele.

Ele foi dirigindo cuidadosamente no trânsito da cidade até a estrada. Fomos pagando vários pedágios ao longo do caminho, e trocamos duas vezes de estradas. Embora não fosse muito para São Carlos, comecei a achar estranho o caminho, e mais estranho ainda quando ele foi parar em Jundiaí.

— O que você está fazendo em Jundiaí?

— Você vai descobrir daqui a pouco.

Fiquei imaginando o que ele teria para fazer lá que não queria me contar,

o que me fez formular várias hipóteses. Até que ele parou na frente de uma casa que não fazia a menor ideia de quem morava. Ela era térrea e parecia bem longa. Tinha um portão de ferro que cobria toda a frente, o que impossibilitava que outras pessoa vissem o seu interior.

— Mora algum amigo seu aqui?

— Não.

Comecei a ficar bravo com todo esse mistério que ele estava fazendo, até que não me segurei mais e disse:

— O que você está fazendo parado aqui?

— Estou aqui apenas por sua causa. — Disse ele, ainda fazendo mistério.

— Por minha causa? — Perguntei, em um tom sarcástico. Ele assentiu.

Vi algum falatório dentro da casa. Logo o portão se escancarou e pude entender tudo: Ellen saiu por ele com um rapaz, e acabei deduzindo que aquela era a sua nova casa.

— Você sabe o que tem de fazer. — Explicou ele.

— Eu não vou fazer nada. — Esbravejei. — Vamos embora.

— Você não prestou atenção no que o Leandro te disse? Você vai querer cometer os mesmos erros que ele?

— Eu te odeio. — Esclareci, enquanto descia do carro.

Fui indo por trás de uma árvore de maneira que ela não pudesse me ver. Meu coração batia fortemente no meu peito enquanto me aproximava dela, e penso que nunca tive tanto medo em conversarmos. Preparei-me para sair de trás da árvore e aparecer para ela, contudo antes que fizesse isso, o rapaz se curvou e tocou os seus lábios. A princípio pensei que ela fosse resistir ao seu beijo, porque me amava. Ao menos, pensava que me amava, porque ela cedeu ao beijo.

Com os olhos cheios de lágrimas, fui obrigado a acompanhar essa cena até o final. A minha Ellen beijando outra pessoa, com a boca que muitas vezes ela jurou que me amava. Minha primeira ideia foi entrar lá, afastar um do outro e quebrar a cara daquele desgraçado. Porém, ao dar o primeiro passo para fazer isso, regressei voltando para o carro, finalmente compreendendo o que realmente significa amar alguém. Pelo visto ela realmente não mentiu dizendo que aceitaria se apaixonar de novo. Só que enquanto a vida seguia adiante para ela, a minha só voltava para trás, o que me provava que não conseguia viver sem ela, ou melhor, sem as lembranças que tinha de tudo que vivemos.

— Eu sinto muito. — Falou ele, ressentido. — Eu não devia ter te trazido aqui, é que você já fez tantas coisas por mim que... — Ele tentava se explicar inutilmente.

— Tudo bem. Só vamos embora daqui.

Enquanto ele ia dirigindo, eu me encostei-me na janela do carro e fiquei vendo a estrada, deserta e escura como o meu coração. Algumas lágrimas escorriam pelos meus olhos, e de vez em quando meu irmão dava uma olhada de lado para ver se eu estava bem, mas sem falar comigo. Sentia meu coração dolorido, meu mundo desabado e já não tinha mais certeza do que eu queria. Puxei a carta da Ellen do meu bolso e abri para tentar me enganar de que ela ainda estava na minha vida.

— Eu não vou deixar você se sacrificar por isso. — Falou meu irmão, tomando a carta de mim.

— Eu quero que você me devolva. — Exigi, com muita raiva dele.

— Não vou devolvê-la. — Disse ele, me contrariando. No instante seguinte ele atirou a carta pela janela e o vento foi levando ela.

— Por que você fez isso? — Reclamei, entre lágrimas. Dei um pequeno tapa no seu braço e abri a porta do carro, me atirando para fora.

Machuquei-me um pouco na queda e saí correndo atrás da carta, que voava junto com o vento. Ouvi de longe o carro freando bruscamente e uma porta batendo, o que me fez deduzir que meu irmão estava atrás de mim. Quando alcancei a carta, me ajoelhei e a trouxe junto a mim, chorando. Bruno me alcançou e me estendeu uma mão, para que me levantasse.

— Agi errado novamente. — Disse ele ao me ajudar a levantar, como uma maneira de se desculpar.

— Tudo bem. — Novamente o desculpei.

Ele passou o seu braço sobre o meu ombro, me ajudando a chegar até o carro. Somente nos separamos quando cada um teve que ir até a sua porta.

O resto do caminho foi percorrido no mais absoluto silêncio. Falamos apenas um com o outro em situações de extrema necessidade, como para informá-lo do caminho e coisas do tipo. Até o final da tarde, havíamos conseguido chegar na casa da minha tia.

Paramos o carro na casa rosa e descemos. Fiquei olhando para a casa rosa, que embora não fosse a primeira vez que via, ainda ficava inconformado com o que levava alguém a pintar a casa de rosa. Pelo modo que meu irmão também encarava aquilo, deduzi que pensava a mesma coisa.

— A casa é rosa? — Perguntou, perplexo, ele.

Apenas assenti, enquanto batia palmas para que viessem nos atender. Metade dos vizinhos colocaram a cabeça para fora para dar um espiada pela janela. Permaneci batendo palmas e ninguém veio nos atender.

— Será que eles não estão? — Indaguei.

— Aparentemente, não. — Respondeu ele, meio desapontado.

Ao observar a casa percebi que as luzes estavam todas apagadas. Realmente não havia sinal de vida algum. Estava prestes a voltar para o carro, quando uma senhora negra veio andando na nossa direção como se quisesse falar alguma coisa.

— Vocês estão procurando o Flor e a Filó? — Perguntou ela, com uma voz bem áspera.

Balancei a cabeça indicando que sim.

— Eles não estão. — Disse ela.

— A senhora sabe para onde eles foram? — Questionou meu irmão.

— À missa. — Respondeu ela.

— Esperamos, então. — Afirmei.

— É uma vigília noturna. — Contornou ela, nos deixando desiludidos. Deu um sorrisinho para nós e voltou para sua casa.

— Nós vamos voltar. — Pelo tom do meu irmão, não identifiquei se foi uma afirmação ou uma pergunta.

— Isso foi uma pergunta ou uma afirmação? — Perguntei, esperando que ele me esclarecesse.

— Você não pretende ficar esperando a madrugada inteira, não é?

— É claro. — Confirmei. — Não viemos até aqui só pra gastar gasolina.

— E o que você quer? Que eu fique aqui e monte uma fogueira na porta da casa da sua tia enquanto vemos estrelas? — Ele falou isso zombando da minha cara, só que era exatamente o que imaginava que faríamos.

Logo meu irmão estava tentando fazer fogo com o atrito de duas pedras e eu amontoando alguns galhos. Embora estivesse divertido vê-lo tentando fazer fogo, resolvi acabar com a sua frustração. Retirei um isqueiro do meu bolso e acendi a fogueira.

— Por que você não me disse logo que tinha um isqueiro? — Questionou ele, atirando as pedras longe de raiva. Pude ouvir de longe alguém reclamar.

— Estava divertido demais te ver tentando produzir fogo. — Assumi, aos risos, e ele me olhou torto.

Deitei na grama para observar as estrelas do céu, com ele me imitando em seguida. Ficamos algum tempo só as contemplando, até que resolvi quebrar o gelo que havia entre nós.

— Está uma noite linda. — Elogiei.

— É. — Concordou secamente ele.

— É tão estranho imaginar que, nesse momento, existe alguém pensando em você. — Refleti. — Você acha que ela está pensando em mim?

Ele parou de olhar as estrelas e voltou sua atenção para mim. Ficou me encarando por alguns segundos, finalmente criando coragem e me falou:

— Sinceramente, não. Pelo que nós dois pudemos ver, parece que ela já te esqueceu.

Já estava acostumado a ouvir essas mesmas palavras, contudo a cada vez que as ouvia, sempre acabavam me ferindo novamente. Não havia meio de amenizar isso.

— Olha, eu não queria te deixar mal. — Explicou apressadamente.

— É que, às vezes, a realidade dói.

— Pode até doer, mas tente esquecer.

— Algumas coisa são impossíveis de se esquecer. — Complementei.

— Se você realmente pensar assim, não vai mesmo conseguir esquecê-la. Nós conseguimos aquilo que acreditamos que podemos conseguir, basta querer.

— Tudo parece tão simples pra você, tão fácil. — Concluí.

— Quando você não tem nada, acaba aprendendo a dar valor para as coisas. — Disse ele, dando um aperto no meu coração sem nem sequer me tocar. — Uma vez li uma frase que me ajudou muito a entender essas coisas, que dizia que os ventos que tiram algo que amamos são os mesmos que nos trazem algo para amar. Por isso, não devemos chorar por aquilo que nos foi tomado, e sim aprender a amar aquilo que nos foi dado, pois tudo que é realmente nosso nunca se vai para sempre.

Não podia ser. Essa era a frase que havia lido uma vez, pichada em uma parede. Já havia até me esquecido dela, o que foi uma coincidência ele ter recitado para mim.

— Você nunca pichou essa frase em uma parede, não é mesmo? — Não sei o que me levou a perguntar-lhe isso.

— Bom, fiz isso uma vez. Sou contra vandalismo, mas aquela era uma parede abandonada e quebrada. — Interpôs ele. — Foi bom colocar um pouco de arte lá.

Foi exatamente nesse momento que tive a certeza de que o destino interfere em nossas vidas constantemente. Olhei para ele um pouco emocionado e incrédulo ainda, porque não podia acreditar que a frase que havia visto uma vez, pichada na parede, era dele. Sorri para ele, que também me deu um sorriso, e depois deslizei minha cabeça para voltar a olhar para as estrelas, que agora enchiam meu coração com o vasto espaço entre elas, me dando a confirmação de que o destino existe e que talvez ele ainda me dê a oportunidade de ficar com a Ellen.

Depois de um bom tempo admirando as estrelas, meus tios finalmente voltaram da igreja. Não estava com um relógio no pulso para ver exatamente que horas eram, contudo podia afirmar que já estava de madrugada. Quando eles nos viram deitados no gramado, primeiro ficaram surpresos e depois felizes.

— Oi tios. — Disse, com uma voz de sono. Podem acreditar que estava quase dormindo no gramado.

— Oi Júnior. — Respondeu minha tia, enquanto me abraçava e me beijava. Meu rosto ficou marcado. — Estou vendo que trouxe seu irmão com você. — Ela foi até ele e também lhe deu um beijo.

— O que vocês acham de entrarmos? — Perguntou meu tio, o que foi uma ótima ideia. Afinal, estava quase caindo de sono.

— Ótima ideia. — Concordou meu irmão.

Entramos na casa, que até onde eu me recordava, estava igual da última vez. Andamos até a cozinha, onde fui logo me sentando na mesa e encostando a minha cara nela, entrando num estado de alfa. Ouvi o barulho de alguém puxando uma cadeira ao meu lado, o que me permitiu distinguir pelo estrondo que era meu irmão. A pia abriu e deduzi que minha tia estava lavando alguma coisa, então quem havia acabo de puxar uma cadeira à minha frente para se sentar era meu tio. Levantei um pouco a cabeça para confirmar se havia acertado nos palpites, e bingo. Não havia errado sequer o que uma pessoa estava fazendo, sendo que a única coisa que não havia adivinhado era o que minha tia lavava na louça — a cafeteira, agora sabia.

— Como vocês foram de viagem? — Indagou meu tio, mas nem me dei ao trabalho de responder. Meu irmão que falasse.

— Fomos bem, obrigado. — Respondeu por nós dois meu irmão. — A pior parte foi ficar oito horas do lado de fora.

Não havia percebido que nós dois havíamos ficado todo esse tempo vendo estrelas.

— O que não teria acontecido se tivessem avisado que viriam. — Expôs minha tia, um pouco brava. — Assim teria até preparado alguma coisa especial para servir para vocês dois.

— Não se incomodem conosco. Decidimos precipitadamente essa viajem.

Uma breve pausa aconteceu na cozinha. Quando eu era criança, minha mãe dizia que uma fadinha morria ao acontecer isso, então nunca deixava que tudo ficasse em silêncio. Nem que não houvesse assunto.

— E como está o casamento dos seus pais, Júnior? — Perguntou minha tia.

Não respondi. Percebi que eles estavam aguardando que eu respondesse, contudo meu sono era maior. Meu irmão pisou com tudo no meu pé, o que me fez levantar repentinamente de tanta dor, saindo do estado de Alfa. Dei um olhar fuzilador na direção dele e em seguida me direcionei à minha tia, com um sorriso de sono no rosto.

— Acho que eles estão com a bola toda na lua de mel. — Falei, e a risada do meu tio invadiu a cozinha como um estrondo. Não sei do que ele riu, mas

depois de responder a pergunta da minha tia, encostei a cara na mesa novamente e dormi.

— Sabe quem eu não vi na festa? — Questionou minha tia, fazendo com que um frio surgisse na minha barriga pois sabia quem era. — Aquela garota que veio aqui com você, Júnior. Como era mesmo o nome dela? — Ela perguntou para si mesma, forçando a memória para lembrar do nome. Na hora, preparei meu coração. — Ellen.

Desta vez meu irmão não pisou no meu pé para que acordasse. Toda vez que eu estava bem alguém tinha que tocar no nome dela. Isso era, agora, como uma adaga cravada no meu coração. Aquilo que uma vez foi amor, hoje não passava de dor.

— Eu acho melhor nós irmos descansar. — Afirmou meu irmão, se esquivando da pergunta da minha tia e me levando junto. — Afinal, foi um dia muito cansativo.

— É claro. — Consentiu minha tia.

Não me levantei para ir até o sofá dormir. Sabia que não teria coragem de encará-los depois de imaginar que eles sabiam sobre ela. Senti um braço passando pela minha cintura e outro por baixo das minhas pernas, me erguendo no momento seguinte. A pessoa me trouxe junto ao seu peito, me pousando com cuidado no sofá. Retirou os meus tênis e depois, me cobriu cuidadosamente com um lençol.

— Obrigado. — Murmurei para o meu irmão, que estava agindo como um pai para mim. Ele nem respondeu o meu agradecimento, o que nem me queixei, porque sabendo como ele era já havia feito demais por mim. Aliás, ninguém nunca havia cuidado de mim de tal maneira, me dado tanto apoio quanto ele. Meu pai não me levou para cama nem quando eu era criança e tinha um peso morto. Muito menos dava importância aos meus sentimentos. Com um breve suspiro, agradeci por tê-lo ao meu lado e dormi, sabendo que mais uma vez ela viria ao meu encontro, como sempre fazia nos meus sonhos.

Homenagem

Passamos uma boa semana na casa dos meus tios. Tanto eu quanto o meu irmão pudemos aproveitar muito lá, ficando até um pouco mais próximos. Andamos a cavalo, fizemos trilhas e passeamos em vários lugares. Inclusive pelo restaurante onde havia pedido a Ellen em namoro. Foi muito doloroso ir até lá, porque aquele ambiente ficou marcado por aquele momento. Meu irmão não entendeu o motivo daquela tristeza repentina, e eu nem me dei ao trabalho de explicar.

Depois daquela semana, chegou a hora de ir embora. Nossos tios nos acompanharam até o carro e enquanto meu tio discutia com meu irmão o resultado de algum jogo de futebol, minha tia chegou até mim e disse:

— Você não tem ideia de como é parecido com a sua mãe. O mesmo jeito, as mesmas atitudes e os mesmos erros. — Ela deu ênfase na palavra erros.

— O que você quer dizer, tia?

— Eu não sei o que houve entre você e aquela garota, mas se você a ama, não espere 20 anos para procurá-la.

— Ela não me ama mais. — Assumi, e essas palavras queimaram a minha garganta.

— Mas você a ama, o que basta para que lute por ela. — Encorajou-me minha tia. — Posso parecer uma carola, talvez até uma beata, só que entendo de assuntos do coração.

Sorri para ela, dei-lhe um beijo no rosto e entrei no carro. Meu irmão deu a partida e foi deixando a rua. Olhei pelo retrovisor, vendo apenas meus tios juntos, ficando para trás e acenando para nós. Até que meu irmão virou a rua e a imagem deles desapareceu.

Pra variar, nos perdemos no caminho de volta. Rodamos um pouco até que finalmente conseguimos encontrar a entrada de São Paulo e depois voltar para a mansão. Ao entrar na sala, Alfred nos recebeu com alegria trazendo uma carta nas mãos.

— Meninos, quanto tempo. — Ele falava como um velho amigo que não nos via há anos. — Os pais de vocês mandaram uma correspondência.

Corri até ele e tomei a carta das suas mãos. Depois disso, a abri e reconheci a letra do Leandro.

Queridos filhos e amigos, estamos lhes enviando esse cartão-postal para dividir toda a nossa felicidade. Estamos, atualmente, curtindo o nosso amor na cidade do amor. Verona é um lugar incrível, ficando apenas mais incrível com a pessoa que você ama, a pessoa que você quer a cada segundo do seu lado, a pessoa que você para apenas para contemplar a sua beleza. Eu e sua mãe parecemos um casal de namorados na doce fase da juventude enquanto aproveitamos esses momentos, que quando acabarem ficarão guardados dentro do nosso coração. Assim como todas as coisas boas que já aconteceram. Amamos todos vocês. Com carinho, Leandro e Marina.

Junto do cartão-postal com uma linda paisagem de Verona havia uma foto dos dois juntos. Minha mãe usava óculos escuros, vestia uma roupa com um tecido fino e um chapéu bem longo. Meu pai usava uma camisa de botão branca e bem à vontade. Ele beijava o rosto da minha mãe, que sorria e mantinha o braço estendido, para provavelmente tirar a foto.

— Eles estão felizes juntos. — Concluí.

— É. — Concordaram os dois juntos, num suspiro.

Casar, passar a lua de mel em Verona e aproveitar cada momento ao lado um do outro foi tudo que sonhei para mim e para Ellen. Não vou esconder que fiquei com um pouco de inveja dos meus pais, contudo eles mereciam serem felizes – afinal, não teria outra chance com a Ellen mesmo.

No dia que meus pais voltariam de viagem, eu e meu irmão fomos esperá-los no aeroporto, assim como quando eles foram embarcar. Eu fiz uma placa daquelas que desejam boas-vindas, segurando-a junto ao peito. Meu irmão estava bem ao meu lado, em algumas horas olhando com vergonha para placa.

— Até agora não acredito que você fez isso. — Disse-me ele.

— Ficou tão bonita essa placa, não sei o que te fez cismar com ela.

Algumas vezes as implicâncias dele enchiam o saco, porque na minha sutil opinião tudo tem um limite. E ele, com o seu jeito crítico de ser, sempre acabava ultrapassando esse limite.

— Como você acha que eles estão? — Perguntei, tentando fazer com que ele esquecesse a placa por alguns instantes.

— Pelo que eles escreveram no cartão-postal, devem estar bem.

Ele foi andando até um dos bancos do aeroporto e se sentou. Fiquei com vontade de me sentar também, mas eles já deviam estar chegando. Não queria parecer desanimado. Contudo, o voo foi demorando cada vez mais. As horas se passavam e eles não chegavam, o que me fez ir até uma funcionária do aeroporto perguntar o que estava acontecendo.

— Linda placa. — Disse ela, elogiando a minha placa. — Gostei mesmo.

Não sei se ela estava sendo verdadeira ou irônica. A única coisa que sei é que queria saber o que estava acontecendo.

— Obrigado. — Agradeci só pra não parecer sem educação. — Você sabe o que aconteceu com o voo que saiu de Roma às 10h?

Ela desviou o seu olhar de mim para lista, e depois novamente da lista para mim.

— Está atrasado. — Respondeu ela.

— Isso eu já percebi. — Esclareci. — Eu quero saber porque ele está atrasado.

— Vou verificar para você. — Disse ela, abandonando o seu posto e me deixando sozinho. Voltei para perto do meu irmão, e cansado, me sentei ao seu lado.

— Desistiu de esperá-los com a sua placa? — Perguntou ele, tirando sarro da minha cara.

— O voo está muito atrasado. — Expliquei.

A moça do atendimento apareceu novamente, e vi que ela me procurava no meio das pessoas. Acenei para que ela viesse na minha direção e logo ela estava bem ao meu lado, com a folhinha na mão.

— O voo só demorou para sair. — Disse ela. — Daqui a uns quinze minutos você já pode estar com a placa novamente ali.

Agradeci enquanto ela se retirava. Estava tão impaciente que ficava indo pra frente com a placa, depois voltava e sentava de novo. Até que algumas pessoas começaram a desembarcar, entre elas meus pais. Sorri para os dois, que vieram caminhando de mãos dadas até nós. Quando olhei para o lado, meu irmão também já estava lá. Nos abraçamos, nos beijamos e depois fomos caminhando em direção ao carro, na medida que todos nós colocávamos o assunto em dia.

— Estava morrendo de saudades de vocês. — Confessou meu pai.

— E eu também, é claro. Afinal, que mãe consegue ficar tranquila longe dos seus filhos por mais de duas semanas. — Imaginei como minha mãe de-

via ter ficado atônita na sua lua de mel.

— Podem acreditar que a mãe de vocês ficou louca da vida. — Disse meu pai, confirmando o que já pensava. — Ela queria ligar para vocês a cada meia hora.

Todos nós caímos na risada, enquanto ela ficava vermelha. Era bem a cara da minha mãe fazer isso.

— Isso é porque vocês não viram como ela ficou quando ligou para cá e o Alfred disse que vocês tinham ido viajar. — Ele deu uma pausa e no momento seguinte imitou minha mãe do jeito que ela fazia. — PARA ONDE?

— E vocês nem pra me avisarem que iriam para São Carlos. — Se queixou, um pouco chateada.

— Foi uma coisa meio improvisada. — Explicou Bruno.

— Sim, mãe. Mas o que importa é que agora estamos todos juntos novamente. — Falei, emendando minha desculpa com a do Bruno. Resolvi perguntar alguma coisa para distrair a minha mãe. — Como foi a viagem de vocês?

— Excelente. — Responderam os dois juntos, se olhando e sorrindo um para o outro. Até eu pude sentir o amor que existia entre eles.

Fomos conversando até a mansão, com eles contando todas as novidades da viagem. Quando chegamos, Alfred ficou muito feliz de rever o meu pai, assim como todos os outros empregados. Agora minha mãe estava casada com ele, também viria morar na mansão junto com todos nós. A vida estava sendo tão perfeita que, às vezes, até ficava com medo.

A semana passou rapidamente, acho que porque não via meus pais há algum tempo e a todo momento acabávamos lembrando de algo engraçado que aconteceu nesse meio tempo. Quando vi, já estava junto com o meu pai escolhendo um smoking para uma festa que aconteceria na Artrave, na qual seria feita uma homenagem para ele. A festa seria em três dias e com o casamento acabei deixando para escolher o smoking em cima da hora, chegando até a pensar que talvez não fosse conseguir encomendar um. Mas nada é impossível para o meu pai.

Ao entramos, uma senhora nos recebeu muito bem. Ela chamou uma moça para que nos atendesse, e ao falar que queríamos um smoking, ela nos levou até a sala do lado, onde ficamos esperando. Em questão de minutos, ela apareceu no vão da porta e me deu uma olhada, voltando para a outra sala. Depois ela apareceu novamente na sala, desta vez com um smoking na mão.

— Experimente esse. — Disse ela, passando o smoking para mim e me indicando com a cabeça o provador.

Entrei no provador, fechei as cortinas e tirei minha roupa. Após fazer isso, vesti o smoking e sai do provador. A mulher e meu pai — que tinha um café na mão — olharam para mim, me admirando. A mulher deu uma volta em torno de mim, e após tomar as suas conclusões, começou a colocar alfinetes no smoking.

— Pode tirar. — Disse ela, e novamente fui até o provador. — Mas tome cuidado para não tirar os alfinetes.

Fiz o caminho inverso, desta vez. Comecei tirando com muito cuidado o smoking e pendurando-o no gancho. Vesti minha roupa e deixei o provador, entregando o smoking para moça. Ela sorriu, voltando para outra sala. Fechamos as compras com a senhora na recepção e voltamos para casa.

Se uma semana já passou rápido, esse três dias voaram. Ao me dar conta, já estava acordando no grande dia. Levantei cedo, pois ainda ia ao cabeleireiro e fui tomar o café da manhã. Meus pais já estavam na mesa tomando o café.

— Bom dia mãe. Bom dia pai.

— Bom dia filho. — Disseram os dois juntos.

Sentei na mesa. O tempo de encher uma xícara com café foi o mesmo do meu irmão vir tomar café com a gente.

— Quer café? — Perguntei. Ele assentiu, então enchi sua xícara também.

— É hoje filho, minha homenagem. — Comentou meu pai. — Estou tão ansioso e nervoso também, é claro.

— Eu sei bem o que você está sentindo. — Assumi. — Mas você merece tudo isso, afinal foi uma grande batalha contra a doença que foi vencida.

Não sei porque, mas quando toquei na doença, sua ansiedade pareceu se converter em tristeza.

— Falei algo de errado? — Perguntei, preocupado.

— Não filho, pelo contrário. É que é muito emocionante olhar para trás e ver que aquele homem, sem família e amigos, está recebendo tudo que ele nunca teve. — Leandro sorriu para mim e para o meu irmão, e afagou com a sua mão o rosto da minha mãe.

— Mas eu estou com tanto medo de fazer o meu discurso. — Confessei, me recordando de quando o vice-presidente da Artrave me fez o convite e me arrependendo também por tê-lo aceitado. — Eu sempre gaguejo, tremo ou vomito ao me apresentar em público.

Meu pai me deu o sorriso de que eu tanto gostava, que era tão confortante. Depois, ele falou:

— Filho, quando você tiver medo de falar em público, concentre-se em um ponto fixo. Você vai ver que todo o medo vai desaparecer.

— Como você tem certeza disso?

— Já fui adolescente um dia. — Respondeu ele. — E sinto medo como qualquer outra pessoa.

— Do que você tem medo? — Indaguei, me esquecendo de que minha mãe e meu irmão também estavam lá.

Meu pai me olhou de tal modo que fiquei em dúvida se ele realmente queria responder aquela pergunta ou se queria se esquivar dela.

— Bom, eu já tive muito medo de me apresentar em público quando comecei na Artrave. Até que meu pai me ensinou essa técnica do ponto fixo, e hoje tive a oportunidade de passar esse ensinamento adiante.

— Quem me dera tivesse medo apenas disto. — Falei, abatido.

— Eu não tenho medo apenas disso. — Completou ele. — Eu tenho medo, ao menos tinha, de perder vocês. — Ele deu uma pausa no seu discurso, como se estivesse lembrando-se de alguma coisa. — Só que agora finalmente entendo que não importa o que aconteça, sempre teremos um ao outro.

Não entendi porque, mas nesse momento senti uma espécie de pressentimento, que não consegui entender o que era. Consegui apenas sorrir para ele.

Logo Alfred chegou com o meu smoking, que eu só fui vestir mais tarde. Conforme fui me vestindo, a ansiedade foi tomando conta de mim. Sem falar que, mesmo depois da conversa com o meu pai, estava com tanto medo que até desmanchei o nó da gravata.

— Merda. — Gritei, para que desde as pessoas que estavam na casa até os vizinhos ouvissem que eu estava com raiva. — Droga. Porcaria. Que saco. — Continuei murmurando xingamentos até que meu pai apareceu no meu quarto, com o seu traje ainda incompleto.

— O que está havendo, filho? — Perguntou ele, numa calma.

— Eu desmanchei a porcaria da gravata. — Respondi entre lágrimas, como uma criança que erra em alguma coisa.

— Tudo bem. — Falou ele. A maneira como suas palavras soaram me acalmaram.

Ele passou por trás de mim e pelo espelho pude vê-lo refazendo o nó da gravata, prendendo-a na gola da camisa.

— Obrigado.

Ele assentiu e saiu do quarto. Quando me olhei novamente no espelho, me espantei pela imagem que vi. Não sou muito de me gabar, mas estava parecendo um príncipe. Não, um lorde. Ainda seduzido por aquela imagem, desci pronto para a sala e todos pareceram sentir a mesma coisa que eu. Minha mãe veio até mim e falou, emocionada:

— Você está lindo, filho.

— Obrigado, mãe.

Fui junto com a minha família para Artrave, e após uma seção de fotos, entramos no salão. Quando os convidados, dentre eles funcionários e amigos, nos viram, uma salva de palmas nos foi concedida. Sabia que isso era direcionado ao Leandro, entretanto, a quantidade de pessoas para as quais discursaria me assustou.

Enquanto Leandro cumprimentava os convidados, que demonstravam toda a sua admiração por ele, deixei minha mãe e o Bruno conversando para falar com a Iara. Eu a havia convidado para cantar na festa, afinal ela tinha a mais bela das vozes. Quando me avistou, ela deu uma piscada, pois estava cantando e não podia parar no meio da música.

Mas assim que a música parou, o vice-diretor tomou o seu lugar, iniciando o seu pronunciamento.

— Agora, temos uma grande surpresa ao nosso homenageado. O nosso futuro empresário vai fazer um discurso. — Ele deu uma pausa, sorrindo para mim, e continuou. — É com você, Júnior.

Fui mais cambaleando do que andando até onde o microfone estava localizado, e ao passar pela Iara, ela me desejou boa sorte. Quando fui dar início ao meu discurso, dei aquela clássica batidinha no microfone que faz com que todos os convidados se contorçam. Comecei então a falar.

Não vou esconder de vocês, que sempre quando me apresento em público, gaguejo, como estou fazendo agora, minhas pernas ficam bambas, e chegam até a trepidar. Mas como eu disse, não vou omitir isso, porque se o fizesse, isso seria mentir. E não minto mais.

Todos os convidados caíram na gargalhada, não sei se pelo que falei ou pelo modo como falei. A única certeza foi que tive de morder a língua para que as pessoas não soubessem o que comi no almoço.

Mas hoje, uma coisa mudou. Quando eu contei para o nosso homenageado do meu medo de falar em público, ele me disse que, se olhasse em um ponto fixo, como estou fazendo agora, meu medo desapareceria.

Novamente todos os convidados riram. Quando escrevi o meu discurso, fiz de tudo para deixá-lo o menos cômico possível, mas acho que isso era algo que estava em mim.

Com essa atitude, eu gostaria apenas de mostrar o que realmente significa ser pai. Pai é aquela pessoa que faz dos nossos medos, seus. Pai é aquele pes-

soa que dá força, que cuida, que protege. É algo além do que a genética pode explicar. No passado, achava que ser pai significava ensinar a dar os primeiros passos, a andar de bicicleta e fazer coisas afins. Mas hoje, finalmente percebo que qualquer um pode ensinar essas coisas, mas ser pai não.

O melhor de tudo era o Bruno e o Leandro, durões do jeito que eram, se escondendo no ombro da minha mãe para que ninguém os vissem chorando. Se eu não estivesse discursando, na certa estaria rindo.

Como muito de vocês sabem, Leandro Artrave, esse executivo durão que está chorando no ombro da esposa nesse momento, não esteve presente em nenhum desses momentos da minha vida. E pior ainda, nossos genes nem são compatíveis. Mas que significam os genes quando se tem amor?

Todos agora me olhavam emocionados. Cada convidado, cada pessoa que estava lá estava com os olhos cheios de lágrimas. Mas toda a minha atenção estava direcionada ao Leandro, que agora me encarava como se eu tivesse tocado o seu coração. Percebi que era o momento de encerrar o meu discurso.

Aquele que possui amor tem mais do que qualquer outro. Esse sentimento, quando verdadeiro, faz com que cada um veja a felicidade da pessoa amada na frente da sua. E eu sei que amo esse homem, que com muito gosto chamo de pai. Eu abri mão de muitas coisas para lhe acompanhar, para lutar ao seu lado contra a doença, e hoje vejo que finalmente nos amamos como pai e filho, porque sei que ele teria feito o mesmo por mim.

Peguei uma taça de champanhe e a ergui, propondo um brinde ao Leandro. Foi maravilhoso ver todas aquelas taças se levantando junto com a minha, mostrando todo o carinho que as pessoas tinham por esse vencedor a quem, com orgulho, chamava de pai.

O último pedido

A festa se estendeu por um bom tempo depois do meu discurso. O resto dela foi principalmente de músicas e homenagens. Minha mãe me tirou para dançar, como se o meu discurso já não tivesse acabado comigo.

— Meus parabéns, filho. — Disse minha mãe, enquanto deslizávamos pelo salão. — Seu discurso foi definitivamente emocionante.

— Obrigado, mãe. — Agradeci, num sussurro ao seu ouvido para não atrapalhar a música. Não sabia que música era aquela, mas era linda.

— Aliás, não foi apenas emocionante. Foi esplêndido. Todos se debulharam em lágrimas. — Ela permanecia me elogiando, e eu agradecendo sem nem prestar atenção.

Logo a música terminou, abrindo espaço para outra. Dessa vez deveríamos dançar com a pessoa que amávamos. Minha mãe foi correndo até o Leandro, que dançava agora todo desengonçado. E eu, depois de rir dos dois dançando juntos, percebi que não tinha com quem dançar. Quando a música começou a soar em alto e bom som, lágrimas percorreram os meus olhos. Era a mesma que havia tocado no jantar com a Ellen quando a pedi em namoro. Então, imaginei até o que aconteceria a seguir. No meio da pista de dança, entre vários casais, a vi andando na minha direção. Nós chegamos um até o outro, eu passei os meus braços em torno da sua cintura e a trouxe para perto do meu corpo. Fomos dançando com a leveza de um cisne, mas principalmente como se fôssemos casados. Seus olhos me contemplavam, enquanto a encarava admirando seu lindo sorriso. Por um instante achei que não fosse fazer nada, porém resolvi agir. Dei-lhe um beijo na boca, só que desta vez não senti o mesmo que quando a beijava antigamente.

— Por que você fez isso? — Perguntou, para só então perceber que havia beijado a Iara.

— Desculpe, Iara. — Falei, constrangido.

Ela se soltou de mim e saiu andando. Constrangido, parei no canto do salão enquanto todos continuavam dançando. Eu cheguei a ver pessoas até bebendo para ficarem mais envolvidas com a música.

— Por que você não está dançando como as outras pessoas? — Perguntou meu pai, se aproximando. Estava tão distraído que nem vi de onde ele surgiu.

— Só estou meio desanimado. Daqui a pouco eu tento ficar um pouco mais animado.

— Foi um lindo discurso. — Elogiou ele, assim como a minha mãe havia feito um pouco antes. — E eu estou muito orgulhoso de você.

— Obrigado, pai. — Agradeci, emocionado.

Ele ficou me olhando como se quisesse dizer algo além disso. Porém, não disse nada demais.

— Eu já vou voltando pra casa. Não estou me sentindo muito bem.

Na hora, eu senti um aperto no coração. Lembrei de quando ele tinha leucemia, inclusive de tudo que passamos por isso. Preocupado, perguntei:

— O que você está sentindo?

— Filho, pode ficar tranquilo. — Disse ele, tentando me acalmar. — É só uma dor de cabeça.

Quando ele disse isso, todo o meu medo surgiu. Essa era a mesma desculpa que ele me dava tentando esconder que estava doente. Ele me deu um leve tapa no ombro, falando:

— Até a volta, filho.

Com certo receio, consegui soltar um "até". Vi meu pai desaparecer entre as pessoas, mas não conseguia entender porque sentia como se isso fosse uma despedida. Não conseguia entender porque desta vez não queria me separar dele.

Para tentar esquecer essa angústia, fui dançar um pouco. Isto é, fui ficar me remexendo no meio daquelas pessoas que dançavam bêbadas. Logo meu irmão me encontrou lá no meio e veio se juntar a mim. Ele dançava até bem solto, cheio de movimentos legais.

— Pensei que você tinha ido embora. — Disse.

— Não. Só o pai e a mãe que voltaram para casa.

— O nosso pai parecia estar bem pra você? — Indaguei, e ele assentiu.

— Que beijo foi aquele que você deu naquela garota? — Questionou ele, curioso.

— Só um mero engano. Pensei que ela fosse a Ellen. — Respondi.

Ele me encarou como se eu fosse um louco, tentando entender como havia confundido ela com a Ellen. Pensei que ele fosse perguntar mais alguma coisa, só que mudou de ideia e começou a dançar. Embora as músicas fossem trocando, não conseguia me animar. Até que finalmente tocou uma que eu adorava, me deixando bem elétrico. A partir daí, consegui dançar com gosto. Me senti mais solto e pronto para dançar o meu próprio ritmo, sem temer o que os outros pensariam. Sempre acreditei que a maneira que você dança mostra quem você realmente é.

A festa se prolongou até altas horas da madrugada, e pelo que pude perceber, ainda duraria bastante tempo. Contudo, não estava a fim de ficar até o final, pois já havia dançado e curtido bastante. Então, voltamos para casa.

Quando chegamos em casa, percebi que a mansão havia sido invadida por um triste silêncio. O ar de lá não parecia estar feliz como estava quando fomos para a festa. Era como se toda a felicidade tivesse evacuado e se dissipado daquele ambiente. Fui entrando devagar na mansão, seguido pelos pesados passos do meu irmão que podia ouvir bem atrás de mim. Não encontrei qualquer sinal de vida, muito menos dos meus pais.

— Papai? Mamãe? — Chamei, como uma criança que se perde dos seus pais no supermercado. — Vocês estão aí? — Gritei bem na escada, para que se eles estivessem lá em cima pudessem me ouvir.

Ninguém respondeu.

— Eu não entendo, Bruno. — Falei desesperado. — Eles saíram bem antes de nós, como podem não ter chegado. — Minhas palavras atropelavam umas as outras.

— Vai ver eles saíram. — Tentou justificar ele.

— E onde eles podem ter ido essa hora da madrugada? — Disse, já sentindo pequenas lágrimas se formando nos meus olhos.

Até ele concluiu que sua resposta não tinha pé e nem cabeça. Alfred apareceu na beirada da porta da cozinha, finalmente me trazendo uma luz por encontrar alguém que pudesse me explicar o que estava acontecendo. Porém, nem tive que perguntar. O seu olhar já me dizia tudo que precisava saber. Vocês já ouviram dizer que um olhar vale mais do que mil palavras? Nessa situação valeu, porque sem uma palavra pude entender o que estava acontecendo.

— Vamos até o hospital. — Ordenei para o meu irmão, que mesmo não entendendo nada, não reclamou.

Antes de entrarmos no carro, Alfred apareceu na porta do hall. Mantendo o mesmo olhar triste, ele gritou de lá:

— Já acendi uma vela pelo seu pai.

Entrei desesperado no carro, sem nem agradecê-lo. Ainda não tinha a ideia exata do que estava acontecendo, no entanto aprendi que quando tudo parecesse perdido, devemos deixar o nosso coração nos guiar. E o meu queria que eu fosse até o hospital.

Meu irmão correu com a Limusine como um doido pela cidade até chegarmos no hospital. Quando ele estacionou com tudo, sem ver se parou certo na vaga, eu desci correndo do carro e fui entrando no hospital a passos largos, com o meu irmão que havia me alcançado ao meu lado. Percorremos aqueles corredores que eu preferia não ter de rever, até que encontramos a minha mãe no mesmo banco de espera de sempre. Ela estava sentada com as mãos no rosto.

— Mãe, o que está havendo? — Perguntei, angustiado.

Ela não respondeu nada naquele momento. Apenas me abraçou, me fazendo sentir suas lágrimas.

— Eu não sei o que está havendo. — Respondeu ela, tremendo. — Seu pai disse que não estava se sentindo bem e quando chegamos em casa, fomos nos deitar. Eu estava escovando os dentes e quando voltei, ele estava desmaiado no chão do quarto.

A cada palavra, eu chorava mais e mais. Não podia ser verdade, tudo estava sendo como antes. Agora estava certo de que, embora quisesse que o pesadelo tivesse acabado, isso não havia acontecido. Que embora eu quisesse que a nossa vida pudesse ser feliz como estava, não poderia.

— Eu quero falar com o médico. — Falei.

— Eu já tentei. — Respondeu minha mãe. — Aquela mulher não me deixou passar. — Ela aumentava cada vez mais o tom da voz. — Você não tem marido? — Agora mamãe falava diretamente com a mulher, que simplesmente a ignorou. — O que você tem no lugar do seu coração?

— Ela pode ter não te deixado passar, porém não vai poder fazer o mesmo comigo.

Fui andando em direção à porta. Ela entrou na minha frente para me barrar, mas antes que fizesse qualquer coisa, eu a atirei para o lado e entrei.

— Eu vou chamar a segurança. — Gritou ela, tentando me amedrontar. Porém, não havia espaço em mim para o medo já que o meu coração era ocupado inteiramente pelo sofrimento.

Localizei o médico lá dentro. Ele me reconheceu logo de imediato, abrindo a porta da sua sala e me pedindo para que entrasse. Entrei logo atrás dele, me sentando em uma cadeira de frente para sua. Ele colocou uma mão sobre a outra na mesa e ficou me encarando por alguns segundos.

— O que está acontecendo com ele, doutor? — Perguntei, soluçando.

— Ele não contou a vocês? — Indagou o médico, com um tom de indignado.

— Sobre o quê?

— Houve uma rejeição na doação da medula óssea. A leucemia está matando o seu pai e agora não existe nada que possamos fazer, exceto rezar.

Embora já imaginasse que era isso, as palavras do médico me corroeram por dentro. Era como se ele tivesse me apunhalado no peito, e cada palavra empurrava esse punhal mais para dentro, me matando. Sem dizer mais nada, deixei a sala do médico.

Ao me verem voltando da sala do médico, meu irmão e a minha mãe olharam desesperados esperando que eu explicasse. Até ele estava chorando. Não tive coragem de dizer absolutamente nada, apenas assenti para que eles entendessem que aquilo que estávamos pensando era real. Nós três nos abraçamos em conjunto, e eu não sei quanto a eles, mas eu estava com uma péssima intuição com relação a isso.

O dia amanheceu junto com os meus medos. Mas o meu coração, ao

contrário, permanecia negro como a noite. Não tinha notícias do Leandro, não sabia como ele estava. Não sabia se a leucemia já o havia tomado de nós, ou se ao menos nos daria a chance de vê-lo uma última vez com vida. Minhas expectativas já estavam indo por água abaixo, até que naquela mesma manhã, enquanto ouvia o barulho de uma forte chuva ao lado de fora, o médico me chamou. Ele acenou para que eu o acompanhasse.

— Ele quer falar com você. — Disse ele, enquanto eu ia caminhando com ele até onde meu pai estava. Paramos de frente para uma sala que estava com a porta fechada. — Seja forte.

Coloquei a mão na maçaneta, sem coragem de girá-la e abrir a porta. Sequei rapidamente as minhas lágrimas e tentei me conter para não demonstrar o quanto eu estava abatido. Depois disso, girei a maçaneta e entrei na sala. Ela estava um pouco escura, com uma fraca luz entrando apenas pela janela. No seu canto havia uma maca, onde meu pai estava com vários aparelhos ligados em várias partes do seu corpo. O som da chuva batendo no vidro da janela enchia a sala, e fui caminhando até ele apenas com esse som ao fundo.

Fiquei em dúvida se ele estava consciente. Sentei-me ao seu lado na cama, afagando carinhosamente o seu rosto. Olhei para o que restava do seu cabelo devido às quimioterapias que fez inutilmente, afinal agora estava morrendo.

Todas as cicatrizes que o seu corpo carregava por esse longo e difícil período que enfrentamos juntos estavam lá.

— Júnior? — Chamou ele baixinho, com a voz abafada por um aparelho respiratório que ele usava.

Ele me ergueu sua mão e demorei um tempo até entender que, na verdade, ele estava me cumprimentando com o nosso toque secreto.

— Oi pai. — Falei, não contendo mais as lágrimas.

— Você está chorando? — Perguntou ele, um pouco abatido.

— Não. — Respondi, tentando novamente contê-las.

— Não há motivos para chorar, querido. Apenas para se alegrar. — Ele passou, com certa dificuldade, suas mãos nos meus olhos para secar as lágrimas.

— Por que você não nos contou sobre a rejeição?

— Porque eu não queria que vocês sofressem por mim, tentando me salvar. — Respondeu-me.

— Eu queria te salvar, mas não consegui fazer isso. — Disse, desesperado.

— Você está enganado. Você conseguiu sim me salvar. — Afirmou ele, emocionado. — Você conseguiu me salvar de ter que viver uma vida cheia de solidão. Você trouxe a minha família de volta, e me fez entender qual é o verdadeiro valor disso.

Senti naquele momento uma interação entre os nossos corações. O frágil coração dele fez com que o meu coração amedrontado reencontrasse a sua razão. Novamente podia sentir meu corpo leve.

— Eu te amo, papai.

— Eu também te amo, filho. E é por isso que eu devo novamente te pedir que não cometa os mesmos erros que eu cometi. — Ele se mantinha calmo para tentar afastar a dor, às vezes respirando bem fundo. — Troquei família por sucesso, mas tive a minha segunda chance. Não espere para ter a sua, vá atrás do que realmente importa e seja feliz. É tudo que eu te peço.

Permaneci afagando o seu rosto. Ele sempre foi tão bom, tão generoso a ponto de estar morrendo e me pedindo que seja feliz.

— Você acha que pode ser feliz? — Emendou ele, completando o seu pedido.

Pensei bem nisso. Afinal, o que significa ser feliz? Ser rico em dinheiro ou sentimentos? Mesmo com essa dúvida, respondi:

— Eu prometo que serei feliz.

Ele sorriu de um modo simples, mas tocante.

— Você é um anjo que entrou na minha vida. — Disse ele, fazendo com que me sentisse frágil. Não resisti e me joguei no seu peito, abraçando-o. Acho que fiz isso para que me sentisse mais forte, pois seu coração era a minha fortaleza.

— Por favor, não me deixe. — Implorei. — Eu preciso de você como um corpo precisa de um coração. Não vou conseguir seguir adiante sem você ao meu lado.

— Tem que conseguir. Porque você é forte. — Esse foi o momento que ele usou mais intensidade na sua voz. — E eu me orgulho de ser pai de um garoto como você.

— Pai, resista por mim. Resista por todos nós. — Eu continuava lhe implorando, porque ainda não imaginava o que seria de mim sem ele. Provavelmente um céu sem estrelas.

— Isso já está longe do meu alcance. Quando chega a nossa hora, não podemos fazer absolutamente nada.

— Não aceite. Esse não é o seu destino.

— Você tem toda a razão. — Assumiu ele. — Morrer não é, do mesmo modo que nunca será o meu destino. Meu destino foi ser casado com uma mulher maravilhosa, ser pai de dois garotos incríveis e poder desfrutar de ótimos amigos. Só que o meu destino está concluindo seu ciclo, e a morte é apenas uma consequência disso.

— Quem vai me acolher quando eu tiver medo?

— Quando a dor parecer maior que o amor, feche os seus olhos e você vai ver que eu estarei lá. Infelizmente não será com os olhos que você vai poder me enxergar, mas com o coração.

— E se o meu coração não puder te sentir?

— Então me procure no céu. Tenho a certeza de que se você o fizer com convicção, uma estrela vai brilhar bem mais do que as outras. E ela te dirá o que fazer.

— Não posso me afastar de você. Não dá. — Ainda não fazia ideia do que seria de mim sem ele.

— Nunca vamos nos afastar. Porque sempre teremos um ao outro bem aqui. — Ele pousou sua mão sobre o meu coração. — Independente da circunstância. Nossos corpos realmente vão se separar, contudo nossos corações permaneceram unidos como sempre, porque existem laços que duram além da vida.

— E os nossos nunca vão se romper, não é mesmo papai? — Esperei que ele me confirmasse.

— Nunca. — Disse ele, me estendendo a sua mão.

Eu agarrei a sua mão com firmeza, sentindo minha força retornar. Estiquei minha cabeça lentamente até a sua, beijando-lhe a testa. Uma última lágrima caiu então dos seus olhos, no mesmo instante que sua cabeça tombou para o lado e que sua mão se afrouxou da minha. Naquele momento, percebi que havia ficado sozinho na sala.

— Papai? — Chamei, e pela primeira vez ele não respondeu.

Testamento

A chuva aumentou, ao mesmo tempo em que o aparelho que controlava os seus batimentos disparou. Fui deixando a sala conforme os médicos vinham entrando, dando inutilmente um choque no seu coração. O meu mundo parecia que estava desabando. Quando surgi na sala de espera, pelo do meu olhar minha mãe e meu irmão deduziram o que havia acontecido. Ela encostou a sua cabeça no ombro do meu irmão e começou a chorar, enquanto ele fazia o mesmo. Um estava buscando refúgio no outro.

No meio de toda aquela tempestade, fui deixando o hospital. Não sei o que pretendia com isso: se era apenas sentir a água gelada da chuva caindo no meu corpo ou se esperava que ela lavasse minha alma, a ponto de retirar toda a dor que estava sentindo. Continuei caminhando na tempestade, lembrando de tudo que havia passado ao lado do Leandro. Foram tantos momentos, tantas coisas boas. E agora todos eles eram apenas lembranças, assim como o Leandro. Tentei encontrá-lo no meu coração, porém não consegui. Olhei para o céu e estava tudo nublado, sem nenhuma estrela sequer. Isso queria dizer que ele não estava lá, conforme havia prometido.

Na hora, senti meu corpo se enfraquecendo. Encostei na parede e fui escorregando por ela, até chegar no chão. Engatinhei até o vão da calçada, me sentando nele. Tudo parecia perdido, como a beleza daquele dia nebuloso. No meio de toda aquela tempestade, vi o meu irmão vindo correndo na minha direção. Ele chegou até mim, se sentando ao meu lado no vão da calçada.

— O que passou pela sua cabeça ao sair nessa chuva? — Perguntou ele. Vi o quanto seus olhos estavam vermelhos de tanto chorar.

— Eu só precisava refrescar a cabeça. — Respondi. Para esconder as minhas lágrimas, o abracei e comecei a chorar no seu ombro.

Sentia como se tudo estivesse perdido. Demorei um pouco para me tocar de que estava abraçando o Bruno e não o Leandro. Algumas lágrimas também caíam dos olhos dele, escorrendo pelo seu rosto e tocando o meu pescoço. Conseguia senti-las mesmo com aquela tempestade que caia.

— Você tem que ser forte. — Disse ele, por fim

— Eu sei disso. Ele me pediu que eu fosse feliz. — Respondi. — É tão difícil ser feliz no meio de todas essas turbulências.

De repente, senti um vento tocando o meu coração. Na hora, fechei meus olhos e percebi que não era apenas um vento. As lágrimas pararam de escorrer, como se eu tivesse me tornado forte. Aquele era o sinal. Então ele estava lá, bem ao meu lado.

Eu e meu irmão nos levantamos e juntos fomos caminhando entre aquela tempestade. Eu vi que realmente meu pai não estaria mais lá fisicamente, porém agora eu tinha o meu irmão. Embora ele quisesse parecer que estava forte, sabia bem que não estava, assim como eu. No entanto, ele queria cuidar de mim para que não sofresse e ao mesmo tempo me proteger. Todas as boas qualidades que o Leandro tinha, ele também tinha: toda aquela bondade, a ambição de querer proteger todos, o objetivo de que quando colocava alguma coisa que tinha que fazer na cabeça, fazia.

— Obrigado Bruno, por tudo que você fez por nós. — Tinha de agradecê-lo, afinal mesmo com ele sendo rejeitado no passado, nos ajudou.

— Do que você está falando agora? — Questionou ele, com a voz carregada de remorso. — Eu nem sequer consegui salvá-lo.

— Mas você deu o máximo de si para fazer isso. É isso que realmente vale.

— Eu tenho que te contar uma coisa. — Disse ele, enquanto parávamos na porta do hospital. — Quando eu falei que faria a doação apenas por você, eu menti. Eu concluí que não devia deixá-lo morrer, porque mesmo tendo me rejeitado, ele havia me dado à vida.

Quando ele terminou de dizer isso, meus olhos estavam novamente cheios de lágrimas. Desta vez não eram de tristeza, e sim de emoção. Emoção por ver a pessoa grandiosa que ele era. Emoção por ver também como os seus sentimentos eram bonitos, pois não havia rancor ou mágoa no seu coração.

— A propósito, eu acho que nunca te agradeci por isso, mas obrigado por ter trazido meus pais de volta e ter me unido a eles. Você realizou tudo com que eu sonhava todas as noites antes de dormir.

Sempre era eu que partia para um abraço com ele, contudo desta vez a iniciativa veio toda dele. Acho que foi a primeira vez que ele deixou que suas emoções transparecessem, assim como a primeira vez que percebi que ele era humano como qualquer outra pessoa.

Voltamos para o hospital, e lá encontramos minha mãe junto com o Alfred. Minha mãe chorava inconsolavelmente, ao contrário do Alfred que sabia que estava triste, mas permanecia forte. Ele havia servido a vida inteira o meu pai e eu bem sabia como gostava dele.

— Acho melhor resolvermos as coisas do enterro. — Afirmou ele, fazendo com que eu sentisse um aperto no meu coração. Havia esquecido que teríamos que enterrá-lo. Não sabia se eu seria capaz disso.

Esse dia não fez sol. Foi um dia nebuloso, triste e amargo, como a minha vida. O dia se arrastou como as lágrimas pelos meus olhos, como toda vez que alguém tocava no nome dele. E quando vi, já era o dia do enterro dele.

Acho que a coisa mais difícil é enterrar as pessoas que amamos. Olhar a última vez nos olhos, tocar a última vez no corpo e tudo se torna nada, do mesmo modo que momentos viram lembranças.

Minha mãe chorava ao lado do seu caixão, porque era o homem que ela sempre amou que estava lá. De vez em quando, secava os olhos com um lencinho, para depois voltar a chorar novamente. Meu irmão estava com um braço passado pelo ombro dela, tentando lhe dar apoio. Seus olhos estavam vermelhos de tanto chorar e com certeza cansados de tanto sofrer. Um pouco mais adiante podia ver o Alfred imóvel encostado na parede. A maioria dos empregados estava lá, alguns chorando e outros não. O pessoal da empresa também compareceu ao velório, só que nem todos ficavam. Alguns deles vinham e davam apenas os pêsames à família, indo embora em seguida. A empresa havia feito uma coroa de flores em homenagem ao homem que a havia fundado. Nela havia uma mensagem que dizia: "Descanse em paz, Leandro Artrave". Senti um nó se laçando na minha garganta quando li aquilo, o que me fez perceber que era apenas a saudade que havia ficado.

Lentamente fui andando até o seu caixão, e ao chegar lá, fiquei fitando o seu rosto. Agora ele estava vazio, assim como o seu corpo. Puxei um pouco o véu que estava cobrindo o seu rosto, a ponto de descobri-lo um pouco. Fui curvando a cabeça, com os olhos cheios de lágrimas, em direção a sua cabeça. E então encostei meus lábios na sua testa, dando-lhe um último beijo de despedida. Em seguida, cobri seu rosto novamente com o véu.

Vi o mesmo pastor que havia feito o enterro do meu outro pai atravessar novamente as portas do velório. Não vou esconder que preferia nunca mais ter visto isso. Ele carregava a mesma bíblia na mão, que estava um pouco surrada pelo tempo. Quando ele parou e pousou sua mão sobre a cabeça do meu pai, todos pararam de fazer o que estavam fazendo, olhando na sua direção. Ele se virou para todos nós e começou a discursar.

Irmãos, venho aqui nesta tarde para tornar mais fácil a partida de Leandro Artrave, um homem que sempre cultivou o que há de melhor nesta vida. Bons sentimentos para com a sua família, seus amigos e todos aqueles que fizeram parte da sua vida.

Embora fossem lindas as palavras do pastor, elas não tornavam a partida dele mais simples. Muito pelo contrário, elas só tornavam as coisas ainda mais difíceis para nós.

Se despedir é tão difícil quanto partir. Mas, crendo que ele talvez esteja num lugar bem melhor, só há motivos para que lágrimas de alegria caiam dos nossos olhos no lugar das de tristeza. Afinal, é apenas o corpo dele que enterramos hoje, pois seu espírito vai viver eternamente nos nossos corações.

Identifiquei que esse discurso não era do pastor. Habitualmente, ele apenas lia uma passagem bíblica e depois a explicava. Contudo desta vez estava realmente discursando, com bondosas palavras que enchiam o nosso coração e se esvaziavam pelos nossos olhos.

Para a sua família e amigos, gostaria de dizer que ele sempre amou cada um de vocês e ao mesmo tempo, onde ele estiver, a única coisa que quer é que todos vocês possam ser felizes. Independente da situação. Sei bem o quanto vocês o amavam, só que chorar pelo que aconteceu é inútil. A melhor maneira de derrotar a dor é com um sorriso no rosto, mesmo quando isso for basicamente impossível. Com carinho, Alfred.

Então todas essas palavras eram do Alfred. Olhei para ele, e pela primeira vez vi o pequeno e velho mordomo chorar. Sempre soube que ele nutria um carinho pelo meu pai, só não sabia que era capaz de chegar a esse ponto. Enquanto o pastor lia uma passagem bíblica para completar o seu discurso, cheguei até o Alfred e coloquei minha mão no seu ombro.

— Obrigado por tudo, meu querido amigo. — Sussurrei, para não atrapalhar a leitura da passagem bíblica — Sei que meu pai sempre gostou muito de você, e onde ele estiver, com certeza deve estar muito feliz pelas suas palavras.

Alfred me agradeceu ao mesmo tempo em que enxugava seus olhos. O discurso do pastor chegou ao fim, abrindo espaço para que as três pessoas mais próximas benzessem o corpo antes do caixão se fechar. Primeiro foi a minha mãe, que fez isso em lágrimas. Depois foi o meu irmão, que conseguiu benzê-lo de modo que ninguém percebeu a sua dor. Por último, foi a minha vez. Lembrava-me de ter feito isso no enterro do meu outro pai, contudo não me recordava que era tão difícil. Ao contemplar o corpo do meu pai e benzê-lo, não resisti a dor, me atirando sobre ele. Agarrei desesperado o seu corpo, pois não podia permitir que ele fosse enterrado. Não conseguiria aceitar vê-lo pela última vez. Senti braços fortes passando pelo meu corpo e me puxando, mas eu fui tentando resistir. Me agarrei firmemente nas suas roupas, porém a força que me puxava foi mais forte que a minha.

— Você tem que ser forte, meu irmão. — Reconheci a voz do Bruno na hora. Então era ele que estava me segurando.

Em seguida, entrou um homem que começou a fechar o caixão. Dei uma última olhada para o rosto do Leandro, tentando guardar a sua feição e todos os traços do seu rosto como uma memória, porque seria apenas isso que ele seria agora. Nada além de uma memória.

Mesmo fraco, fiz questão de carregar o seu caixão. O homem da funerária pegou em um dos cantos, enquanto os outros três quem levou fomos meu irmão, Alfred e eu.

Chuviscava do lado de fora do cemitério. Fomos subindo uma longa ladeira até o seu túmulo, algumas pessoas de guarda-chuva e outras sem. Quando chegamos, aos poucos o caixão foi descendo para o túmulo e o meu sentimento por ele se afastando. Em uma fração de segundos vi o seu túmulo se fechando, e depois voltei a minha atenção para a placa pregada no seu túmulo. "Aqui vive na paz de Deus Leandro Artrave, nascido em 1º de fevereiro de 1970 e falecido em 16 de dezembro de 2011".

As pessoas começaram a deixar o enterro, todas passando por nós e deixando seus pêsames. Simplesmente ignorei-as, ainda olhando para a placa, mas especificamente para a foto nela. Meus olhos ainda lacrimejavam enquanto observava o rosto do meu pai na foto, sem ter a chance de trocar uma palavra ao menos. Minha mãe se sentou no túmulo dele, bem ao meu lado, colocando suas mãos sobre as minhas.

— Querido, eu sei o quanto você o amava, mas esse é o momento de você seguir adiante. — Disse minha mãe. — Ele não iria querer que você ficasse sofrendo pelo passado.

— Não, mãe. Você não sabe o quanto eu o amava. — Ninguém tinha ideia de como eu o amava, muito menos tudo que ele significava para mim. Portanto não permitiria que ninguém falasse sobre isso.

— Só queria que você soubesse disso.

— Eu posso ficar alguns instantes sozinho? — Perguntei, pedindo que ela me desse licença.

Ela assentiu e se levantou, me deixando sozinho. Me deitei sobre o túmulo, e por alguns minutos fiquei lá, sem fazer absolutamente nada. Acho que a única coisa que queria era sentir algo além daquele vazio que preenchia meu coração. Contudo, não senti nada.

— Pai, não sei se você está me ouvindo ou não, contudo gostaria que você soubesse que eu te amo muito. Não apenas como um pai e filho, é muito além disso.

Passado algum tempo, meu irmão e minha mãe vieram ver se eu estava bem. Acho que eles pensaram que eu havia me suicidado. Sem outra alternativa, tive que deixar com o coração na mão o meu pai no cemitério, e esta na certa foi uma das coisas mais difíceis que fiz na vida. Lembrei daquilo que ele me disse antes de morrer, em que falou que sempre estaríamos juntos. Isso é uma verdade, no entanto entender isso é simples. Agora o que é difícil é fazer valer isso.

Mais tarde, todos nós fomos até a empresa para a leitura do testamento. Ainda não havia entrado na minha cabeça que ele havia morrido, e menos ainda que teríamos que ver suas últimas vontades. Observava com um certo receio o seu advogado sentado na sua mesa, olhando para o testamento. Não havia nenhum barulho na sala, pois todos estavam concentrados nele. Ao colocar seus finos óculos para ler o testamento, algumas pessoas ainda ficaram mais concentradas.

— Venho através deste documento reconhecer e firmar as últimas vontades de Leandro Artrave, tornando-as oficiais. — Disse ele, começando a ler o testamento. Na hora, tive a ligeira impressão de que o Leandro estava lá conosco, expondo suas vontades.

Queridos amigos. Sei que talvez, quando vocês vierem a ler isto, eu já esteja bem longe. Em primeiro lugar, eu nunca quis que nenhum de vocês sofressem por mim. Porém, certas vezes isso se torna inevitável, visto que uma família se caracteriza não apenas pela alegria de todos, mas também com o sofrimento dos outros. Meu filho Bruno é um grande exemplo disso, pois mesmo tendo sido abandonado no passado por mim, fez o possível e o impossível para me salvar. Saiba que não existe nada maior e ao mesmo tempo melhor do que curar o ódio com amor. Por tudo que você fez não apenas por mim, mas por nós, eu te deixo a mansão onde passei os momentos mais felizes da minha vida, na esperança de que você faça bom uso dela e possa ser feliz como eu fui.

Não sei o que deu no meu irmão, só que naquele instante ele se levantou bruscamente e saiu da sala. Pensei até em ir atrás, no entanto queria ouvir o que viria a seguir.

Minha esposa Marina. Gostaria que você soubesse que esse pouco tempo que ficamos juntos foi muito para mim. Você me fez feliz em tão pouco tempo que chega a ser até inacreditável. Erramos muito no passado, entretanto ele está lá trás. O que importa é que consertamos nossos erros e pudemos viver algum tempo juntos. Só que você não pode viver apenas com a minha recordação. Peço que, se possível, apaixone-se novamente. Para tornar isso mais fácil, lhe deixo o dinheiro que tenho em uma conta especial no banco para que você possa conhecer o mundo.

No curto intervalo entre o final deste trecho e o início do outro, dei uma olhada na minha mãe. Ela enxugava algumas lágrimas dos olhos, mas não aparentava estar triste. Ao contrário, parecia estar pronta para atender o pedido do Leandro.

Por último, mas não esquecido, me refiro ao meu filho Júnior. Você é um ótimo rapaz, que me provou como devemos encarar com firmeza os momentos difíceis da vida. Sei bem que assim como você vai sentir a minha falta, também sentirei a sua, não importando onde eu esteja. Cada segundo, de cada minuto, de cada hora, de cada dia que passamos juntos ficaram nas minhas eternas recordações, da mesma maneira que também ficaram na sua. Mas viver de recordações é uma tolice, e eu tenho certeza de que você vai saber o momento certo de se desapegar do passado. Para você, deixo a minha empresa – a qual tenho a certeza de que você saberá o que fazer – e também a casa na ilha, onde passamos os melhores momentos de nossas vidas juntos. Você sabe o que fazer quando precisar de mim.

Já havia me emocionado antes, porém esse foi o momento que mais me emocionei, pois foi como se ele falasse diretamente comigo após a sua morte. Embora não ouvisse sua voz soando aos meus ouvidos, cada palavra tinha o seu devido valor. Cada palavra podia tocar bem fundo o meu coração, como sempre acontecia quando nós dois conversávamos.

Então agora a empresa era minha, e junto com ela veio também o desafio de fazer o melhor por ela. Não sabia ao certo o que ele quis dizer com "eu sei que você vai saber o que fazer", mas tentei ouvir meu coração com relação ao que ele pensava. E juntos decidimos administrá-la.

Depois da leitura do testamento, voltamos para a mansão, que agora estava mais vazia e triste do que nunca sem o meu pai.

— Bruno? — Chamei meu irmão, contudo ele não respondeu. Subi então até o seu quarto, porém não vi qualquer sinal dele. A porta do seu armário estava entreaberta, e quando puxei-a um pouco mais, vi que estava vazio. Sobre a sua cama, havia uma mensagem:

Júnior e mãe, peço desculpas a vocês por não conseguir dizer isso olhando diretamente nos seus olhos. Sei o quanto sou fraco por isso, contudo essa é apenas uma prova de que sou humano. O único motivo que me fez aceitar integrar esse mundo ao qual não pertenço foi para salvar a vida do Leandro. Como não consegui fazer isso, estou voltando para minha casa em Diadema, onde vocês serão sempre bem-vindos. Acho que não é nenhum segredo que não quero a minha parte na herança. Com carinho, Bruno. Espero que vocês me desculpem.

Terminei de ler aquela carta incrédulo. Como se não bastasse perder o meu pai para sempre, o idiota do meu irmão ainda tinha que ter voltado para casa. Justo agora que precisava dele como nunca. Tentei não ser egoísta e compreender os seus motivos, mesmo sendo contra.

Alguns dias depois foi a vez do Alfred deixar a mansão. Ele não viu mais sentido em ficar lá e resolveu ir morar com um sobrinho no interior. Não vou esconder que eu realmente queria que ele ficasse na mansão, até porque não sei o que seria de mim sem ele. Só que assim como fiz com o meu irmão, tentei entender o lado dele.

Dei muito duro nos outros dois anos do ensino médio e também no meu curso de Administração, e após ele, em longos quatro anos de Contabilidade. Durante os cursos caí de cabeça nos estudos da mesma maneira que administrei com fé a Artrave. No final, me formei como o primeiro aluno nas duas turmas.

Mas foi apenas quando a minha mãe viajou para a França e eu fiquei definitivamente sozinho, percebi o caminho que estava seguindo: era o mesmo do meu pai. Finalmente entendi o que ele quis dizer com "cometer os mesmos erros que eu". E foi então que tomei a difícil decisão de ficar com a Artrave ou vendê-la, o que acabou me levando até o aeroporto para me encontrar com o grupo Americano em Nova York. Foi nesse momento e nesse local que encontrei aquela pessoa parecida com alguém que conheci há anos.

Epílogo

— Ellen? — Chamei, e para minha surpresa a mulher se virou.

Ficamos nos olhando por alguns segundos. Ela ainda tinha a mesma beleza, os mesmos cabelos e talvez até o mesmo jeito de anos atrás. Seu rosto havia mudado pelos longos seis anos que se passaram desde a nossa despedida. Meu sentimento por ela havia enfraquecido nesse meio tempo, assim como uma chama que diminuí, porém permanece viva.

— Júnior? — Chamou também ela, finalmente me reconhecendo.

Assenti, e movida por uma alegria ela se atirou nos meus braços, nos envolvendo em um longo abraço. Seu perfume ainda era o mesmo de antigamente, o que fez com que vários momentos que passamos juntos viessem à tona.

— O que você tem feito, desde... — Eu sabia o que ela iria falar, no entanto não conseguiu formular a data. Melhor dizendo, ela não teve coragem de completar a sua pergunta.

— Eu fiz um curso técnico de administração e me formei em contabilidade nesses últimos anos. Assumi o lugar do meu pai na empresa, e hoje vou negociar com um grupo americano em Nova York.

— Por falar no seu pai, como ele está? — Perguntou-me ela. Na hora, senti como se aquela antiga ferida tivesse se aberto novamente.

Quando meu pai morreu, senti muito a sua falta. A ferida que se formou no meu peito cicatrizou com o tempo e parou de doer, porém a cada vez que alguém tocava no que sobrou dessa ferida, ela ardia.

— Meu pai faleceu. — Falei, resistindo à dor.

— Eu sinto muito, Júnior. — Falou ela, com a voz carregada de pesar.

— Não tem problema. — Menti.

Nós fomos até um dos bancos do aeroporto e nos sentamos lá. Ela ficou me olhando admirada, com um lindo sorriso no rosto. Já eu me lembrei de que havia sido naquele mesmo banco que eu e meu irmão esperamos nossos pais voltarem da lua de mel. Senti um imenso aperto no coração, como se eles ainda estivessem para voltar de Verona, mas desta vez os esperava com a Ellen ao meu lado.

— E como está a sua mãe? — Ela provavelmente deve ter perguntado isso por saber do que aconteceu com o meu pai.

— Recuperada. — Respondi. — Ou melhor dizendo, se recuperando. Os dois se amaram muito nesse tempo que ficaram juntos, e quando ele faleceu minha mãe sofreu com a sua morte. Mas agora, ela viajou para Paris e até conheceu um cara novo, pelo que estou sabendo.

— E como está o seu irmão? — Perguntou ela, curiosa.

— Ele está bem, se casou com uma menina que cresceu junto com ele no orfanato e hoje tem filhos gêmeos. — Forcei a minha memória para lembrar do nome dos meus sobrinhos. — Clarice e Gustavo.

— Não acredito que o Bruno se casou e teve dois filhos. — Afirmou ela, incrédula.

— Muita coisa muda em seis anos. — Consenti. — E agora, me fale sobre você. Já concluiu a faculdade?

— Faz tempo. Já estou trabalhando, porém estou de férias do restaurante onde trabalho e resolvi aproveitar para conhecer a culinária americana. — Disse ela, descrevendo o que havia acontecido com a sua vida. No entanto, não era bem isso que eu gostaria de saber. — Também estou indo para Nova York.

Então o destino dos nossos voos era o mesmo, ao contrário do de nossas vidas. Por mais que me doesse perguntar isso, eu tinha que fazer:

— E você está com alguém?

— Não. — Respondeu ela, demonstrando toda a sua decepção nas linhas do seu rosto. — Nunca mais me envolvi com ninguém depois que terminamos.

Isso era mentira. Eu me lembrava como se fosse ontem do beijo que, graças à teimosia do meu irmão, fui obrigado a assistir. Não aguentei e tive que dizer que sabia da verdade.

— Eu te vi beijando um rapaz. — Confessei.

— Como você viu? — Esbravejou ela. — Estava me espionando?

Por um momento ela pareceu aquela mesma garota do dia que trocamos os celulares. Minha mão acabou deslizando pela sua nuca e trazendo os seus lábios até os meus, que se tocaram em um beijo. Descobri que o beijo dela permanecia o mesmo.

— Meu irmão me levou até lá para que pudéssemos nos acertar. E quando estava indo em direção à sua casa, vi vocês saindo e se beijando. — Expliquei apressadamente.

No instante seguinte, ela deu uma gargalhada que a princípio me fez pensar que estava me esnobando. Depois, percebi que na verdade ela ria mesmo era do acontecido.

— Que coincidência. No mesmo momento que aquele colega me beijou, você apareceu. — Concluiu ela, aos risos. — Saiba que nunca houve nada além daquele beijo, que foi só uma confusão de sentimentos. Você sabe que todo amigo meu sempre se apaixona por mim.

Estava me preparando para dizer alguma coisa que a detonasse, contudo nesse mesmo instante apareceu um segurança do aeroporto acompanhando uma criança.

— Já acompanhei ele ao banheiro, senhora.

Ellen assentiu, abrindo a carteira e dando a ele uma nota dobrada. Só que minha atenção estava voltada mais ao garoto, que também me olhava com curiosidade. Ele devia ter uns cinco ou seis anos de idade.

— Quem é esse garoto? — Indaguei para Ellen, enquanto o pegava no colo. Ele me abraçou como se não fosse um estranho, embora não me conhecesse.

Ellen não conseguiu responder. Quem me respondeu foi o próprio garotinho:

— Eu sou o filho dela. — Explicou, com o mesmo jeito doce e encantador da mãe. — Me chamo Leandro.

Na hora que ele disse isso, não resisti e lágrimas caíram dos meus olhos. Não apenas por ele se chamar Leandro, mas por entender que ele não era apenas filho dela. Um pedaço seu sempre estará comigo.

— Não era apenas que você ia estudar numa faculdade no interior que você ia me contar naquela noite, na praça. — Falei, me voltando novamente pra ela. — Você também estava grávida.

Ela assentiu, na medida em que seus olhos se enchiam de lágrimas também. Logo, nós dois estávamos chorando.

— Por que vocês estão chorando? — Perguntou inocentemente o garoto.

— A mamãe e o amigo dela só estão conversando, amor. — Disse ela, tentando se conter. Eu fiz o mesmo, porque até havia me esquecido de que o garoto ainda estava no meu colo.

O garotinho tirou de dentro da sua mochila um brinquedo e começou a correr pelo aeroporto, não muito afastado de nós.

— Eu estava confusa. — Disse ela, tentando se explicar. — Ainda era uma garota, pensava que você não me amava e achei que essa seria a melhor escolha.

— Você não tinha o direito de esconder meu filho de mim. — Disse, magoado pelo que havia feito.

Ouvimos a chamado do voo. Com um breve aceno, Ellen chamou o nosso filho para perto.

— Esse é o meu voo. — Dissemos juntos.

Sorrimos um para o outro, e fomos caminhando juntos para o avião, sem discutir por causa do menino. Quando embarcamos, ficamos surpreendidos ao descobrir que os nossos acentos eram um ao lado do outro. Destino ou acaso?

Voamos tranquilamente de São Paulo até Nova York. Quando a viagem chegou ao fim, foi o momento de nos separarmos.

— Então é assim que a nossa história termina? — Perguntei.

— Eu acho que sim. — Respondeu ela, então começamos a andar em direções opostas, como a nossa vida. Senti uma brisa suave tocando o meu rosto, e junto com ela, pude ouvir a voz do meu pai soprando no meu ouvido: "Não cometa os mesmos erros que eu". Parecendo uma cena de final de filme, eu e Ellen nos viramos um para o outro e corremos, entrelaçando nossas mãos e tocando nossos lábios novamente. Desta vez, o amor havia voltado.

Naquele mesmo mês, vendi a empresa do meu pai para um grupo americano. Fomos para Las Vegas comemorar, e acabamos bebendo um pouco além da conta e nos casando em um desses casamentos repentinos. Lógico que depois nos casamos novamente, desta vez conforme diz a tradição, me permitindo ver a mulher que eu amo entrar de noiva na igreja. Vendemos a mansão do meu pai, e de todo o dinheiro que conseguimos, ficamos apenas com o essencial. Boa parte doamos para ajudar pacientes com câncer. Abrimos um restaurante de praia, que eu administro e onde a Ellen cozinha, cada um usando seus talentos. Sei que todos vocês devem estar me culpando por ter vendido tudo do meu pai, exceto a ilha, porém digo que vivi de lembranças durante esses seis anos, até um momento que a vida exigiu que seguisse adiante. Esquecer não é simples, mas é como meu pai disse no seu leito de morte: "Sempre teremos um ao outro, independente da circunstância". Leandro tinha o escuro da noite, mas brilhava como toda estrela. Esse foi o brilho que iluminou o meu caminho a cada passo que dei. Esse seria o brilho que me iluminaria a cada novo dia da minha vida. E ao buscar refúgio no céu em cada momento de escuridão pelo que passava, esse era o mesmo brilho que reluzia em uma determinada estrela, ofuscando o brilho das demais. E isso me dava a certeza de que estávamos juntos, independente de qualquer circunstância.

FIM!

Uma prévia de "Segunda Chance"

Era domingo, cinco horas da tarde. Minha mãe se arrumava para ir à igreja, podia vê-la pelo vão entre a porta do meu quarto aberta e a parede. Ela passava de um lado para o outro do corredor, ora indo para o banheiro e depois indo para o seu quarto. Depois de se arrumar, veio andando até o meu quarto e entrou sem bater. Sabia bem o que ela queria, pois fazia a mesma coisa todo domingo.

— Você não bate na porta não? — Reclamei.

— Desculpe, filho.

— O que você quer? — Questionei, com a voz carregada de raiva.

Nós dois ficamos nos olhando por alguns momentos. Eu reparei nas olheiras que ela teimava, inutilmente, em esconder com um pouco de maquiagem, e ela olhava profundamente nos meus olhos vermelhos. Nenhum de nós falou nada nesse momento, e os únicos sons existentes eram o de um gelado vento cortante que entrava pela minha janela escancarada e o do meu computador, que tocava um rock bem pesado.

— Você pode desligar essa música? — Pediu educadamente minha mãe. — Não consigo nem pensar direito.

Joguei uma revista de mulher pelada que estava vendo no chão, e me levantei bruscamente para diminuir o som. Não parei com a música. Ao olhar de volta na direção da minha mãe, vi que ela olhava indignada para a revista ao seus pés.

— Por que você fica lendo essas porcarias?

— Eu não leio essas porcarias, eu vejo essas porcarias. — Respondi. — Mas acho que você não veio até aqui para reclamar do som e argumentar porque eu vejo revistas pornográficas.

— Tem toda a razão. — Consentiu ela. — Vim até aqui apenas para avisar que você vai comigo à igreja.

Tinha certeza que era isso que ela queria. Me intimar para ir à igreja, como sempre fazia todo domingo. Na visão da minha mãe Deus era a solução para tudo, inclusive para os nossos problemas. Porém, eu deixei de acreditar em Deus quando meu pai me abandonou e ele não o trouxe de volta para mim, conforme eu pedia nas minhas orações. Se ele realmente existisse, teria atendido meus pedidos.

— Em hipótese alguma eu vou com você à igreja. — Retruquei.

— Por que você não pode ser como os outros rapazes? — Indagou ela. — Educado, com juízo na cabeça...

— Cordial e um homem fiel a Deus. — Completei, porque já sabia de cor todo o seu discurso. Ela sempre falava a mesma coisa. — Vou ser bem sincero com você, pra que não fique criando expectativas. A chance de me tornar um servo de Deus e ir à igreja é a mesma de uma águia vir até o Brasil e pousar no meu braço.

— Mas águias não são aves migratórias. — Concluiu ela.

Ergui minhas sobrancelhas, e acho que ela finalmente entendeu o recado. Eu não iria acompanhá-la a igreja em hipótese, maneira e jeito nenhum. Tinha outros planos com relação a essa noite.

Sem dizer mais nada, minha mãe se retirou do meu quarto. Graças ao eco que fazia quando alguém descia as escadas, pude ouvi-la se queixando de mim para Deus:

— Meu Deus, dai-me luz. Por que meu filho não pode ser bondoso como os outros rapazes? Onde foi que eu errei?

Ela era realmente patética. Dei uma risada ao ouvi-la se queixar de mim para Deus, e depois andei até onde havia jogada a revista que estava vendo para pegá-la. Aumentei o som num volume ainda mais alto do que antes, e fiquei lá apenas curtindo outra tarde parada de domingo.

Em alguns minutos, desci até a sala para ver se minha mãe ainda estava em casa. Não encontrei nenhum sinal dela nem na sala e muito menos na cozinha. Retornei então para o meu quarto, e ao fechar a porta, de trás dela surgiu meu comparsa Hector. O susto que levei foi tão grande que meu coração quase saltou pela boca, se é que tenho um.

— O que passou pela sua cabeça? — Disse com um pouco de raiva, dando um soco no seu peito como cumprimento.

— Só queria te pegar uma peça, brow.

— Sua mãe nunca lhe ensinou que isso não se faz?

Nós dois rimos.

— Esqueceu que a coroa já virou cinzas? — Disse Hector, fazendo com que ríssemos mais uma vez.

— É verdade. — Admiti. — Dá última vez que estivemos na sua casa, derrubei o vaso das cinzas da sua mãe e tudo aquilo se esparramou pelo chão. Seu pai não ficou com raiva?

— Ele já te odeia naturalmente, assim como a sua mãe me odeia. Um acha que o outro é má influência para o outro. Mas neste caso das cinzas, botei a culpa no gato. — Hector balançou a cabeça negativamente, e se não o conhecesse teria acreditado que realmente estava com pena do gato. — Coitado do animalzinho, foi jogado na rua pelo meu pai.

Dessa vez, não aguentei. Caí no chão e comecei a me contorcer de tanto dar risada. Eu havia quebrado o vaso com as cinzas da mãe dele e a culpa havia caído em cima do gato. Hector deu um chute na minha barriga para que parasse de rir e me ajudou a levantar.

— Não quer nem saber o que vamos fazer hoje?

— E o que vamos fazer? — Perguntei, enquanto corria até o armário para encontrar algo para vestir.

Ele veio até a minha direção e agarrou-me pela camisa, fazendo com que fosse até a janela. Olhei para a sua caminhonete e lá reconheci o nosso outro amigo, Liu. Ele estava na parte aberta acompanhado de duas garotas gostosas, uma morena e a outra loira. Todos estavam na maior pegação.

— Tem uma ruivinha gostosa no banco de passageiro pra você. — Explicou Hector. — A loira que está com o Liu é minha, apenas a emprestei para ele enquanto não chegamos até o nosso destino.

— Que destino?

— Primeiro nós vamos até aquele cantinho debaixo do viaduto transar com elas até cansar. E depois as dispensamos e vamos curtir um pouco a noite na rua. Agora trata de se trocar enquanto te esperamos no carro.

Hector foi subindo pela janela, e quando ameaçou pular por ela, o interrompi e o lembrei que minha mãe não estava em casa. Portanto não fazia sentido ele pular pela janela como sempre fazíamos ao invés de sair pela porta da frente.

— Força do hábito. — Justificou ele, ao mesmo tempo em que saltava do meu quarto.

Rapidamente coloquei uma blusa, uma calça jeans e calcei meu tênis. Desci até a sala para sair normalmente pela porta, contudo minha mãe havia levado de propósito a chave. Fui até o meu quarto novamente, e assim como o Hector, saltei da janela. Fui andando animado até o carro e ao chegar nele, abri a porta para entrar. Do banco de passageiro desceu uma ruiva linda, que só passava do meu ombro por causa do salto. Ela usava um shortinho, que era tão apertado que dava até para ver os contornos da sua bunda. Sua blusa tinha um decote enorme que permitia ver nitidamente os seus peitos, e sua barriga estava descoberta. Nela havia um piercing.

— Salve, Nico. — Cumprimentou-me Liu, ao perceber a minha presença. Logo depois ele já voltou a ficar se agarrando com as garotas.

— Vê se deixa um pouco da minha garota para mim, japonês brochante. — Reclamou Hector, dando fortes pancadas no vidro. Liu lhe mostrou o dedo do meio, fazendo um gesto obsceno.

Voltei minha atenção para a garota que estava diante de mim. Ela encostou sua cabeça no meu ombro e roçou seus lábios no meu pescoço, fazendo com que ficasse todo arrepiado.

— Acho que não vai ter espaço para nós dois no banco da frente. — Sussurrei no seu ouvido.

— Tudo bem. Posso sentar no seu colo.

Eu sentei no banco, e em seguida ela já se atirou no meu colo, me dando um amasso. Ela passava sua boca sobre o meu pescoço – fazendo com que ficasse todo arrepiado – e ficava esfregando seu corpo no meu. Isso se estendeu até o viaduto onde Hector disse que nos levaria, onde ele estacionou o carro e nós descemos. Ele foi andando até a parte aberta da sua caminhonete e agarrou a loira pelos cabelos, descendo-a do carro. Em seguida, ele encostou ela numa parede e começou a agarrá-la brutalmente. Rasgou sua blusa no meio, deixando os peitos da garota bem à mostra, enquanto ela despia sua calça. E só então os dois começaram a transar. Liu se agarrava com a sua morena na parte de trás da caminhonete. Os dois estavam tão entretidos com o sexo que nem se deram ao trabalho de sair de lá.

A garota ruiva de quem estava acompanhado era bem mais assanhada do que as outras. Ela arrancou a minha blusa e arranhou com suas enormes unhas o meu peito, me deixando excitado. Eu avancei direto na sua boca, e toquei seus lábios, no momento seguinte beijando-lhe. Se teve uma coisa que eu sempre fui bom era na hora de beijar as garotas. Meus beijos... eles eram tão bons que sempre deixavam as garotas com um gostinho de quero mais.

Só que na hora que elas começavam a sair comigo, sei lá por que sempre me davam o cano. Acho que apenas não me achavam interessante, me vendo como uma embalagem sem conteúdo. O que eu devia fazer mesmo era maltratá-las como faço agora, porque elas só curtem homens maus.

Transar com aquela ruivinha que eu nem sabia o nome estava tão bom. Poder tocar nos seus enormes seios, apertar a sua bunda e lhe beijar era uma maravilha. E tudo estava indo de um jeito que melhor impossível, até que Hector deu um grito agonizante e atirou a sua prostituta com toda a sua força no chão, fazendo-a bater a cabeça no capo do carro.

— Eu falei pra não usar os dentes, sua puta. — Gritou ele, expressando toda a sua raiva.

— Desculpe, eu acabei me exaltando um pouco. — Disse ela, tentando argumentar. Porém, sabia que seria inútil.

Com muito ódio, ele chutou com tudo a garota, a afastando do carro. Hector abriu a porta e entrou, fechando ela com tudo. Na hora, entendi o seu recado.

Afastei a ruiva de mim ao mesmo tempo em que Liu empurrou a outra da caminhonete. Eu entrei novamente no carro e Hector deu a partida, correndo com o carro em círculos tentando atropelá-las. Depois de se divertir com elas se atirando de um lado para o outro, ele finalmente pegou o viaduto e saiu de lá, deixando as três para trás.

— O que vamos fazer agora? — Questionei.

— Ainda não sei. — Respondeu Hector. Ele ainda estava um pouco nervoso por causa do acontecido.

Ele estacionou com tudo o carro e levou sua cabeça ao volante. Ficou ali parado durante alguns segundos, até que desceu do carro. Enfiou a mão no seu bolso, e de dentro dele retirou alguma coisa. Identifiquei o que era na hora que ele levou o pequeno cigarro a boca e começou a fumar. Liu pulou para fora do carro e estendeu a mão para Hector, que entendendo o que ele queria dizer, lhe cedeu a maconha. Depois eu me juntei aos dois e comecei a fumar também.

Nós três ficamos lá, parados naquela ponte, contemplando as luzes que iluminavam a cidade de São Paulo. Sempre tivemos um ao outro para atravessar os longos momentos difíceis que a vida impunha no nosso caminho. Não foram poucas, é claro, mas desde que conheço esses dois, sempre estiveram do meu lado.

Assim como eu, Hector também teve uma história complicada. Sua mãe faleceu quando ele era pequeno, vítima de um incêndio. Os dois sempre tiveram um vínculo muito forte, que depois de rompido, se tornou insubstituível. Sei que ele nunca depositou em ninguém a sua confiança, ainda mais porque depois seu pai se casou com uma mulher seca, amarga e maldosa. Sem que seu pai soubesse, essa mulher trancava Hector no armário, o surrava e fazia outras diversas atrocidades para oprimi-lo. E as coisas se tornavam ainda piores quando seu pai viajava, porque ela o deixava sem comer, trazendo outros homens para dentro de casa. Hector se envolveu com drogas e se tornou quem ele é hoje como um reflexo do que sofreu na infância.

O resultado do que vivemos é parecido, pois tudo se tornou o que é graças a um vínculo rompido. Agora, a grande diferença consiste no fato de que a mãe de Hector não escolheu abandoná-lo, ao contrário do meu pai, que era meu grande amigo e mesmo assim fez o que fez.

Liu, ao contrário de nós, não chegou nesse estado graças a abandonos. Ele nasceu na China, mas fugiu de lá depois que soube que sua namorada estava grávida. Veio então para o Brasil tentar se reinventar como modelo,

porém não era alto o bastante, e hoje, depois de envolvido com drogas, toda a beleza que tinha se transformou no bagaço da laranja.

Depois de fumarmos maconha, ficamos bem agitados. Hector saiu dirigindo como um louco pela cidade de São Paulo disposto a atropelar qualquer pessoa que ousasse entrar na frente do carro. Paramos desta vez em uma pracinha, e mesmo sabendo o que ele pretendia fazer lá, perguntei:

— Por que você parou aqui?

Ele me deu um riso malicioso e respondeu:

— Vou assaltar algum mané que aparecer por aqui.

Respirei bem fundo. Sempre que ele fumava, resolvia assaltar alguém e eu odiava isso. Mas como ele era o líder do grupo, não podia fazer absolutamente nada. Então tinha que compactuar com a sua decisão mesmo que depois ficasse com a minha consciência pesada – que era o que acontecia depois de cada pessoa que assaltávamos. Descemos na pracinha, e em questão de segundos Liu já estava ao nosso lado, cedendo seu canivete para Hector. Ele analisou a arma apalpando-a e manteve seu pensamento bem longe. Fiquei pensando se, assim como acontecia comigo, uma parte de Hector hesitava em agir assim. Contudo, logo seu olhar se desviou do objeto para uma senhora que descia a rua com uma criança e sacolas de supermercado.

Não podia ser. Porque naquele instante, justamente naquele instante, que meu amigo estava se preparando para assaltar alguém, aquela senhora com o garotinho tinha que estar passando por lá. Ele foi andando sigilosamente na direção deles, e então soube que não havia mais nada que pudesse fazer, exceto dar-lhe cobertura se preciso.

Em uma fração de segundos, Hector agarrou a mulher pelas costas e encostou o canivete no seu pescoço. Ela soltou todas as sacolas no susto, e algumas coisas estouraram. O garoto soltou a sua mão e ficou olhando perplexo para a cena que estava acontecendo.

— Eu quero dinheiro. — Disse Hector, deixando toda a sua raiva transparecer na sua fala.

— Calma, garoto. — Suplicou a senhora, ainda imóvel. — Eu vou lhe dar tudo o que eu tenho.

A criança começou a chorar desesperadamente, desviando seus olhos do Hector para a senhora, e da senhora para o Hector. Encostou-se numa árvore e ficou acuado lá.

— Cala a boca desse garoto, ou eu mesmo calo. — Gritou Liu enquanto se intrometia na conversa, assustando ainda mais aquela criança e deixando a senhora com mais pânico.

— Pelo amor de Deus, não faça nada contra ele... — Suplicou a mulher, porém Hector deu um basta nela e lançou sua bolsa aos meus pés.

O seu olhar foi suficiente para eu saber o que fazer. Peguei a bolsa e levei-a para dentro do carro, seguido por Liu. Hector lançou a senhora no chão e saiu correndo, assumindo o volante. Enquanto o carro partia aceleradamente, a única coisa que eu vi foi aquela mulher chorando desesperadamente, com todas as suas coisas caídas no chão, e ao mesmo tempo tentando consolar a criança.

Hector agora estava ainda mais agitado, dirigindo com mais velocidade do que antes. Seus gritos faziam com que todas as pessoas olhassem para nós e suas atitudes se assemelhavam com as de um demente.

— A garotinha está se sentindo culpada? — Perguntou ele, se dirigindo para mim através das suas provocações.

— De jeito nenhum. — Respondi. — É só que eu estava pensando naquela criança...

Com uma freada brusca, Hector parou o carro fazendo com que batesse minha cabeça no porta-luvas. Depois, ele me agarrou pelo pescoço e me bateu com tudo na porta, me mantendo pressionado.

— Você é mesmo um cretino. — Disse ele, descontrolado. — Como você pode ficar com a consciência pesada?

Fiquei em silêncio e não respondi nada. Dei uma olhada para o Liu, que estava apagado na parte de trás da caminhonete.

— Já sei. É por causa desse coração mole que a vaca da sua mãe te ensinou a ter. Falta só você querer ir a igreja pedir perdão a Deus por isso.

— Não sou eu que preciso ser perdoado. É você. — Retruquei, no calor da discussão. Ele ficou me olhando por um momento, e realmente me fez acreditar que teria a primeira atitude bondosa. Porém, sua reação foi justamente o contrário.

— Como você consegue ter um coração tão mole? — Ele falou isso de maneira tão ríspida, que toda a sua repugnância ficou evidente.

— Você saberia se tivesse um.

Sem pensar duas vezes, ele me deu um soco no nariz e me jogou para fora do carro. Depois disso, deu duas voltas com o carro em torno de mim e foi embora.

Fui caminhando entre as ruas desertas, sem notar qualquer sinal de vida. Olhei para o céu e não encontrei nenhuma estrela. Até elas deviam ter me abandonado nessa noite infeliz. Após caminhar algumas quadras, cansado, me atirei no chão. Retirei do meu bolso um cigarro de maconha que havia sobrado e comecei a fumar. Meus pensamentos alternavam desde coisas que aconteceram no passado até o que havia acontecido nessa noite. As cenas pareciam se mesclar e vinham com tamanha nitidez na memória. Meu pai me deixando, minha mãe exigindo que fosse à igreja, Hector assaltando aquela senhora e também aquela prostituta me agarrando. Levei à mão a cabeça enquanto lágrimas escorriam dos meus olhos. Essas coisas não deviam ter acontecido. Não podiam ter acontecido.

Desnorteado, continuei vagando pelas ruas como uma alma penada. Estava com muita raiva, não devia ter sentido remorso do que havia feito. Para me livrar disso, conhecia apenas uma maneira: encher a cara até me esquecer de que tinha uma consciência.

No meu caminho, encontrei uma placa de pare e vi que aquela era a maneira ideal de exteriorizar minha raiva. Agarrei-a e puxei-a com tudo, arrancando-a do poste. Lancei-a no chão e fiquei pisando com muita força nela, também a chutando de um lado para o outro. Na casa em frente uma mulher ficou me espionando pela cortina, e só saiu de lá porque lhe mostrei o dedo do meio. Antes que ela chamasse a polícia, deixei o local.

Um pouco mais adiante, encontrei um bar - ou melhor dizendo uma espelunca. Quando entrei, um bando de sujeitos estranhos começaram a me olhar e ficaram me encarando. Ignorei-os e me sentei num banquinho de frente para o balcão. Dei duas batidas sobre a bancada para chamar a atenção do cara que estava atendendo e fazer o meu pedido.

— Escuta, imbecil. Eu quero a cachaça mais forte que você tem aí.

— Você tem dinheiro?

Além de tudo que já havia passado hoje, faltava só um babaca daqueles tirar uma com a minha cara. Joguei o banco onde estava sentado para o lado e agarrei aquele atendente pela camisa, trazendo-o para perto de mim.

— Quem você acha que é pra tirar uma com a minha cara? — Perguntei. — Você só é um monte de merda que colocaram para atender nessa espelunca.

— Ele está te incomodando, Benê? — Ouvi lá de trás um dos homens perguntando, e no instante seguinte já estavam ao meu lado.

Rapidamente, larguei o atendente e me virei, dando um soco bem no nariz de um dos caras que estavam atrás de mim. Começaram todos eles a avançarem para cima de mim, e eu fui batendo na maioria deles. Joguei uma mesa longe, arremessei um homem com um chute, quebrei uma garrafa na cabeça de outro e armei a maior confusão. Estava me divertindo pra caramba, até que fui imobilizado por um desses homens, que me agarrou pelas costas. Um outro, que estava coberto de sangue no rosto, veio pela minha frente e disse:

— Agora nós vamos te ensinar a ser homem. — E sem pensar duas vezes socou minha barriga, me fazendo contorcer de dor. No instante seguinte, o homem que me imobilizara me soltou no chão, enquanto um outro pegou um pedaço de pau e começou a me espancar. Eu tomava chutes, socos, pauladas e sentia algo se contorcendo dentro de mim em decorrência disso.

Depois deles pararem de me bater, ouvi o barulho de sirenes parando na frente do bar. Pensei que fosse uma ambulância para mim, porém logo entraram dois policiais que ficaram olhando perplexos para a situação.

— O que está acontecendo aqui? — Questionou um deles, se antecipando.

— Eu te digo o que está acontecendo. — Minha voz tremia e fraquejava, enquanto me levantava para olhar nos olhos dos policiais. — Esse bando de marginais me espancaram por nada.

Ele ficou me avaliando da cabeça aos pés, e sem mais nem menos, me bateu com o seu cassetete na barriga, fazendo com que a dor me derrubasse novamente no chão.

— O único marginal que eu vejo aqui é você.

— Espera, você ainda não compreendeu... — Eu tentei continuar explicando, porém o outro me chutou antes disso.

— Eu sei bem o que aconteceu aqui. — Afirmou ele. — Você invadiu esse bar e quebrou tudo. Agora você vai em cana.

Eles me viraram de bruços no chão, pisaram nas minhas costas, ergueram meus braços e me algemaram por fim. Enquanto eles me conduziam até a viatura, várias pessoas direcionavam seus olhares curiosos na minha direção. Embora soubesse que não tinha pelo que sentir vergonha, acabei não conseguindo encará-las. Os policiais me colocaram na parte de trás da viatura, e foram me conduzindo até a delegacia. Estava perdido. Minha mãe me mataria quando soubesse, e acho que me deixaria preso, e não me espantaria se mandasse jogarem a chave fora. Com certeza veria isso como uma lição divina e me diria aquele ditado: "Deus escreve certo por linhas tortas". As pessoas tentam achar boas justificativas nas coisas ruins que nos acontecem, contudo eu lhes pergunto, se em tudo que acontece Deus quer proporcionar um ensinamento, qual seria o significado de pessoas serem estupradas e crianças mortas?

Durante todo o caminho, fui com a cabeça entre os joelhos e pensando em alguma saída, contudo estava literalmente encrencado. Não tinha para onde fugir ou para quem recorrer, sendo que a única coisa que me restava era aceitar a minha situação – ou melhor dizendo, o meu fim.

Lembro exatamente de como foi quando fui preso pela primeira vez. Ao descer do camburão, todas as pessoas que estavam na delegacia ficaram me avaliando dos pés à cabeça enquanto dois policiais me conduziam algemado até a sala do delegado. E agora, lá estava eu tendo um *déjà vu*, pois a cena estava se repetindo. Eu descendo do camburão, dois policiais me levando até a sala do delegado e todo aquele mesmo bando de desocupados me olhando. A única coisa que diferenciava era o motivo pelo qual estava sendo levado preso: desta vez destruí um bar, e da outra é meio embaraçoso o motivo, pois roubei camisinhas na farmácia.

Depois de conduzido até a sala do delegado, os policiais me sentaram numa cadeira de frente para a sua escrivaninha. A cadeira do delegado estava vazia. Aliás, não notei sua presença "estupenda" na sala. Seria ótimo que alguém tivesse morrido ou desaparecido na sua família e ele tivesse ido embora, por que então quem sabe não me liberavam da cadeia.

Porém ninguém morreu e muito menos desapareceu. O delegado entrou na sala com um cafezinho na mão - que era o motivo da sua ausência. Ele parou na soleira da porta e ficou me olhando por alguns instantes, sentando-se depois na cadeira de frente para mim. Na maior calma, desviou a sua atenção de mim, e sem dizer uma palavra acendeu um charuto e o levou à boca.

— Nicolas Daniel Mayer. — Disse ele, referindo-se a mim.

— É Mauer, doutor senhor delegado. — Corrigi, sem me dar conta de que havia tocado no sobrenome proibido. Aproximei a minha cabeça dele e sussurrei. — Mas prefiro que você me chame de Nico.

— Tanto faz o modo como o chamo ou me refiro a você. A única coisa que importa é que você não passa de um ladrão de camisinhas e um marginal que está de volta na minha sala por vandalismo.

Ouvi o riso abafado dos policiais pelos gritos do delegado. Porém, se o que vem debaixo já não me atingi, muito menos vai me atingir o que vem de cima.

— Mas me conte, o que te fez destruir um bar?

— Eu fiquei estressado e resolvi exteriorizar a minha raiva.

Escutei novamente o riso dos policiais, só que desta vez o delegado mandou um olhar fuzilador na direção deles, fazendo com que parassem.

— Levem esse marginal para cela. — Ordenou, por fim, o delegado.

Sem hesitar, deixei que os policiais me levassem para a cela. Não havia o que discutir com aquele delegado que nem se importa em como chamar as pessoas e com aqueles policiais turrões.

A cela onde me colocaram era bastante úmida e imunda. Depois de trancarem a porta, coloquei meus braços para fora e soltaram a algema. Meus punhos já estavam doloridos de tanto que haviam apertado a algema, e foi um alívio quando a tiraram. Na cela de frente para minha, tinha uma pessoa enrolada no colchão e um homem careca que desenhava na parede.

Enquanto estava distraído olhando para cela da frente, alguém colocou uma mão no meu ombro pelas minhas costas. No susto, tirei a mão do meu ombro e me virei para ver quem era. Me deparei com um homem um pouco mais baixo que eu, com provavelmente 1,75 cm, e que me vencia em matéria de quilos. Era literalmente uma bola de tão gordo. Usava óculos que pareciam desaparecer nas gorduras do seu rosto, era careca e tinha uma barba estilo Osama Bin Laden.

— O que a menininha fez pra ir presa? — Perguntou ele.

— Matei alguém. — Respondi, tentando lhe botar medo. Contudo, a única coisa que consegui foi fazê-lo dar uma intensa gargalhada.

— Você matou alguém? — Questionou, ainda entre risos. — Garoto, você mal saiu das fraldas. Não passa de um franguinho, de um frouxa...

— Modera teu palavreado comigo. — Exigi, dando um empurrão nele. Só que ele não gostou muito disso e avançou para cima de mim, me prensando entre as grades da cela e seus quilos.

— Você é que tem que moderar nas atitudes. Já matei várias outras pessoas por muito menos que isso, e se você vacilar é o próximo.

Ele me deu um tapa para me provocar e falou:

— O recado tá dado. Se você vacilar é o próximo.

Preso para o resto da eternidade e ameaçado de morte. Acreditava que meu fim seria ruim, mas não tinha ideia de que ele seria tão ruim. Caminhei até o outro lado da cela e me encostei na parede. Estava muito cansado e esgotado por sinal. Um preso que estava na cela de frente para minha ficava andando inquieto de um lado para o outro.

— Ficar andando de um lado para o outro não vai te tirar daqui, Juvenal. — Falou o meu companheiro de cela, que agora estava deitado num colchão velho e podre.

— Eu sei disso. — Respondeu Juvenal, encostando-se na grade. — É um tédio ficar aqui. Não acontece absolutamente nada.

Pela primeira vez concordei com o que um desses estúpidos disse. Se eu, que havia chegado lá há poucos minutos já não aguentava mais, imagino eles que já deviam estar lá há anos.

Ouvi a porta que dava acesso à cadeia se abrindo, e imaginei se não seria alguma notícia para mim. Corri atônito para perto das grades, porém a única pessoa que passou foi um policial fiscalizando se estava tudo certo. Depois de olhar cela por cela, ele se retirou daquele corredor e novamente ouvi o barulho da porta, desta vez se fechando.

Não preguei o olho nem uma vez sequer enquanto estava naquele lugar. Primeiro, porque era muito desconfortável e o único colchão estava ocupado. E segundo, porque estava jurado de morte, correndo o sério risco de dormir e não acordar mais. Ou seja, não podia vacilar nem por um segundo, caso contrário pagaria com sangue.

Embora já tivesse sido preso, essa foi a primeira vez que virei a noite na cadeia. Na outra, minha mãe veio e pagou minha fiança. Conduto, desta vez ela devia estar achando que eu ainda estava na noitada e só ia dar pela minha falta no dia seguinte, quando acordasse e visse que não havia voltado.

Estaria mentindo se disse-se que foi uma noite fácil, porque na verdade foi a pior noite da minha vida. Saí para fazer farra e zoar na rua, fui preso, acabei compartilhando uma cela imunda com um porco e terminei sem nem conseguir descansar de um dia exaustivo como esse. Pra piorar, milésimos pareciam segundos, segundos pareciam minutos e minutos pareciam horas. Ou seja, o tempo foi se arrastando. Tentei pensar em alguma coisa boa para me distrair, só que descobri que não tinha nada para pensar que fosse bom. Pelo contrário, na minha cabeça só passavam coisas ruins. Meu pai me abandonando na soleira da porta, Hector assaltando aquela senhora com a criança, a briga no bar... e tudo isso me atordoava.

Ver o sol nascer quadrado não é legal, ainda mais quando você passa a noite acordado por medo de ser morto. As olheiras e o cansaço que ficaram eram a prova concreta disso. Logo cedo, passou uma mulher com um carrinho entregando as comidas. Ela era bastante gorda, tinha um cabelo preto preso como um rabo de cavalo e olhos meio mestiços. Quando ela passava entregando a comida, todos os presos a chamavam de gostosa e coisa desse tipo – óbvio que brincando, porque ninguém em sua plena consciência acharia uma rolha de poço como aquela bonita. Quando peguei a comida da mão dela, ela olhou com pena para mim e balançou negativamente a cabeça:

— Que pena, ainda tão novinho e já fazendo parte desse mundo. O que você fez, garoto?

— Primeiro estuprei uma garota, e depois de curtir o bastante com ela, a matei. — Dei a mesma resposta que já havia dito para os outros presos, porém acrescentando uns detalhes a mais.

Ela fechou os seus olhos – porque provavelmente devia ter acreditado no que eu disse – e em seguida, falou:

— Eu não me orgulharia disto se fosse você. — E depois disso, simplesmente deu as costas e continuou distribuindo a comida. Um pouco mais distante, a ouvi brigando com um preso que a chamou de popozuda.

Quando eu abri a embalagem, fiquei horrorizado com a comida que estava lá dentro: um arroz raspado e um feijão ressecado. Quando a gorda passou de volta, eu fui para perto da grade e falei:

— Ei, balofa. Eu exijo que você me traga algo descente para comer. Não como desde ontem, e essa porcaria não vai ajudar em nada.

— Se eu fosse você, me contentaria com isso. Por mim, esse dinheiro que gastam comprando comida para vocês poderia ser bem mais gasto se usado com um idoso que não matou ou estuprou alguém.

Respirei bem fundo antes de dar uma resposta no mesmo nível.

— Em primeiro lugar você jamais seria eu, nem que nascesse e renascesse trilhões de vezes.

— Nisso acho que concordamos. — Retrucou, interrompendo-me.

— E em segundo, é claro que você se contentaria com qualquer coisa. Seus quilos não me deixam dúvidas com relação a isso.

— Ora, seu moleque...

— Por favor, fique com essa comida, se é que isso pode ser considerado comida.

Sem pensar duas vezes, atirei a comida na cara dela. O pote abriu e toda aquela gororoba ficou espalhada pelo chão

— Agora você vai ver uma coisa. — Disse ela, irritada. Pude ouvir seus pesados passos se retirando do corredor.

Eu comecei a socar a parede de tanto rir, enquanto todos os outros presos me olhavam com muita raiva.

— Tem gente que tem muito menos, e nem por isso desperdiça comida. — Falou meu companheiro de cela, estralando seus dedos enquanto caminhava na minha direção.

— Estraçalha ele, Roberval. Estraçalha ele, Roberval. — Gritavam os outros detentos em ritmo de cantoria, fazendo a maior bagunça batendo palmas e passando as canecas do café nas grades.

Quando o Roberval estava quase para me estraçalhar, a balofa da comida voltou furiosa acompanhada por um policial.

— É esse aqui. — Disse ela, apontando para mim. O policial abriu a cela, me puxou para fora e me algemou.

— Já não era sem tempo que vocês viram a besteira que era me prender e decidiram me soltar.

— Quem disse que você vai ser solto? — Perguntou o policial, tirando sarro da minha cara. — Você vai é para uma cela muito especial, onde colocamos os presos que se comportam como você.

Ele foi me levando para fora do corredor, contudo ainda consegui ouvir o Roberval gritando "seu santo é forte, mas quando você voltar eu te pego". Passamos pela sala de atendimento e por dois corredores escuros, até que chegamos em uma sala com uma porta única. Essa sala era clareada por uma lâmpada bem fraca e suas paredes estavam todas manchadas. A única coisa existente era uma policial que ficava sentada numa mesa isolada no canto dessa sala.

— Mais um pra solitária? — Ela perguntou, e o policial apenas assentiu. Só então compreendi para onde estava indo.

Ela destrancou a porta e me colocaram dentro de uma sala vazia, com todas as paredes iguais. Quando a porta foi fechada, me senti pela primeira vez perdido no meu próprio mundo. Foi como se nada mais fizesse sentido e como se a razão tivesse se dissipado no ar. Não demorou muito para que eu começasse a me sentir como um louco preso naquela sala em que nada acontecia e tudo permanecia na mesma situação. Os pensamentos mais obscuros que viviam na minha mente pareciam preencher o vazio que essa sala deixava. As piores lembranças, as mais tristes memórias...

Comecei a socar as paredes para sair de lá, ao mesmo tempo em que lágrimas escorriam do meu rosto em decorrência disto. No entanto, ou ninguém me ouvia ou ninguém estava dando a mínima para mim. Como um animal acuado, me encostei no canto da sala e a única coisa que me restou a fazer foi entregar-me à dor que eu estava sentindo, resultado desta noite turbulenta.